KUWEI
酷威文化
图书 影视

驻我心间

Into my heart

殊娓
Shu wei
著

江苏凤凰文艺出版社
JIANGSU PHOENIX LITERATURE AND ART PUBLISHING

图书在版编目（CIP）数据

驻我心间 / 殊娓著 . -- 南京 : 江苏凤凰文艺出版社，2022.6

ISBN 978-7-5594-6824-6

Ⅰ. ①驻… Ⅱ. ①殊… Ⅲ. ①长篇小说 – 中国 – 当代 Ⅳ. ① I247.5

中国版本图书馆 CIP 数据核字 (2022) 第 073024 号

驻我心间

殊娓 著

责任编辑　周颖若
特约编辑　代琳琳
装帧设计　吴思龙
责任印制　刘　巍
出版发行　江苏凤凰文艺出版社
　　　　　南京市中央路 165 号，邮编：210009
网　　址　http://www.jswenyi.com
印　　刷　天津旭丰源印刷有限公司
开　　本　880 毫米 ×1230 毫米 1/32
印　　张　12.5
字　　数　396 千字
版　　次　2022 年 6 月第 1 版
印　　次　2022 年 6 月第 1 次印刷
书　　号　ISBN 978-7-5594-6824-6
定　　价　42.80 元

Contents

目录

Contents

目录

第一章

好久不见

“以前叫你回国你都推三阻四的，这次怎么这么干脆？有男人了？”

手机开着扬声器，倒扣在玄关矮柜上，被一条宝蓝色真丝方巾半盖着。

真丝挡不住彼得的调侃，他的声音传出来，扩散在酒店房间里。

虞浅站在镜子前涂口红，没能第一时间回应，却听见彼得的声音忽然兴奋起来，他在电话里扬着调子追问：“嘿，虞浅，怎么不说话？真有男人了？”

金属口红管被丢进包里，虞浅对着镜子抿抿唇，淡声说：“想多了。”

这么回答时，她忽然想起昨天在办公楼里看见的身影，于是随口问：“彼得，你推荐我来这家公司，是不是有什么人在中间收买你了？”

虞浅回国合作的这家公司叫“Eleven”，是一家比较新的杂志公司。

据说老板年纪也不大，算是后起之秀。

但她怎么也没想到，公司老板会是程骁南。

这家公司是彼得在春天时推荐给她的。

彼得当时的原话是：“Eleven 这家公司做出来的杂志，拍的都是些商业性不强、不怎么赚钱的东西，但主题都还挺有意义的。任性和搞情怀这两点，和你挺像，不如你合作一下，可能会觉得开心。”

彼得是个十分敏感的男人，四十几岁了仍然拥有一颗易碎的玻璃心。

被质问后，他在电话里激动地控诉道：“你居然怀疑我的用心！你的良心被狗吃了吗，我是会被人收买的人？我们穷困潦倒时，共享过房子、自行车、超市的特价牛奶和一个锅里煮出来的泡面……”

“‘穷困潦倒’这个词用得不精准，我只穷过，困和潦倒不是我，谢谢。”虞浅拎出一双细高跟鞋穿上，语气淡淡地打断他，“还有，潘二狗，你这样脆弱又敏感的样子，非常非常不男人。”

著名服装设计师彼得·潘，此生最痛恨的两件事：

第一，有人叫他本名，潘二狗。

第二，有人说他不男人。

就像虞浅讨厌把窗外那些叶片宽大的树称为“法国梧桐”一样，每次有人提到法桐，她都要纠正，说是“二球悬铃木”。

于是彼得疯了，用尽毕生绝学，三国语言共用，骂她没良心。

在国外待得时间太久，回国这两天，虞浅其实有那么一点儿不习惯。

睡醒睁眼时，总会怔一下才能反应过来自己身在何处。

不过这会儿听着电话里的吵闹声，她突然觉得安北市的隐隐霾色，好像也没那么难适应。

斗嘴吵架是虞浅和彼得的常态，吵一会儿又会莫名停止。

就像现在，彼得已经恢复了八卦的状态，在问她：“不过虞浅，你会这么问我，是不是你遇见了什么熟人？”

“算是吧。”

彼得的思维忽然浪漫起来：“你说说你在国外待了七年，七年呢！一回国就在新公司遇见熟人，这可是缘分，说说看，你那个熟人是男的女的？”

“男的。”

“啊！男人！”

虞浅觉得彼得不该当服装设计师，他该去唱男高音。

虞浅对这个话题没什么兴趣。

她和程骁南之间就算有缘分，那也是孽缘。

“说说呗，虞浅，是什么关系的男人？帅吗？有可能发展一下吗？”

什么关系？

虞浅想了想，怎么想都觉得不算前任，只说是撩过的一个弟弟。

“啊，没意思，你撩过的弟弟可太多了，你的生活乐趣不就是撩弟弟吗？”

可能因为虞浅没说话，彼得反应过来："怎么，不是平时那种逗一逗就拉倒的？是认真撩过的？"

"嗯。"

"没在一起？你还有过失手的时候？"

怎么说呢？不算失手，只是撩到一半，她叫停出国了而已。

虞浅笑笑，换回刚才的话题："所以你真的没有被收买？"

彼得气得直接挂了电话。

挂断电话时是早晨七点半，卧室窗子开着，九月的风携着初秋的微凉，卷入室内。

虞浅拿出昨天从 Eleven 那边带回来的合同，重新看了一遍，脑子里浮现出遇见程骁南的情景——

Eleven 给了她最大的合作诚意，接机后直接把人送到公司合作的酒店，说是让她倒时差，哪天休息够了，随时联系他们，再谈合作的事情。

虞浅真就在酒店睡了两天，第三天起来时，外面雷鸣电闪。

层层雨雾和树影里，仍然能清晰地看到酒店对面 Eleven 的灯牌在昏暗的天色中亮着白光。

其实和 Eleven 合作，虞浅一直不太积极，但她那天对着坏天气里的灯牌，忽然对 Eleven 起了些兴趣，于是给工作人员打电话，说想要聊聊合作。

工作人员顶着风雨而来，接她去了公司。

虞浅从电梯里迈出来，沾了些泥水的细高跟鞋刚踩在短绒毛毯上，迎面看见了坐在会议室里的熟悉面孔。

那是一间装了落地窗的宽敞会议室，没拉百叶窗，LED 灯明晃晃。

程骁南就坐在这间会议室里，侧颜对着虞浅的方向。

他整个人放松地靠在一张椅子里，两只手交叠在后脑勺上，仰头，垂着眼睑，不知道在看什么文件。腕上某国际品牌新款的满钻手表，腕带松松地搭在他腕骨凸起的地方，奢侈且张扬。

"虞老师，这边请。"

留意到她的目光，工作人员补充说："那边是高层会议室，坐在里面的是我们老板。"

虞浅挑眉看了一眼，收回视线，神色如常地顺着工作人员的引路手势，绕开了那间会议室。

现在的程骁南似乎多了些成熟和严肃。

认识他时他还是个少年，很难想象他严肃起来说话的样子。

程骁南的声音是那种偏沉、懒洋洋的，总给人一种不着调的感觉。

但偏偏他笑起来，左腮会有一个酒窝，又有点乖似的。

乖是假象。

Eleven 的办公地点和拍摄基地在梧桐里，满街都是虞浅喜欢的二球悬铃木，公司经营模式又很适合她，工作强度不算大。

新公司合心意，这本来是一件舒心的事情，但得知程骁南是公司老板，虞浅忽然觉得一切都巧得过头了，甚至产生了那么一点自己在被算计的感觉。毕竟当年他们并不算愉快。

七年前，虞浅出国那会儿是春天，机场路的白色玉兰开满枝头。她站在停机坪上接到程骁南的电话，他在电话里问她为什么出国，当时她怎么说？好像随口敷衍，说自己要去德国斯坦福大学念博士。

然后挂断电话，联系方式拉黑一条龙。

过去这么久了，程骁南不会还在介怀以前的事情吧？这公司同她合作会不会是为了秋后算账？但听彼得的意思，他好像也是无意间接触到 Eleven 这家公司的。

虞浅从烟盒里抽出一支烟，捏碎蓝莓味爆珠，点燃吸了一口，忽然轻笑出声。

行吧，可能只是偶然。

她叼着烟，单手拄着桌子，拿了酒店桌上的签字笔，在 Eleven 的合同上，龙飞凤舞地签了自己的名字。

下午去公司送合同，负责接待她的工作人员依然十分热情，一口一个虞老师。

虞浅五岁以儿童模特身份出道，从业二十三年，确实担得起业内一声老师，但她说叫名字就好。

工作人员按下了电梯的五层，在电梯壁的倒影里偷偷打量虞浅。

她穿了一件宽大的冷杏色西装，里面是同色系的蕾丝吊带和阔腿裤，表情淡淡。

可能有的人连笑一笑都不需要，天生令人过目难忘。

虞浅身上永远荡漾着一种风情与魅力。

她的美丽像水，会流动。

虞浅没留意工作人员的打量，正曲着食指，用第二节指侧关节有一下没一下地轻敲鼻梁，像是在思考着什么的下意识动作。

工作人员愣了愣，这动作好眼熟，好像在哪儿见过？

虞浅在安静的密闭空间里简单想了一下：如果正面遇见程骁南，还是当不认识好了，能免去不少麻烦。

迈出电梯，她下意识地往电梯间正对面看了一眼。

会议室很空旷，倒是没再看见什么人。

不过程骁南那块亮晶晶的满钻手表放在会议桌上，手表旁边是一碟削好皮、切成块的苹果。

可能是放置时间稍长，苹果边缘有些氧化变色。

椅子上有一款小巧的女士包。

走廊里路过两个年轻的工作人员，在低声谈论她们的老板和女朋友恩爱得有多令人羡慕。

闲言碎语三两句入耳，虞浅弯了弯嘴角。

看来是她多虑了，人家弟弟的感情生活很是顺利，还有个会削苹果的贤惠女友。

这样的话，应该没时间对过往耿耿于怀吧。

✦

合作谈妥之后，虞浅正式成为 Eleven 的模特。

作为公司的“新人”，她暂时没什么工作安排，工作助理说虞浅可以好好休息休息。

对上虞浅探究的目光，助理才改口，说下个月有一场概念服装秀，到时候她会很忙，所以先休息。

“哪个品牌的秀？”

助理报出一个服装品牌，虞浅抬了抬眼皮，觉得有些意外。

这个品牌的服装设计师和彼得挺熟，虞浅也同他合作过几次。

怎么说呢？他的服装秀非常华美，人也非常挑剔，绝不会轻易换人或者在临开秀前一个月才定下模特。

今天才签了合同，下个月就去参秀？

做助理的都长着七窍玲珑心，她感觉到虞浅的目光轻轻瞥过来，就知道这位模特界的前辈对她的工作安排抱有疑虑。

几个月前品牌方来确定合作模特时，助理也有过同样的疑虑。

当时在会议上，老板说了虞浅的名字，品牌方大感满意，于是敲定下来。

这位被临时揪过来的工作助理，同品牌方握手，一脸假笑地把人送走之后就疯了，扒着老板的门框质问：“合作模特是虞老师？我们公司哪来的虞老师？虞老师不是在国外吗？”

老板一脸高深莫测：“很快就会回国了。”

那时候还是春天，而虞浅回国已经是九月。

工作助理去接机那天，恨不得在机场就让虞浅签字画押敲定合同。

但老板说了，务必让虞老师舒心……

老板语气挺严肃，给人一种“虞老师不舒心你就别干了”的恐惧。

老板的话当然不能不听，尤其是这一位。

Eleven 有两位老板，一位叫沈深，一位是程骁南。

本来以为叫沈深的，肯定是个高深莫测的人，结果他就是个“婶婶”，每天絮絮叨叨，话痨且不正经，还总带着女友和工作人员聊天，“亲民”的不得了。

反倒是程总，白瞎一张帅脸，性格太冷淡了，员工们多少都有点怕他。

所以核对完合作细节，助理像恭送“老佛爷”一样，恭恭敬敬地把虞浅送回了酒店。

后面的时间，虞浅过得十分清闲。

九月的安北市气温还算不错，不冷不热，梧桐里这片区域估计是下了大功夫绿化过的，倒是很舒服。

不过虞浅不喜安静，偶尔会去 Eleven 的拍摄基地看看。

去的次数多了，也就听到不少关于公司高层的传言。

虞浅也不是有意要听人家聊天，拍摄基地的二楼有一间吸烟室，她偶尔会过去抽支烟。

一墙之隔是休息室，模特们在音量上又不知收敛，很容易就能听到。

三个女人一台戏，一群女人凑一起，比相声还热闹。

但她们那些消息，好像不怎么靠谱。

虞浅听见一个女声说："知道吗？咱们老板可是学霸，从小优秀到大的。"

她按灭烟蒂，感觉有些荒谬。

刚认识程骁南那会儿，他也说自己是学霸，但后来他那张 148 分的英语试卷落在虞浅车上，她仔细看过，那个"1"是后加上去的。

判断对错的空格里填着 A、B、C、D，就这态度要能考 148 分，那她兴许真能去斯坦福读个博士。

会议室敞着窗，窗外树上宽大的叶片间悬着浅褐色的果球，那是虞浅最喜欢的二球悬铃木。

多数时间，程骁南都会在会议室里办公。

偶尔抬头看着外面的绿叶，便会想起虞浅。

最近想起来的过往尤其多，毕竟虞浅本人就在 Eleven。

那会儿虞浅开着红色敞篷跑车，停在附中后街的林荫老路上。满眼的翠色里，那辆红跑车格外显眼。

她穿了件真丝大 V 领的衬衫，衣摆掖在高腰短裤里。

车门敞着，虞浅一只腿伸出来蹬着车门，皮肤在阳光下白得晃眼。

程骁南脱了校服外套丢过去罩在她腿上。

虞浅看向他："干什么？"

程骁南能说什么？

他别扭地偏过头，随口扯了个理由："怕你冷。"

虞浅倒是真的披着他那件校服外套，但程骁南的后遗症更大了。

他穿着那件带着香水味的校服打游戏时，一直在输。

夜里他没忍住，没话找话给虞浅发信息，问她香水什么牌子。

虞浅居然没睡，秒回了个名字——

事后清晨。

程骁南这段往事还没回忆完，身边又响起"沙沙——沙沙——"的声音。

他不耐烦地扭头，看着沈深："你能不能不削苹果了？"

"不行啊，南哥，季苒说了，练不好削苹果就不跟我订婚，你舍得我光棍一辈子吗？"

沈深一说话，手里的苹果皮断了，他叹一声："完了，又得重新来。"

程骁南懒得理他，却听见沈深忽然说："哎，对了，我今天瞧见咱们公司新合作的那位模特了。"

程骁南笔尖微顿："然后呢？"

"长得也太美了，真人比杂志上更美。"

沈深眼神往会议室里虚飘一圈，就好像怕自家女朋友从哪个角落钻出来一样："不过关于她的传闻可挺多的，对咱们以后的合作没什么影响吧？"

"说来听听。"

那些传闻程骁南也听过，沈深也没能说出更多，还是那些花样——

说她曾参与过校园暴力。

说她在国外和某服装设计师同居过。

说她因为失恋而剃了光头。

说她有个私生子。

沈深把听来的八卦一股脑儿说完，见程骁南捏了捏眉心，还以为他第一次听，又问了一遍："会对我们的合作有什么影响吗？"

"不会。"

程骁南看了眼窗外，收回视线时忽然笑了笑："不过有一点需要注意。"

"什么啊？"

"她脾气不太好，别惹她。"

沈深愣了一会儿，忽然觉得程骁南这个笑着的表情已经很多年没见了。

"南哥，我想起来了，你喜欢这种又美又飒的类型是不是？高中时候你是不是喜欢一个校外的……"

"该走了。"

程骁南打断沈深的话，拿着手机起身："对面酒店吃个饭，约了人。"

"哦对，我差点忘了。"沈深丢下苹果跟上来。

梧桐里这片区域，几乎都被 Eleven 占据。

主办公楼和摄影基地对面的酒店也有程骁南和沈深的股份，很多商业性质的聚餐，他们都选在这里。

席间沈深一直在和合作方畅聊，程骁南嫌闷，刚好程父打来电话，他便借机起身出去接。

用餐的包间在二楼，站在长廊里能看见大水晶吊灯下的一楼景象。

程骁南也是在快挂断电话时，忽然看见了坐在一楼的虞浅。

许是“近乡情怯”，他一直没找到合适的机会同她见面，出入公司甚至有点躲着的意思，怕这位好不容易套路回国的姐姐翻脸再出国去。

这会儿冷不防看见，程骁南有些怔。

电话里程父又说了什么，他也没仔细听，敷衍着“嗯”了几声，挂断。

虞浅倚在橙色沙发里，看上去很清闲。

她身上一直都有种慵懒从容的劲儿，又美得让人挪不开眼。

程骁南绕着做旧的铜色围杆走了几步，换了个角度，看清虞浅的表情：哪怕相貌风情万种，她也总是淡着一张脸。

程骁南记忆里的虞浅很少笑，和他学校那些女同学也不太一样。

他班里的那些女孩，会因为校门口的奶茶店出了新款、偶像开演唱会、某本漫画发行而激动地尖叫，万事可喜可贺的样子，但虞浅从来没有过那样鲜活生动的表情。

唯一一次例外，是他给虞浅变了个魔术。

程骁南拿了一副扑克牌，让她抽出三张，故作高深地说出她抽出来的是什么牌。

这其实是很简单的入门级魔术，但虞浅显然被糊弄住了。

连着三次后，她居然露出一些好奇的目光，偏头问他怎么做到的。

她那天戴了一对长耳线，偏头时红宝石坠子就随着动作在颈侧晃悠，折了些红色的光斑散落在颈上。

虞浅的脖颈很美，皮肤白皙，让人想凑过去吮一口。

程骁南看得有点心猿意马，目光从她脖子上挪开，看着她的眼睛：“先不说怎么做到的，姐姐，我这魔术前三次免费，再来一次，你可需要付出点代价了。”

“说说看，什么代价？”

虞浅当时说这句话时，是眉眼含笑的。

她真的很少那样笑。

程骁南从往事里回神，站在酒店二楼的灯光里，忽然也笑了。

也不是完全没有机会，起码他曾经是能让她开心的人。

这想法才刚冒出来，就看见楼下一个侍者装扮的男人走到虞浅面前。

虞浅是坐在酒店大堂等侍者泊车回来的。

这几天她跟着网上的视频，学了几个简单的小魔术。

这会儿闲着，她把扑克牌从包里拿出来洗了洗。

泊车的侍者弟弟回来，拿了车钥匙递过来，说：“虞小姐，您的车钥匙。”

虞浅不接，拿了扑克牌在手里捻成扇形：“抽一张。”

这位弟弟不禁逗，耳郭红了一圈，但还是抽了张牌。

摸到手里才觉得厚度不对，捻开一看，一张粉色的百元钞票叠了四折躺在扑克牌背面。

手里的车钥匙被虞浅起身拿走，走前她晃晃钥匙，说了声“谢谢”。

身后的侍者弟弟捏着小费愣神两秒，对着虞浅的方向鞠躬：“谢谢您。”

虞浅摆摆手，准备说不用谢。

她对漂亮弟弟，一向温柔有礼貌。

但二楼不知道是哪位用餐的客人，关门很重，“嘭”的一声。

她下意识回眸，眯着眼看过去。

长廊上空无一人，只有水晶灯晃得人睁不开眼。

回国之前，虞浅接到Eleven这边人事部的回复，说很期待同她合作。

当时彼得说她终于学聪明了，知道给自己找个稳定的合作公司养老了。

那时候虞浅还没觉得什么，现在一看，Eleven的工作确实很像养老。

太清闲了，清闲到她有些难以适应。

摄影棚和休息室里那种嘈杂的环境，才是她所习惯的——习惯到她觉得那些鼓噪也是一种安静。毕竟她就是在那样的环境里长大的。

虞浅从有记忆起就总是在摄影棚里，同摄影师、化妆师、布景师打交道，也同各种叫不上名字的工作人员打交道。

她的从业经历甚至比她的记忆更早，可以追溯到婴儿时期。

那会儿她母亲拜托影楼的摄影师给她拍百天照片，但照片拍好后影楼老板找了过来，说照片实在太好看，想要用来做影楼的宣传照。

后来其他影楼也过来，说是可以付报酬拍她的照片用来做宣传。

再后来呢？

给地方电视台拍过宣传广告，五岁时被模特公司发现，最终成为童模。

可谁愿意从出生起就马不停蹄地工作呢？

也许是这样的日子太清闲，也许是安北市略显干燥的气候唤起了以前的记忆。

虞浅做了个不愉快的梦。

梦里是她最不熟悉的校园，她站在教师办公室，一对长得还没她高的夫妻，言辞激烈、情绪激动地指着她的鼻子，说她是这场校园暴力的罪魁祸首。

"不是的。"

"我没有。"

虞浅在这样的梦里醒来，扯掉真丝眼罩，情绪恹恹。

放在床头的手机就是在这个时候亮起来的——调了静音，只有屏幕常亮。

她从梦境中抽离，稳下情绪接起电话。

已经是夜里十二点，电话里的工作助理听起来快要哭了，她小心翼翼问："虞老师，您睡了吗？"

"醒了。"

"啊，是我把您吵醒了吧，非常抱歉虞老师……"

虞浅打断助理的无意义对话，直接开口："叫我虞浅就好，另外，是有什么事情需要我帮忙吗？"

十五分钟后，工作助理站在酒店楼下，帮虞浅拉开车门。

拍摄基地那边的模特们忽然出现问题，三位模特出现轻微食物中毒现象，被送去了医院，急需有人救场。

住在公司酒店的模特没几个，于是虞浅接到了电话。

工作助理很担心虞浅半夜被抓来工作会不开心，趁着红灯间隙，从后视镜里瞄。

虞浅穿了件宽松外套，长发披散在胸前，神情淡然，但没有流露出不满，正在翻一本杂志。

下车开车门时，助理留意到后座上摊开的杂志——

那是 Eleven 发行的第一本杂志，很薄，内容也不算精致。

毫无品牌支持，前几页的黄金位置做了个拒绝买卖杀害保护动物的宣传广告。

这种杂志车上有好几本，后来 Eleven 越做越大，页面也很精美，没想到她会拿这本“简陋”的看。

助理没话找话：“你喜欢这种题材的拍摄吗？”

虞浅笑了笑，说杂志的发行日期不错。

工作助理也是这会儿才注意到，第一本杂志的发行日期居然是虞浅的生日，直呼道：“好巧！”

拍摄很顺利，虞浅面对镜头时的那种自信让摄影师惊叹。

时间越来越晚，助理始终陪在一旁，生怕得罪了这位模特。

其实关于虞浅的各方传闻，助理也是有所耳闻的。

她以为这位传说中和国际知名服装设计师同居过的女人，除了漂亮的脸蛋，还应该有矫情又事儿多的毛病，这样才符合花瓶的形象。

没想到的是，虞浅非常敬业。

跪在一堆鲜花上时，化妆师问她是否需要在膝盖上做一层肤色防护，她摆摆手说：“不需要。”

只在夜里三点，补妆的空隙，虞浅非常客气地问助理，是否方便帮她冲一杯咖啡。

速溶咖啡休息间有很多，但为了模特们的身材着想，都是没有糖和牛奶的黑咖，口感实在不怎么样。

助理很懊恼，觉得自己应该提前为虞浅买好咖啡。

她一边怪自己失职，一边走出去。

推开门，却看见自家老板站在门外。

程骁南不知道来了多久，很安静地靠在门对面的墙体上。

他单手插在裤子口袋里，另一只手抬起，食指第二节指侧轻敲着鼻梁，不知道在想什么。

午夜的走廊里很安静，助理看到他的动作愣住。

最近好像常能看到有人做这种习惯性动作。

但她有种工作疏漏被抓包的感觉，还没来得及细想，开口结巴道：“程……程……”

程骁南像是才看见人，抬手比了个“嘘”的手势，转身走了。

没走两步，他回身指一指休息室的方向：“辛苦了，公司准备了咖啡，拿进去给大家分一下吧。”

那几天是秋分前后，早晚气温骤降，摄影师力求完美，又是系列型摄影，经常忙到凌晨。

虞浅很习惯这种工作节奏，工作助理也贴心，每天都会准备热咖啡为她提神驱寒。

九月二十六日那天是这个系列拍摄的最后一天，天气真的是极差，大风预警时不时从手机上弹出。

休息室里所有窗子紧闭，又处处站着模特和工作人员，立式空调开着也还是觉得有些闷。

助理去门外签收了自家老板亲自订的咖啡，心里十分不是滋味。她担忧着想：是不是老板觉得自己不配给虞浅做助理，才事事操心，连咖啡都要亲力亲为来订？

托着咖啡走进去时，虞浅正单手撑着头，在看平板里的画面。

她披了条藏蓝色的针织空调毯，安静时像一幅油画。

助理语气很轻，怕打扰她：“浅，打扰一下，咖啡来了。”

“不打扰。”

虞浅把视频按了暂停，回首接过咖啡：“谢谢。”

“你在看什么？电影？追剧？”

虞浅摇了摇头，推出平板把视频名字给工作助理看。

居然是一部大尺度动作片，画面也停留在暧昧场景里。

助理忙说：“那你继续，继续。”

“不看了，没意思。”虞浅关掉视频。

助理说：“这男主已经是这种电影里身材很好的了，比那种身材差长得还猥琐的强多了。”

虞浅没接话，她并不是因为男主的长相而觉得没意思。

交浅不必言深的道理，她比任何一个人都懂。

平板电脑里的电影是以前在国外，临时助理帮她下载的。

可能是摸不透她的喜好，什么类型的电影都帮她下了一些。

虞浅不喜欢看这类动作片，并不是其他原因，而是觉得，在这类电影里女人总是被动的、不情愿的，这一点让她十分不舒服。

她会点进去，只是因为静止画面的小图里，男人单手脱 T 恤衫的动作，有那么一点儿眼熟。

拍摄完最后一组照片又是凌晨，虞浅在休息室卸掉厚重的妆，随手敛了敛头发，跟着助理往外走。

她们是最后一拨离开摄影基地的，因此走廊万籁俱寂，等电梯时虞浅向窗外看去。

狂风还在继续，二球悬铃木肥大的巴掌型叶片被风吹得只露出背面，像水里翻白了的鱼。

这些都被封印在玻璃窗外，宛如不真实的布景。

虞浅收回视线时，正好看见从下层缓缓上升的电梯。

电梯是透明的，里面站着一个很高的男人。

凭直觉，那是程骁南。

这是虞浅来 Eleven 近一个月以来，第一次直面程骁南。

在电梯到达楼层、电梯门缓缓向两侧打开的几秒钟里，虞浅同周围等着乘坐电梯的人无异，表情和姿势没有任何变化。反倒是身旁的工作助理一下子紧张起来，哈欠打了一半硬生生憋了回去，腰背挺直地叫了一声“程总”，随后和虞浅一起进了电梯。

其实程骁南没打算这么早出现的，连着几天送咖啡也都是让助理签收，也没借口去休息室转一圈刷刷存在感。

只是听说虞浅来了 Eleven 也如鱼得水。因为业务能力强，摄影师和工作人员都很礼待她，她出手也大方，订餐时会分给工作场里的前辈和年轻弟弟。

唯一的区别是——

给前辈时是中规中矩，给弟弟时总要开两句玩笑，逗一逗。

这些都是程骁南“无意”听说的，听说了倒也没沉不住气。

但今天，天气实在恶劣。

程骁南站在会议室窗边看了一下午街景，看树枝被风卷起吹断，看垃圾桶盖子被掀翻。

他忽然来了少年心性，觉得自己该出现一下——那些弟弟逗一逗、撩一撩还行，真遇上这糟糕天气，谁能送她回去？

但虞浅一副完全不认识他的状态，甚至听见助理叫了“程总”之后，还微微侧头。

听助理介绍说“这是咱们公司老板，程总”，她才了然似的点头，然后跟着叫了一句。

程骁南腹稿打了无数遍的那句“好久不见”，忽然就卡在嗓子眼儿里，不上不下，噎得他难受。

助理的车子没有拍摄基地地下车库的权限，只能停在室外停车场，走过去还要一段距离，她哪敢让虞浅一起过去。

助理裹紧衣襟对虞浅说：“你在这儿等我吧，我开了车过来接你。”

身后传来电梯的“叮”声。

程骁南从地下车库折返，按着开门键：“上来，送你们一程。”

✦

有程骁南这个老板在，虞浅很容易能感到她工作助理身上的那种胆战心惊。

这位助理也就二十多岁，估计毕业没几年。她裹紧身上衣服时，有种“壮士一去兮不复还”的决绝，说着就要往狂风里冲。

虞浅才刚拉住助理的手臂，身后便响起程骁南的声音。

“上来，送你们一程。”

助理茫然地顿住动作，虞浅淡定很多，只是顺着声音回望。

也许因为是深夜，拍摄基地一层中心灯位的灯都已经熄掉，只有一圈灯带亮着。

亮度足够照明障碍物，但也只是中规中矩，光线暗淡。

这种时候，就显得电梯里的灯极亮，透明电梯壁在这样的光线衬托下，像一方水晶匣子。

程骁南站在整个一层最亮的光源里，微微躬了背，按着电梯，锁眉催促："还不上来？"

虞浅在心里评价：嗯，这弟弟好像长高了些。

虞浅跟在助理身后进了电梯，她在电梯下沉时思忖：确实还是做陌生人好些，免去了不少麻烦，起码在这样密闭的空间里，她不觉得有任何尴尬。

地下停车场里有风侵入，丝丝透骨，虞浅无意识地搓了搓手臂。

程骁南开了辆白色的轿车，停在她们面前。

这款车的车型挺不错，有那么一丝复古感，通体锃亮的白漆，张扬得也合他的性子。

想到这儿，虞浅顿了顿。

同过去相比，程骁南似乎沉默了些。

男人长大就会变得沉默寡言吗？

她还是觉得，程骁南十八岁时的那一身傲劲儿和嚣张，更讨人喜欢些。

被吐槽没以前讨喜的程总毫无察觉，只和助理说："副驾驶位放了东西，你们坐后面。"

待人坐稳，他发动车子，不发一言，沉默地把车子驶出地下车库。

内饰是烟灰紫和白，他那只戴了满钻腕表的手搭在方向盘上。

然后移下来，动作自然地按开了空调。

虞浅想：还挺怕冷。

以前在国外时，彼得说满钻男表很难找到合适的主人，戴起来要么像暴发户，要么像娘娘腔。

但程骁南两种都不是，他戴着这么一块表，气质仍然干净。

甚至坐在虞浅身旁的助理，一边觉得坐在自家老板车上有压力，正襟危坐；一边又觉得自家老板有魅力，时不时偷瞄一眼。

魅力是有的，虞浅自己也看了好几眼，但就是有点太沉默了。

要不是刚刚听见程骁南说话，虞浅都怀疑这个少年时期满嘴不着调的家伙，是不是被人下毒给毒哑巴了。

外面的狂风夸张到不真实，像迪士尼舞台剧《美女与野兽》受诅咒的城堡周边，恶风咆哮；也像《加勒比海盗》船只遇险，风能掀起巨浪。

车子沿着上坡路驶入呼啸的风里，有那么一瞬间，虞浅忽然想起一些往事——

那天她心情十分不好，车子停在附中后街，学校里安安静静，她才惊觉，原来今天是周末。

但没过多久，一个高高的身影单肩背着书包，双手插在裤兜里，慢悠悠地从远处晃过来。

程骁南把书包往她跑车里一扔，靠着车门和她贫嘴："等我呢？"

"今天不是周末吗，你怎么在这儿？"

"补课啊，我们班主任家就住这附近，就那栋砖红色的楼。"

程骁南指了指身后的居民区，忽然笑道："不是特地等我？那也能遇见，说明咱们缘分很深啊。"

虞浅没接话，靠在驾驶位里闭目养神，一副懒得理他的姿态。

"怎么瞧着你心情不太好呢？"

"看出来了就闭嘴。"

程骁南倒是真闭嘴了，但没过一会儿，她感觉到灼肤的阳光被挡住，一片阴凉投在脸上。

虞浅睁眼，看见程骁南拿了片二球悬铃木的大叶子，蹲在她车边帮她挡着太阳。

见她睁眼，这少爷弹了一下车门，发出"嗒"的一声，他在这个手欠的声音里提议："你要没什么事儿，我带你去个好玩的地方散散心？"

"你不补课了？"

程骁南笑得挺乖，小酒窝露出来："我是学霸，自学都能考清华，补课不重要。"

那天在程骁南的撺掇下，虞浅半推半就地跟着他一起去了趟游乐园。

安北市不但有早晚高峰，周末也交通拥堵，他们在三环高速上堵了将近一个小时。

软顶敞篷车就是这点不好，遇上暴晒或者阴雨，虞浅这种从小浸在时尚圈子里的人，是绝对不会把顶棚合上的。

因为丑，太丑了。

她觉得软顶敞篷合上以后，这车在她眼里，模样等同于老北京布鞋。

本来心情就不好，顶着太阳在高速上晒了这么长时间，虞浅表情越来越淡，身旁的程骁南忽然从书包里摸出一顶黑色鸭舌帽，扣在她头上。

虞浅两只手都握在方向盘上，余光瞥他一眼，想说，你自己戴吧。

但视线被另一件事吸引过去——

书包里掉出一样东西。

本来虞浅以为是个废纸团、草稿纸什么的，偏头仔细看时，居然是印着淡粉色草莓图案的信封。

她的眉毛轻轻扬了一下，程骁南倒是没什么特别的表情，只是故作苦恼地玩笑说："啧，我这该死的魅力。"

程骁南拆开鼓鼓囊囊的信封，摸出一块桃子味的糖，撕开包装递给虞浅："给。"

虞浅没客气，接过来含在嘴里。

然后瞥见程骁南把那封情书草草看一遍，单手翻到背面，另一只手在书包里摸了半天，才摸出一支笔。

摸到笔的一瞬间，他自己都有些诧异。

那天程骁南在车上认真给情书写了回信——

感谢喜欢，不过抱歉，已有喜欢的人。

其实虞浅很意外。

怎么说呢？程骁南这人，看起来不正经的时候居多，连认识他都是因为他从校园里翻墙出来，撞见了正好在校园后墙外停车的她。

她以为他会拿着那封情书炫耀，或者装作不屑地嘲讽几句。

但他都没有。

他只是把那个女孩的心事铺在书包上，真诚地道了个谢，又真诚地拒绝。

几笔字倒是还行，大开大合的，也不显潦草。

他写完，忽然转头，凑到虞浅面前。

虞浅下意识地躲开，含着糖用眼神询问：干什么？

程骁南挺认真地盯着她看，像是在观察她的表情。

看完，他加了一句：

另，糖不错，谢了。

然后往信封里塞了糖钱。

信封重新被封好，虞浅跟着前辆车子往前挪动了不到一米的距离，停下来扭头，程骁南正扬着信封问她："不好奇我喜欢的是谁？"

"关我什么事？"

"那算了，等你好奇我再告诉你。"

虞浅皱眉，懒得理他。

那天在人山人海的游乐园，程骁南拉着她把那些刺激的项目几乎玩了个遍。

过山车上下来，虞浅拢着碎发问："鬼屋去不去？"

程骁南难得迟疑，最后偏过头转移话题："冰激凌吃不吃？"

他们在水上项目里被船体俯冲时撞起的水花拍了个透心凉，在游乐园里的服装店买了两件短袖换上。

程骁南穿着宽松的橘色大短袖，对着她笑："哎，我怎么瞧着咱俩这样穿，挺像情侣啊？"

越想越觉得，那时候他话真是挺多的。

他们的很多对话，其实都是程骁南没话找话。

虞浅是面对车窗外的，但窗外景色完全没入她的眼，连车子已经停在酒店门前，她都没留意到。

回神时只看见程骁南的手在她面前，食指上钩着两个大纸袋。

她才回过神，还没反应过来，身旁的助理倒是已经满脸受宠若惊地推辞道："程总，这点心很贵……"

"合作方送的，太多吃不完，你们帮忙分担点。"

话都说到这个份儿上，助理只好接下两袋点心，一袋递给虞浅。

虞浅下车时礼貌地道了个谢。

换作以前的程骁南，一定会说点什么，但此刻的他什么都没说。

所以虞浅在心里吐槽：哑巴。

地上有被吹断的树枝，她一下车就被头发糊了满脸，只能拢着发丝在风里一路小跑。

酒店侍者帮她拉开门，直到跑进去，她才觉得头发安静下来。

门口值班的几个侍者帮她停过车，也帮她拎过东西、取过快递，也算熟悉，虞浅也就和他们随口聊了两句。

手里的点心保质期只有两三天，虞浅觉得自己吃不完这么大一袋，于是翻出几个小盒塞给他们，还套用了程骁南的原话："别人送的，太多吃不完，你们帮忙分担点。"

程骁南没急着开走，很想和虞浅说些什么，但他到现在都没弄明白，虞浅为什么突然出国。

沈深的女朋友季苒总说，女人都喜欢成熟稳重的。

他也就忍着没开口，怕这姐姐时隔七年回国，觉得他还和以前一样。

目送虞浅进了酒店，也目送她把点心分给一群弟弟……

程骁南低头看了眼自己踩在脚底下的甜品店购物小票。

今天这风确实值得预警，吹得他脑仁疼。

✦

那天晚上虞浅没睡好，安北市的风狂欢至天亮，风声像某种兽类的哀号，不绝于耳。

她拨了酒店的内部电话，托工作人员送来一瓶红酒，醒酒后，对着枝叶狂舞的夜色独自小酌。

很多情绪浮于心头，又被她冷静地压下去。

虞浅记得某年圣诞节，她和彼得喝多了。

彼得哭得鼻头通红，先吐出了当天晚上吃的牛排，然后吐出对她的评价——"虞浅，你其实是个懦夫！"

虞浅垂头笑了笑，心说："放屁。"

工作助理昨天就歇在了酒店，一大早跑来敲虞浅的门。

不过虞浅开门时，助理心不在焉地同她说了声"早"。

因为没睡好，虞浅早起时眼睛有些浮肿："你先坐一下，我找个东西敷眼睛。"

助理这才回过神:“要不我帮你去公司化妆间取个消浮肿的眼膜……”

她的话没说完，虞浅从冰箱里拎出来一瓶冰镇的矿泉水，简单擦几下，把瓶身按在眼睛上。

“你说什么？”

助理摇头:“没什么……”

其实虞浅和她想象中的形象完全不同。

她很美，身上的皮肤都是那种细腻的白，很像电视里介绍的上好羊脂玉，但她白得不寡淡，关节处都泛着粉色，显得十分嫩。

五官是明艳又精致的，偏偏神情总是淡着的，带着一种总是对什么都提不起兴趣的懒。

助理一直以为这样的女人，哪怕性格不娇嗔，也会是养尊处优的，没想到她这么不拘小节。

虞浅举着矿泉水瓶坐在助理对面，把水瓶按在眼睛上，单手托腮:“有事找我？”

“有事的，前几天合作的那个摄影团队有意向同你再合作，你看……”

“可以。”

“不是的，这个是公益性的，没什么报酬可拿。”

助理可能怕虞浅失望，安慰地说:“你也是刚来公司，很多摄影师不知道你同我们合作了，慢慢知道后工作就多啦，会有很多高费用的代言来找的，放心吧。”

虞浅笑了笑:“我更喜欢现在这样。”

助理本就心事重重，没听清虞浅的话，下意识追问，得到虞浅同意合作的结论后，又同她聊了些细节。

公事聊完，助理松了口气，讲起自己为什么魂不守舍。

“我昨晚入住的房间在你楼上，刚才下来找你时，在电梯里遇见了程总，他昨晚好像也没走，留在酒店睡的，而且看上去心情不怎么好。”

虞浅倒是没什么反应，只在听说程骁南没走时，拆开点心包装的动作稍稍有半秒的停顿。

“浅，抱歉，我这段时间确实做得不够好，在照顾你的方面有很多疏漏，我会注意的……”

助理十分沮丧地叹了一声:“程总一定是觉得我不配当你的助理。”

虞浅摇摇头："我觉得你想多了，你做事很周到。"

"可我每次遇见他，都觉得他心情不怎么好……"

"他心情不好可能只是和女朋友吵了一架呢？同你没什么关系。"虞浅安慰着。

助理很茫然："程总有女朋友吗？"

虞浅把点心放进嘴里，随口说："有啊。"

还会削苹果呢。

接到工作的虞浅再次忙碌起来，这次拍摄是公益性质的，虞浅只算是一个漂亮些的背景板，也不用熬到深夜，但助理还是在下午尽职尽责地送来了咖啡。

虞浅接过咖啡道谢，忽然想起助理之前那些负面情绪，笑着冲她举了举咖啡杯，示意助理——

每天都有咖啡喝，很不错呢。

助理想说之前的咖啡都是程总买的，但不知道为什么，没出口的瞬间，她忽然涌起一种怪异感。

基地里那么多通宵或熬夜拍摄的摄影工作，也没见程总去 BCDEF 区那边的场子里转一转，订个咖啡送个温暖什么的。只有 A 区这边，他那几天每晚都来，还给整个工作区域的人送咖啡，而且以前好像也没听说过类似的情况。

之前助理总沉浸在"完了，我的不周到被发现了"的惶恐里，现在心中这种疑惑一起头，助理总觉得这种感觉似曾相识。

想了良久，她忽然想起来：

这行为！怎么像上学时候暗恋哪个女生的男同学，为了给人家买瓶饮料，最后给全班同学都买了饮料的行径！

外景拍了两天，又回到摄影基地的 A 区拍室内。

虞浅发现，从那天一起乘车闯过狂风之后，她生活里有了两种变化：

第一，助理开始和她熟稔起来，有时候会同她聊一些非工作方面的事情。

第二，同程骁南的碰面变得密集，次数越来越多。

今早在酒店大堂才看见过程骁南一身西装走出去，这会儿在吸烟室，又看见他举着手机推门进来。

他和她点了个头，然后拖着一把椅子坐在窗边，看上去只是想要避开外面的嘈杂，安静地接个电话。

不过他怎么跟选秀似的，这才几个小时，又换了一身衣服？

明明早晨她坐在酒店大堂同彼得视频时，这人还是一套宝蓝色的西装，大步流星地走出去。

当时彼得在视频里看见她眼神飘走一瞬，问她在看什么。

虞浅说："看一个穿宝蓝色西装的男人。"

彼得的表情变得一言难尽，他作为服装设计师的职业病又冒出来："宝蓝色西装啊……穿得会不会很灾难？你知道，毕竟亚洲人肤色偏黄，身高上优势也不明显，有时候会把宝蓝色穿得很……嗯——就是不太好……"

虞浅笑一笑："没有，十分出挑。"

她还切了个后置摄像头给彼得看，得到了彼得一声意外的"哇哦"。

彼得很是贴心地建议："这个看上去条件不错，撩一下试试？你也不能总是一个人。"

"这个不行。"

但电话里的彼得理解错了意思，很是遗憾地说："啊？不行啊，那还是算了，男人不行是大问题，有些终身都治不好呢。"

虞浅想起这段对话，无声弯起嘴角。

现在程骁南已经换掉宝蓝色西装，穿着一套休闲装，连鞋子都换成了运动鞋。

虞浅靠在另一侧的窗边吸烟，隔着室内地板上的一大片阳光，把目光落在程骁南的影子上。

几年不见，这弟弟确实长进不少，电话里都在用英文混合着日文同对方交流。很明显，电话里的人是日本人，英语沟通不明白的，程骁南在用日文同他解释意思。

这简直让人不敢相信，这是当年英语试卷考 48 分的人。

入秋的阳光不算灼人，落在程骁南的侧脸上。

他坐椅子的姿势倒是有些从前年少的影子，没那么中规中矩，倒坐在椅子上，胳膊随意往椅背上一搭。

虞浅吸完手里的半支烟，把烟按灭在烟灰缸里，转身离去。

吸烟室的门被短暂拉开，又被关上。

程骁南是在这时候才抬眸往虞浅的方向看去的，室内还有些残留的蓝莓味。

前几天沈深才说过，看见过新来的美女抽烟，感觉很酷。

程骁南对女人吸烟没有特别的意见，但他在某些事情上对虞浅的了解比其他人多。

认识虞浅时她不抽烟，倒是她母亲，常常抽这个品牌的蓝莓味香烟。

前几年业界外媒传闻，说虞浅母亲病死医院时，她本人没有露面，冷血得令人唏嘘。

但程骁南觉得，听到的都是谎言。

至少在这种蓝莓味气息中，他觉得那些消息的真实性令人存疑。

他挂断电话，坐在一室阳光里，只觉得，她怎么有那么多烦心事需要靠香烟来排解？离开的这些年，她是否快乐？

隔几天虞浅再去吸烟室，发现吸烟室的烟灰缸换掉了。

以前都是很普通的那种水晶烟灰缸，现在换成了红色的肺子形状的玩意儿，材质莫名，看上去软嗒嗒湿乎乎的，像真器官似的。

想按灭香烟，就得把烟蒂戳在这团黏稠得像是能按出液体的“器官”上……

怎么说呢？想也知道那画面极美，难以入眼。

墙上贴着标语：

珍爱生命，远离香烟。

虞浅拿着烟盒看了一会儿，干脆收起来，转身出门。

再次碰面程骁南，只是隔天。

在环卫工人的尽职清理下，前些天的狂风没在城市里留下任何痕迹，风和日丽，阳光明媚。

但这天中午阳光过于充足，有些晒。

站在大太阳底下，很容易联想到韩式烤炉里不断紧致的五花肉。

虞浅躲在树荫下，等着助理把车子从停车场开过来。

可能真是被吓到了，这助理总是在各种细微的地方表现出过分的周到，现在连接给她的温水都要把温度精准到 40℃。

非常夸张。

也许是她站的地方太隐蔽，也许是她蒙着一方丝巾遮阳，程骁南从虞浅身边走过去时，连停顿都没有。

他依然是接着电话的，一阵风似的走过去之后，虞浅才反应过来。

怎么好像听着，程骁南刚才说的是法语？

感觉短短几次会面，每一次他都说着不同的语言。

Eleven 看上去净做些不赚钱的情怀主题，怎么好像合作方的国籍还挺复杂？

公司正门就在不远处，程骁南匆匆走过去，停在一辆出租车旁边，挂断电话帮后座的人拉开车门。

车门里迈出来的是一只穿着高跟鞋的脚，人还没出来，却先把遮阳伞撑开递给了程骁南。

程骁南接过，帮女人挡住太阳。

然后又接过她递过来的几个纸袋，拎在手里，同她一起进了公司大门。

有遮阳伞挡着，虞浅看不到女人的长相，只觉得身材挺高挑。

程骁南一手拎着东西，一手帮她打着伞，自己完全沐浴在暴晒的阳光下。

虞浅突然想起，以前程骁南说过——

“我不爱打伞。”

那是从游乐园回来之后的见面，隔了几天，程骁南给她发信息，说有重要的事找她，放学时间在学校后街等她。

虞浅当时二十一岁，每天都在摄影棚里度过，不觉得自己和一个弟弟之间，能有什么重要的事。再加上心情不好，她也就没回那条信息。

那天收工晚了一些，外面又下着蒙蒙细雨，虞浅把手机丢进包里，忽然想起什么似的，按亮屏幕。意外的是，手机里没有任何消息。

那天早已经过了程骁南的下课时间，他一句话都没催促过，虞浅甚至疑心他自己都已经把约她的事情给忘了。

鬼使神差地，她还是开车去了一趟。

校园后的那条老街，不知道是年久失修还是学生们皮，路灯没几盏是亮的。

细细的雨丝又蒙了一层昏暗下来，但程骁南仍然很显眼。

程骁南穿着在游乐园买的短袖，懒洋洋地靠在有些老旧的校园后墙边。他脚边放了一只套在玻璃纸里的毛绒熊，雨幕朦胧的夜色里，他的表情显得那么漫不经心，手里举着的黑色雨伞全部罩在毛绒熊上方，他自己则站在细雨里，安静地玩着手机。

虞浅看见他的一瞬间，忽然心生抱歉，下意识去看自己车上的时间。

那时已经比约定的时间晚了一个多小时。

可程骁南语气里没有任何责备，只笑着调侃她："姐姐，你很忙啊。"

"收工晚，抱歉。"

"你就这么喜欢淋雨？这车子的软顶不是能放下来吗？"

虞浅没有向别人解释原因的习惯，只说："你不也没打伞。"

"啊，我不喜欢打伞。"

那天程骁南建议她把敞篷跑车停在学校附近出租的临时车库里，然后打车回去。

但虞浅刚坐进出租车后座，另一侧的车门就被打开，剥掉玻璃纸的毛绒熊被塞进来，随后，程骁南也坐了进来。

毛绒熊很大，估计有一米多，放在后座上甚至有些委屈。

程骁南坐进车里的第一句话就是："这么坐挺像一家三口啊。"

这类不着调的话虞浅都是懒得回应的："说说你叫我过来的重要事。"

"也没什么特别的，就是忽然想买个熊给你。"

虞浅怀有不解，问："为什么？"

程骁南的头从熊挡住的空间里探出来，笑得露出酒窝，挺认真地说："你这阵子不是不开心吗？"

其实虞浅只是性格淡，并不代表她不喜欢女孩子喜欢的那些东西。

她二十一岁，第一次收到毛绒熊，抿抿唇，终于没忍住，浅浅地笑了笑："谢谢。"

程骁南继续追问："喜欢吗？"

思及他在雨里站了一个多小时，虞浅给面子地点头。

程骁南就露出了另一种笑容，看上去有那么一点儿不好意思，偏过头，用舌尖抵了下牙尖，嘀咕说："喜欢就好。"

他那时候对女性示好，会有种少年特有的难为情。

不像现在，帮女朋友拎东西、打伞动作都那么自然。

弟弟果然长大了啊。

时间过得真快。

也是，她都已经二十八岁了。

助理把车停在虞浅面前，探头好奇地问：“浅，你看什么呢？”

虞浅把遮在头上的丝巾拆下来一甩，坐进车里，挺感慨地说：“在看岁月不饶人呢。”

“谢了谢了。”

季苒两手都拎着东西，跟在程骁南身边，很是开朗地笑着说：“还得麻烦我们程总给我打伞，真是罪过。”

“这玩意儿真能防晒？”程骁南掂一掂手里的遮阳伞，忽然问了一句。

“聊胜于无吧，有一点儿作用也是好的。你想啊，沈深本来就黑，我又很容易晒黑，要是不注意着点，回头举行婚礼时，宾客们不得觉得我俩是非洲裔？”季苒忽然一皱眉，“不过，沈深他为什么不自己下楼接我，他人呢？又在打游戏？”

“拉肚子。”

“怎么我一来他就拉肚子！我就那么通便吗？”

程骁南笑了一声：“他出差时你点名要的那只手袋他忘买了，可能怕你揍他。”

“又忘了？”季苒不满地嘟囔几句，这事儿也就算了。

她自己的男朋友什么德行她最清楚不过了，篮球明星那么多也不见他记混，她要买的东西不是记混就是忘记，她也习惯了。

季苒、沈深和程骁南是高中同学，一个班的。

高中时程骁南不爱说话，每天就听沈深在教室里叨叨。

上课叨叨，下课叨叨，被老师请出去站在教室外面也叨叨。

那时候还以为程骁南会是个多么冷漠的人呢，后来他和沈深一起创业，季苒发现他也没那么难接触。

顺着这个思路，季苒问程骁南：“南哥，如果是你，女朋友在你出差时让你买包包，你会忘吗？”

“不会吧。”

“你看！我一会儿必须让沈深跪榴梿了！他都没主动送过我礼物，想想就生气，你送过女朋友什么礼物没有？”

季苒也就是随便一问，结果听见程骁南说，送过女生玩具熊。

她噎了一下：“南哥，你这么纯的吗？”

程骁南没回应。

但走了几步，季苒突然停住脚步：“等会儿，你什么时候有的女朋友？”

程骁南的脚步顿住，半秒后才低声吐出一句：“不算，是以前喜欢的那个。”

季苒知道他说的是谁。

高中时，听说程骁南暗恋过一个校外女生，开红色跑车，真人长什么样她倒是没见过，毕竟那会儿她还不是沈深的女朋友，和他们两个也不太熟。

只记得有一次，她感冒很严重，怕传染同学，戴着口罩和老师申请一个人坐到教室后排听课。

结果大课间时，一向和她没什么交集的程骁南拖了一套桌椅过来，在她旁边睡了一节课。

后来季苒没忍住：“程骁南同学，我感冒很严重，容易传染你。”

程骁南懒懒地睁开眼睛，还带着才刚睡醒的鼻音：“那最好。”

这事儿一直令季苒匪夷所思，还以为这位冷脸校草把脑子睡坏了。

后来和沈深在一起才听说，原来程骁南那阵子巴不得感冒，好有正当理由请假。

可能是因为太阳太晒，季苒问了个傻问题：“南哥，我和沈深一直想知道，你后来追到她了吗？”

程骁南沉默半晌，自嘲一笑。

✦

这种出现在九月份的升温和艳阳，被安北人称为“秋老虎”。

好在办公室里开着空调，格外清凉。

沈深去国外出差，千不该万不该，不该忘记给自己女朋友买包，还以为回国可以买到，结果机场的免税店里没有这一款。

他被季苒揪着耳朵教训一顿后，揉着耳朵从隔壁办公室出来，溜进程骁南常待着的那间会议室，满腹委屈："南哥，托我干爸从国外回来时给季苒代购个包呗？"

"嗯。"

"不是，南哥，你干什么呢？"沈深很是纳闷儿，他第一次见程骁南在上班时间照镜子。

镜子不知道从哪儿借来的，镶边塑料感严重，一看就不是程骁南的风格。

他南哥就把镜子放在会议桌上，对着它看，表情还挺凝重。

"是长痘了吗？"

沈深凑过去，从镜子里瞧见程骁南干净的脸："这也没有痘啊，青春期都没见你长过半个痘，你这遭人嫉妒的皮肤有什么可看的啊？"

程骁南扭头，沉吟片刻，问沈深："我和高中时比起来，变化大吗？"

沈深一时没反应过来程骁南说的是哪一方面，没头没尾的，他只能下意识回答："挺大的。"

在沈深看来，程骁南变化真挺大的。

他和程骁南是高中同学，高一刚开学时两人关系不怎么样，见面都不说话。

因为程骁南总是冷着一张脸，看上去不太好接近的样子。

后来军训时沈深中暑，站他旁边的程骁南被安排送他去医务室。

那时候谁和谁都不熟，沈深以为送他去医务室之后程骁南就该回去军训了。

没想到几分钟后，他又回来了，拎着一兜绿豆沙冰棍丢给他，说："食堂绿豆汤还没煮好，吃这个也许能行。"

沈深很是感动，觉得程骁南是个够意思的，从此以后总像跟屁虫似的跟着程骁南。

最开始他和程骁南都是学渣，但后来程骁南在高三自请降级，发愤图强，变成了一个学霸。

"以前认识的人现在见我，会认不出来？"程骁南皱着眉问。

"哦，你说长相啊，我以为你说成绩呢，长相的话，那没什么变化。"

沈深拉开程骁南身边的椅子，坐下："不过认不认出来也正常啊，前些天我和季苒去商场里挑订婚戒指，碰见一初中同学，她说名字我都没想起来是谁，报了学校班级我才确定她不是认错人的。”

程骁南眉心皱起来。

这种情况他当然也遇见过。

上学时候一个班人挺多的，并不是每个人都熟悉，毕业年头一多，有些是谁还真就想不起来。

但那能跟他情况一样吗？

他好歹也做过虞浅的朋友，虽然他们从认识到虞浅突然出国，也只有半年。

几次碰面，虞浅都是一副完全不知道他是谁的样子。他在她眼里就那么没有存在感？

程骁南愣神儿时，季苒不知道什么时候也跑进了会议室，正坐在沈深旁边，看着他给她削苹果。

吃苹果也堵不住他俩的嘴，这俩人单拎出来都是话痨，凑在一起更是聒噪得要命。

程骁南忽然一眯眼睛。

以前这俩朋友吵架时，季苒说女人都喜欢成熟稳重的，现在想想，这话好像并不可信。

喜欢成熟稳重的，怎么找了沈深这种类型的？

程骁南手里转着笔，垂头嗤笑一声，觉得自己是有点“病急乱投医”。

可能是虞浅回来，他有那么一点儿自乱阵脚了。

沈深正吃着苹果，扭头看见程骁南起身往外走：“南哥，外面太阳那么晒，你干什么去啊？”

“沟通感情。”

“又和老爷子吵架了？你别吵了啊，我还指着我干爸回来帮我带包呢。”

沈深囫囵咽下苹果，叮嘱完又想起什么似的开口：“对了，南哥，我这阵子怎么感觉你总在练各国口语啊？老爷子又给你出难题了？”

他爸是没出什么难题，但……

程骁南总不能说，自己是为了在虞浅面前表现，强行把在国外的朋友联系个遍吧。

他头都没回，淡着脸走了。

虞浅在化妆间补妆时，身边有两个刚过来的模特毫不避讳地闲聊着。

一个说："老板的女朋友又来了，在洗手间遇见她，老板就在洗手间外面的走廊里，帮她拎着包，很恩爱的样子。"

另一个模特说："当然恩爱，人家是同学，今年好像要结婚了吧。"

"校服到婚纱啊，好羡慕！"周围有人附和说。

虞浅忽然睁开眼睛，吓了化妆师一跳："哎，虞老师，别睁眼，眼影没补完呢。"

"抱歉，你继续。"虞浅重新闭上眼睛。

化妆间冷气很足，助理说要回公司取些东西，给她披了一条空调毯就走了，走前还不忘问她要不要带咖啡回来，很贴心。

今天的拍摄也很顺利，和摄影团队合作得很愉快，拍布景的小弟弟性格也很可爱，逗几句就脸红。

应该没什么值得心烦的才对。

虞浅深深吸了一口气，却有些想去吸烟室抽支烟。

"虞浅老师的化妆师，妆补好了没？这边可以开始了。"

"已经补好了，这就让虞老师过去。"

虞浅睁开眼，随着工作人员走进摄影棚。

她进去时，摄影师同她说："这次要笑得甜一点儿，可以吗？这组是那种甜美感的。"

"可以。"

随后，她回眸，露出一个让摄影师都怔了半秒的笑。

这样的表情转换虞浅非常擅长。

不是用来表达喜悲，只是用来达到摄影要求，她能把那些笑和哭做到感人，但自己仍然心无波澜。

这是从小在母亲的打骂下，养成的习惯。

拍摄结束后，虞浅拿了盒烟往吸烟室走去。

拉开吸烟室门的瞬间，她忽然想起那些肺子形的烟灰缸，动作顿了顿，松开门把手往回走。

抽烟这毛病，是在收拾母亲遗物那天开始的。

她一直没想过戒烟，就像她一直没为自己的生活设想过什么一样。

但这个给吸烟室放“肺子”的部门领导很厉害，生生恶心得她一口烟都不想抽了。

虞浅转身，回眸的一瞬间却看见程骁南从不远处走来。

他身后是拍摄基地的长廊，阳光从窗外透进来，虞浅被刺眼的光线晃得眯了下眼睛。

她垂下视线，缓解眼睛的不适。

随后如同每次见面时一样，假装陌生，往旁边撤了半步，给程骁南让路。

但她再抬头时，程骁南就站在她面前，直视她。

虞浅没什么表情：“程总，挡路了。”

“聊聊。”

虞浅实在不觉得他们之间有什么可聊的，像前几次碰面那样不是挺好，突然聊什么呢？

她还没想好，程骁南就像以前一样，抛出话题：“在 Eleven 还适应吗？”

“还好。”

其实后面还有一句带刺的话，她想说，如果没有人挡路会更好，但终究没说出口。

也是在这个时候，虞浅忽然意识到，其实不是她一定要装作陌生。

是他们已经阔别七年，往日那些熟识在漫长的岁月里已经不足为道，他们早已经不是可以互相斗嘴的关系了。

程骁南看上去倒是挺放松的，盯着她看时，眉眼间那种认真和以前如出一辙。

他说：“你忙完了？有空的话，一起吃顿饭？”

虞浅还没说话，她的工作助理从程骁南身后跑过来，边跑边和虞浅挥手：“浅，我找你半天啦！”

助理可能是没料到背对着她的男人会是程骁南，看见他回眸，助理吓得走路都顺拐了：“程、程总，你们谈事情呢？那……我先进去等……”

程骁南抬了抬手：“你先。”

“哦。”

助理背了个挺大的包，费劲儿地从里面掏出一个盒子，塞给虞浅："这个是公司前几天置办后剩下的，每个办公室都可以领的，我想着你应该能用得到，就问老板要了一个。"

助理说的老板是沈深。

她本来是想说沈总，但又觉得虞浅那种性格不会知道沈总是谁，改口说了老板，正好和面前的"程总"有个区分。也好让程总知道，自己不是私自拿了公司的东西送人。

而且很奇怪，程总真的不常露面，公司的员工绝对都和沈总更熟悉。

只有虞浅是个例外。

助理战略性后退，把空间留给他们："你们先聊，我去楼下车里等。"

助理走后，虞浅掂量着手里的盒子，一边拆开一边问："刚才说什么？"

"约你一起吃饭。"

"理由呢？"

程骁南笑了："迎新？"

虞浅本来觉得，吃个饭也可以，顺便说一下以后还是当不认识得好，但话没出口，手里的盒子已经被拆开。

因为工作关系，她并没有留长指甲，拇指按进盒子边缘打开的瞬间，她已经感觉到指腹沾染的粘腻。

盒子被彻底打开，虞浅垂头看了一眼手里的"肺子"烟灰缸。

很好，鲜红、逼真。

又看了一眼手指上沾着的黏液……

一连几天被这玩意倒胃口的郁闷一起涌上心头。

到底是哪个部门领导不做人？

虞浅深呼吸一瞬，再抬头时，语速很快："如果程总安排迎新活动，应该把时间发到助理那边，而不是直接同我说，我还有事，回见。"

说完，她拎着她的"肺子"烟灰缸，绕过程骁南，走了。

正好是摄影基地 A 区这边收工的时间，电梯间等着下行的人有些多，虞浅没乘电梯，拎着她的"肺子"去了楼梯通道，往下走。

楼梯通道万籁俱寂，她闯进去，打破安静，高跟鞋踩在瓷砖面上发出了清脆的撞击声。

外面阳光普照，这一方空间阴凉、静谧，该令人舒心才是，但虞浅心里很烦躁，莫名烦躁。

其实也不全然是莫名。

虞浅站定在某层楼梯转角处，闭了闭眼。

可思及自己会烦躁的原因，她觉得烦躁更甚了一层。

意外的是，走到二楼时，她已经听见不远处传来的声音，是她的工作助理在接电话。声音小心翼翼、恭恭敬敬，在走廊里也压低着嗓音，怕打扰到谁似的。

走下去果然看见助理的身影，她刚把电话挂掉放进背包里，闻声转头看见虞浅下楼，意外地开口："你和程总谈完啦？是不是有什么大广告找你？"

"没有。"虞浅拎着烟灰缸，神色恹恹。

"哦……"

虞浅从她身边经过，脚步没停："走吧，回酒店。"

助理怔了一会儿，觉得是自己送的烟灰缸的问题，才导致虞浅看上去很烦。

她有点不知所措，跟着虞浅的步子顺着楼梯走下去，忍不住小声开口："对不起，我是不是不该送你这样的烟灰缸……"

虞浅顿了一下，回眸："什么？"

"我不知道你不喜欢这个烟灰缸，办公室有个姐姐也领了，她说她老公抽烟太多对身体不好，拿这个烟灰缸回去，可能她老公就会少抽烟了。"

助理打量着虞浅的表情，眼神和声音都更加怯怯："我确实是存了点私心的，我也想让你少抽烟……"

其实助理说到这里时，虞浅才听明白她为什么忽然变得比平时更加唯诺。

可能是因为自己看上去心情太差，让这位助理误会了？

"我姥姥和我说，我姥爷年轻时就是个烟鬼，烟不离手，后来得了肺癌，在我几岁的时候就死了，我一直觉得吸烟对身体不好，我是你的助理，我一直想要好好照顾你……"

助理说到这里，自己忽然瞪圆眼睛，弯腰鞠躬："对不起！我不是说你会像我姥爷那样生病……"

虞浅其实最不会和女孩子相处。

她本来以为，等助理说完，她稍微捺下性子解释解释，说自己不是因为她送了烟灰缸才郁闷，这事儿就过去了。

她完全没想到助理自己说着说着，把自己绕进去吓哭了。

其实从面前这个姑娘做她助理的第一天，虞浅就能感觉到她的紧绷。

从小和模特这个职业打交道，她身边来来去去过太多与工作相关的人，并不是每个人在她眼里都会拥有姓名，包括化妆师、摄影师、助理。

面前这位总是慌乱、担心自己不够周到的助理，也是在这一刻才在虞浅脑海里拥有姓名的。

孙月。

很常见的女孩子的名字。

虞浅甚至觉得，仔细想想，也许自己在曾经接触过的人里，也有过三两个同名的女孩。

孙月眼睛泛红，垂着头抹了抹眼泪，慢慢蹲下去，嘴里嘟嘟囔囔地还在道歉。

孙月认为自己从小就是一个普通的姑娘，成绩、相貌、性格等等，各个方面没有一样出挑，上学时为了交朋友，她学会了无条件地付出，生怕别人对她有所微词……

可是今天，她把一切都搞砸了。

孙月闭着眼睛，心想：虞浅应该会换个助理了。

虞浅把手里的“肺子”烟灰缸放在地上，蹲在助理面前。

手往她头上一按，叫她：“孙月。”

这是虞浅第一次叫助理的名字，孙月也茫然地抬起头——

虞浅表情严肃地看着她，问她：“你是不是搞错了什么？”

“对不起，是我错了……”

虞浅把她的嘴捏住，打断她的道歉，然后从包里翻出一包纸巾，抽出一张按在她眼睛上：“助理不是要一味地讨好我，你只需要做好分内的事情就行了。”

“可是我并没有……”

虞浅笑了笑：“你做得很好，是我遇见过的所有工作助理中，最令人舒适的。”

孙月猛地抬起头，眼泪吧嗒吧嗒地往下掉。

她们所处的楼梯通道，每一层都有连接里面走廊的门。

两个姑娘没留意到，这层的门板玻璃上，投了一道人影。

那是程骁南。

程骁南是想要找虞浅的，但听着她们的对话，停在门边，没进去。

这姐姐安慰别人时倒是挺温柔的。

可她自己呢？

程骁南起初认识虞浅时，她总是淡着一张脸，对万事都波澜不惊的样子。

别人会觉得酷，程骁南觉得不是，在他印象里，她只是不开心，但他不知道她为什么不开心。

有一次，程骁南在周末约虞浅见面。

那是冬天，天儿挺冷的，人来人往的商场门口，透过层层穿着暗色调羽绒服的人群，程骁南一眼瞧见虞浅。

也不是说她穿得多出挑，和其他人一样是黑色长款羽绒服，只是一个背影，他也能一眼就发现。

她站在商场外面停了喷泉的水池旁，在同两个年轻男人说话。

程骁南撇撇嘴。

哪来那么多异性搭讪。

他存了恶作剧的心思，嘴边憋着一句酸话想去逗逗虞浅，故意把羽绒服的帽子戴上，帽檐压低，隐在人群里慢慢踱过去。

靠近时，虞浅面前那两个男人已经离开。

他们正好往程骁南这边来，呵着雾气在对话——

“刚那女的长得真好看，你在哪儿认识的？她有男朋友没？没有给我介绍介绍？”

“她乱着呢，介绍了你也不敢要。”

“我有什么不敢要的？”

程骁南脚步停住，皱了皱眉。

大冷天的，他只觉得火气直往天灵盖上蹿，顿了两秒才压住情绪。

这时那两个男人走到他身后的位置，程骁南忽然转身，按住一个男人的肩膀：“Hey，man。”

那天他知道了虞浅的职业。

也因为迟到，惹得虞浅不开心。

本来以为，那些污言秽语只有他听到过。

后来虞浅出国后，在国外拍摄过一组照片。

程骁南记得其中有一张：

虞浅穿了一条紧身牛仔裤，露出腿部漂亮的曲线，大方地展示着自己的髀罅。手里举着一张白纸，上面画着鲜红的“X”。

画面上的虞浅，拥有自信坚定的目光。

她的美不止在相貌，也在风骨。

那一套摄影作品的主题是“保护少女计划”。

她很坚强，活成了不需要依靠任何人的样子。

楼梯通道里面的小孙助理，已经开始抽着鼻子问虞浅：“那你其实不喜欢这个烟灰缸是不是？”

“……喜欢。”

程骁南靠着玻璃门，没往里看，却已经能从虞浅咬牙切齿的喜欢里，听出她的无奈和哄人的耐心告罄的味道，甚至能想象出她脸上的表情该有多麻木。

程骁南轻笑一声，拿出手机给助理发信息。

他得想办法见缝插针地刷刷存在感。

楼梯通道里的环境很安静，孙月抽了抽鼻子，刚要顺着虞浅的话起身，准备送她回酒店，手机便在包里响了两声。孙月手忙脚乱地点开，然后愣愣地抬眸看向虞浅。

虞浅问她：“红眼兔子，你看什么？”

孙月动作十分夸张地摇头。

信息是程总发给她的，说让她安排合适的时间给虞浅迎新。

可是……

公司一般只有员工们自发的迎新活动，老板们是从来不干预的，活动也不会大张旗鼓，也就是部门里的几个同事在下班时间找个馆子聚一聚，聊聊天。

孙月本来是想等十月份虞浅那场概念秀走完，再来安排的。

毕竟模特们对自己的饮食、作息都有极其严格的要求，尤其是在重要工作前。

但程总发来的信息……

孙月刚哭过，看东西不太清楚，使劲儿抹了两把眼睛，告诉虞浅："程总给我发了信息，说是要给你迎新，时间随你方便。哪天、午餐或者晚餐都听你的，要是——呃——他说要是虞老师愿意，从早餐开始迎也行……这……"

这弟弟又要开始搞事情了。

这是虞浅唯一的想法。

她干脆抱臂靠在楼梯扶手上："后面说什么？"

"哦，后面还有一条友情建议，说定下时间后，最好稍微早点通知他，方便他预定鲁斯特酒店的双人餐位和玫瑰。"

孙月蒙蒙地、目光疑惑地看向虞浅："迎新参加人数是两位，只有你和程总？"

没等虞浅说话，这位助理小声嘀咕出心里的怪异感："就感觉很像相亲。"

第二章

我想吻你

虞浅听完孙月说的话，面色平静地拎起她的“肺子”，边走边说：“再议。”

虞浅没说什么时候有空，孙月就把她的“再议”两个字，修饰润色出一大段，回复给程总，然后屁颠屁颠地跟着虞浅走了。

越到下午这会儿，太阳越是灼人。

但不知道为什么，孙月开着车从后视镜偷瞄坐在后面的虞浅时，觉得她的情绪看上去好像没有那么差了。

回酒店的路上，虞浅的手机连连振动，她看了眼屏幕上的“潘二狗”字样，懒懒地接起来：“怎么了，二狗？”

对面的人直接挂断电话。

但又憋不住话似的，很快打回来。

“虞浅，我过几天要回国，你来接机。”

虞浅是这样的人，越是熟悉，越是刀子嘴。

她丝毫不意外地“哦”了一声，然后翻起旧账：“你回来我为什么要接机？以前我去其他国家拍摄，回去时也没见你主动给我接机，哪怕一次。”

“你有助理接送！”

“你难道没有助理？”

“这次没有！”

虞浅这才稍显意外地笑了：“原来不是因为公事，那你回国干什么？”

“你管我回国干什么！”

虞浅忽然不再问了。

车窗外艳阳高照，阳光折在金属陈设上，亮得晃眼，可即便是这样，也快要十月了。

彼得恋人的忌日也快到了，他不会想要自己一个人待着。

外媒关于彼得的传闻比她还多，各种信息不堪入目。

有人拍到他酒后抱着某男性痛哭。

有说他这些年的设计再也不复以前的风光，设计的单品越来越少，是江郎才尽了。

也有说他背着家里的妻子和某女模同居多年，私生活混乱。

可其实这些捕风捉影里，拼凑不出事实的千分之一。

虞浅始终记得，到国外的第二年，她和彼得几乎穷得吃不起饭。

圣诞节那天，满街灯火，他们裹着厚重的棉衣坐在郊区装潢简陋的合租屋里，商量着煮面条是否要奢侈一次——放半根香肠。

那天虞浅查了账户，无意间发现自己的拍摄尾款已经入账，他们像两个兴奋的疯孩子，在大雪中一路狂奔，去买了酒和炸鸡。

回来的路上彼得摔了一跤，眼镜飞出去好远，手里还紧紧护着炸鸡。

圣诞夜彼得喝多了，哭得鼻尖通红。

他满脸眼泪地说起自己因为车祸突然去世的妻子，说起他们未出世的孩子。

最后他醉倒在简陋的沙发里，眼泪顺着眼角不断流下："我一想到无论我设计出多美的服饰，她都不可能穿得到，我就觉得我生活得毫无意义。"

虞浅不敢安静太久，马上问彼得，是否定好了机票，到安北时是什么时间。

彼得说是早晨，大概八点钟。

她怕勾起彼得的伤心事，故意气他："那么早，那我不一定起得来，去晚了可能就要麻烦你多等一会儿了。"

彼得也是半个安北人，本来还心心念念想赶着早餐时间吃完炒肝来张油饼，听虞浅说不来，气得差点背过去："虞浅，我要是赶不上吃炒肝和油饼，我就跟你绝交！"

挂断电话，彼得以一己之力发出千军万马的吵闹声，终于在耳边消散。孙月是贴心的助理，车子里永远放着舒缓的钢琴曲。

虞浅就在钢琴曲里，思绪慢慢沉浸，回到那个下了鹅毛大雪的圣诞夜。

彼得酒量奇差，也可能是百愁缠心，才很容易醉倒。

反正最后对着雪夜吞酒的，只有她一个人。

隔壁住着一对年轻的夫妇，二人带着一个三岁大的孩子，生活也很拮据，彼得和虞浅在超市买打折的鸡肉时常能碰见那对夫妇，也同样拎着袋子排队等着称鸡肉。

但他们应该很快乐，三岁大的小孩正在给他们唱幼儿园新学的圣诞歌。歌声断断续续从风雪的夜色里传来，也是在那天，虞浅忽然想起程骁南。

他应该已经上大学了，也许在大学校园里遇见了合拍的女生，发展成了恋爱关系。

但没想到，小兔崽子动作还挺快。

那岂不是，她才刚走，那家伙就有女朋友了？

虞浅在心里“啧”了一声，与此同时，车子停在酒店门口，孙月苦口婆心：“我们到啦，今天没有其他工作，回去要好好休息，不要熬夜喝酒了。”

“嗯，你也好好休息。”

这家酒店的服务确实很到位，虞浅拉开车门，一片阴凉便从头顶笼罩过来。

大堂经理正笑着对她说：“虞小姐，我帮您撑伞吧，天太晒，小心中暑。”

有那么一瞬间，虞浅忽然想起程骁南给他女朋友撑伞的样子。

他是否也说过这样贴心的话呢？

“酒店准备了祛暑饮品，如果您需要可以打电话给前台，我们会差人送去。”

虞浅点头说：“好。”

“南哥！”

沈深从外面跑进来，抹了下额角的汗：“我找你半天了，打电话你也不接！”

“有事儿？”

“季苒说想吃石斑鱼，学校那边那家，咱仨一起去呗，她在外面车上等着呢。”

程骁南垂头看着手机里孙月发来的一大堆话，想了想，觉得如果这是虞浅，她大概只会回他两个字，再议。

看完，他笑了笑，收起手机：“走吧。”

沈深听见笑声，怔了怔，总觉得最近他南哥有点不对劲，大热天的，好好的办公楼不待，总往拍摄基地这边跑，而且听说他还给A区这边的工作人员买咖啡。前些天也是，说吸烟室设计得太舒服了，影响员工们健康，加急定制了一批烟灰缸。

结果沈深去抽烟，就被那造型感人的烟灰缸吓到了。

最闹心的是，季苒还拿回去一个放在家里，说给他用。

本来沈深也没多想，但这会儿站在拍摄基地A区，他忽然灵光闪现：

新签的那个模特姐姐，最近好像就在A区这边拍摄。

其实公司决定签虞浅时，沈深正好在外地出差，回来之后也没觉得有什么特别，毕竟他们的模特没有一百也有八十，签几个新模特实在不是什么大事。

但也就在前几天，他才听人说，新模特是程骁南提出签的。

沈深跟在程骁南身后往外走，摸着下巴琢磨，觉得他南哥是不是看上人家虞浅姐姐了。

越想越觉得有可能。

程骁南就喜欢这款的，高中就是！

他以前暗恋的那个女生就是姐姐，开红色跑车，性格挺酷。

虞浅好像也是那种类型的。

但程骁南真的准备好开始一段新感情了吗？

沈深刚才满公司找人，就因为季苒说今天必须请程骁南吃饭，她说她说错话了，得请客赔罪。

当时沈深挺纳闷儿的，问季苒：“你说什么了，还能把南哥惹到。”

季苒挺纠结地说：“倒不是惹了程骁南生气，是我脑子一抽，问起他以前喜欢的那个女生。”

还说当时程骁南表情很淡，看得她都有些揪心，想来想去必须请客赔罪。

季苒说:“南哥这么多年，还是没走出来啊。”

所以沈深也搞不明白，现在程骁南是准备开始新恋情，还是有什么别的打算，搞不明白，他也就没敢嘴欠拿这事调侃。

毕竟程骁南感情的事，他从来都没搞懂过。

那会儿学校追程骁南的女生挺多的，校花都给他写过情书，但他有喜欢的人，据说还比他们大。

当时沈深觉得这事不妥，劝程骁南:“南哥，咱再怎么混也是学生，社会上的姐姐你 hold 不住的。”

那时候是课间，教室里乱成一团，程骁南没抬头，垂着眼睑紧盯手机，不知道在看什么，他漫不经心地说:“玩玩。”

后来老师派了班长来叫人，程骁南被叫走，手机就放在桌面上。

班主任说只有怕吵到程骁南时，沈深才能消停点，所以他俩是一桌。

老师管这叫“以静制动”。

程骁南才走，他放在桌面上亮着屏幕的手机冷不丁振动了一下。

他手机和别人的不一样，白色，很小巧的一款，比沈深用的金属壳手机秀气很多，也时尚很多。

沈深下意识看过去——

满屏幕都是程骁南发出去的信息，对话框的名字写着“姐姐”。

而这位班级里公认安静话少的，被回了四个字加两个标点:

闭嘴，话痨。

沈深当时吓死了。

不是，说好的玩玩呢?

怎么觉得他南哥玩得好卑微啊?

沈深和程骁南认识的时间长，渐渐懂了一个道理:不懂别问，憋着。

于是他坐进驾驶位，立誓当一名沉默的司机。

季苒坐在副驾驶位，程骁南一个人弯腰进了车子后排。

沈深的车上有一堆没用的毛绒玩具，估计都是季苒的，他把一只大嘴猴往旁边推了推，方便坐下。

车开出拍摄基地，不久就到了酒店那个路口，正逢红灯，车停了下来。

程骁南向窗外看去，阳光明媚，果然看见孙月的车停在酒店前面，还有帮虞浅撑伞的酒店人员。

过了好一会儿，车子开出了梧桐里。

沈深冷不丁听见身后的程骁南叫他："沈深。"

"啊？怎么了南哥？"

"你家酒店怎么那么多男的？"

彼得回安北的清晨，助理早早打来电话联系虞浅，说可以给虞浅当司机，开车载她去接人。

但被虞浅拒绝了，她不太习惯私事上麻烦助理。

不过出门接人的这天早晨，时间确实有些紧迫，虞浅接到一通不怎么想接的电话，最开始是打算忽略的，但手机在桌上"嗡"了半天，她才拿起来，接通。

就是因为这通电话，时间显得稍有些紧凑。

从酒店房间出来，虞浅快步往电梯间走。

她不会真的让彼得在机场等，也会带他去吃安北的特色早餐。

彼得对她来说，是一位很重要的朋友。

其实和彼得认识全是因为彼得的妻子。

那是一位很优雅的女人，那时候虞浅才十八岁，和彼得的妻子在某场拍摄工作上相识，他妻子很喜欢虞浅，开玩笑叫她大女儿。

后来彼得来接妻子，他的妻子握着虞浅的手同彼得说："这姑娘长得太合眼缘，如果我们有孩子，希望也能这样好看。"

那时彼得妻子的身体有些问题，怀孕困难，但他们都很期待，未来能有一个孩子。所以这些年，彼得对虞浅一直很好。

虞浅快到电梯间时，电梯已经临近闭合，缝隙里有人伸出手，拦住了电梯。

那是一只挺好看的手，每一节指骨都修长，骨型精致。

在电梯间的冷光灯下，显得格外漂亮。

虞浅还想着，里面要是个好看的弟弟，可以撩两句。

电梯门缓缓打开，那只漂亮的手收回去，虞浅视线上移，看见了程骁南。

其实她在那一瞬间有些庆幸，自己是戴着墨镜的，能挡住所有眼里的情绪。

电梯里只有两个人，另一个男人比程骁南稍微矮些，小麦肤色。

那男人看见她时，表情是他们三个人里最夸张的。

虞浅迈进电梯，程骁南很自然地搭话：“下行？”

“一楼，谢谢。”

程骁南忽略了她言语间过分的客气，靠在电梯壁上，继续搭话：“虞老师这是要出门？”

“嗯。”

程骁南站在虞浅身旁偏后的位置，趁着她的视觉盲区，忽然把沈深手里的玻璃瓶抢过来，递给她：“这几天闹秋老虎，外面太晒，出去小心中暑，给。”

虞浅感觉到小臂被冰了一下，微微垂眸。

那是一瓶酒店自制的绿豆百合汤，不知道加了什么独家秘方，口感很好，有些像冰激凌。

这几天天热，酒店餐厅时常有准备，做好了放在玻璃瓶里冰镇，方便客人出门时外带。

“拿着，员工福利。”

虞浅接过玻璃瓶时，听见他含带笑腔地问：“虞老师，迎新时间记得考虑一下。”

虞浅上电梯后，沈深其实很蒙。

那天吃石斑鱼火锅时的情景顿时在脑海里浮现：

那顿饭间，他们话赶话聊到虞浅。季苒说她在公司里见过样片，真是一个很美很美的女人。还笑着和沈深开玩笑，说：“你可别假公济私啊，见着漂亮姐姐就以工作的名义套近乎。”

其实也不是特指虞浅，公司里合约模特和临时模特多，这种话季苒总说，半是打趣，半是警告。

换了清醒时，沈深指定守口如瓶，但那会儿他已经喝了二两白酒，酒壮㞞人胆，他下意识就嘟囔：“假公济私的可不是我，喜欢姐姐的也不是我啊。”

这话说完，沈深猛然抬头去看程骁南，顿时觉得身后空调冷气都像是从阎王殿吹来的，冰凉冰凉的。

沈深脑子里只有两个想法：

完了，季苒这顿饭估计白请了。

他和季苒不愧是两口子，反复在南哥底线上蹦迪。

但程骁南看上去挺平静的，甚至笑了笑，说：“也不是每个姐姐都喜欢。”

话题都顺着聊到这儿了，沈深也就不藏着掖着，干脆直说：“你对虞浅有意思？”

“算是。”

后面一个问题是季苒问的：“可是你心里不是……”

没说完，在场的人都懂。

她想问，你心里不是还惦记着以前喜欢的人吗，怎么公司来个美女，你就心动了？

石斑鱼火锅点的鸳鸯锅底，番茄汤和麻辣汤混合在一起，腾起酸辣的热气，冲撞上空调冷风，泛起层层白雾。

程骁南坐在沈深对面，垂着眉眼吃了一块石斑鱼。

他大片面容隐在蒸汽里，缓缓开口：“等七年了，再不假公济私蓄意接近，要等什么时候去？”

不知道是不是沈深喝多了，他觉得他南哥眼里都是复杂的深情。

下一秒，季苒筷子掉进锅里：“你们公司新来的模特，就是你高中时喜欢的那个女生？”

“嗯。”

沈深知道虞浅是当年的那个姐姐后，忽然觉得，好像没有任何违和感。

他见过程骁南被红色跑车送到学校后墙边，车里的美女戴着墨镜，只轰一脚油门把车开走了，留下一片尾气。

仔细想想，确实像虞浅。

沈深很兴奋，问程骁南是否需要他帮忙追人。

程骁南摆摆手，说让他别管。

所以刚才虞浅迈进电梯的一瞬间，沈深连忙低头，佯装玩手机，实际上心里全都是咆哮。

没等他咆哮完，手里的绿豆百合汤就被程骁南抢走，放进了虞浅手里。

还说什么员工福利？

员工福利个鬼啊。

这不是他特地起早来给季苒买的吗！

虞浅把绿豆百合汤放进包里，出了电梯本来想和程骁南道别，但不知道是不是巧合，程骁南和他的朋友似乎也在赶时间，步子迈得不比她慢。

他那个朋友还开口和她说了两句话："pp 家的手表啊，很称你。"

虞浅点头："谢谢。"

"听说这款断货很久了，法国都没货，很难买到。"

虞浅垂头看了眼自己的腕表，淡笑："这表我买得早，很多年了。车来了，我先走了，再见。"

她冲程骁南礼貌地点了个头，指腹轻扶墨镜，接过侍者手里的车钥匙，发动车子走了。

虞浅走后，沈深突然回头："南哥，虞浅不应该认不出来你啊？是不是装的啊？"

"什么意思？"

"pp 家那块手表是机械表，几乎每天都要调时间，我妈也有一块，但她嫌麻烦给我表姐了，我表姐最开始还挺喜欢，后来也没再戴了，说总调还不如看手机方便。"

沈深揽着程骁南肩膀："买很多年了还坚持戴这表的人，一般都长情，你信我。"

程骁南倒没什么信不信的，虞浅这块表还是他当年陪着去买的。

那时候已经是冬季，安北市的冬天很不讨喜。天色是暗沉的，空气干燥，又不常下雪，道路两旁的树也光秃秃的，没什么姿色可言。虞浅没再开她的跑车，他们打了车去逛钟表店，她说她想买一块表。

程骁南对表还算熟悉，虽然他自己只戴一块刚过万的运动手表，但他爸——老程，是个对表很痴迷的人。

不但迷表，还很庸俗地迷女人，自从他妈去世后，身边常有女伴。

程骁南当时和虞浅聊起，说他爸和那些女伴说再见时，都挺和平的，还会送人家一块表。

他就说："他多买买表也行，哪天真破产了，卖了还能勉强过活。"

后来虞浅选表时，站在展柜前摇摆不定。

她试戴了一款金色劳力士，扭头问程骁南："像不像暴发户？"

程骁南目光掠过她的手腕，纤细，白净。

不经意让他想起，她把手腕搭在他颈后，微微仰头，和他面部距离不足巴掌远，眼睛里流动着柔光。

他当时偏头咳了一声才说："《古惑仔》你看过没？陈小春演的山鸡哥就戴了一块金表，他戴是匪气，你戴是矜贵，没觉得像暴发户，挺不错。"

虞浅的目光在他脸上定格半秒，似乎透过他判断出了什么："看来你父亲确实是个有魅力的男人，难怪总有人上赶着想当你小妈。"

"和他有什么关系？"

程骁南不屑之后忽然警惕，凑过去同虞浅说："你不要喜欢那些油嘴滑舌的老男人，没好东西。"

那天虞浅没选那款金色劳力士，但也买了金表，表盘镶了一圈碎钻，棕色真皮表带，看着古朴又奢华。

那阵子，大抵是他们感情最好的时候。

她回国后，程骁南见虞浅第一面，就看见了她的手表，但他没往深想。

或者说，他不敢想。

一块表，她戴了这么多年，也不代表她每次调试时就能顺理成章地想起，当初陪她买表的人。

只能说明，虞浅真的很中意那块表。

但刚刚的绿豆百合汤顺利给她了，又说了几句话。

程骁南也愿意听一听，有人说虞浅长情。

姐姐要是真长情就好了。

季苒在这时候给沈深打了电话，问他有没有买到祛暑汤，沈深连连说买到了，然后哭丧着脸盯着程骁南看。

程骁南和沈深又去了趟酒店餐厅，买完汤出来，正好撞见虞浅的助理。

"程总好！沈总好！"

沈深和谁都能聊起来："小孙助理早啊，今天没陪着虞老师拍摄？"

"没有没有，今天虞老师没有工作，她去机场接人啦。"

孙月骄傲地扬起头："外面太晒了，我怕她回来中暑，来给虞老师和她朋友订一些绿豆百合汤。"

"太贴心了。"

沈深像是忽然来了兴致，问孙月："虞老师要接的朋友，是男是女啊？"

"是彼得·潘老师呢。"

沈深不敢看他南哥了。

这位彼得·潘是谁，连他都有耳闻。

刚说完虞浅长情，转眼人家就去机场把绯闻男友接回来了……

✦

在机场接到彼得时，刚好八点半。

有时候，彼得这个四十多岁的大男人，心思简单到不用揣摩就能看透，他这种在服装上极尽挑剔和精致的事儿精，居然没有托运行李箱，只背了个随身包就来了。

虞浅猜他不托运行李这件事，只是为了节省时间，能赶得及在这个时段吃一份老安北的早餐。

彼得坐上车子，虞浅略带不解："二狗，安北市的早餐有那么好吃？"

为了早餐，彼得能屈能伸，甚至忽略了"二狗"这个称呼。

他边扣好安全带边回答："你不懂，这是一种情怀！"

彼得说，既然在这个时间段回到安北，就该去吃一顿地地道道的安北早餐。

吃一份炒肝，吃一张油饼，如果还能吃得下，就应该再来一碗臭豆汁配上小咸菜。

这样你就会觉得，无论你离开这里多久，你都能在一个早晨的时间，重新融入这座历史悠久的城市，你是属于它的一部分，想想看，多美好。

其实虞浅已经打定主意，要带彼得去吃广受好评的一家老安北早点，车子上的导航也定好了终点。

但彼得执意在这样的时刻，介绍他心中美妙的炒肝。

他的描述，让虞浅忽然就想起那个黏糊糊的“肺子”烟灰缸。

孙月说：“这个烟灰缸真的挺有创意，而且做得好用心，里面灭烟的东西很像暗血红色的史莱姆。”

当时虞浅问孙月，史莱姆是什么。

孙月说就是一种小玩具，她用来解压。

后面的话虞浅就没再听了，她只觉得，烟灰缸做得过分用心，里面那一堆黏的、似有血管状棕红色的泥，实在让她难以接受。

“你知道吗？我第一次吃炒肝时，觉得那味道，惊为天人。后来我又爱上了羊杂汤，里面的肺子鲜嫩可口！那柔软的口感！啧啧！美味！”

“……”

虞浅为了让这个人闭嘴，故意说：“你去哪儿吃，我送你，我吃过了。”

“什么？你吃过了！”彼得的声音像踩中了惨叫鸡。

没有在机场高速上掐死虞浅，并和她的尸体断交，大概是因为彼得终于看见了导航上的目的地，才翻着白眼放过了她。

其实彼得知道，虞浅对食物，没有他这样的情怀。

工作原因，她对很多机场都很熟悉，对那些不怎么好吃的、简陋的飞机餐，或者是机场便利店里的食物，她都能接受。

很多次她飞往国外拍摄，回来时被助理送到他们合租的房子，彼得在厨房问她是否要吃点东西时，她都会说在飞机上吃过了，或是在机场吃过了。

彼得曾经吐槽过，说飞机上的汤像涮锅水。

但虞浅只会说，是吗？某某航班的汤还不错。

她似乎对机场总感到“亲切”，就像彼得刚才从机场出来，看见她惬意地靠在某间咖啡厅里品着咖啡。

可是一个对机场感到“亲切”的人，她是漂泊的。

也许，还是孤单的。

后半程彼得没再说话，虞浅也没说话，一直到吃饭时，彼得试图让虞浅也来一碗炒肝，虞浅差点把炒肝扣他头上。

可能是早餐吃得太重口，回酒店的路上，彼得嚷嚷口渴。

虞浅瞥了眼放在后座的包，一开始没说话。

在彼得第三次企图让她从高速公路上给他变出点水喝时，虞浅忍无可忍地开口：“后座我包里，有一瓶绿豆汤。”

“有绿豆汤你不早说！”

虞浅在阳光里眯缝着眼睛，觉得自己是有点奇怪。

为什么不早说呢？还能堵住彼得的嘴。

“哎，虞浅，这个汤味道不错啊，哪儿来的？”

她说：“员工福利。”

车子停在酒店门口，虞浅把车钥匙给了门口的侍者：“停完车把钥匙送到我房间吧。”

“好的，虞小姐。”

彼得摘下墨镜，环视周围：“虞浅，你是不是挺喜欢这酒店的？外面的法国梧桐长得真不错，郁郁葱葱。”

“二球悬铃木，谢谢。”

虞浅迈进酒店，意外的是，在大堂的椅子上，她又看见了程骁南。

酒店大堂的右首边是一片休息区，每天定时有人在那里表演茶艺，有时候是古筝弹奏。

有人在那边休息、喝茶、看杂志，也有人在那里架着电脑办公。

但程骁南两种都不是。

他身旁的桌上倒是放着一本杂志，摊开倒扣着，也许是 Eleven 的某一期。

他阖眼仰靠在沙发里，手背搭在额头上，一身浅色休闲装，看上去在休息。

身上那股子闲散的劲儿，像来度假的。

虞浅看了一眼，在彼得开口询问前，适时收回视线。

同酒店提前预订了房间，彼得那间就安排在虞浅隔壁。

和她现在住的这间房型是一样的，算是小套房，里面是卧室和浴室，外面是客厅，还有一间迷你厨房和露天阳台。

彼得把东西放好，过来虞浅这边串门，看见虞浅正站在冰箱前，手里拿着一张便签，正在看。

彼得凑过去，大致瞧了一眼：“谁给你留的？”

“现在的工作助理。”

虞浅这样说着，从冰箱里拿出两个玻璃瓶：“她帮我冰了绿豆百合汤，要喝吗？”

“早晨不是已经给过你了？你这助理好贴心啊。”

虞浅没解释早晨那瓶绿豆汤的来源，只说让彼得没什么事就滚回自己房间去，她准备做会儿瑜伽，然后睡一会儿。

彼得没急着回去，他对虞浅回国的原因仍然抱有好奇。

当年出国的航班上，以及在国外这么多年，虞浅很少提起自己的事情。

很多时候一起喝酒，都是他喝多了喝吐了喝哭了，而虞浅对着各种季节的静夜，默然相望。

彼得凭借自己的敏感，觉得她的那些沉默里至少应该有一些故事在的。

只不过这段故事鲜为人知，至今也没露出什么端倪。

虞浅压根没心思理彼得是怀着什么样的心思赖在她客厅沙发上不走，最开始还偶尔应几句，后来耐心告罄，干脆把人推出去，塞了一瓶绿豆百合汤在他怀里：“喝不够楼上餐厅还有，自己打电话去订。”

说完“砰”的一声关上房门，不再理睬。

彼得走后，虞浅拿起手机给孙月打电话，为了绿豆汤的事情向这个贴心的小助理道谢。

挂断电话前，虞浅突然问：“你们老板怎么总在酒店出现？”

“哪个老板？”孙月蒙蒙的声音从手机里传来。

“你们还有几个老板？”

电话里的助理嘟囔了一句什么，像是小声吐槽，随后才开口：“是程总？”

“就他。”

孙月说：“这家酒店也算是 Eleven 的产业，毕竟拍摄基地这边离市区还挺远的，有时候领导们工作久了，是会住在这边。”

顿了半秒，又补充几句：“可能这几天程总挺累的，我那天把手机落在办公室，挺晚的，回去拿，看见他还坐在会议室里对着电脑。你今天在酒店遇见程总了？”

“在大堂。”

“那就奇怪了，我听我们部门的主管说，程总今天好像中暑了，身体不舒服，要回去休息，怎么去酒店了呢？”助理嘀嘀咕咕道。

虞浅倒是想到另一种可能。

程骁南也许不是累的，也不是中暑，而是和女朋友吵架了，在酒店休息大厅等着女朋友来哄呢。

这事儿他以前又不是没干过。

他们也有过闹矛盾的时候，有一次和程骁南约了去商场，这人迟迟没出现，出现时，嘴角带着伤，一看就是打过架了。

问他为什么打架，他偏头不说。

虞浅当时的拍摄团队里，有个工作人员家的儿子就因为打架，被人用刀戳进腹部，在医院躺了半个月还没好转，工作人员眼睛都要哭瞎了。

所以她对打架，还是有些反感，说话也就冲了些。

不过那天程骁南态度一直很好，她说什么，程骁南都用玩笑化解过去。

后来在虞浅质疑他的学霸人设时，他说：“下次我把试卷给你看？”

之后的几天，虞浅去南方拍了一组照片，由于时间太紧张，所以忘带了充电器。

那时候也没有移动电源，等她想起来给手机充电，已经是两天后的事情了。

手机充好电，倒是没有其他信息，只有程骁南发来的一条：

姐姐，我生病了。

虞浅结束拍摄，乘坐当天上午的飞机赶回安北市，下了飞机就直接打车去程骁南学校。他这次没翻墙，而是拿着请假条，两只手插在裤子口袋里，从校门走出来。

虞浅降下车窗问：“装病？”

程骁南躬了背，把额头凑到车窗边，哑着嗓子说：“真生病，发烧呢，不信你摸。”

他那天确实病了，额头滚烫，上眼皮也泛红。

盯着她瞧的样子，像一只奶豹。

虞浅带他去医院输液，答应等他退烧后请他吃晚饭。

那家医院的输液大厅里有一排排蓝色的塑料椅子，虞浅买了个热饮回来，转头看见程骁南挂着输液瓶，懒洋洋地靠在椅子上，没挨针的那只手还玩着手机，丝毫不见病态。

“你要没什么事儿我走了。”

“哎，别说话不算数啊，不说请我吃晚饭吗？不请啦？”

虞浅总觉得其中有诈，坐过去问程骁南：“好端端的，怎么突然发烧了？”

程骁南蹙着眉头想了一会儿：“可能联系不上，想你想的吧。”

这弟弟嘴里没一句正经的。

要不是医生测出来的体温真的是 38℃，虞浅都想当场走人了。

电话里的孙月以为虞浅好奇程总，索性多说了几句。

“程总这人是有点难懂，你知道吗？公司那个‘肺子’烟灰缸，就是程总的主意，不过好像还挺有用的，我看我们部门领导都不怎么去吸烟室了。”

虞浅眯缝起眼睛问：“谁的主意？”

“程总啊。”

“好，行，知道了。”

程骁南坐在酒店大堂，其实真存了点想偶遇的心思，但也是真累，这几天熬夜是熬得狠了点儿。

过些天虞浅的那场概念秀，为了确保万无一失，设计师和他沟通了无数次。

然后这个设计师还有个毛病，不顾时差，总在夜里十点多开始对话，凌晨两点结束。

他在大堂坐着觉得困倦，干脆睡了一会儿。

没想到睁开眼睛，就看见身旁桌上的东西。

黏糊糊的烟灰缸就放在他睡前看的那本杂志旁，上面戳着一支吸完的蓝莓爆珠香烟。

香烟按灭在上面的地方，烧出些焦煳感。

别说，真有点触目惊心。

但程骁南看的不是这个，他看的是烟蒂上那淡淡的口红印，以及放置在烟灰缸旁的一瓶绿豆百合汤。

不用想也知道，是谁把这些放在这儿的。

程骁南保持着仰靠在沙发椅背上的动作没动，却忽然笑起来，笑得几乎呛住。

总觉得虞浅把东西放在这儿时，在心里感谢了他八辈祖宗。

✦

彼得回国这几天，虞浅得空便会陪他出去走走。

十月的前几天都是法定假日，安北市区十分热闹，但就是多年前的这份热闹里，彼得失去了他挚爱的妻子和孩子。

所以在这热闹非凡的时刻，他一反常态地沉默。

安北不只是一座发展飞速的一线城市，也是世界闻名的古都，它拥有三千多年的历史。彼得就站在某处古迹前，忽然叹气，灵魂沧桑得仿佛已随着这座城市历经千年。

在这种时刻，虞浅这样的人才会相信，世界上真的有至死不渝的感情。

假日结束的前一天傍晚，为了避开外面的用餐高峰，虞浅和彼得留在梧桐里的酒店餐厅用餐。酒店餐厅有堂食座位，靠近窗边，也有带着隔断的小包间，虞浅和彼得选了个包间，点了法餐和红酒。

也许和心态有关，他们聊的话题都有些沉重。

但彼得重新开口说话，总归是好的。

彼得说了一些曾经和爱妻之间的事，半晌，他看着虞浅，忽然问："你就没遇见过什么对你影响深远的人？哪怕一个？"

"有。"

"比如呢？"

"比如我妈，比如那些恶意揣测我的人，比如控告我说我校园暴力的人，比如说我和你有一腿的媒体。"

虞浅晃着手里的高脚杯，漫不经心地说："太多了。"

彼得翻了个白眼，说："你就不能在这个喝红酒的夜晚，稍微吐露些真言，稍微说点儿有情调的事情？"

“比如？”

“比如你印象深刻的、异性。”他的重音落在“异性”这两个字上。

世人都难以免俗，总想听点绯色八卦，连彼得也不例外。

虞浅笑了笑，认识这么多年，第一次和彼得提起：“是有那么一两个。”

“不会说是你父亲吧？”

虞浅摇头：“我都没见过，他怎么影响我？”

那两个对她有影响的异性，其中有一个，是邻居家的哥哥。

“给你讲讲我邻居家的哥哥吧。”

邻居家的哥哥叫韩初，算是那种“别人家的孩子”，从小成绩优异，学霸。

虞浅妈妈曲莉雯在世时，最爱做的事情之一，就是拿虞浅和韩初比较，曲莉雯甚至希望，虞浅以后能和韩初谈个恋爱，最好嫁给他。用曲莉雯的话说，韩家往上数三代都是书香门第，是好家庭。

但虞浅提起韩初，只觉得当她站在人生悬崖的时刻，韩初扮演的角色，是那个掰开她紧抓悬崖的手的人。也算是间接让她变得更坚强了吧。

有那么一段时间，虞浅真挺羡慕学霸。

所以认识程骁南时，程骁南问她喜欢什么样的男人，她下意识回答：“学霸。”

也就是随口一说。

给彼得讲了邻居家哥哥学霸的事迹，正讲到他保送研究生时，可能是隔壁包间的食客散场，有推门声和关门声传来。

等外面声音散去，彼得才问：“这两个对你有影响的异性里，是不是你没提到的那个，对你来说才更重要？”

虞浅说：“你猜。”

因为秀场在即，她只喝了不到半瓶，算是微醺，彼得一个人喝完了所有红酒，陷入烂醉。

搀着烂醉到痛哭的彼得离开时，整层餐厅只剩下食客二三人。

走出餐厅，虞浅的细高跟鞋有些支撑不住，正准备回头叫个工作人员来帮忙，不想已有人帮她扶了一把。

虞浅在酒店明晃晃的灯光下回眸，看见了程骁南。

可能是酒精作祟，她皱了皱眉问：“你怎么在这儿？”

他看上去心情不算好，抿紧嘴唇，没回答她的问题，只问：“去哪层？”

彼得有一半外国人血统，放在国内绝不是矮子，也算是个身材挺拔的中年男人，但程骁南都不用搀扶，一只手托稳彼得的小臂，就把人带进了电梯间。

虞浅跟在后边，只觉得彼得今天格外“娇小”。

此外，她还留意到，程骁南手臂上有两道血印，像是被什么人抓伤了。

程骁南帮忙把人送到房间门口，虞浅道谢后怕彼得这个喝多了就吐的家伙吐在酒店地毯上，忙去彼得包里翻找他的房卡。

这一层客房很多，整条幽静的长廊里只有她翻东西的窸窸窣窣声。

等她找到房卡抬眸时，发现程骁南不知道什么时候已经走了。

他没同她打招呼，地上的毛毯也掩盖了他离开的脚步声。

虞浅只觉得程骁南心情格外差。

又和女朋友吵架了？

隔天在公司电梯里，虞浅遇见了程骁南的女朋友。

挺高，身材也不错，本来她没认出来，听到她给程骁南打了个电话：“南哥，我们出去吃午饭了，有快递送来公司，帮忙签收一下呗？”

也是听到她说话，虞浅才在迈出电梯的空档，看了那女人一眼。

巧的是，她和彼得吃午饭时，又遇见了程骁南的女朋友。出去吃午饭是彼得的提议，好在进入十月，天气终于不再那样暴热，长假也过去了，工作日第一天，外面的街道安静得不像安北市。吃饭只是顺便，彼得是想要在商场里逛一逛，买一套合适的西装，再配一条领带。

虞浅过些天那个秀的主设计师，是彼得的老朋友。

听说虞浅要参加老朋友的概念秀，彼得说他得去看看，顺便给老朋友一个惊喜。

“惊喜？”

虞浅把车子停在地下车库的车位里，回眸看着坐在副驾驶位上的彼得说：“所以你并没有告诉你的老朋友，你要去看秀，也没有托他给你入场邀请函？”

也就是在这个时候，在副驾驶那边的方向，虞浅看见程骁南的女朋友走进车库通往饭店内部的门，身边还跟了个男人，只不过那个男人的身影，被彼得的侧脸挡住了。

“入场邀请函当然是让 Eleven 给我啦，我问过你那个小孙助理，听她的意思，应该可以，不然你再帮我问问？虞浅，你听没听我说话？”

“听着呢。”

那是一家吃鱼的饭店，虞浅和彼得在巨大的玻璃缸前挑鱼时，第三次遇见程骁南的女朋友。

虞浅当时的第一个反应是，安北市真的这么小？怎么程骁南的女友和他一样，总出现在她身边。

但刚这样想完，虞浅看清了他女朋友挽着的男人——居然是去机场接彼得那天，在酒店电梯里遇见过的人，小麦肤色，说话时先带三分笑。

这人，不是程骁南的朋友吗？

他们显然没看见虞浅，有说有笑地进了一间包间。

走到门口时，虞浅还看见程骁南的朋友，非常亲昵地拍了拍程骁南女朋友的屁股……

虞浅记得多年前，她和程骁南在学校后街讨论过这个问题。那条后街也是某小区的后街，属于人迹稀少但植被茂密的地方，他们曾看见过有小情侣在那里忘情拥吻。

但程骁南说，那女的有老公，就住在他们老师家旁边，这是出轨呢。

虞浅当时问他：“要是你以后遇上女朋友出轨，你怎么办？”

那会儿程骁南带着少年的不可一世和嚣张，他偏头看虞浅一眼，傲慢地说：“我总不会眼光那么差。”

对于程骁南被绿了，还是被自己好朋友绿了这件事，虞浅想了想，好像也不关她事，而且她和程骁南之间，也没什么需要交谈的场合，轮不到她尴尬。

但很不凑巧，隔天早晨，孙月打来电话，瓮声瓮气地说：“浅，我昨晚忘记关空调感冒了，本来应该今天和你核对秀场事宜的，但我刚才和程总联系，他说感冒了要离你远点，模特在这个当口生病非常麻烦，他来跟你沟通……”

地点约在办公楼，就是虞浅回国后第一次见到程骁南的那间会议室。

他好像很喜欢那间会议室，有几次在公司看见，他都是在这间会议室里办公。

虞浅走到会议室门口时，程骁南已经帮她拉开了门。

他穿了一件牛油果绿色的上衣……

其实和程骁南面对面坐在一间会议室里，虞浅应该有诸多感慨的，毕竟多年前他们从未有过这样坐在一起谈论正经事的时刻。

但她现在，看见程骁南拿着一沓文件，和她说起秀场的安排，她心里只有一句话：你被你哥们儿绿了。

"……如果你这边时间方便，我们这周就出发过去，住到秀场旁边的酒店，方便你定妆和彩排。

"孙月助理感冒未愈，不方便照顾你，我会和你一起，如果有什么问题，你找我就可以。

"或者，如果合作方提出什么让你觉得不合适、不舒服的要求，你都可以第一时间和我联系，我会帮你去谈。"

程骁南说这些话时，始终看着虞浅的眼睛。

说完，他把手里的文件递过去，放在虞浅面前的桌子上，整个人放松地靠进椅子里，含笑说："从下周开始，辛苦了。"

"不辛苦。"

虞浅接过文件："没什么事儿的话，我是不是可以先走了？"

"公事儿没什么了，私人问题有一个。"

"迎新？"

"你很期待迎新啊？"

虞浅绷着脸："说你的问题。"

程骁南眯着眼睛，看上去心情不错："虞老师，能不能解释一下，为什么从进门开始，你一直以一种复杂的目光看着我？"

程骁南的问题，成功让虞浅沉默了两秒。

她把目光从程骁南脸上移开，看向会议室窗外，语气淡淡，却很笃定："看你脸上沾了东西。"

这是一种借口，是虞浅小时候和一个化妆师学的。

听到这样的话，很多人都会下意识地摸一下自己的脸，或者干脆去照镜子，哪怕照镜子的人什么都没看见，回来质问时，也可以说，已经掉了吧，算是岔开话题的好办法。

但程骁南没有如虞浅的愿，他靠在椅子里，神情自若地笑开了："没可能，你知道为了迎接你来会议室，我照了几次镜子吗？"

他语气里那种熟稔的调侃，让虞浅愣了一下。

不过，总不能告诉他，你脸上沾了点绿吧？

"南哥！"会议室的门被推开。

虞浅顺着声音看过去，程骁南那个皮肤小麦色的朋友正推门进来，看见她似乎有些诧异，向后退了一小步，然后又想起什么似的迈进来："虞浅在呢，正好，给彼得·潘老师的邀请函在我这儿，给。"

"谢谢。"

接过邀请函，虞浅起身，回眸时看见程骁南状似不满地看着他朋友。

行，知道不满就好。

对绿了你的人，能有戒心，是好事儿。

"你们聊，没什么事儿，我先走了。"

出门时虞浅听见他那位朋友在和他说合作的事情："昨天刚谈的，你觉得怎么样，要不要合作？"

原来他那位朋友，也是 Eleven 的工作人员。

程骁南连考虑都没有，直接回答："不合作，这个品牌方早期有过欺诈女模的事情……"

后面的话被会议室门夹断，虞浅背对着会议室的方向，垂眸笑了笑。

时隔七年，虽然他性格上仍然有些揣测不透，但程骁南的确长成了她最欣赏的那种男人，起码，他尊重女性。

不过程骁南也是个被绿了的可怜人。

虞浅迈进电梯时，摸出手机给彼得打电话，想着时间还早，可以带彼得去餐厅喝一份醒酒汤。

彼得接电话的声音意外地神清气爽："早啊，虞浅。"

"醒酒了？"

他那边很吵，在放音乐："醒了醒了，多亏你的醒酒汤，我真的太感动了！"

"什么醒酒汤？"

“早晨酒店工作人员送来的，不是你叫的吗？”

“不是，谁送的你都敢喝，小心有人投毒！”

虞浅皱眉：“你那边好吵，音乐关一关。”

“不是你让人送的？那可能就是酒店的人送的吧。”

彼得走近音响，虞浅这才听清楚，里面在唱：“翻越过前面山顶，和层层白云，绿光在哪里……Green light in my life！”

《绿光》吗？

虞浅木着脸说：“你还挺应景。”

也是在挂断电话走出 Eleven 的办公楼，虞浅才忽然想到，她住的酒店虽然做事很周到，但也没有周到到会给前天晚上在餐厅喝多的客人送醒酒汤，而且是在不打电话询问的前提下。

可是孙月又不在，知道彼得喝多的只有她。

等等，还有偶然遇见他们、帮她送彼得回房间的程骁南。

会是他吗？

可是刚才在会议室，他对这件事，只字未提。

转眼到了十月十日，虞浅要出发去概念秀的举办地点，熟悉会场、定妆、彩排。Eleven 准备了一辆七座商务车，彼得非常容易晕车，被安排坐在了副驾驶的位置。第二排有两个座位，虞浅坐在其中一个座位上，戴着墨镜，没想到的是，程骁南的女朋友也来了，在车子外面和程骁南他们说了几句话，然后拎着小背包上车来，路过虞浅时，还很热情地同她打了招呼，然后来的是程骁南的那个朋友，听他们对话的意思，那位朋友也要跟着去。

虞浅觉得她隔着墨镜和车玻璃看程骁南，都觉得自己能看见一点儿绿。

那位朋友在车外面接电话时，程骁南躬着背钻进车里，直接坐到了第二排的座位上，和虞浅隔着一条狭窄的过道。

车上一共七个座位，驾驶位是司机，副驾驶是彼得。

程骁南要是坐在这儿，那一会儿他那个朋友上来，和他女朋友坐？

这弟弟是不是有点傻？

“喝吗？”程骁南拧开一瓶矿泉水，递到虞浅面前。

好歹是她现在的老板，还是应该给点提醒吧。

虞浅没接水，身体前倾，压低音量，声音像是从牙根里挤出来的：“你不去和女朋友坐吗？”

程骁南看上去有那么一点儿意外，眼睛眯了眯，也学着她，压低声音：“那不是我女朋友。”

不是？

不是他女朋友？

已经分手了？

既然分手了，那就没什么事儿了。

虞浅接过水，若无其事地道谢：“谢谢。”

程骁南倒也没多说什么，只是靠回自己的椅子，合眼。

他思考时，下意识用食指的第二节指侧轻敲鼻梁。

虞浅没再看他，她的助理孙月因为生病没来，发了很多信息叮嘱她。

站在车下接电话的那位程骁南的朋友，收了手机上车，司机忽然说：“沈总，没人了吧，那我开车了？”

“没人了，开吧。”

沈总？

还是个总？

那位沈总走到后排，和坐在后面的女人说：“苒苒，吃苹果吗？”

得到肯定答案后，就摸出一把水果刀，咔咔——咔咔——削起苹果来。

虞浅忽然觉得自己好像哪里误会了。

她给孙月发信息，问 Eleven 有几个老板。

孙月秒回：

两个！你和程总比较熟，不过沈总说他会给你送彼得的入场邀请函，你应该见过了吧？

好像听说沈总女朋友也和你们一起过去，他们是同学，感情很好，羡慕，嘤！

哦，对了，浅，程总很少插手公司的小事儿，要是有什么不方便和程总说的，你可以找沈总，他很自来熟的。

我也好想去，我会好好养病的！等我！

拍了美美的定妆照片后可以发给我看吗？啾咪！

这姑娘可能是生病在家憋坏了，信息一条一条地发过来。

虞浅越看脸上表情越淡。

身后的女人，自始至终都不是程骁南的女友？

坐在前排的彼得回头想找虞浅说话，回眸，正好看见坐在同一排的虞浅和程骁南。

因为窗外阳光晃眼，两人都戴着墨镜靠在椅子里，不知道各自在想什么，动作却出奇的一致，都在用食指指侧，有一下没一下地轻敲鼻梁。

这 CP 感。

彼得猛地转回身，想起九月虞浅回安北时，在电话里说遇见了一个熟人。

一个撩过，但没在一起的弟弟？

那天安北市区内有些堵车，车子进了三环就开始走走停停，终于到入住的酒店时，已经是晚饭时间。概念秀的主设计师是不吃晚餐的，虞浅需要先去见见他，所以没有和 Eleven 的人一起吃饭。

主设计师很瘦，年纪比彼得大一些，叫安谷。

最早虞浅和安谷合作还是她十几岁的时候，后面有过几次合作，都很顺利，所以虞浅进门时，安谷给了虞浅一个拥抱。

他说："浅，我在做这场秀的设计时，常常想起你，但你母亲去世后我无法联系到你，和 Eleven 谈合作时听说你在，我太开心了。"

虞浅做模特太久了，很多工作只是工作，她并不喜欢，而有些工作是享受，因为同设计师会有一种共鸣，就像同安谷的合作一样。

他们坐在一起，不知不觉已聊到深夜。

安谷看了眼时间，十一点零七分，他才惊觉时间已晚，而虞浅还没用过晚餐。安谷说着抱歉，把虞浅送出酒店里的临时工作室，挥手告别时，说很期待明天的合作。

这间酒店比虞浅住的那家还大一些，走廊里不算明亮的灯一直延伸到尽头，两侧墙壁上很有艺术感地挂了复刻的油画，像中世纪的欧洲。其实这间酒店的整体风格和当下流行的不太一样，连房间门锁都不是电子锁，而是用黄铜钥匙开的那种。

虞浅沿着长廊走到电梯间，到了相应的楼层之后才想起，自己只记住了房间号码，并没有和 Eleven 的工作人员领钥匙。

也许应该会把钥匙交给彼得?

她这样想着，自光线略显幽暗的走廊里抬眸，却看见属于她的那间房的门是开着的，泛黄的灯光从门里泄出来，安静地落在地毯上。虞浅走过去，发现房间客厅里的椅子上坐着程骁南。

他的手机和手表都放在桌子上，一只胳膊搭在桌面上，额头抵在胳膊上，看上去已经睡着了。

但还没等虞浅走进去，趴在桌子上的人动了。他眯着眼睛适应了一下灯光，然后缓缓直起身，拿起他的手表瞧了眼时间，不满地“啧”了一声：“姓安的老头儿可真能聊。”

虞浅淡声说：“他一直都这样。”

程骁南没再回应，从兜里掏出一把黄铜钥匙放在桌面上，然后戴好手表，把手机放进了裤子口袋。

出门前，他交代说：“纸袋里是饭，厨房有微波炉，你热一下再吃，有什么事情叫我，我住你隔壁，你吃吧，我先回房了。”

他这几句话自然得好像他们之间并没有隔开七年，而是一直如以前一样。

虞浅也没说话。

倒是程骁南，走到门口，忽然停下脚步提醒她：“哦，对了，这酒店很老了，隔音不怎么好。”

说完，程骁南走出去，帮她关了门。

虞浅觉得这是个没什么营养的提醒，她一个人住这屋，又不会发出什么奇怪的声音。

没过多久，隔壁突然传来“咚咚咚”三声，是用食指轻叩墙壁的声音，好像在说，你看，我没说错吧，这墙确实不隔音。

房间隔音的问题，哪怕程骁南不提醒，虞浅也能体会到。

隔天清晨，虞浅还未从睡意里苏醒，就已经听见走廊的嘈杂：开车带他们过来的那位司机师傅，边打电话边准备出门晨练的声音；沈深被女朋友季苒打发出门买早餐的声音；程骁南的声音。

这个住在她隔壁的人，打开房门，懒洋洋地叫住沈深，说："给虞浅带一份早餐回来，不要太油腻，早点回来，她一会儿有工作。"

然后是沈深叽叽歪歪的回应。

其实前面的杂音都出现在虞浅睡意蒙眬时，她睡眠很浅，稍有动静都能听到，但并不会完全清醒，等安静下来，还能重新入睡。

她是听到程骁南的声音，才挣扎着醒过来的，能感觉到，他已经在压低音量了。

可这样的声音，自长廊入梦，在脑海中忽然就有了画面：就好像程骁南是和她住在同一间房间，在早晨推开门，轻声让朋友帮她带早餐。

温馨得让人毛骨悚然。

于是虞浅从床上坐起来，按亮手机看了眼时间，看完时间，意识彻底清醒。

虞浅反应过来程骁南的那些叮嘱并不是温馨，只是他现在代替了孙月的位置，成为她的助理。

奇怪的是，在她收拾完自己之后，一向多话的彼得居然都没出现在门外的嘈杂声里。

虞浅准备出门时，彼得才姗姗来迟。

一进门，彼得就开始喋喋不休地抱怨，说自己住得离她非常远，走过来差点走没了他半条命。连司机都住在同层，没道理彼得住得远，因此虞浅很无语地看了彼得一眼。

彼得拿出手机给虞浅听——"步行导航结束，本次用时二十一分钟……"

"……你不住在这家酒店？"

"不在啊，在对面街的酒店。沈深说你们这间酒店是为了方便工作才住的，我又没有工作，而且听说这间酒店的隔音很一般。"

其实还有一个原因，彼得感觉自己是被刻意支出去的，但他没提，因为他准备下次遇见程骁南时，亲自问问。实际上，他有好多八卦问题想问程骁南。

虞浅极少有挑剔的时候，掂一掂手里的黄铜钥匙，果然复古风格也不错。

这酒店除了隔音这点，也确实还可以。

自助早餐挺丰盛，居然还有熏三文鱼、牛油果、三明治和芒果鹅肝鲟鱼子寿司。

虞浅说自己有工作，已经吃过了，先去找安谷，彼得只能拿了她的房卡，自己一个人托着餐盘在自助餐厅转悠。夹完水果，他忽然看见了独自拿餐的程骁南。

电话里虞浅说过，她在 Eleven 遇见了熟人，认真撩过，但没在一起的弟弟。彼得很怀疑那个弟弟，就是程骁南。

见程骁南找了个空桌坐下，彼得也端着餐盘凑过去："程总，介不介意我坐这儿？"

"您请坐。"

坐下之后，彼得明确给了这场早餐一个开场主题："你和虞浅，是不是以前就认识啊？"

"嗯，认识。"

就是他！

撩过的弟弟！

就他就他！

啊！

本来彼得以为，自己怎么说也是虞浅的"绯闻男友"，甚至有说虞浅和他同居数年，还有个孩子呢！可以说，虞浅在国外的那些八卦，大多是围绕着他的。

这么多爆炸性消息，程骁南如果很早就认识虞浅，怎么可能不知道他是谁？

知道，又对虞浅有意思的话，他肯定会开口问问的，毕竟前些天彼得喝的醒酒汤，酒店说是程骁南订的。而且昨晚应程骁南的安排，他住了另一家酒店。

结果程骁南没问，他只是安静地吃早餐，然后推荐彼得说某个粥煮得还不错，可以尝尝。

可能是彼得的目光太过直接，被盯了半天的程骁南忽然问：“彼得老师，昨晚休息得好吗？”

“挺不错，就是早晨过来找虞浅，发现走过来挺远的。”彼得故意这样说。

“让您受累了，这边几乎都是秀场工作人员，还有另外一场秀的工作人员也在这边，怕打扰您休息。”说到这儿，程骁南放下手里的筷子，抬眸一笑，“不过，确实也有私心。”

前面那句礼貌又客气的解说，就好像是公事公办的语音客服，说到他的“私心”，程骁南才露出些他原本的性子：“怕你又喝多，扰她休息，毕竟这酒店不隔音。”

彼得则在他平平的语调里，品出不少对虞浅的特别，于是问道：“程总这是喜欢我们虞浅？”

“我们”这个词，成功让程骁南看了彼得一眼，但他语气未变，说：“不止喜欢。”

面对程骁南，八卦之余，彼得一直有一种“爹挑女婿”的感觉，还特地坐得腰背挺直。

但也是听完程骁南这句话，彼得忽然觉得，虞浅眼光确实不错。

程骁南身上有股傲气，他喜欢虞浅，也不藏着掖着，不介意被别人知道，那种偏爱和袒护是明目张胆的。但好像面对虞浅，他也会小心翼翼地收敛起来，像豹子收起利爪装成猫，徘徊着找一种最能令她舒心的方式接近。

挺好。

够细心。

彼得得出这些结论之后，整个人放松了些，随口问：“你就不想知道，我和虞浅到底是什么关系？”

程骁南这次没回答，沉默地喝了一口柠檬水。

在彼得以为他不会回答的时候，对面的人忽然开口了：“至少是在她不开心时，陪伴过她的人。”

说完，程骁南端着餐盘起身，结束了早餐。

程骁南迈出餐厅时，轻轻吐了一口气。

以前他和虞浅走在一起，谁敢多看虞浅一眼，他都要冷着脸看过去，那时他嚣张地想：看什么看，和你们有关系？但后来，和虞浅没关系的人变成了他自己。

该怎么形容那种无力感呢？

听闻她在国外过得并不顺利时，他却除了努力备战高考，别无他法。

太憋屈！

所以彼得是虞浅的什么人都不要紧，最让程骁南感到烦闷的是，那些虞浅过得并不快乐的时间里，他都没能陪在她身边。

程骁南想起虞浅出国时那通决绝的电话，忽然自嘲地笑了笑，她那时不选他，也是正确的吧。

虞浅在同安谷的团队定服装和造型，程骁南过去时，她就坐在秀场后台搭建的临时化妆室里，闭着眼睛，化妆师在帮她化眼妆。

也许这里原来是间类似会议室的地方，落地的玻璃窗和玻璃门，只有临时更衣间那边挡了一块黑色的布，隔出一块空间。

化妆间和衔接的舞台那边，程骁南都能看得到。

可能是空调温度低，虞浅披了一条宝蓝色的丝巾，这让程骁南想起，他曾在虞浅那辆红色跑车里见过的一组照片。那天虞浅在车下接电话，他坐在车里无聊，随手拿起放在车上的一个牛皮纸袋，没想到袋子是倒着放的，他刚拎起来，里面的照片稀里哗啦撒出来，都是虞浅的照片：

她拖着美人鱼样式的裙摆，雾蓝色，坐在青草水边。

沅有芷兮澧有兰。

那组照片给程骁南留下的印象很深，她其实穿得不少，连深 V 都不是，但程骁南那晚回家之后入睡困难，也许是天气过热，他辗转反侧才终于入睡。

梦里，虞浅就穿着那条如烟霭如雾色的蓝色裙装出现，白日不曾细想的绮念，统统成了梦里的耳鬓厮磨。

程骁南再抬眸时，虞浅已经化好了妆，她还没换秀场的秀服，只走到秀台上，似乎问了工作人员些什么。一个戴工牌的男人走过去，比画着和虞浅解说，然后自己往舞台布景上一躺，做了个妩媚的动作。

满屋工作人员都在笑，连虞浅也扬了扬唇角。

工作人员起身后，虞浅走过去躺下，按照他的要求做了相同的姿势。

那是一方缎带布景，用暗绿色缎带堆积而成，虞浅躺在上面，浅笑，肤色雪白，像刚拆开的鲜奶蛋糕，四周垂着废弃的缎带。

程骁南过十八岁生日时，虞浅说没空，但还是去了学校后墙外。

估计是真的忙，买了蛋糕又没带打火机。

他就摸出早准备好的打火机，贫嘴道："姐姐，怎么回事啊？还不如我一个男的心细，蜡烛我自己点了，要不要我给自己来首生日歌？"

换个人也许会为自己的疏忽不好意思，虞浅没有，只说："那你唱吧。"

但她有点嘴硬心软，还是给他哼了几句生日快乐歌。

同安谷的团队合作，是一件很顺心的事情。

其实仔细想想，回国后 Eleven 安排的每一份工作，似乎都很顺心，从未遇到过任何对女性无礼的要求。

在虞浅的认知里，这世界对美丽的女人似乎有种天生的敌意，哪怕什么都不用做，也会引得一些人不满。

总是有那么一些人，提起漂亮女人，先不谈成就，只想要了解一些风韵故事。

如果没有，那就杜撰来补。

这种事，虞浅没少经历。

多年前，她曾拍过一支广告。

国外很多广告都有剧情，不看到最后都不知道居然是广告。

挺有艺术感，虞浅自己也比较满意。

她拍那支广告是给避孕套做的代言，虞浅不觉得这类广告有什么不好。

在她来看，使用这个东西，属于一种安全措施。

当时有外媒过来做采访，正式访谈的是那支广告的制作人。

但虞浅她们几个模特都在，有人把话筒递到虞浅面前，问她："你的身材很美，如果有机会，你会不会拍一些比较大尺度的片子。"

那时候有不少电影，说是成人电影，但那些剧情看下来，都感觉只是拍给男人看的。

所以虞浅坦言："如果是那种能让女性观众开心的剧情，我很愿意参加。"

但这句话不知道以什么样的原因和目的，慢慢发酵，被传成：虞姓女模天性奔放，希望拍大尺度影片。

但她当时还算是职业巅峰，凭借童模出身的经验，成为业界前辈，存款也赢过太多同龄人。

这些倒是没人在茶余饭后聊一聊。

后台这边越来越喧嚣，安谷戴着工作牌，步伐匆匆，自彩排场地的另一端走过，路过每个部门都要叮嘱几句。

最后他站定在虞浅面前，托着下巴打量。

他是个吹毛求疵的艺术家，虞浅等了几秒，果然听见安谷说："浅，我觉得这个眼妆的颜色有些不对，麻烦你坐一下，再让化妆师做个新的，看看效果？"

"好。"

这会儿临时化妆间已经不再像早晨一样规整，道具们凌乱地躺满桌上和地上。

虞浅拎起裙摆，被化妆师牵引着迈过地上的杂物，带到一个空椅子旁。

化妆师略显歉意："这里……可以吗？"

虞浅坐下："当然。"

只不过她闭上眼睛补眼妆时，感觉到一道视线向她投来。

是程骁南。

其实从程骁南刚来不久，虞浅就留意到了。

当时她也在化妆，余光从镜子里看见程骁南两只手插在裤子口袋里，站在外面看她。

已经很久没人在她工作时这么目不转睛地盯过她了。

上一个这样做的人，是她妈，曲莉雯。

从虞浅做童模开始，曲莉雯就是她的工作管理者。

那时候她还在上学，有时候曲莉雯是直接找老师请假把虞浅带走，有时候是在放学和周末，所有的运动会、春游她几乎都在拍摄。

曲莉雯会一直在片场盯着她，虞浅的表现稍微有些不令人满意，她就会把虞浅拉进没人的房间训斥。

曲莉雯常说：“瞧瞧你多幸运，爸妈给你的好模样够你吃一辈子了。”

虞浅童年时期做过很多噩梦，每一个都有曲莉雯的那双眼睛。

充满监视、挑剔和刻薄。

但程骁南的目光不同。

虞浅在这个地方从早晨忙到下午，好像只有中午吃员工餐时，程骁南短暂地离开了一会儿，然后托其他工作人员转交了一杯咖啡给她。

下午，这位老板干脆找了一把椅子坐在外面，比孙月盯她盯得还要紧。

其间虞浅两次刻意去看——

一次，程骁南正坐在椅子上，旁边站着安谷，两人不知道在说什么。

另一次，程骁南也刚好看过来。

隔着擦得锃亮的玻璃窗和层层人群，程骁南整个人都被外面的灯罩上了一层柔光，眼神十分认真，令人产生深情款款的错觉。

对上她的目光，他遥遥一笑，露出酒窝。

很像她出国后有一年去野生动物保护基地做志愿者时，喂养的那只奶豹。

公益照片很少有模特愿意接，不仅没有酬劳，还很辛苦。

尤其是野生动物保护的宣传，总是要去一些野外的地方，车马劳顿，不能做好护肤，回来整个人都要脱一层皮。

虞浅却喜欢这样的工作。

那次去野生动物保护基地，她回住处之后，脖颈处的晒伤开始脱皮，彼得都不忍直视。

也是那次，她在半个月的时间里一直在和一只未满周岁的小猎豹打交道。

最开始那只奶豹很防备她，她走过去时，它会对她龇牙咧嘴，但是后来，它已经可以趴在她身边打呼噜了，像宠物猫。

而且只要虞浅出现，它就会在不远处，目不转睛地紧盯着虞浅。

那种目光，居然和现在站在外面的程骁南相似。

那组公益照片，前前后后花费了虞浅他们一个多月的时间，期间自费无数。

但最后摄影师团队很低落地和虞浅说，并没有杂志愿意刊登那组照片，因为需要占的篇幅太大。

时隔半年，其中几张照片才作为保护野生动物主题的配图，刊登在航空公司的杂志上。

但虞浅在 Eleven 的第一期杂志上，看见了类似的主题照片。

那版杂志并不精美，却占用了最好的位置，刊登了一系列拒绝买卖杀害保护动物的公益广告。

虞浅甚至觉得，如果 Eleven 早几年创建，那组保护野生动物的照片一定会被买进，刊登在 Eleven 的杂志上，甚至，占据主要篇幅。

很久都没遇见过这么合拍的人了。

有那么一个瞬间，虞浅起了点儿邪念，她想撩程骁南一下。

但想想，还是算了。

毕竟撩起来麻烦事太多，当年那么多事情掺杂在一起，聊一聊都觉得十分麻烦，再说现在他们是工作关系，掺杂起来，更像乱麻。

化完眼妆，等着安谷来做最终确定的时间里，虞浅打开手机，里面有几条孙月发来的信息。

这小姑娘唠唠叨叨，说在网上看了这家酒店的评价，不少人都说隔音不好，说如果有需要，她可以同城快递一个降噪耳罩给她，让她务必好好休息。

程骁南的公司里尽是些奇葩，居然有人病假都不休息，老惦记着工作。

虞浅给孙月回了几句，说这边不用担心。

还有几条未读信息，是彼得发来的：

你什么时候收工，我有要事问你！

几点收工？

不行，我憋不住了！

我早餐时候遇见了你们公司的程总，程总可说了，昨天让我住另一家酒店是有私心，私心！

你猜他的私心是什么？

怕我打扰你！

看完有什么感想？

虞浅盯着彼得最后一条信息看了一会儿，觉得自己和程骁南已经够陌生人了，不然放着这么顺眼的弟弟，她能不逗逗？

彼得从哪儿嗅出来的八卦？

虞浅简明扼要地回道：

孙月没来，他算助理。

说是这样说，不过她这位新上任的助理，确实有些心细得过头了。

满屋子忙来忙去的工作人员，布景很多，材料都十分轻盈，因为怕出错，所以不能开窗。

也许是屋子里闷，空调越开温度越低。

其他人倒是没什么，虞浅作为主模特，一直穿着一件吊带真丝打底裙。

开始她还有一条丝巾披着，后来物料越堆越多，她那条丝巾找不见，索性不披了。

忙起来也感觉不到多冷，不过会有些下意识反应。

等虞浅反应过来她在轻搓自己手臂时，忽然一件外套落在身上。

她垂头看了眼身上的休闲外套，才问："哪儿来的衣服？"

程骁南来时，她看见了，他始终穿着一件衬衫，没有外套。

周围来来往往都是工作人员，嘈杂声不断。

问完偏巧有人抬着布景用的架子路过，喊着："劳烦你们，稍微让一下，谢谢喽！"

架子是不规则形体，带有棱角，虞浅他们身后又是墙壁，程骁南护着虞浅往后退了半步，其间状似不经意地开口："特地为你取的。"

说完，等工作人员把东西抬走，他也跟着走了。

虞浅看着他的背影，微微眯眼。

这弟弟刚才是在撩她？

终于收工时，已经又过了晚餐时间。

长时间站立，再加上一遍一遍地走 T 台，虞浅感觉小腿有些肿胀，准备直接跟着 Eleven 的人去吃饭。

她换好衣服出来时，临时搭建的化妆区已经没人在了，只有不远处的舞台区工作人员还在忙忙碌碌地布景。

程骁南靠在一张化妆桌上等她。

因为便携，所以化妆桌的整体架构看上去很轻，桌面还没有学校里的单人课桌大。

他靠在上面，总显得身形更加修长。

结束一切工作，疲惫感才后知后觉地苏醒，虞浅不打算计较程骁南之前的撩拨，放平心态，像对待孙月一样，从他身边走过时说了句："走了。"

"虞浅。"

虞浅停住脚步，回头。

程骁南拿起一包唇部卸妆巾，抽出一张："把口红擦了，我们直接去吃饭。"

虞浅忽然转身，大步走回来，停在离程骁南很近的地方。

卸妆巾她没接，直接用手握住程骁南的手腕，把唇贴在卸妆巾上，借着他的手，轻轻摩挲掉了唇妆。

擦完，她退开一些说："可以走了。"

第三章

克制爱意

“虞浅，很奇怪啊，我们不是该和 Eleven 的人一起吃饭吗？怎么回房间来叫 room service ？”

“累，不想在餐厅吃。”

彼得坐在虞浅房间的客厅里，酒店的侍者刚送来了他们点的餐食。

可能是在国外吃了太多西餐，哪怕菜单上推荐了牛排和羊排，两人还是只点了面。

彼得的是一份肥肠羊杂面，虞浅的是一份时蔬面。

酒店的面煮得不错，还算让人有食欲。

虞浅挑起面条轻轻吹开热气的时候，彼得又发话了，带着深深的狐疑：“可是你说回房间吃，程骁南就答应了？他居然让你自己回来吃？没借机和你共享晚餐？”

“没有。”

彼得直觉里，他不在的时间，虞浅和程骁南肯定发生了什么。

吃了几口面，粗粗安抚饥饿到尖叫的胃，他才开口，指着虞浅十分笃定地说：“你们俩之间，有猫腻。”

虞浅看上去没什么特别的表情，只安静吃着她的时蔬面。

过了一会儿，还是彼得忍不住，又卖惨：“我为了这点八卦，都没吃晚饭，一直等你回来，你就不打算说说你俩之间的事儿？一点儿就行。”

“麻烦。”

她是真的嫌麻烦，也因此最不喜说起往事。

“行，以前的事不说，今天发生了什么你总得说说吧？”

虞浅放下筷子，拿了瓶矿泉水拧开，喝了两口才说：“也没什么，就是没忍住撩了他一下。”

说起来，她当时的举动应该算是礼尚往来吧。

程骁南先撩她的，她也回撩一下，以示礼貌。

这有什么不对吗？

但不知道为什么，回酒店的路上程骁南似乎一直心不在焉，还不是那种被撩到了的走神，而是一种，怎么形容呢？虞浅甚至觉得他心情非常不怎么样。

进酒店时在玻璃门的反光里，她还看见他紧蹙着的眉心。

怎么还给人家弟弟撩出愁云了？

所以虞浅说她累了，叫客房服务回房间吃饭，不和工作人员一起了。

程骁南只说好。

彼得对程骁南印象不错。

认识虞浅年头多了，常年听业界乱七八糟的传闻，从没见过她真和谁有点什么瓜。

忽然逮到蛛丝马迹，他实在兴奋得很。

不过还没轮到彼得细问，虞浅手机便响起来，是一串没存名字的电话号码。

她显然知道是谁，没犹豫地接起，听了两秒，语气很淡地回应：“嗯，稍等，我这就下来。”

彼得放下筷子：“谁啊谁啊？”

“韩初。”

“我怎么觉得这名字这么耳熟？我是不是听过？”

“和你说过，小时候邻居家的哥哥，那个学霸。”

虞浅走到门口，看了眼程骁南的外套。

好像没听见隔壁有人回来，明天再还吧。

刚出门，彼得从她房间探头出来，幽幽地叫住她：“虞浅，我不喜欢这个韩初。”

虞浅回头看他一眼：“我也没说过我喜欢。”

彼得最后还问她，什么东西非要大晚上的送过来。

虞浅没什么表情地说:“我妈遗物。”

季苒去参加朋友的生日派对，今天不过来和沈深一起住。

沈深像是脱缰的野马，在酒店吃过饭后，非要拽着程骁南再出去喝点儿。

换了往常，程骁南不会同意。他这人，不烟不酒，非商业性酒局概不参加，也烦那种“众人皆醉我独醒”的感觉，他说他没有看着一屋子醉鬼像神经病一样群魔乱舞的癖好。

但今天沈深刚游说了几句，程骁南倒是没反对，拿上手机说:“那走吧。”

沈深喝到兴头上，吹着牛，一扭头，看见程骁南沉默地垂着头，看着自己的右手。他南哥生得就很优越，手型好看。

男人嘛，本来是不留意这些的，沈深一开始也没觉得整天和自己玩游戏、打篮球的程骁南手有哪里特别。还是高中时候听班里那些女生说:“程骁南的手，啊啊啊啊，太好看了！”

有时候程骁南赢了篮球比赛，心情好，听见时还会随口调侃一句:“我就只有手好看吗？篮球打得不厉害？”

沈深放下啤酒，用胳膊肘撞了程骁南一下:“南哥，知道你手好看了，别看了，和兄弟聊会儿呗。”

程骁南盯着手腕，脑子里还是虞浅凑过来时的情景：

她穿的那条连衣裙已经非常性感了。

白色，拉链从领口一直蔓延至裙摆，又是那种透明的拉链材质，细细的一条，随动作自身前摆动。

像白鸥径涉水面。

也许是在空调房里待久了，她的指尖是凉的。

拇指就搭在他腕上脉搏的位置，唇隔着薄柔的卸妆巾轻轻在他指腹上摩挲。

那时候程骁南的脑子空白了一瞬。

但越是反应过来，越觉得烦躁。

他几乎被气笑了。

他有事没事就在虞浅面前晃悠，是觉得虞浅不可能真的把自己忘了，指不定哪天心情好了，就会露出些端倪。

尤其是前些天，她对他有女朋友的误解，让程骁南觉得，她可能是因为他有女朋友，才刻意和他保持距离。

不然按她那个见到弟弟总要逗一逗的性格，怎么从来都没逗过他？

单单略过他，一定是因为记得他。

这么庆幸着，虞浅居然撩他了。

程骁南一腔闷气不上不下，差点把自己憋死——

这姐姐还真就把他忘了，把他当其他弟弟那样，随便撩一下逗着玩了？

沈深在旁边话痨似的嘟嘟囔囔，从他的手说起高中时的一堆事儿，完了还要给他讲公司里手模们之间的八卦。

程骁南实在听得不耐烦，把越凑越近的人推回自己座椅里："虞浅撩我了。"

"季苒说去年签的那个手模，就是长相很中性那个，听说她啊……你说谁撩你？虞浅吗？"

沈深喝多了话就更多，眼睛锃亮地拍着桌子："南哥！她撩你你就撩回去啊！上啊！勇起来！尿什么？"

程骁南垂头笑了。

记忆里，那是春天的一个下午。

那个周日，程骁南上午被老程送到学校，熬过自习，下午从学校里晃悠出来，看见虞浅。

是他发很多信息，好说歹说，虞浅才同意下午带他出去的。

作为自己是学霸的证明，他还精心伪造了一张高分试卷，准备带给她看。

虞浅的车子停在便利店门口，程骁南买了甜筒回来，坐进副驾驶座位里，虞浅却又准备下车。

程骁南心情很好地贫嘴："去哪儿啊？怎么着？我就多和收银台的姑娘说两句话，姐姐就吃醋了？要找人拼命？别去了，犯不上，犯不上。"

虞浅嫌他话多，随手把手机丢过去砸他。

程骁南也不躲，任手机不轻不重地落在腿上，笑着把甜筒递过去一支："还没说去哪儿呢。"

"充话费。"

程骁南吃着甜筒，目送虞浅进了便利店旁边的营业厅后，想把她砸在自己腿上的手机拿起来放到一旁。

但她手机没锁屏，拿起来时忽然就出声了，是一个男人的声音。

那男人在语音里说：

"浅浅，上次吵架是我不对，我知道你生我气了，但你知道，我也是出于好意，是我说话方式不对，还真把你气狠了，那也不能半年都不搭理我吧？听曲姨说你最近忙，等你闲了，一起出来吃个饭吧？我们导师说学校附近的一家四川火锅不错，想不想吃辣的？"

那男人的声音算是好听。

估计是个做事认真的人，说话时字正腔圆，还带一点儿温润的笑意。

但程骁南怎么听怎么觉得不顺耳。

程骁南皱眉看着手里的手机。

不知道出于什么心理，虞浅给这个男人的备注是韩初，后面加了个括号，里面写着"学霸"两个字：

韩初（学霸）

学霸。

刚认识虞浅不久时，程骁南问过："你喜欢什么样的男人？"

"学霸吧。"她当时这样说。

他们冷战了半年，而程骁南认识虞浅也就半年而已。

她会是因为和别人冷战，才在这半年的时间里和自己走得格外近吗？

那天便利店的甜筒绝对有些问题，奶油柚子口味，却没吃出来柚子味，程骁南只觉得苦森森的味道一直传到舌根。

后来呢？

那天下午之后，虞浅说她忙，几乎没有同程骁南联系过。

只有一次，在他发了信息之后，虞浅回了一句话：

试卷是不是故意留在车里的？

程骁南当时心里十分不爽，只觉得虞浅是在问他的成绩，而他并不是她期待的学霸，所以那天他破天荒地没回虞浅信息。

虞浅也没再说什么。

再联系，就是得到她出国的消息了。

她那边是机场呼啸的风声，她说她要去德国斯坦福念博士。

沈深还在揪着“撩”这个话题不放，已经开始胡言乱语，说什么成年人之间的感情就要互相试探，建议他晚上裹着浴巾去敲虞浅的门。

“我有病？”程骁南问。

“什么有病，你就按我说的做，敲门。就说，就说你浴室下水道堵了，借她浴室用用！”

程骁南看了一眼啤酒度数，觉得沈深再喝就要傻了，干脆塞了一片烤面包在他嘴里，把剩下的半罐啤酒倒了。

沈深含着面包还挺委屈：“干吗倒我酒啊，南哥，我说得不对吗？你真得勇一点儿，太好说话容易被人当备胎的。”

“备胎”这两个字戳到了程骁南的神经，他踢了沈深一脚：“安静吃你的吧。”

好在沈深喝多了还记着他家祖宗季苒，说：“不行，我得早点回酒店，一会儿季苒该查岗了。”

程骁南结了账，和沈深往回走。

饭馆离酒店算近，不过十分钟路程。走进酒店旋转门时，一个男人站在大堂里，个子挺高，瘦，正垂头慢条斯理地擦着眼镜。

侍者走过去礼貌提醒：“先生您好，我们这边有休息沙发，您可以坐下慢慢等的。”

男人把眼镜戴好，摇头：“不用，她很快下来，谢谢了。”

沈深喝得步伐散乱，险些撞到那男人，但被程骁南拎着衣服后领及时揪了回来。

等电梯时，沈深几乎闭眼快睡着了。

电梯门缓缓打开，虞浅站在里面。

她从里面走出来，程骁南稍微愣了愣，才让开路。

虞浅路过程骁南身边时，他忍不住开口问："这么晚了，你要出去？"

虞浅看了他一眼，说："不出，拿东西。"

说完她往大堂走去。

她只穿了一条裙子，外面夜风四起，空气泛冷。

看来真是没打算出去。

电梯没在一层过多停留，下行去了底下二层的车库。

程骁南扶着沈深等电梯上来时，忽然听见虞浅的声音。

她对着站在大厅里的男人抬了下手："韩初，这里。"

韩初？

程骁南皱眉看过去——

刚才站在大厅里的男人，正眉眼含笑地走向虞浅。

酒店大堂侧室传来茶香，伴随着偷潜的晚风浮动。

韩初眼角展着笑纹，和虞浅寒暄："真是好久没见了，浅浅，这些年在国外过得好不好？"

虞浅点点头，并没打算叙旧，只伸出手："她有什么东西值得你大老远跑一趟，非要给我？"

也许因为虞浅用"她"这样不含温情的字眼称呼自己的亲妈，韩初脸上的笑意减了些许。

他从背包里拿出一个方盒："是曲姨的手表，那时候走针出了些小问题，她要我帮忙送去修，没想到……"

韩初垂下眼睑，语气变得有些喟叹："曲姨的这块表很贵重，总不能一直放在我这儿，不合适，现在你回国了，正好拿给你。"

虞浅打开表盒，草草看了一眼。

这块表她很眼熟，样式古朴简洁，腕带是鳄鱼皮，因为常年佩戴，哪怕悉心注意着，也泛起毛边，蓝水晶面的表盘被灯光一晃，稍显划痕。

从虞浅记事起，她妈就戴着这块表，牌子很有名，算奢侈品。

虞浅猜，很可能是她血缘上的爸爸送的定情信物。

所以她印象里，只觉得那男人虽然混蛋人渣，但眼光还是可以的。

确定是曲莉雯的东西，虞浅合上表盒，淡声道谢。

面对母亲的遗物，她的表情并没什么波动，再抬眼时，果然看见了韩初欲言又止的表情。

虞浅和他很不客气：“你又想说什么？”

韩初似是愣了一下，才面露无奈地说：“浅浅，你误会我了，我只是想说，入秋后天气凉了，你该多加衣服，免得着凉。你是不是还因为当年我说……”

“嗯，好。”虞浅打断他重提旧事的意图。

“那……今天太晚了，我就是把东西送给你，顺便看看你。”接着，韩初笑道，“改天吧，改天我们一起坐坐，吃个饭什么的，再好好叙旧。”

“改天再说。”

虞浅说“改天再说”这句话时，明显看到韩初的目光越过她，往她身后的方向瞧了一眼。

于是她也随着回眸——

程骁南靠在电梯间的大理石墙面上，脸色看上去有些臭，正不耐烦地往这边打量。

韩初问：“是你朋友？在等你吗？”

“我老板。”

后面的问题虞浅想了半秒，觉得程骁南也许真在等她。

毕竟他的外套还在她那儿。

于是虞浅同韩初告别：“可能是在等我，他外套在我房间。”

韩初静了半秒，随后说：“那快去吧，等你有空时，记得联系我。”

他相貌温润，笑起来显得温柔。但其实他并不是一个特别温柔的人，虞浅想。

目送韩初走出大堂，虞浅才回味过来，自己刚才那句话是有歧义的。

大晚上的，说男老板的外套在自己房间，听起来似乎不太纯洁。

走过去时，程骁南没等她开口问，就先说起来：“毕竟你现在是公司的模特，过两天还有场很重要的秀，大晚上的，你在楼下和陌生男人见面，安全起见，我这个当老板的当然要稍微留意些。”

他这样说时，目光落在她手里的表盒上。

这种时候，虞浅特别想逗逗程骁南。

所以她说：“不是陌生男人，从小就认识的。”

一男一女，从小认识，太容易让人联想到“青梅竹马”这样的词儿了。

程骁南按电梯时都带了些力气，按得上行箭头“啪嗒”直响。

哪怕这样，他也记得在电梯打开时，帮虞浅挡着电梯门，说：“你先进。”

虽然声音像压着气似的。

两人一前一后进了电梯，程骁南突然冒出来一句：“大半夜给你送表，表白啊？”

他这种样子虞浅太熟悉了。

七年前他就是这样的，少年心性，有什么心事儿都憋不住，又爱逞强。

有一次周末，虞浅被程骁南软磨硬泡地约出来，在体育馆看他打篮球。等他下场换人时，这弟弟就坐在她旁边抹了一把汗，挺不满地问她：“我怎么觉得，你总看我对手队里一男的啊？”

虞浅也是故意逗了他一句，具体说了什么她已经忘了，反正程骁南再上场时，背包和外套都放在她旁边的椅子上，还有水杯。

恨不能在她身上签上他程骁南的大名。

她喜欢程骁南明明在意却总要装模作样，最后又忍不住要问出口的样子，因为她能在这种时候感觉到他所有的赤诚爱意。

虞浅垂头掩掉眼里的笑意：“不是表白，是我妈的遗物。”

不抬头都能猜到程骁南的表情有多错愕。

到了他们房间的楼层，程骁南还是挡着电梯门让她先出。

他走在后面，突然开口问：“你明天需要休息吗？”

走廊里太过安静，他这一句，显得有些突兀。

“为什么要休息？”虞浅先是冒出这样的反问，随后才想起来，她刚才说了，手里的表是她妈妈的遗物。

可能程骁南觉得，她会心情不好，需要休息。

几乎所有人都认为她和曲莉雯关系不好，所有人都觉得，曲莉雯去世，她只会高兴。

曲莉雯在国内医院病死时，虞浅没有回国，丧事也是委托别人帮忙办的，当时外媒给她扣上各种冷血和不孝的名号，连和她从小一起长大的韩初，都觉得她和曲莉雯之间没有什么感情。甚至在她提起曲莉雯时，他还总是出口教育她，让她要多体谅妈妈，说单亲妈妈不容易。

但程骁南没有。

虞浅在光线不算明亮的长廊里回眸，程骁南就站在他那间卧室的门前，双手插着兜，眉心是皱着的，嘴唇紧闭。

他偏开头，不看她："Eleven 还没过分到让员工带着伤心情绪硬撑工作，你可以休息，我去和安谷说。"

虞浅笑了："我也没伤心到连工作都不能继续，不劳程总费心，我可以。"

回到自己房间，彼得不知道什么时候已经走了。

虞浅手机里有一条信息，是彼得发来的：

我从偏门溜走了，看见你那个学霸朋友了，太斯文太正经，一看就和你不配，我还是不喜欢他。

这信息说的，像个给女儿相亲的挑剔老父亲。

虞浅没回，倒是想起来，程骁南的外套还在她这儿，忘记还给他了。

其实韩初的相貌、家庭、学历都很优秀。

小时候虞浅常听曲莉雯夸韩初：你韩初哥哥又拿了某某奖项，你韩初哥哥又去参加了什么比赛，你韩初哥哥又被老师夸了……

那时候虞浅几乎整天都在拍摄基地，试镜、拍广告、拍杂志，或者跟着业界前辈学习表情管理、模特步伐。

有时候曲莉雯开车载着虞浅回家，路过韩初家窗前，她能看见一层薄窗帘后面的灯光，还有在灯光下读书的韩初。

羡慕吗？

当然羡慕。

虞浅太少有机会完整地在学校里听完一天课了，有时候被送去学校，老师会很头疼地问："虞浅，你怎么总在上课时睡觉？"

因为落课太多，因为听不懂，因为拍摄工作太累了。

也有老师找过家长，但曲莉雯和老师们说："不用管虞浅的成绩，我对虞浅的人生有其他安排。"

她的安排就是让她永远做模特，永远能靠拍摄赚钱。

曲莉雯脾气不好，经常在拍摄场地大骂虞浅，甚至动手。

有一次在家里，虞浅被曲莉雯大骂一顿关在门外，是韩初的妈妈把虞浅带回家，让她去韩初书房和韩初一起看书。

她胳膊上有一点儿被掐伤的瘀青，韩初帮她涂了药水，然后他就坐在桌边，声音里带着安抚给虞浅读英文版的《小王子》。

他有流利的口语发音，他妈妈会送进来切好的水果，还会温柔地提醒两个小朋友，不要用眼过度，身体才是最重要的。

韩初读到小王子对他的玫瑰内疚："我当时太小了，不懂得爱。"

虞浅忽然问："小王子有多大呢？"

韩初当时很惊讶，他以为虞浅听不懂英文。

但虞浅说她听懂的也不多，有时候合作的摄影师叔叔是外国人，听多了才会懂一些。

那时候虞浅不过八九岁，她真的很羡慕韩初的家庭，也崇拜韩初的优秀。

但好像越是长大，他们之间越是格格不入。

最后一次一起吃饭，已经是两个孩子两三年没有见面了，那时候虞浅二十一岁，韩初二十六岁，已经在读博。那是虞浅最灰暗的一段时间，她听从曲莉雯的安排从高中退学后，没有再继续上学，那阵子她赚了挺多钱，买了一辆红色跑车，开着去找韩初吃饭。

也许存了些想要显摆的心思吧，虞浅刚结束工作从拍摄场子出来，还带着妆发，显得比实际年龄更成熟些。

她坐在跑车上对韩初摆手时，很明显看见韩初皱了眉，那个皱眉的动作就是那天所有不愉快的开端。

对虞浅来说，性格温和且优秀的韩初一直是她从小到大崇拜的对象，也是她比任何人都更能吐露心事的哥哥，但那天韩初皱着眉头和她说："你有没有想过重新上学，学点儿什么？"

那些冤枉她校园暴力的情景重现在脑海，虞浅下意识出口，说自己已经厌倦了校园。

韩初看了眼饭馆窗外停着的跑车，问："那就这样，一直自甘堕落下去？"

那几年，虞浅被冤枉参与校园暴力被迫降级转学。

但同是安北市的高中，后来还是有同学打探到了她的传闻，然后这群自诩正义的少男少女，开始孤立她，也不算多严重，只不过换个人，恐怕早就受不了了。

但那时候的虞浅，远没有现在心性这么淡定，她会难过，也会做噩梦。

同曲莉雯说时，曲莉雯会说："哪有那么矫情，你不做错事他们怎么只欺负你不欺负别人？"

经历过退学，经历过迷茫，好不容易从那些阴影里走出来的虞浅，听见韩初叹着气说，你这是自甘堕落。

他以为她的车子、包和其他饰品，都是有人暗含龌龊目的的赠予。

他以为她没有上学，没有接受高等教育就是自甘堕落。

也是那天，虞浅开着车子去了附中，在学校后墙的旧街找到一处可以听见校园讲课声和上下课铃声的地方。

那段红砖垒建起来的后墙上爬满爬山虎，昏暗的路灯下，微风一吹，爬山虎像波浪那样轻轻晃动。

虞浅那时候想，如果校园的回忆对她来说就像深渊，那深渊里的水波若似爬山虎这样，也算赏心悦目。只不过在某一块墙体下面，有一些已经脱落的爬山虎。

还没等虞浅想清楚什么，一块滑板忽然从墙后飞出来，"哐当"一声砸在虞浅的车尾上，然后是一个攀上墙头的男生身影，他蹲在墙上往下看，看见跑车，低头骂了一句。

那天程骁南从墙上跳下来，没管他的滑板，走到虞浅车边看了看，然后和她道歉。

他那时候比现在更傲气，连道歉时语气都有点狂。

程骁南说："你这车虽然有点贵，但你去正规的4S店修吧，不会看你是女孩就坑你钱。花了多少你来找我，我都赔给你，我把电话号留给你，你带手机了吗？"

虞浅那天手机是关机的，程骁南从书包里摸了半天，居然一支笔都没有。

他抬头对上虞浅的目光，"啧"一声，说："我们学霸都不带笔的，知道吗？"

虞浅真没见过这种款式的学霸，最后还是她翻出一支眉笔递给他。

程骁南问她写哪儿，虞浅忽然存了逗他的心思，把手腕伸过去，说："写这儿吧。"

程骁南握着她的手腕，写了个"1"，然后皱眉抬头看向她，说："你这细皮嫩肉的，我写这儿你不疼？"

那时安北市的夏天还没彻底过去，偶有蝉声连片，路灯边扑着夜蛾。

虞浅下意识抬眼，撞进一双真诚疑问的眸里。

那阵子虞浅的心情真的算不上好，常常去附中后街待着。

又常常能遇见程骁南，他总问她，怎么总把车停这儿？

"这地方你家的？"

程骁南笑了，说："那倒不是。"

说完，他撑着车门跳进车里，坐进副驾驶位，把头上的鸭舌帽往她脑袋上一扣，说："哭吧。"

"谁说我要哭了？"

"别低估学霸的火眼金睛行不行？想哭就哭，我又不笑话你。"

那天虞浅到底没哭，被程骁南指路带着去了荒无人烟的郊外。

车子停在路边，他说："抬头。"

于是她看见了漫天璀璨的星河，心里那点眼泪也都被星星晒干了。

扭头时，程骁南正看着她。

虞浅问："你不看星星，看我干什么？"

程骁南就笑一笑，挺不正经地说："你比星星好看呗。"

那阵子虞浅是迷茫的，她开始思考自己到底在做什么，该做什么，又想做什么。

那段迷茫的日子，是程骁南陪她度过的。

很有意思，她在人生的路上摔了一跤，摔在泥里，还以为曾经仰望的人会拉她一把，像小时候一样，给她读一段《小王子》。

但都没有。

反而是程骁南意外地闯进她的生活，跳下泥潭，陪她在泥里打滚，然后很自然地说，走吧，玩够了就该起来了。

隔天，等虞浅起床时，孙月已经兴奋地打来电话。

小姑娘叽叽喳喳着，说她感冒完全好了，还去医院开了康复证明，已经给程骁南看过了，正在过来酒店的路上。

她问虞浅："浅，我要不要帮你带一份早餐呀？我知道酒店附近有一家烧饼夹肉超级无敌好吃！比大力水手的菠菜还好吃！你要不要尝尝？"

虞浅笑出声："行，那我尝尝吧。"

后面的几天，虞浅没再看见程骁南，外套也是孙月拿去还给他的。

也不知道是不是错觉，孙月这小姑娘，生个病回来变得更唠叨、更细心了。

恨不得时时刻刻跟在虞浅身边，像她的尾巴。

大秀前一天，虞浅在化妆师帮她贴指甲的时候，看孙月在她身边一圈一圈转悠，有些好笑地问："孙月，你不休息？"

孙月摇摇头："我什么都不用做，又不累，休息什么？你冷不冷？要不要空调毯？"

"不用了，你搬个椅子坐下吧。"虞浅说。

"我蹲着就行！"

指甲贴完一只手，换另一只手时，蹲在旁边的孙月疯狂拍照，说太美了。

过了一会儿，孙月忽然说："浅，你要有什么不开心的事情，都可以和我说的，其他的我不一定做好，但倾听我还是挺擅长的，真的，以前上学时，我是有名的情绪垃圾桶！"

"从哪儿看出我有不开心的事？"

"不是我看出来的。"

孙月摇摇头，然后说："是程总，我回来的前一天晚上，程总给我打电话，说你可能会心情不好，他不方便多问，他说女孩子间可能会更好聊一些，如果我已经康复，让我过来陪陪你……"

过了一会儿，虞浅才平静地开口："没有心情不好，你们程总敏感过度了。"

同一时间，程骁南坐在临时搭建的简易会议室里，和安谷他们敲定最后的细节。

说是会议室，其实也就是搬了几张桌子拼在一起，几把塑料椅子，用

KT 板大概隔出一方空间。

不过桌上的东西倒是全，摆了几种饮料，还放了几盘坚果。

程骁南坐的椅子旁是场地里的落地窗，从他的角度能看清虞浅正在贴指甲，一只手已经做好了。

孙月蹲在她身边，仰着头同她说话。

两个姑娘不知道说了什么，虞浅眉梢轻轻一抬，随后笑起来。

她的笑总是非常浅淡的，程骁南收回视线，稍微放心些。

安谷还在忙着盯场景布置，要晚几分钟再过来。

沈深就坐在程骁南身边，鬼鬼祟祟地躬着腰，正在和季苒的通话里小声卖惨："已经下午两点了，我还没吃到午饭。"

不知道季苒那边说了什么，沈深十分幽怨地看了程骁南一眼，对着手机吐槽："南哥才不会照顾我！前两天我喝多了，南哥都不送我回房间，让我自己坐电梯，我下错楼层了，在外面蹲了半宿，差点冻死，你说他是不是狠心……"

程骁南瞥沈深一眼，心说："说漏了，蠢货。"

果然，没过几秒，沈深就开始解释："不是喝多了，只是稍微喝了一点儿，一点点而已。小酌，是小酌，苒苒你听我解释……"

后面的话可能太舔狗，沈深举着手机跑去外面了，没继续在会议室。

其实没吃午饭的不止沈深一个，几乎在会场忙的每一个人都没吃上午饭。

安谷这边的团队对秀场非常谨慎，舞台布景完成百分之八十时，那些丝绸和缎料开始应用，安谷发话，所有有味道的餐食都不允许带入会场。

饿了倒是可以出去吃东西，但谁也没时间，都是啃两口面包或者干脆不吃了。

一群可爱的艺术疯子。

程骁南看了眼虞浅的方向，刚才孙月给她的全麦面包片，她也只吃了半片。

他把桌上的开心果端到面前，开始一颗一颗剥开。

沈深回来时，一盘子开心果已经只剩几颗完整的了。

他对着开心果怔了一会儿，扭头看程骁南，语气里有不敢置信的试探："南哥，这该不会是给我剥的吧？"

程骁南看他一眼："让季苒骂傻了？"

最后一颗开心果剥完，程骁南撕开湿纸巾擦手，正准备叫孙月过来把果仁端过去，却扭头看见一个场地工作的弟弟，带了工作牌，端着一大堆剥好的坚果过去……

那位弟弟站在虞浅面前，不知道挠着后脑勺说了什么，把手里的坚果递给虞浅。

虞浅手上粘了夸张的甲片，不方便接，是孙月帮忙接过来的。

虞浅对人家弟弟笑了笑，看口型是在说谢谢。

程骁南面无表情地把头转回来，看了眼面前的坚果："沈深。"

"啊？"

"把坚果吃了，你不是饿吗。"

"你不吃啊？"

程骁南把湿纸巾团成团丢进垃圾桶："不吃。"

沈深一脸莫名其妙，抓起一小撮丢进嘴里，边嚼边问："不吃你干吗剥这么多啊？"

程骁南的声音像是从牙缝里挤出来的。

他说："解压。"

正式开场前的最后一场彩排，安排在黄昏。

阳光稍稍退下，光线已经开始变得模糊，白日里喧哗的城市变得像海市蜃楼里虚幻的景象。

安谷把时间定在这个时候，观众席面对着的是舞台灯光，背后是夕阳残影和光感迷离的城市。氛围感还是做得很到位的。

他们甚至为日落时间做了计算，在虞浅出场时，秋日夕阳将滑入地平线，世界陷入黑暗，然后舞台灯光会聚集在她身上。

彩排完全和正式走秀一样，虞浅带了全部妆发，连一次性甲片都做了全套。

最开始出场时候，她就躺在深绿色与褐色交织的缎带里。

布景很像巢穴，虞浅肤色胜雪，在化妆师的刻意刻画下，显得有些病态苍白。

她身上的服装很厚重，层层叠叠，像枯叶。

出场时的舞台步伐甚至完全没有气势，有些唯诺。

背景音乐开始时，会场的球型幕顶开始出现各种片段。

生活中常见的，对女孩子的偏见都云集在这里——

“这种人嘛，胸大无脑咯。”

“女人就是这样的，头发长，见识短。”

“典型的学霸长相，哈哈哈……”

“姑娘家家的，去什么大城市，就在家门口找个工作就行。”

“上什么班，女人就该做家务带孩子啊。”

“谈过那么多，肯定不是处。”

“你就是太敏感了，总爱没事儿找事儿。”

……

背景声音你一句他一句，像嘈杂的菜市场。

也像是诅咒，久久不息。

短片结束时，虞浅开始撕掉身上厚重的布片，像蜕掉一身沉疴。

每一层颜色暗淡的布料都被她用力挥掷出去，她的手臂像即将高飞的羽翅，步伐逐渐铿锵。

虞浅每丢下一片布料，球型屏幕上停滞的短片就粉碎一块。

有太多人经历过这种偏见了，生活中有太多女孩子忍受着这样的偏见了。最悲哀的是，这些偏见听起来居然不陌生，好像每个人都在某个时刻旁听过，甚至经历过。

孙月不知道联想到什么，已经悄悄把手伸进包里，开始摸纸巾。

身后几个女性工作人员开始落泪。

孙月就在程骁南身边，生怕自己不够昂首挺胸丢了 Eleven 的脸，所以抹眼泪时又鬼鬼祟祟往自家老板那儿看了一眼。

泪眼蒙眬时只注意到程骁南没往她这边看，等擦干眼泪，孙月又偷瞄一眼程骁南，却被他那种专注的神情惊了一瞬。

程骁南的目光，是紧紧追随着虞浅身影的，带着虔诚、忧虑、郑重，以及很多看不懂的情绪。

他能感受到周围女性的情绪起伏，但他眼里只关心虞浅。

他关心虞浅高昂下颌的，甚至看上去坚毅到有些冷漠的神情下，究竟有没有过，哪怕千分之一秒的脆弱?

不会没有，程骁南想，怎么可能会没有。

她一定有过撕心裂肺伤心的时刻，只不过，被她藏在冷静的面容下，不轻易示人。

七年前，虞浅刚出国的那些天，程骁南都过得浑浑噩噩，他没反应过来斯坦福并不是德国的，也没反应过来虞浅为什么说走就走，更没反应过来她为什么一条龙地拉黑了他。

那几天是春天，学校组织了春季运动会，操场上有裁判吹的哨音，也有起跑的枪声和欢呼的加油声。但程骁南觉得自己没办法开心，甚至扯动唇角的假笑他都做不出来，他觉得虞浅出国时一定带走了他什么东西，灵魂，或者爱。

程骁南还以为自己再也联系不上虞浅了，却没想到会从老程那里听到虞浅的消息。

那会儿老程有个女朋友，程骁南挺不喜欢的，但老程和那个女人走得近，偶尔那女人还会来家里。老程女朋友换得勤，程骁南几乎都不搭理，但那天从门口撞见时，女人钱包里掉出一张照片，他也没多想，帮忙捡起来还给她时随便瞧了一眼。

可就是这一眼，程骁南直接顿住。

照片上是一个小女孩，有点像广告片，拿着饮料，露出些笑容。

虽然没见过虞浅本人这样灿烂地笑，但程骁南一眼就能看出来，那绝对是虞浅。

他从来没想到，能从自己的小妈候选人里，得到虞浅的消息。

也是在虞浅走后，程骁南才开始了解她，了解她的过去，了解关于她的事情。

程骁南破例和老程还有那女人一起吃了饭，席间总想方设法提起虞浅。

他还记得那女人叫曲莉雯，提起虞浅时倒是没有别人家家长提到孩子的骄傲或者糟心，只是情绪很平静地说，她女儿是模特。

程骁南套了些信息，开始自己去查。

查到虞浅没转学前的高中学校，贴吧里关于她的帖子盖了两千多层楼，没有一条好的言论。

查到她后来转学到附中。

原来她在几年前，也短暂地在附中上过学，只不过附中的学业生涯也没能给她一些快乐……

后来程骁南自请降级，开始没日没夜地学习。

他的成绩也不是真的差到只能考到几十分的地步，只不过懒得认真。

但差得也还是多，又托老程请了私教，放学回家一对一补课。

那段日子挺熬人的，早晨四点起，夜里一点睡。

老程也不做人，别人家的家长见自己家孩子这么用功，心疼还来不及，老程完全反其道而行。

有一次程骁南休息不足，在学校犯晕，送回家找了家庭医生输液补充营养，临走时候，医生叮嘱程骁南说要注意多休息，劳逸结合。

转头老程就来了，老程盯着程骁南摇头叹气，说什么当年红军两万五千里长征，也没有条件打个营养液歇一歇，现在的孩子们，果然是幸福啊。

程骁南还是少年，张嘴就要回怼。

结果老程把手里一沓杂志丢在程骁南身上："我看你别休息了，你要追的姑娘，可真是坚强又优秀，再休更追不上了。"

就是那本外国杂志，虞浅大方地展示着自己的髀罅，像是对那些无知的、恶意揣测过她的人们说：老娘就是要这样漂漂亮亮，那些龌龊言语，我不惧你。

程骁南当时手上还戳着输液的针管，深深吸气，叫老程："爸。"

"怎么了？觉得人家太优秀，想放弃啊？"

"……把我五三给我拿来，我做会儿题。"

熬过那段日子，程骁南在大学休双学位，并且在老程的帮助下和沈深一起筹办建立了 Eleven。

还好，一切都算来得及。

程骁南深深看过去——

T 台上的虞浅已经沿着旋转楼梯走到最顶端，所有厚重如枷锁的装饰布料都已经被丢弃，只剩下身上一套质地轻薄的黑色连衣裙。

最顶端是圆柱形透明泳池的入口，她像一尾灵活的鱼潜入一池清澈的水中。

裙身的布料不知道安谷用什么材质设计的，遇水变浅，黑色慢慢淡成蓝，如雾在水中浮动。

布料上缀着的斑点状图案，忽然像压缩纸巾遇水那样膨开，开成朵朵花。

花瓣饱满，似芍药。

程骁南不知道虞浅还会潜水，她在池里宛如人鱼，轻捷地下潜。

因为是彩排，场内所在都是工作人员和各方合作公司的代表，每个人的关注点都不同，有人在关注自己所负责的环节是否有错，有人在关注整体效果，有人在感叹模特的美。

只有程骁南，他的目光紧盯在虞浅脸上。

也许是池水刺激，虞浅的眼圈有些泛红，在程骁南看来，却很像是忍了良久的委屈，终于在水下悄悄发泄出来。

有那么一个瞬间，他觉得胸口疼得像让人锥入一根钢钉。

虞浅带着满身花瓣潜入水下，那里有其他出口，最后回眸时，应安谷的要求，对着观众席一笑，手里的压缩花片丢出去，在水里绽放。

背景音乐里，有特请的配音人员读着什么，彩排成功结束后工作人员们兴奋地欢呼，这些程骁南都没有分心去听。

身旁的助理孙月转头，见程骁南捂着胸口，大惊失色："程总，你心脏不好？要不要我找医生过来？"

"没有。"程骁南放下手，转身往后台走，边走边摸出手机，给老程拨了个电话。

老程那边声音比这边还吵，隔了几秒程骁南才听见他爸说话："嘿，知道我今天回来特地给我打电话？是不是要来接我？要接的话，我就在机场等一会儿？"

"司机呢？"

"要什么司机，我等着我儿子接呢。"

"没空接你，自己叫车回吧。"

"你天天都在忙什么？接你亲爸都没空？"

老程听起来十分不满，可能还有点装可怜的意思，对着电话猛地咳嗽几声："咳咳咳！在国外着凉了，浑身没力气……"

程骁南松了两颗衬衫扣子，有些无奈："爸，别咳了，苦肉计没用，今儿过不去，你未来儿媳彩排呢，我得看着点。"

"谁？"

老程那边只反应了两秒，忽然笑了："哦，那个姑娘回国了啊？怎么，还真进了你的公司？什么时候领回家给我看看？"

"……还早。"

"怎么还早呢？这个月刚回来的？"

"……不是，上个月。"

程骁南头疼地捏着眉心说："没说过几次话，她看上去好像不记得我了。"

老程也不咳嗽了，笑得十分愉悦，在电话里极尽挖苦，数落自己亲儿子——"人家姑娘上个月就回来了，都一个月了，话都没说过几次你也太废了……什么就不记得你了？我的基因又不差，给你生得人模狗样的，你也不是没长五官，还能不记得你？"

程骁南倒也没恼，只淡淡打断他亲爸的挖苦："老程，黄梦你还记不记得？"

"记得啊，不是我以前的一个前女友吗？性格挺温柔的，会唱京剧，分了有八九年了吧？突然提她干什么？"

"唐昉呢？"

"警察局工作的那个啊？都说了我和她没谈过，就吃过几次饭。她性格太强硬了，可能是总审犯人，有点职业病，吃饭我坐在她对面总能感觉到她打量我，这种感觉就不行……"

"赵依依。"

"人家出国好几年了，好像嫁到马来西亚去了，现在过得挺好。"

"曲莉雯？"

"还好意思提，不是当年你闹着说要是我和她再相处，就和我断绝父子关系吗？结果都七八年了，也没见你追到人家的女儿，可惜了，曲女士对手表很懂行呢，和我聊得还可以来着。"

程骁南忽然扬起唇角："都是分手那么多年的女朋友了，一个个的，你还能记得？”

“相处过的人哪有那么容易忘？你爹我还没到老年痴呆的年纪！”

程骁南垂头笑了两声：“知道了，我挂了。”

也是，相处过的人哪有那么容易忘？

虞浅真就能完全不记得他？

程骁南不相信。

程骁南两只手插在休闲裤口袋里，在人群里慢慢往后台踱步过去。

安谷疯了一样在叫，明天的秀必定成功。

这些都无所谓。

程骁南现在只想去找虞浅，不管她当年为什么离开，他只想问问她，真的不记得他了？

进到后台时，虞浅已经擦干了身上的水，披着一件真丝长袍，正往临时化妆区那边走。

她手里拿着毛巾，擦拭着发丝里积挂的水，真丝长袍稍有些滑落，露出半个肩。

程骁南在她身后站定两秒，忽然抬脚，状似不经意一般，踩了一下长袍拖地的边缘。

虞浅披着真丝长袍走得摇曳生姿，忽然长袍被身后的人踩落，她回眸，看见了程骁南。

他就站在往来的人群里，衬衫扣子解了两颗，指着自己的脸，问：“姐姐，好好想想，真不记得我了？”

程骁南叫人姐姐，总是带了点安北方言里的痞劲儿，和以前一模一样。

不知道这弟弟又有什么鬼点子，眼神热烈得让虞浅下意识想要回避。

当然不能说记得，说记得，就会被问起更多。

可是那些事情要怎么解释呢？

虞浅垂了垂睫毛，然后走过去一点儿，在嘈杂声里凑近了程骁南。

她笑得柔媚且真诚，用手里的毛巾指了指自己的太阳穴，随口胡扯：“我在几年前出过车祸的。”

程骁南疑心自己听错了，偏了偏头，下意识反问：“什么？”

虞浅很抱歉地说：“我失忆了，有些东西想不起来。”

化妆师开始叫虞浅过去卸妆，等她忙完已经又是晚上十点多。

程骁南靠在后台看着往来的工作人员，连着几天，每个人脸上或多或少沾有倦意。

连沈深那种自诩社交天才的活力型话痨，都已经找了把塑料椅子，靠坐在上面，左手拿着矿泉水，右手举着干巴巴的面包片，猛往嘴里塞。

确实很辛苦，所以回酒店的路上，程骁南没再多问。

只在孙月他们都走了之后，他站在自己房间门前，没急着进去，说：“就算你失忆，就不好奇，我们以前是什么样的关系？”

虞浅应该也是累的，脸色比平时更白了些。

她把手里的黄铜钥匙戳进锁洞里，语气没什么起伏：“没印象，可能关系一般吧。”

程骁南不掏钥匙，也不开门。

他就靠在自己房间门上，隔着不远不近的距离看向虞浅，声音里掺着笑意：“一般关系可形容不了我们。”

听他这个语气，应该是完全没信自己失忆的事儿，都开始贫嘴了。

虞浅也没急着开门，顺着他的话问：“说说看，那是什么关系？”

“怎么说呢，你也别不好意思，你那时候对我……”

虞浅面无表情地回头：“对你？”

“那是七年前的事儿了……”

程骁南锁着眉心，一副回忆起来不太顺畅的样子，顿了几秒复开口道：“你那时候有一辆跑车，总开着来我们学校堵我，总说想见我，非常热情。”

虞浅没说话，只默默想起那时候她每次忙起来，没空去见程骁南，总能收到他一堆一堆的轰炸信息。

这弟弟发信息有个套路：先说一些无关紧要的事情，然后再绕着弯子问她，什么时候去找他。

结果现在这人好意思在这儿吹牛，还说：“一般不一般我不知道，我就觉得，你可能喜欢我喜欢得挺疯狂。”

“我，疯狂，喜欢你？”

“差不多吧。”程骁南摸着鼻尖说。

“但我手机里，没有你的联系方式，哪怕一种。”

程骁南还为此给了个很好的理由：“那可能是爱而不得，终生恨意，都删了吧。”

说完还挺贴心地提醒：“时间不早了，你早点休息，等这几天忙完，我们再沟通感情。”

虞浅旋着钥匙，“咔嗒”一声拧开门锁，直接把程骁南关在门外。

这晚斗嘴之后，安谷的概念秀正式开始。

虞浅表现依然出色，这场秀比预想得还要成功。

晚上九点半，秀结束后，几方合作团队的主管人商量，共同举办庆功会。

庆功会的举办地点就定在虞浅他们住的酒店，为了方便这些辛苦了这么多天的工作人员，在吃喝玩乐之后能直接回房休息。

虞浅作为 Eleven 的签约模特，自然是和程骁南他们一桌的。

同在一桌的还有以 Eleven 友人身份出现的彼得，以及过来和彼得叙旧的安谷。

酒过三巡，彼得和安谷已经开始唱《羞答答的玫瑰静悄悄地开》这样的老歌，孙月和安谷的助理被委托重任，负责把喝多的两个人送回去。

孙月临出发前频频看虞浅，怕虞浅也喝多了没人照顾。

孙月眼睑还肿着，因为她在秀场里又哭了一场。

下来时她和虞浅耳语，说自己从秀里借到了一点儿勇气。

小姑娘梳着马尾，频频回眸，用口型说：你等我回来，我送你回房间。

虞浅手里还端着半杯红酒，正准备回应，她和孙月中间忽然挡了个身影。

程骁南对孙月说：“送完彼得老师就回去休息吧，虞浅在我隔壁房间，我顺路送她。”

说完，程骁南拉了张椅子，坐在虞浅旁边，垂头开始看手机。

其实虞浅说的车祸，程骁南是不信的，只觉得是为了搪塞他，随口开的玩笑，但又经不住心里对她的担心，总觉得不安，毕竟他们七年没有任何联系，万一呢，万一她真的在这七年里出过车祸，受到过伤害呢？所以晚饭时，程骁南特地坐了彼得身边的位置。

最开始大家都清醒着，耳聪目明的，也不方便聊私事。

程骁南不喝酒，掐时间等着，慢悠悠吃饭，慢悠悠抿茶。

一个多小时后，彼得话多起来，周围也越来越嘈杂，沈深已经开始和人聊小时候在院里玩泥巴的事儿了。

程骁南端了一盏茶，凑过去，趁着旁人不注意，压低声音问彼得："虞浅在国外时，出过车祸？"

本来以为彼得会反驳，但彼得没有。

不知道程骁南的问句里，哪个字眼戳到了彼得敏感的神经，彼得突然眼眶通红，潸然泪下。

这反应惹得程骁南心里一惊，后面彼得在酒精的作用下，干脆抱着程骁南哭起来，还是安谷过来把彼得扒开拽走的。

安谷也喝得有些多，边拍着彼得的背安慰，边含糊不清地说："彼得还是老样子，提起伤心事总是落泪。"

彼得有什么伤心事？

难道虞浅真的出过车祸？

这么狗血的事情真的会发生在现实里？

程骁南打开手机搜索栏，输入"车祸失忆"……

虞浅不知道程骁南在干什么，只觉得身边坐着的人垂头玩手机时，略显沉寂，连嘴角都是紧绷着的，没过一会儿，眉心也开始皱起。

不是说等忙完和她沟通感情吗？

不沟通了？

弟弟真是善变。

等她垂头看酒杯时，余光又瞄见程骁南偏过头，用一种复杂的目光看着她。

虞浅轻抿红酒，心说，这弟弟不会真觉得她失忆了吧？

沈深扑过来像个人体挂件一样挂在程骁南肩膀上，问："南哥，我们什么时候回去，我感觉一会儿我酒劲要上头了。"

程骁南仍然在看他的手机，只说等等。

虞浅觉得程骁南是有意在等自己，喝干酒杯里最后一点儿红酒，拿了手机起身说：“走吧。”

三个人一起走出餐厅时，虞浅和程骁南各怀心思，都没说话。

沈深用他喝多了的脑子想了想，觉得这俩人肯定是太多年没见，有些疏离感。这种时候，就需要一个人来帮他们回忆以前的美好。

人嘛，得叙旧！叙旧才能想起以前的情分，才能发展感情。

而这个帮他们回忆的人是谁呢？最佳人选就是他沈深！

其实沈深如果脑子再清醒点，就该想起他南哥说过，这些事儿不用他管。

但他喝酒了，只觉得自己像个英雄救世主！

为了引起走在前面的虞浅和程骁南的注意，沈深重重地咳了一声。

力度没控制好，有点像得了哮喘的狗……

但效果是好的！

起码前面两个人都回头了。

虞浅问：“沈总是喝得不舒服了，想吐？”

程骁南就冷漠多了，指了指沈深身后的方向：“后面左转，有洗手间。”

而沈深，他怀着满脸的高深莫测，以一种“你们都不懂我为你们思量了多少”的得意语气开口：“我啊，想起一件事。”

“说。”

这个“说”字，是程骁南整个晚上说过的所有话里，最后悔的一个字。

因为程骁南说完这个字，沈深忽然举起一只手，带着虞浅和程骁南往电梯间走，像个导游。

边走边絮絮叨叨地说起以前高中时的事。

说程骁南在高中时的某个平安夜，多少小姑娘羞答答地过来送苹果，他都婉言拒绝。有的女孩子执拗一些，非要他收下，程骁南就说：“送礼物讲究礼尚往来，我又没给你们准备，不好意思收，心领了。”

但作为程骁南的同桌，沈深瞄见程骁南在书包里偷偷藏了包装精美的苹果。

程骁南趁着晚自习，和老师说自己要去洗手间，把苹果藏在校服外套里，带出去了。

说到这里，沈深故意卖关子：“也不知道是送给谁，那么上心。”

其实沈深说的事情，虞浅有印象。

那年十二月中旬的时候，曲莉雯连续接了几个广告要她拍，虞浅也就不怎么在安北市，经常在隔壁省或者郊区的拍摄基地。程骁南发过几次信息，每次都转弯抹角地问她，过几天能不能抽出时间回安北。

虞浅对平安夜圣诞节都没什么概念，不像校园里，在这种日子还会互送苹果。

但程骁南问了几次，她也就和曲莉雯问了时间，给程骁南回复，说二十五日可以空出来。

十二月二十四日那天，虞浅收工前收到程骁南的信息，说明天不能和她一起吃饭了，问她能不能来一趟他们学校后街。

虞浅乘车过去，看见程骁南蹲在墙头上。

夜色深沉，天气也有些冷，他只穿了件校服外套，戴着鸭舌帽，还戴了口罩。

“怎么戴口罩，又生病了？”

但程骁南的眼神里，好像藏了很多不满和不耐烦，压着脾气似的说：“别往这边走了，站远点。”

程骁南说，本来想请虞浅吃饭的，但班里突然有两个出水痘的同学，被接回家隔离去了。医务室的人过去喷了消毒液，说如果再有新患者就说明是传染性的，班级得停课，他怕会传染虞浅，根本不敢和她吃饭。

虞浅对吃饭倒是没什么执念，只问：“今天叫我过来干什么？”

程骁南丢了一个包装精美的大苹果在虞浅怀里，说是他亲自去进口超市挑的，最大最红，应该也最甜，让她回去尝尝。

“你还挺有仪式感。”

“别的仪式感有没有都可以，这个还是得送一下的。”

说完，程骁南便坐在老旧的砖墙上，一条腿屈膝踩着墙头，一条腿垂下来，语气慵懒，偏偏眼神认真地说：“我是听班里那些小姑娘说的，苹果里包一颗花生送人，一生平安。”

那天大概刮了风，程骁南压着帽檐：“天儿挺冷的，你快回去吧，过几天确定不会传染，一起吃个饭？”

虞浅起初没说话，心里盘算着拍摄工作能否有空闲。

但她不说话，程骁南也不走。

直到她说：“周末吧，也许有空。”

程骁南那双眼才弯了弯："那就说定了。"

说完，他的身影消失在墙头。

虞浅在电梯间，借着按电梯键的动作垂了垂眼睑，掩掉眼里情绪。

沈深叨叨半天，程骁南倒是没打断他。

他也想知道，虞浅到底是不是真的把以前的事情都忘了，这时候听人讲讲以前也好。但程骁南没想到，沈深是个猪队友，说着说着就下道了……

电梯门打开，沈深做了个"请"的手势，让他的两位听众先上去。

自己迈进电梯里，继续讲："我猜南哥肯定是翻墙出去给人送礼物去了，回来时是瘸着的，老师还说他，'怎么上个厕所还把自己上瘸了？'哈哈哈，不知道他崴哪儿了，第二天我去他家里看他，哎哟喂，你是不知道，他那脚踝肿的，像个猪蹄——啊！！！"

程骁南一脚踩在沈深的脚上，冷着脸说："抱歉，没看见。"

他按下电梯楼层键，才开口，也不看谁，只说沈深喝多了，应该是记错了。

忙完了安谷这场秀，虞浅紧绷了多天的神经终于得以放松，关了闹钟，睡到自然醒。

房间里拉着厚重的遮光窗帘，睡醒的虞浅在黑暗里摸手机，不小心碰落了床头桌上的酒店反馈簿。酒店的反馈簿也是同样的复古英伦风格，红色木质厚板里夹着纸张，边角部分是用黄铜包裹的，落在瓷砖地面上，声音极大。

放在反馈簿上的黄铜签字笔也跟着滚远了。

等虞浅回过神，从床上起身，把东西捡起来时，隔壁传来"咚咚咚"三声不轻不重的叩击声。

昨晚回房后，程骁南也这样轻敲了三声，可能是告诉她，睡了。

那现在呢？是在说早安？还是在告诉她，起了？

虞浅用捡起来的反馈簿拍了一下墙面，算是回应。

秀场这边没什么事儿，今天 Eleven 的人应该都会回到梧桐里那边的公司总部去。

但她看了眼手机，意外的，孙月没发来任何消息。明明昨晚还特地打了电话过来，让她放心睡，说早晨会来亲自敲门做唤醒服务，还要陪她吃早餐。

手机安静得像坏了，连话痨的彼得都没发消息过来。

走廊里也安静，住同一层的沈深毫无动静。

已经十点多了，他们不会比她起得还晚吧？

集体睡过了？

虞浅简单收拾好自己，准备去餐厅吃点东西，出门看见程骁南懒洋洋地靠在走廊的墙上，垂头玩着手机。

听见门响，他抬眼看过来，一副等候多时的样子："早。"

程骁南今天穿了件浅棕色的皮衣，暖色调，短款，显得腿特别长，还配了双切尔西靴。

他这打扮，时尚且日常，一看就不是工作状态。

但虞浅有意避开，依然没改称呼："程总，找我有事？"

程骁南收起手机，笑一笑："我和孙月了解了一下你的时间安排，这个星期你都休息，择日不如撞日，不如今天一起吃个饭，就当给你迎新了。"

"他们呢？"

"安谷说国外有一场秀很不错，给了彼得一份邀请函，孙月今早送彼得去机场，估计这会儿已经到机场了。"

程骁南轻笑着说："我和他们说别吵你。你睡得好吗？"

"挺好。"

就一顿饭，虞浅觉得自己总不至于扭捏地推三阻四："走吧，去哪儿吃？"

以前程骁南也会找各种理由，约虞浅一起吃饭。

常去的就那几家饭馆，都是他和朋友去过的，或者和他爸去过的，后来虞浅对那几家饭馆的人也熟了。

虞浅还以为程骁南仍然会说其中一家的店名，他们直接过去就好，但他没有，程骁南说了几家饭店的名字，每一家的特色菜和风格都会说一下，比起昨晚喝醉酒的沈深，更像个导游。

一连几家饭店说完，程骁南主要推荐了两个店给虞浅：“我个人推荐这两家，但具体看你，你看我说的这些有没有你喜欢的，如果没有，你说一下你喜欢什么类型的，或者想吃的口味，我再找找看。”

不知道为什么，虞浅忽然有种感觉——好像程骁南在她出国的这七年，攒了不少饭店想要推荐给她。

虞浅看着程骁南按下电梯，才说：“鲁斯特吧，听起来你很推荐这家。”

程骁南笑了：“我记得你喜欢海鲜，这家有法国空运过来的绿翡翠生蚝，日式鱼肝也做得不错。”

因为他说了“我记得你”这样的话，虞浅迈进电梯时，多看了程骁南一眼。

“可能你忘了，但我们以前确实认识，关系怎么样不好说，前天和你说你以前疯狂喜欢我，是骗你的。”

他垂了垂眼睑，看不清神色，只说：“你没有那样过。”

虞浅蹙了下眉，但电梯到了一层，程骁南已经把车钥匙丢给她。

他帮她挡着电梯门：“酒店正对面停车位上的白色车子是我的，你先去车上等我，我忘了东西，上楼拿一下。”

虞浅点头，拿着车钥匙走出酒店大堂。

外面天气还算不错，路两旁的银杏叶已经有泛黄的趋势。

虞浅按亮程骁南的车子，坐进去，面色平静地揣摩程骁南那句“你没有那样过”。

程骁南上车后倒是没有旧话重提，只递过来一瓶温热的五谷豆浆给虞浅，说鲁斯特环境和菜品是顶级的，就是有个缺点，客人多的时候上餐有些慢。

他怕虞浅没吃早饭会受不了，所以带了一瓶豆浆给她。

和上次那瓶冰镇的绿豆百合汤不同，程骁南不再借老板的名义，也不用“员工福利”的借口，这瓶豆浆是他以私人身份给她的。

见虞浅不接，程骁南晃晃手腕，催促道：“拿着啊。”

“谢谢。”

“国外那几年过得好吗？”他像是随口问的。

虞浅只说有好有坏，大体还算过得去。

程骁南推荐的这家饭店确实不错，是虞浅出国后才开的，以前这地方是一片老房子，现在拆迁建成了商业区。饭店在高层，视野极佳，生蚝刺身和配了柚子醋的鱼肝口感馥郁。

让虞浅感到舒适的是，程骁南并没有和她聊那些过往的东西，而是说起了工作。

他谈起 Eleven 的发展理念，笑着说："其实挺多合作的模特都觉得 Eleven 适合养老。"

虞浅不置可否，在心里想：可能还真是这样。

公司不太接顶奢的纯商业广告，模特们也就不会有那种巨额代言费用。

和其他公司不同，Eleven 总有一些不太赚钱的东西，就像安谷这场秀，实际上并没有广告赚钱。但 Eleven 底薪很高，接不到广告时也不需要太焦虑，很适合没什么野心的模特发展，算是业界很特立独行的一个存在。

虞浅忽然想起挺多年前的一件小事：

某次饭后无所事事的下午，因为午饭吃得有些多，程骁南拉着虞浅去超市，说是消食。本来虞浅是不想去的，但程骁南卖了个惨，说自从他妈去世之后，没人带他逛过超市。

虞浅被程骁南拉着胳膊穿梭在一排排货架间，遇见一个女人踮着脚在拿高处货架上的东西。他当时大概是想要帮忙的，才刚准备开口，那个女人已经失手，货架上的纸盒被推倒，噼里啪啦地掉下来。

虞浅和程骁南过去帮忙捡时，那女人脸色有些泛红，连声道谢。

程骁南那时候还是个十八岁的少爷，五谷分不分都尚未可知，最熟悉的是篮球明星和电动游戏，歌能哼出百来首，却不知道生活琐碎和柴米油盐。

帮忙捡时，他不经意问一句："姨，这东西我看下面货架上也有啊，为什么要拿上面的？"

偏偏虞浅也是从小被工作助理和生活助理打点着的，也是缺乏常识，还以为那女人只是没看见。

女人挺不好意思地笑着说："我听说超市会将日期新鲜的货物放在上面，就想拿下来看看，对比一下，不好意思，给你们添麻烦了，谢谢你们啊。”

女人走时，虞浅还以为自己会看见程骁南露出不屑，但他没有，只是顺手拿了一盒一样的燕麦片。

那种没味道的燕麦片虞浅常吃，有时候拍摄要求看上去更瘦一些，她就会连着吃几天。其实燕麦片只用白水泡真的不怎么好吃，要放了牛奶才会香。

虞浅问：“你喜欢这个？”

“没吃过啊，尝尝呗。”

程骁南指了指女人离开的方向：“刚才那个美女阿姨不是买了两盒吗？应该能好吃吧。”

那女人并没有多美，只是普通长相，身上还有些做饭时残留的油烟味，背着的包是学生课外补习班送的那种帆布包，但程骁南愿称她为美女。

虞浅当时喜欢的，就是他那种张扬却又对所有人都优容的样子。

他这样的人，会把 Eleven 做成现在的模式，其实并不令人意外。

回神时，程骁南已经端起香槟杯，脸上展露着笃定的笑：“所以虞老师，会不会后悔来 Eleven 发展？”

在这件事上，虞浅愿意坦言。

她摇头：“不会，同 Eleven 共事这些天，算是几年来最舒心的一段工作时间。”

程骁南忽然笑了，露出酒窝，香槟杯伸过来，轻轻撞了一下她面前的香槟杯：“那就好，合作愉快。”

虞浅拿起杯，抿了一口：“合作愉快。”

饭后程骁南送虞浅回梧桐里的酒店，车子停在酒店门口，按下车窗说让她好好休息。

虞浅回房间后，才看见手机里的验证信息，微信名大大方方地写着——

程骁南。

虞浅盯着熟悉的头像看了两秒，那张照片是她拍的。

那是认识程骁南的转年春天，安北市春桃花开得烂漫，一场雨后，程骁南撑着后墙跳出来，可能是无意间踩到了春泥。

他走后，虞浅才看见车上的泥痕，泥土里居然嵌了一朵盛开的桃花。

粉粉的，已经被程骁南踩扁，像标本。

虞浅盯着看了好一会儿，拍下来给程骁南发了过去。

他只回了一个“。”。

虞浅却发现程骁南把她拍的那张照片换成了头像。

这么多年过去，安北市的房子都拆迁了不知道多少，急景流年，程骁南的头像还是这一个。

程骁南的微信好友验证通过后，他倒没像以前一样总是发一堆信息给虞浅，安静得像个假号。

只有偶尔，公司有什么工作安排，程骁南才会发一下，虞浅也不多回，就一个“嗯”字，算是回应。

有一次孙月和虞浅商量时间安排报错了日期，虞浅下意识纠正，孙月先是拍着额头说“看错了看错了”，然后才反应过来，小小的脑袋大大的疑惑：“浅，你怎么知道的啊？”

这种时候，虞浅多会岔开话题。

关于程骁南，她总是采用一种回避的态度，不愿多谈，却也没有对韩初那样分明的冷淡。

虞浅想起出国前的春天，彼得找到她说要去国外长期发展，问虞浅有没有意愿过去玩玩，权当散心。

虞浅说不去时，脑子里已经浮现出一些场景。

不用刻意去想都能知道，如果她去国外待个半年一年的，每天手机得热闹成什么样，搞不好高考完了的程骁南得想方设法追她到国外去。

那时候她有没有想过就这样一直在国内，哪怕程骁南上了大学，也还是开着车在学校门口等他呢？

其实是有想过的。

和程骁南做朋友时她很开心。那时候在工作忙完后，她打开手机，总能看见程骁南絮絮叨叨的信息，看见他说学校又拿他们不当人，开中秋晚会只有高一、高二，没有高三；看他偷拍的老师因为他们集体成绩下滑，拿着教鞭在讲台上唾沫横飞地批评人的样子。视频最后，那位老师手里的教鞭指过来：“程骁南！你课本后面藏了什么东西？！”

“没什么啊，老师你看错了吧。”

然后视频里的场景开始剧烈晃动，猛地停掉。

虞浅记得她看那段视频时的心情，十分想笑。

还没来得及回复，程骁南那边又发了信息过来：

我猜你收工了，信息也看见了，看完不回我一下？

她收工晚，早已经过了程骁南放学的时间了，所以她干脆拨了电话过去，问他：“上课玩手机，没挨罚？”

程骁南在电话里吹牛：“我这种好学生，神级学霸，学校祖宗一样供着我呢，哪舍得罚我，都指着我拉高整个年级的平均分好吗？别看我们老师吼我时那么大声，他自己也知道错了，晚上回家得愧疚到睡不着。”

他那些自己是好学生的言论，虞浅真是一个标点符号都不信。

就没见过他这样的学霸，书包里一支笔都没有，走学校后墙的次数比正门多。

所以她出国前的那个春天，程骁南拿了一张试卷，声称自己考了148的高分，虞浅也没当真。

后来那张试卷落在虞浅车上，她拿起来翻看，不禁扬眉，那是一张和其他学校联考的英语试卷，展开很长，被程骁南戏称为“清明上河图”。

程骁南对这张试卷也没多爱惜，随便折了几下丢在那儿，虞浅拿起来时，正好看见判断对错的题型，里面填得全是ABCD。

她想看看这样的试卷是怎么被改成148高分的，结果翻到卷首的第一页，看见了曲莉雯的签名。

是曲莉雯本人签的，她妈的签名虞浅再熟悉不过了，她的所有合作合同上都是一模一样的签名，每一笔该怎样走势，她太熟悉太熟悉了。

那阵子曲莉雯不太干涉她的自由，也不太去监督她拍摄，听说是有男朋友了，而程骁南也说，他爸最近谈了个女朋友，走得挺近的，没准儿要成他小妈。

她在那张试卷上看见“曲莉雯”三个字时，心里是什么样的感受呢？

“浅，今天外面降温了，穿这个风衣外套怎么样？”

孙月的声音打断了虞浅的思绪。

虞浅抬眸，情绪如常：“好。”

十一月开始，梧桐里那些二球悬铃木就像被秋天的风烘烤过一般，开始泛黄，有些已经掉落。

虞浅拍摄完某场工作，接到孙月的通知，和孙月一起去 Eleven 的办公楼开会。会议开始之前，孙月还有其他工作要做，帮虞浅倒好水就去忙了，会议室里只有提前到达的虞浅，以及“恰巧”也提前过来的程骁南。中途沈深推过一次门，看见程骁南和虞浅坐在会议室里，同时抬眸看他……

沈深像是被踩了尾巴的猫，关上门就跑了。

这间会议室比较小，采用的是茶色单面可视玻璃，虞浅坐在靠椅里，看着落地玻璃外步伐匆匆的工作人员，忽然开口：“你看什么？”

“看你呢。”程骁南坐在虞浅旁边的椅子上，挺自然地说。

虞浅伸手，把程骁南的头强行转过去：“去看其他女人吧，程总，我不吃这套。”

“知道我为什么总看你吗？”

“因为我美丽得不可方物，满屋子男人都是这样想的，没什么稀奇。”

程骁南笑了。

虞浅说的失忆他不完全相信，也托了他老爸找人去打听，但无论失忆与否，虞浅既然不愿意提以前的事，他就不提了。

程骁南侧过身，躬了些背，盯着虞浅：“错，我看你是因为我发现你总口是心非，我不看你眼睛，就不知道你的真实想法是什么，尤其是你这信息回的，我总觉得你要和我吵架。”

程骁南拿出手机，翻出和虞浅的聊天页面给她看。

对话里比较长的都是他发的，而无论他发什么，虞浅都是一个字：“嗯”。

爱搭不理。

虞浅问：“看着眼睛就知道我想什么了？”

“知道啊，起码你不讨厌我。”程骁南笑着说。

“想多了。”

话音刚落，来开会的工作人员推开门，陆续坐进来。

有人问：“程总，您不坐到主位来吗？”

程骁南坐在虞浅旁边，摆摆手：“不用，坐这儿挺好，让沈总给你们开会。”

有员工笑着调侃，看样子和程骁南还有沈深都熟悉，应该是老员工了，大着胆子开玩笑，说程总这是为了美人不要江山了。虞老师一来连主位都不坐了。

沈深从门外进来，正好听见这么一句：“哎哟要是我女朋友来，我也愿意挨着她坐啊，谁愿意挨着你们这帮大老爷们儿。”

都是一些玩笑话，会议正式开始后，没人再提这些，又恢复了严肃正经的样子。程骁南安静得如同不存在，虞浅只能听见身边的人偶尔翻动资料的声音。

这场会议从下午四点多开到晚上八点多。

秋季北方天黑得早些，从会议室出来，外面已经全黑了。

虞浅本来是准备自己回酒店的，但程骁南在会议室里接了个电话，然后大步向她走过来。

“我送你。”

“不用。”

虞浅有些无奈：“是孙月打来的电话？回酒店才几步路？”

但程骁南说不是，说孙月在忙其他工作，和几个助理一起开会还没散会，是酒店打来的电话，酒店出了些意外，正在停电，而且备用发电机也没发挥作用，需要等两到三个小时。

“走廊只有救援灯，也没有电梯，我送你过去吧。”

其实虞浅很想说，怕黑的不是你吗？

以前和程骁南去游乐园，玩那些过山车、跳楼机、意大利飞毯，程骁南都挺兴奋，只有她说要不要去鬼屋，他就不自然地偏开头，岔开了话题。

还有一次他们开车去郊外看星星，有一段路没有修葺，路两旁枝叶繁茂，程骁南皱了眉心，说：“姐姐，你说树林里会不会突然冒出什么奇怪的玩意儿？”

还真有东西钻出来，不过是一只圆眼睛的可爱流浪猫。

被灯光晃了一下，夹着尾巴仓皇逃窜。

同样仓皇的还有程骁南，他当时偏头低声说了句什么，虞浅看着口型，觉得他是在说“吓死了”。

所以，酒店如果停电，怕黑的不应该是程骁南？

只不过这话虞浅没问。

程骁南没再提起以前的事情，可能真信了她说的失忆。

不管怎么样，现在这样的相处方式正合虞浅的意，她也就不能说自己记得他怕黑，老老实实地享受“失忆”的待遇。

程骁南把车子停在酒店楼下，侍者拿着手提照明工具候在门边。不得不说，这些人都特别有眼色，看见虞浅旁边的程骁南，和虞浅熟悉的侍者连话都没多说，只帮他们照着台阶，叮嘱说慢一些，小心别摔倒。

“停电可能还要持续两个小时，很抱歉给您带来不便，如果需要照明手电可以去酒店前台领取，另外，为了表示歉意，明早的早餐是免费供应的，您明早刷房卡就好。”

程骁南点头，说不用手电，手机照明就可以。

他始终走在虞浅身侧，手机开了手电功能，为虞浅照着楼梯通道节节高升的台阶。

这种时候，酒店面积太大确实有些恐怖的感觉。

长廊幽深，手机光源照不透蔓延到远处的黑暗。

走到虞浅房间所在的楼层，楼道里摆了一座白色雕塑，样子有点像古代神话传说里的神兽，张牙舞爪。白天看时倒没觉得什么，露着一嘴小尖牙，看着还挺可爱，这会儿程骁南拿着手机锃亮的光晃过去，冷不丁一看，还真有点骇人。

连虞浅的目光都顿了顿。

她明显感觉到身边的程骁南动作也停滞半秒，手电落在地上的圆形光斑轻轻晃开，但也仅有一瞬间。

随后程骁南咳了一声，故作轻松地开口，宽慰虞浅：“这玩意儿是貔貅，招财的，老程……就是我爸，他比较迷信，当初这酒店装修的时候，他带着一朋友来看，他那朋友搞风水的，就说这走廊放个貔貅能行。”

程骁南语气挺无奈的，说没办法，当时他爸爸是占股了的，股东的话总不能完全不听。而且沈深也觉得放个貔貅能行，最后真搞了一个雕像过来。

也许是为了分散她的注意力，程骁南特地讲得详细些，说开业那天他爸送的都不是花篮，而是九十九束包装精美的观赏麦子，寓意“久久大卖”。

程骁南说："不知道的还以为我开的是商场，还大卖。"

其实虞浅是不怕的，倒是程骁南自己，安慰她半天，走出好远，还心有余悸地扭头看了眼身后。

虞浅借着把头发掖到耳后的动作，掩饰掉笑意。

程骁南把虞浅送到房间门口，告别后也就十多分钟，虞浅对着月色一首歌单曲循环还没到五遍，有人轻叩她房门——

"咚咚咚"，只有三下。

不用问也知道是谁，虞浅在一片昏暗里拉开房门，看见程骁南抱着一堆荧光棒，还有一个发光的瓶子。他说，这些都是摄影布景的道具，黑灯瞎火的多无聊，从道具室拿来给她玩。

他额角带着汗意，不知道跑得多急。

虞浅接过一堆东西，琢磨着不叫他进来坐坐会不会太没人情味。

但程骁南并没有想要留下的意思，只说让她关好门，别连问都不问就开门。

程骁南走后，虞浅坐在窗边沙发里摆弄那个发光的瓶子。

瓶子里不知道装了什么东西，瓶身倒过来时里面的液体会缓慢流动，带着淡蓝色的流光，像手握银河。

记得那年冬天，虞浅说安北市好没意思，冬天也不见下雪，只有灰蒙蒙的霾意。程骁南假装不经意，把羽绒服豁开一个口子，袖口伸出窗外，羽毛随着凛冽的风胡乱纷飞，真像雪。

他说："你看，有我在，哪里会没意思？这不就下雪给你看了？"

虞浅愣着没说话，他把手伸过来，勾勾她的小指："姐姐，真想看雪，咱们周末就去滑雪场，人造雪也算雪吧。"

等虞浅反应过来，把他伸出窗外的袖口扯回来，蓬松的羽绒服已经变成了轻飘飘的两层布料。

她是真觉得这弟弟有点败家。

但程骁南不以为意，耍赖说，他半个羽绒服都被风吹没了，不保暖，让她送他回家。

他对一个人好，总是那样热烈的。

虞浅把手里的荧光瓶又倒了个方向，看着缓缓流动的荧光。

不该主动理他，总觉得像是着了他的道儿。

但最后妥协一般地拿出手机，给程骁南发了信息：

今晚谢谢。

也是在按了发送键的同时，满室灯光同时亮起，虞浅被晃得眯了下眼睛，却听见门口传来一声手机提示音。

她皱着眉睁开眼睛，对着房门的方向问："程骁南？"

门板上传来不轻不重的三道叩门声："咚、咚、咚"。

然后是他掺着笑意的懒洋洋的声音："来电了，你休息吧，我走了。"

虞浅这一晚上并没睡好，总梦见出国那天，她坐进机舱里，彼得问她："怎么回事儿啊虞浅，出国有这么不开心吗？这脸色，像参加葬礼似的。"

也梦见她妈曲莉雯揪着她的耳朵，告诉她："不想拍广告不想当模特，你就去死。"

隔天起床时居然真的有一只耳朵疼，像曲莉雯的魂儿回来过，揪了她的耳朵。

虞浅摸了摸耳垂，忽然一蹙眉心，耳环丢了一只。

虞浅的耳环挺多，有一些大牌合作方送的，也有她自己买的，还有彼得的朋友设计的。她不算一个细心的人，这么多年不知道丢了多少耳环，但这个是道具，算是借的，丢了比较麻烦。

一时想不起在哪里弄掉的，虞浅联系了酒店这边的工作人员，想请人帮忙看一下录像，结果在监控室遇见了沈深。

沈深从那天喝多酒说了不少话之后，每次见面都有点躲着虞浅的意思，可能觉得酒后失言，有些窘迫。

沈深也是酒店股东之一，听说虞浅有东西掉了，立马来了精神，和工作人员说："你们几个起开，我帮她找。"

虞浅说也不一定是掉在酒店，只是想看看。

沈深却很热心："没事儿，看看，万一是掉酒店了呢？你昨天大概几点回来的，我调监控给你看。"

"昨天会议结束后。"

调监控这事儿让沈深觉得很有成就感，那天喝多了说错话，沈深觉得自己愧对他南哥，罪恶感深重，如果能帮虞浅找到耳环，也算是将功赎罪吧。

幸亏酒店的监控花了大价钱，非常完善，有自动发电的 UPS 系统，停电也能完整地保存录像资料。因为停电，夜视模式自动开启，沈深找到楼层和时间段，一点开就看见虞浅和一个男人并排走在走廊里，那男人的身影熟悉到化成灰沈深都能认出来。

不是他南哥还能是谁？

但沈深今天没喝酒，掐着大腿按捺住了想要八卦的心，声音极稳地问：“是这个时候吗？”

“对。”

录像时间条慢慢走动，有那么一个瞬间，画面里的虞浅撩了下头发，有个东西一闪，掉落在地上。

沈深挺激动：“就是这个时候吧？刚才掉的是不是你耳环啊？”

他吩咐楼层工作人员去找楼层清理人员打听，又和虞浅说让她放心，酒店员工绝对不会私藏东西的。

虞浅摇头：“不贵重，只是道具，丢掉的可能性比较大。”

等消息时和沈深闲聊几句，虞浅忽然看向监控录像——

画面还在播放，是程骁南拿了荧光棒回来，他独自一个人走在长廊里，手里拿着东西，没用手机照明，路过那只貔貅雕像，他似乎被雕像惊吓到，那架势仿佛和人家貔貅打了一架。说出来可能没人信，是程骁南先动的手。

他对着无辜的貔貅，连着丢了三四根荧光棒才罢休。

沈深知道程骁南怕黑，这事儿还挺有渊源的，但他已经说错过一次话了，不敢乱说。

只能想办法帮他南哥强行挽尊，正准备用“貔貅就得丢荧光棒才能灵验”这种鬼扯的理由，转头，却看见虞浅正在笑。

虞浅的笑意很淡，但也还是弯了唇角。

沈深忽然觉得，他什么都不用替他南哥说了。

孙月发信息来问虞浅耳环有没有找到时，虞浅刚从监控室出来。

她给孙月回信息，说耳环已经找到了，是被打扫的工作人员捡到的，打扫完整个楼层才送到大堂经理那里。

孙月回复说：

我来接你啦，现在已经在酒店外面啦！

虽然信息里用了两个欢快的“啦”，但虞浅坐进孙月车子里时，还是觉得她这位助理小姑娘，比平时看上去神色更加紧张，还有点没睡好的黑眼圈和眼袋。

但孙月不说，虞浅也不是个擅长主动询问的人。

到公司里，虞浅和孙月遇见了程骁南。

估计是沈深说了她看到监控的事，程骁南看见虞浅的第一反应，是有些不自然地偏头摸了下鼻尖，然后才打招呼。

虞浅和往常一样不咸不淡地叫了声“程总”。

程骁南也不计较她称呼上的冷淡，笑着说今天天气不错，才扭头和孙月要一份合同。

“啊？合同，哦，我去拿。”

孙月去办公室拿，出来时也心不在焉，合同掉在地上。

程骁南帮忙捡起来，忽然开口：“我们这份单子总价这么便宜？”

那是一份和安谷团队的合作书附录，之前的场地费用都已经结算过了，但人工和餐食有一些是后来更改的，需要走一份新的合约书和报销凭证。

孙月错把21490填写成了2149，连大写写的都是贰仟壹佰肆拾玖圆。

算一算，差了将近两万块。

倒是没什么大事，毕竟还没寄给安谷他们过目。

程骁南也是随口一问，没想到孙月突然就哭了，眼泪吧嗒吧嗒掉在瓷砖地面上。

虞浅听见程骁南“唉”了一声，然后拧了下眉心，挺糟心也挺无辜地转头用口型问她：我也没说什么吧？

虞浅早看出孙月今天情绪不对，把外套脱下来盖在孙月头上，拉着她的手腕往会议室走，同时对程骁南说：“借你会议室一用。”

“用呗。”

程骁南跟在俩姑娘身后，撇了撇嘴，心说：姐姐对助理可比对他态度好多了，要不他也“嘤”一下得了，感觉能省不少事。

会议室里开了一扇窗，秋风从窗口吹进来，吹动着虞浅额前的发丝。

孙月眼睛通红，哽咽着，坦白自己这两天是有些魂不守舍，新搬来孙月家同一栋楼的邻居是孙月初中高中六年的同学，这件事让她极为不安。孙月上学时是个胖女孩，觉得自己长相和性格都很一般，不如班上那些女孩子明艳，也不如班上的女孩们性格开朗，甚至很多话题人家聊得正热闹，她过去试探着说一句，满是热闹的氛围顿时变得鸦雀无声，她只能干笑着说：“你们聊，我、我去上厕所。”

为了能拥有“朋友”，她每天都在刻意讨好同学们——

下课帮大家跑腿去买吃的，晚自习前一个人去校门口给大家拿外卖，运动会去报没人选的铅球铁饼……

即便这样，仍然得不到大家的喜爱，班级里丢了东西时，那些总是指使她买东西的“朋友”居然说：“会不会是孙月拿的啊，她不是负责每天最后给教室锁门吗？”

那段日子太糟糕了，好不容易脱离那样的环境，孙月不想见到以前的同学，这些年的同学聚会她一次都没去过。经历过一次就够了，不会再想和他们有任何交集的。

其实那位同学孙月也只是远远见了一面，听门卫大叔说是新搬来的，就住在她那栋楼的顶层，这两天孙月都没睡好，尤其是昨晚，一整夜的梦境几乎都是校园生活。

孙月抹着眼泪，鼻音很重地连连道歉：“对不起，程总，是我的工作疏忽，我愿意受罚，对不起……”

程骁南拎了盒纸巾递过去：“没什么对不起的，我看你挺幸运的，正好撞见我，东西还没正式寄过去就发现错误了，又不是没有补救机会，别哭了。”

其实程骁南应该也知道，工作失误才不是这姑娘哭的真实原因，但他身为男性领导，不好说更多，只能抬眸看了眼虞浅，算是求救。

孙月边擤鼻涕边万念俱灰地嘟囔：“永远也不会好了，我的人生不会好了……”

虞浅指尖敲了两下桌子：“会好。”

“你没经历过，你不懂的。”孙月摇头，眼泪扑簌簌往下落。

但虞浅说：“没经历过你那种程度的，有更惨的，你要听听吗？”

孙月一时间没反应过来，傻愣愣地看向虞浅：“啊？”

在她看来，虞浅长得那么美，又是业界前辈，有钱有颜，一定是众星捧月的存在。

虞浅对于安慰人这件事，其实还没有程骁南在行。

她是挺喜欢孙月这个小助理的，上个月她经期，孙月特地在休息日送来了一堆暖宝贴和红糖姜茶，告诉她一定要多休息。

虞浅不喜欢提起往事，但如果能用往事安慰到正在绝望哭泣的同伴，她也愿意讲一讲。

她的故事很复杂，讲出来却也不难，要从高中时说起。

有那么几年，曲莉雯本来一直都担心她长大，因为很多小时候漂亮的童模，长大后反而没有那么惊艳，但虞浅一直都漂亮，甚至比小时候更漂亮。

这件事让曲莉雯十分开心，在她临近成人的几年，疯狂接广告给她。那时候虞浅身上有两个大品牌的代言，也有不少其他工作，她在学校的时间很少，也难有朋友。

也是偶然一次回学校，她发现自己的同桌变成了班里成绩很好的一个女孩，那个女孩有点内向，文文静静，但对虞浅还算友善，会把自己的笔记借给虞浅，说里面有老师讲的重点，虞浅说自己不用高考，那女孩就瞪大眼睛，满脸羡慕：“我的天哪，那你也太幸福了吧！”

因为同桌的关系，虞浅慢慢和她熟悉起来，在某个周末，虞浅第一次邀请她这位新朋友来自己家里玩。

当时虞浅书桌上有一盒品牌方的化妆品套装，等女孩走后，虞浅才发现套装里的口红不见了。去学校时虞浅并没多想，只和那个女孩说：那个口红是品牌方借给他们做道具的，属于她的试用品还没到，到了她可以送给女孩几支，当作礼物，但道具需要先还回去的。女孩一开始不想承认，涨红着脸沉默了半天，下午时才小声和虞浅道歉，说自己确实拿了，把口红从书包里翻出来还给了虞浅。

本来是两个女孩子的私事，没想到后座的男生听见了，嚷嚷着说：“哎哟，原来你还偷东西啊！”

后来虞浅有工作，很长一段时间都没回学校上课。

等学校找到曲莉雯时，虞浅的同桌已经被霸凌了很久。

班上有人丢了钱，就有人说一定是那个女孩拿的，说她以前就偷过虞浅的东西。这件事慢慢传开，女孩每天被叫小偷、被孤立，有时候走在班级里，会被突然绊倒。

后来情况越演越烈，甚至有人往她带的午饭里放蟑螂。

在学校老师的要求下，曲莉雯带着虞浅回了一趟学校。在班主任的办公室里，虞浅同桌的爸妈一口咬定，说虞浅不该带化妆品去学校，口红是她送给自己孩子的，她应该出面澄清。那个女孩不敢说自己去过虞浅家，也不敢说自己偷过东西，和爸妈说口红是虞浅带到学校送给她的。

虞浅那天站在办公室里，看向自己的同桌——

女孩瘦了很多，眼睛哭得红肿起来，胳膊上还有一道不知道怎么弄的伤疤，她怯懦地避开虞浅的目光，躲在家长身后。

女孩的妈妈发疯一样喊着：“都是因为你，我女儿被误会，她现在每天过着什么样的生活你知道吗？要不是有人把死老鼠装在盒子里放在家门口，我都不知道我的女儿经历了什么！”

那对夫妻言辞激烈，指着她的鼻子说：“你就是校园暴力的罪魁祸首！”

后来学校领导同曲莉雯商量，高三其实大部分时间都在复习高一高二的知识，做模拟试题，如果虞浅不准备高考，其实可以不用经受这么大压力待在学校。

虞浅知道，学校是在很委婉地劝退她。

在这件事上，曲莉雯尊重了虞浅的意思，没有让她直接退学，而是给她办理了转学。

收拾东西离开那天，虞浅发现自己的书包里多了一张纸，上面有人用娟秀的字体写着：

虞浅，对不起。

到了新学校，新同学对这位美丽的、不常在学校的转校生产生了好奇，在大家的好奇心下，那些过去的传闻开始变质。

虞浅成了污蔑同学偷东西、引导同学校园霸凌的恶人。

后面的一段日子里，她也体会到了什么叫校园霸凌。

讲到关于她自己身上发生的事情，虞浅都略过细节，只说："那段时间确实不怎么开心，也觉得没什么好起来的希望了，但时间一久，就觉得都过去了。"

两个姑娘聊天时，程骁南就坐在一旁。

他有些走神，想起前些天和彼得的对话。

秀场结束的隔天，彼得出国前，程骁南和彼得一起吃了早餐。

他问彼得，虞浅在国外这些年，过得是否开心，问完又笑了笑，说不用回答了。

不问也知道，虞浅总是最坚强的那个，无论面对什么。她不开心也不会同别人说。

彼得宿醉的后遗症未消，还头疼着，喝了两口醒酒汤，但目光一直在打量程骁南，似乎在判断他是否可靠。

放下盛醒酒汤的白瓷碗，彼得发问："你觉得虞浅和她妈妈关系怎么样？"

所有人都觉得，虞浅一定是怨恨她妈妈的。

曲莉雯作为母亲确实是极其自私的，这点程骁南不否认，为了自己想要的物质生活一直利用女儿赚钱，虞浅和她的关系很难亲密起来。

但程骁南始终记得，虞浅说她小时候和曲莉雯打车去拍摄广告的地方，拍完广告在街上打不到车子，只能站在太阳底下等着。

那时候虞浅五岁，和曲莉雯说自己口渴，附近没有商店，最后曲莉雯拿着虞浅的空水壶进了一家陌生的五金店面，问人家店主："您好，您这儿有凉开水吗？我女儿口渴，可不可以卖给我们一杯。"

程骁南和彼得说："她应该很爱她的母亲，但爱与爱表达的方式，并不相同。"

也许是听了他的答案，彼得才下定决心给程骁南讲了一件关于虞浅的事情。

所有人都觉得虞浅恨曲莉雯，但其实不是，曲莉雯去世那段时间，虞浅没有在人前哭过，却变得更加沉默。有那么一阵子，虞浅失眠严重，在彼得的劝说下去看了医生，医院建议她去看看心理医生，心理医生出报告时，是彼得帮虞浅取的。

取报告单那天虞浅在工作。

彼得去找她时，她才刚休息，还带着拍摄的妆容。

彼得忧心忡忡地和虞浅说："虞浅，我说你真得调整一下心情了，医生说你搞不好有抑郁倾向啊。"

虞浅靠在墙边点了一支烟，叼着烟把诊断报告打开，看了一会儿，然后用打火机把报告也点燃了。

她举着冒着黑烟的报告纸，说："诊断错了。"

彼得和程骁南说："你问我她是否开心，我只能说，她足够坚强。"

秋风吹过会议室窗外的二球悬铃木，投影在办公桌上的宽大叶片晃动着。

孙月已经没再哭了，红着鼻头和眼睛，去抱虞浅，说感谢虞浅愿意陪她聊天，也说自己一定会像虞浅一样坚强起来的。

程骁南看着虞浅平静的脸，忽然觉得，如果虞浅也能像孙月一样，一把鼻涕一把眼泪地哭出来就好了。

虞浅倒是没想到孙月这么夸张，发泄完情绪，像获得新生一样，拉着她和程骁南一起说要请他们吃饭。

孙月挑了个不算便宜的饭馆，但最后饭钱是程骁南结的，孙月有点不好意思，程骁南就说："到时候从你工资里扣，今儿一天没干活，我记着呢。"

孙月一脸惊悚地确认："程总，只扣一天，对吧？"

"也许是扣一个月。"

程骁南冲着虞浅的方向扬了扬下颌："但你能把虞浅安全送回酒店，一天我都不扣。"

孙月得了命令，把虞浅送到酒店，还送回了房间。

她站在虞浅房间门口，拍着胸脯说："太好了，不用扣工资了。"

虞浅看着孙月，没说什么。

这顿饭的饭钱，到底还是程骁南支付的，而孙月这个傻姑娘还没反应过来。

这种“算计”，虞浅以前没少经历。

洗过澡后，虞浅发现手机里有未读信息，是程骁南发来的：

别误会，晚饭主要是请你。

她有什么好误会的？

虞浅皱了皱眉，给程骁南回了信息，说没这个必要，可以从她工资里扣。

程骁南直接拨了语音过来，听声音可能已经到家了，像是懒洋洋地躺在沙发里按了免提的感觉。

“跟我这么客气呢？”

“为什么不需要客气？”

“你可能不记得了，”程骁南笑着的声音从手机里传出来，伴着夜色流淌进耳蜗，“我以前就对你这么好，虽然这么多年没见了，但我没变过。”

这样的话虞浅有些不愿招架，总觉得该说点什么打断程骁南。

电话里的人还在说：“其实应该我送你回酒店的，但我还有点其他的事情，挺麻烦的，就差孙月送了，下次再这么晚，还是我送……”

这种感觉太熟悉了，太像从前。

虞浅没意识到自己在刻意回避，只是突然开口，生硬地打断他：“不用了。”

这句话说完，程骁南蓦地沉默了。

电话里只剩一片安静。

虞浅以为程骁南会挂断电话，但他只是停顿一会儿，忽然笑了：“怎么，不让我送你是怕你那层楼的貔貅咬我吗？”

和程骁南打了一通语音电话的时间，孙月发来不少信息，都是感谢虞浅的：

浅，我今天真的真的真的超级感动！

从来没有人在乎过我的情绪，我以前哭的时候还有人说小胖子又哭了，告诉我多哭一哭可能会瘦！

你是第一个愿意花时间陪我难过还用心安慰我的人！

熊抱！爱你！

谢谢你鼓励我！我一定会坚强的！

也希望你不要因为想起过去而难过，要每天开开心心！

无论你怎么想，我是把你当朋友的！

虞浅看了一会儿，给孙月回复：

晚安，朋友。

没过多久，程骁南发过来一张截图，就是虞浅那句“晚安，朋友”。

然后，他给虞浅发了一排大拇指。

虞浅不知道这截图他从哪儿弄来的，可能是孙月发给他的，但她盯着那一排大拇指，总觉得自己看懂了程骁南的意思——

我请你俩吃饭，吃完你俩义结金兰了？

我呢？

她笑了笑，收起手机，没回他。

隔天早晨孙月过来时，除了眼睛还没消肿，已经神采奕奕，看上去恢复精神了。

虞浅还穿着睡袍，孙月拎了个纸袋兴冲冲地走过来，看样子还有点不好意思，挺腼腆地把纸袋放到虞浅面前：“浅，我昨天给你和程总带来不少负能量，希望你们不会因为我的事情感到不开心，我买了香薰蜡烛给你，希望你喜欢！”

这姑娘其实心思很单纯，虞浅早起翻手机，看见孙月昨晚还发了朋友圈。估计程骁南那张截图，就是从她朋友圈偷来的。

看得出来，孙月是费心了的，香薰蜡烛主调是虞美人和薰衣草，既沾了她的名字，又是安神款。

虞浅还真挺需要点安神的东西，最近总梦见曲莉雯，睡得真不算好。

这种时候，虞浅总想点支烟。

其实也不是有什么烟瘾，记忆里曲莉雯喜欢这种蓝莓味的香烟，她有时候心烦也就点一支吸几口，算是一种怀念方式吧。

因为那个“肺子”烟灰缸，她倒是真有一阵儿不乐意抽烟了。

这会儿突然想来一支，四处找不到打火机。

孙月扭头时，就看见虞浅披了件紫色的真丝睡袍，一只手拄着桌面，目光正在搜寻什么。

她的睡袍稍稍敞开，孙月默默垂头看了眼自己的平胸，自叹不如。

“浅，你找什么？”

虞浅回眸：“打火机。”

孙月没反应过来虞浅是要抽烟，还以为她是想要试一试香薰蜡烛的味道，乐呵呵地帮她找起来。

“我记得你屋子里有打火机的啊。”

孙月扬起头，拍着自己脑门儿，一副冥思苦想的样子，隔了几秒，突然说：“我想起来了！”

可能因为工作关系，虞浅常住酒店，也常年被生活助理打理着个人物品，她习惯了东西都摊开在助理面前，没什么隐私需要顾虑。

孙月从虞浅床头的抽屉里拿出一个打火机，按动几下，没见到有火苗：“咦，这个打火机没气了吗？”

虞浅顺着声音看过去，看到她手里的打火机时，目光微顿：“嗯，没气了。”

“那要不要我帮你丢掉？”

虞浅没有立刻回答，隔了一会儿才说：“不用，给我吧。”她接过打火机，孙月以为她会丢掉。

毕竟不是什么贵重的款式，就是市面上小店里那种普通的打火机，几块钱一个，但虞浅只是随手把它扔进了放在桌子上的水桶包里。

这阵子和程骁南接触得多，孙月对这位老板也有所改观，她觉得，程骁南虽然在办公楼里难见到带笑的模样，性格却很包容。脾气好像也并不比沈深差。

尤其是昨晚的那顿饭，算来算去，居然让老板花钱请了客，真的太不好意思了。

所以买香薰蜡烛时，孙月也给程骁南带了一份。

但员工给老板送礼这件事，总归是不好的，让人传出去指不定变成什么样。

孙月思来想去，还是趁着下班时间，挑了个楼层人比较少的时候，拎着纸袋和自己的东西去找了程骁南。

程骁南没在自己办公室，而是在会议室，背对着门的方向，背影挺拔，看着窗外随风浮动的叶片，不知道在想些什么。

孙月敲敲门，探头进去："程总。"

程骁南回眸："嗯？"

孙月大概是第一次给领导层面的同事送东西，心里是把程骁南当成朋友的，但毕竟人家是老板，她进门时略显拘谨地挠了挠后脑勺。

"有事儿？"

"昨天的晚饭，我回家才反应过来最后还是您请客的，知道转钱您不会要，就……给您买了份谢礼，谢谢您的担待，我会努力工作的。"

纸袋放在桌面上，程骁南问了一句："是什么？"

"是香薰蜡烛，也不是只有您有，给虞浅也买了的。您是雪松的，我和虞浅是虞美人薰衣草……"

见程骁南看向自己手里相同的纸袋，孙月下意识说道："这个是我的，浅的我已经给她了。"

"换一下，虞美人的给我，雪松的给你。"

孙月有点蒙："雪松不是更适合男人用吗？"

程骁南挑了挑唇角："我的幸运花，是虞美人。"

"哦。"

老板内心还挺小女生，还关注星座、血型、幸运花？

孙月有些摸不着头脑，但还是把虞美人薰衣草的那份递了过去。

程骁南道谢，随后说：“以后不用这么客气，好好照顾你虞老师就行。”

提到虞浅，孙月又有些忧心忡忡，问了一件关于虞浅工作的事情：“程总，我看虞浅后面的工作安排里有一组是双人拍摄，主题和母女有关……我有点担心……”

业内关于虞浅的传闻挺多，孙月听说过什么也很正常，程骁南用指侧敲了敲鼻梁，问孙月听说过什么，孙月踌躇片刻，才说听说过不少虞浅和她妈妈的事情。

什么和母亲关系恶劣、母亲在国内生病直至去世虞浅都没露面……

其实孙月也知道，这是不能完全相信的。

就像传闻里还说虞浅和彼得·潘老师是情人关系，但孙月接触过彼得之后，觉得那些传闻都是子虚乌有。

彼得老师就像个长不大的孩子，虞浅和他在一起时，论性格，像彼得老师的妈，论年龄，像彼得老师的女儿。

两人的互动全是互怼，根本没有半点情情爱爱的火花。

还说人家同居好多年还有个孩子，简直就是空穴来风！

但关于虞浅妈妈的传闻……

孙月挠着头，有些没主意，只能问程骁南：“程总，毕竟传闻里说虞浅把妈妈骨灰都给扬了……我怕她和妈妈之间真的有矛盾，接到这样的工作会不会觉得不开心啊？”

程骁南语气很笃定：“你小看她了。”

孙月愣了愣：“程总，我怎么觉得您好了解虞浅啊。”

听到这句话，程骁南才露出孙月进门后的第一个笑容，声音虽淡却理所当然：“喜欢了快八年的人，能不了解吗？”

这话信息量太大了，孙月感觉自己脑子不够用。

程总和虞浅认识？

程总喜欢虞浅八年了？

难怪！

难怪程总总是出现在虞浅拍摄的区域！

难怪程总对虞浅总是格外上心！

难怪他说自己的幸运花是虞美人！

……

脑子里反应半天，但孙月又觉得程骁南并没有热烈地追求虞浅。

可能是孙月天真吧，她总觉得程骁南这么多金，如果追人，应该每天一束玫瑰，珠宝包包经常送一送，三天来个小告白，五天搞个蜡烛阵……

但程骁南表现得很自然，只是比对其他人稍微关心一些似的。

这样也算喜欢吗？

“可是昨天，虞浅说了以前不好的经历，那时候您看上去挺正常的……也没安慰她……”

程骁南笑了笑：“你昨天哭得那么惨，要是沈总进来，忽然抱着你安慰，你什么反应？”

“那……那当然是不行的！我和沈总又不熟，他抱我干什么！”

说完，孙月忽然感觉自己脑海里闪过什么思路——

程总不是不想，而是不能。

因为在意，所以才克制着自己的爱意，处处小心翼翼，处处谨慎。

孙月从震惊里抬头，就看见程骁南垂着眼睑，若有所思的样子。

程骁南身后是秋日璀璨的夕阳，半个天都被染成橘调的粉红。他独占一间宽敞的会议室，手握贵金属系列的万宝龙钢笔，镶钻手表的光斑散落在桌面上，应该是张扬又奢侈的一个人，可总觉得在某个瞬间里，他也拥有求而不得的惆怅。

但也只有瞬间，孙月几乎疑心自己眼花，因为下一秒程骁南已经挂着笑在说：“要安慰人总得找个适当的方式不是？她和我不熟，冒然亲近太唐突了。”

“那您……”

“胆子大了，打探老板私事？”

“对不起！我不敢！我这就走！”

也不知道程骁南说的“适当”的方式是什么，反正没隔几天，虞浅在早晨收拾好东西准备出门时，幻听似的，感觉到玄关的墙壁被轻叩了三声。

Eleven 的酒店隔音效果很好，虞浅以为自己听错了。

孙月在楼下等着，虞浅便没多想，穿上高跟鞋下楼了，但晚上结束工作回酒店时，虞浅听见有工作人员八卦——

程总家邻居在装修房子，据说程总被吵得不行，搬到酒店来住了。

就住在6603。

虞浅看了眼自己手里的房卡：6602。

也许是同在一家公司、作息时间相仿，有那么几天，虞浅只要走出酒店房间，几乎都会遇见程骁南。

有时候是她准备去吃饭，程骁南会很自然地问一句：“那一起吧？”

也有时候是她准备去公司，程骁南就更自然了：“一起吧。”

虞浅是有意回避程骁南的，但程骁南大多数时候并没有表现得像过去那样难缠，一起吃饭或者同乘一辆车去公司时，他也不是总在找话题的。有时候，他们两个就像拼桌、拼车的，并不交谈，所以虞浅也没过分回避。

今年天气十分异常，进入十一月中旬后，连着十来天都是大风天气。静夜里都能听见已经干枯的树叶被风卷落，早晨起来还能在路边看见几颗二球悬铃木跌下树梢的果球。

它们很像染成褐色的大颗杨梅，虞浅等车时看见，会踩一下。

球状体变成一片毛毛被风吹散，程骁南刚好把车停到她面前，头偏着点一下：“上车。”

不过这天早晨，虞浅从房间出来，在酒店长廊里走了几步，忽然步子停顿，觉得好像哪里不对劲。

她回头看了眼空旷的走廊，有些不习惯。

程骁南今天没出现？

来接她的是孙月，孙月说程骁南好像这几天有其他事情，不会来公司。

虞浅只点了点头，看上去没什么特别的反应。

后面的几天里，程骁南真的没再出现，倒是某次拍摄后，虞浅在休息室里遇见了沈深的女朋友。

在准备安谷的那场秀时，沈深的女朋友常和沈深一起用餐，虞浅也见过她几次，知道她叫季苒，是个性格挺开朗的女人。不过这会儿遇见，季苒没再扬着笑脸，眼妆有些花，眼角晕染了一块眼线，看着像是哭过。

虞浅本来打算去休息室里间的吸烟室抽支烟，季苒在她推开休息室门的瞬间，正好抬眸。

视线对上，虞浅点了下头。

是季苒主动叫住虞浅的，她吸了吸鼻子："虞浅，你带纸巾了吗？"

虞浅摸了摸裤子口袋，摸出烟盒和纸巾，把纸巾递了过去。

"谢谢。"

季苒接过纸巾，眼圈又红了："虞浅，我要是像你这么酷就好了。"

虞浅不明所以地抬眉，发现季苒显然是想要和她聊几句。

她把烟盒放回裤子口袋里，挪了把椅子坐在季苒对面。

下午三点钟，天气不算好，关紧了窗子都能听见窗外的风声。

季苒就在这风声里，含着哭腔叹了口气："我突然有些不知道，自己该不该结婚了。"

这问题虞浅不知道怎么回答。

在她看来，沈深和季苒是感情很好的一对情侣。

恩爱到有些腻歪，同一个餐厅吃饭时，经常能看见俩人互相喂饭。

季苒自己可能也觉得和虞浅说这样的话题有些过于熟稔了，但情绪难过时，是真的控制不住这种迫切想找人倾诉的欲望。

好像只要说出来，心里就能好受很多。

所以季苒还是慢慢讲述了自己和沈深的矛盾。

其实做恋人久了，矛盾都是积攒着的，沈深看着笑嘻嘻的很幽默，却并不是一个细心的男人，他会因为篮球赛、游戏或者车展忘记和季苒说好的事情。忘记帮她买东西，忘记她的生理周期而给她买冰饮，忘记和她约好的去看电影，忘记他们的周年纪念日……

这些小事单拎出来也许不值一提，可一天天一年年积攒起来，真的爆发时也是巨大的怨念。

虞浅虽然看上去冷冷清清的，倾听时眼神却是认真的，这点给了季苒一些心理安慰。

季苒抹了把眼泪，叹着气说："你肯定没有我这样的牢骚。南哥还是挺细心的，听沈深说南哥怕黑到连电影院都不愿意进，前些天酒店停电，也还是送你回酒店了，换了沈深，他是做不到的。"

虞浅真的不是个善于安慰人的人，她想了想，说了句玩笑："然后和貔貅打了一架。"

“这件事我听说了。”

好在季苒本来性格就开朗，说到这里终于破涕为笑，很快语气又严肃起来：“不过你也别嫌弃南哥怕黑，谁经历过那样的事情，都会怕黑的。”

虞浅在风声和季苒的声音里蹙了下眉心，听见季苒说：“南哥发现他妈妈去世，就是在一片黑暗里。”

季苒也是听沈深说的。

那时候他们上高中，班长通知说，学校安排下午去礼堂看电影，程骁南趴在桌上睡觉，沈深问：“放电影啊，南哥，不去吧。”

程骁南头埋在手臂里，懒散地应了一声“嗯”。

高中时候的男孩子们，开玩笑没深没浅，前座的男生翘着椅子往后靠，没注意沈深挤眉弄眼的提醒，还在贫嘴：

“南哥干吗不去啊，每次组织看纪录片南哥都不去。”

“上次说去看《复仇者联盟》南哥也没去啊。”

“是不是怕黑啊，哈哈哈……”

“真的假的，南哥你居然怕黑啊？”

一向对人对事都懒洋洋的程骁南，那天缓缓抬眸，目光骇人：“闭嘴，滚。”

几个男生顿时噤若寒蝉。

后来沈深和季苒说，程骁南的妈妈患有癌症，是在一个夜里去世的。

那时候程母不愿住院，医生说乐观来看，她也只有半年寿命，于是她坚持要回家里，和老公、儿子住在一起。

她去世那晚是母亲节的前一天，程骁南的父亲有一个会，需要晚点回来。

那天一切都没有征兆，程父还给程骁南打了个电话，问他：“臭小子，你给你妈妈准备礼物了吗？”

程骁南说：“当然，怎么了老程，你别说你没准备。”

程父压低声音说：“我能不准备吗？但我今天开会会很晚，你帮我把书房抽屉里的礼物给妈妈送过去。”

父子俩密谋着在程骁南的妈妈睡着后，夜里十二点之前，让程骁南把礼物悄悄放在妈妈床头。

夜里，程骁南先去了程父书房，打开抽屉找到礼盒，一看，是一串古董红宝石项链，估计相当值钱。

程骁南对比了一下自己攒钱买的手镯，觉得有点丢面子。

他干脆把他爸写的“祝我老婆节日快乐，我永远爱你”的便签撕下来，贴到手镯盒子上。

自己扯了张便签，写了“母亲节快乐，我的美女”，粘在古董项链盒子上。

做完这件事，程骁南抱着两个礼盒，摸黑潜入了妈妈的卧室。

男孩子哪有那么细致。

礼盒成功放在程母床头，转身就绊上了手机充电线，手机掉在地上，发出不小的动静。

程母生病后很是浅眠，这样的声响她早该醒了的，可是她没有。

程骁南屏息静了几秒，笑着说：“我们家美女，不要装睡了，连呼吸声都没有……”

说到这里，他忽然闭嘴了，整个人陷在黑暗里，头脑一片空白。

“妈？”

程骁南走到床边，蹲下去，轻轻去触碰程母的手：“妈？您吓唬我的吧？”

电视里有很多奇迹，得了癌症的病人只要快快乐乐，就能康复。

那天晚饭程母还答应程骁南，过年时一家三口去澳大利亚的农场住一段时间。

他们以为，时间总会有的，也许半年，也许十年，总会有的，但奇迹没有发生，程母在回家后的第三个月去世。

至亲在黑暗中过世，少年程骁南究竟有多少恐惧、多少难过，无人得知。

窗外风声还在继续，这样的刮风天惹人不喜。

一片二球悬铃木的叶子飘落，又被劲风狠狠地拍在休息室的窗户上。

虞浅忽然有些烦躁，下意识做了个甩手的动作，好像那片已经泛黄的叶片，不是拍在窗上，而是她身上。

她记得她难得有几天假期，程骁南在某个周末问她，假期想去干什么。

她就说，可能会看个电影。

程骁南隔了很久才回：

一个人看电影有什么意思？我陪你去。

进电影院前，程骁南问虞浅：“我要说我怕黑，你信吗？”

虞浅当然不信，当他是贫嘴的。

程骁南进去时也表现无异，只在电影开播前、影厅灯光忽然暗下来时，他突然用胳膊肘碰了碰虞浅。

虞浅偏头问他：“怎么了？”

程骁南勾下3D眼镜，若无其事地说：“没事儿，爆米花别都吃了，给我留点。”

前些天在停电的酒店里，已经不再随时和她贫嘴的、长大了的程骁南，用轻松的口吻给她讲酒店里为什么会有貔貅。

他从未提及过，他也有怕的时候。

后面季苒讲了些高中时的事情，虞浅颇有些心不在焉，一直到沈深找过来，拎了一堆购物袋塞进季苒怀里。

沈深还掏出一个皱皱巴巴的小破笔记本，里面记了季苒每次生气的原因。他说他确实总是顾虑不到她很多在意的点，他该死，但他也是真的爱她。

两人吵架时歇斯底里，又深知对方有一堆缺点，可是他们离开休息室时，已经手拉手了。

会哭着埋怨一个人，也许是因为深深喜欢着。

那刻意回避呢？

是因为什么？

虞浅再见到程骁南，已经是几天以后的会议上。

她和几个有档期的模特一起坐在宽敞的会议厅里，听一位主管安排后面的拍摄工作。程骁南也坐在其中，和以往的会议一样，一言不发。

他看上去情绪不高，耷拉着眼睑，没骨头似的靠在椅子上。

手机在包里振动，主管正在讲的内容又与她无关，虞浅垂眼看了眼手机屏幕。

她的手机没有密码，不需要解锁就能看见信息的全部。

是韩初发来的：

浅浅，最近安北风大，出门注意安全。

这周末有没有空一起吃个饭？

虞浅没打算点开，也没打算回复，按灭手机再抬眼时，忽然对上了程骁南的目光。会议室里二十多个人，隔着长长的深木色桌子，虞浅的视线顿了顿，随后收回。

会议结束后，程骁南摸了摸自己发烫的额头，皱着眉往会议室外面走。

忽然听见工作人员说，会议室先别关门，虞浅老师的包忘在这儿了。

“送到孙月助理那里去吧，孙月助理是不是跟虞浅老师的？”

“孙月助理今天出短差，明天才回来，你知道虞浅老师的电话吗？”

“不知道……要不……”

程骁南停下脚步，边拨电话边往回走：“把虞浅的包给我就行。”

虞浅没接，倒是他手里拎着的水桶包振动起来。

程骁南挂断电话，垂头看了一眼，正好看见屏幕上显示的未接来电。

以及韩初的那两条信息。

浅浅。

叫得还挺肉麻。

虞浅结束拍摄才想起来自己的包落在了会议室里，只能回办公楼。

此时已经过了行政部门的下班时间，办公楼里显得很安静，会议室的门已经锁了，看来包是拿不到了。其实也没什么特别重要的东西。

酒店房间的门没房卡打不开，但可以找工作人员帮忙送一张备用卡。

手机在包里，但她也没什么要紧的电话。

虞浅准备离开时，一个在加班的工作人员看到她：“虞浅老师，您是来找包的吧？”

“嗯。”

“您的包程总拿走了，您可以联系他一下。”

虞浅没准备联系程骁南，但下楼后发现，程骁南的车子就停在办公楼门口。车窗敞着，她的包放在副驾驶座位上。

程骁南把座椅放得半倒，正躺靠在里面，闭目养神。

虞浅走过去，发现他眼睑有些泛起薄粉色，唇抿着，露出浅淡的酒窝痕迹，看着有种不同于白天的柔软。

可能是感觉到视线，程骁南睁开眼睛。

他看了虞浅一眼，没动，只是虚弱地说：“我好像发烧了。”

虞浅坐进驾驶位对着陌生车子试踩油门时，程骁南还能靠在椅子里偏头咳几声，然后微哑着嗓子开玩笑：“虞浅老师，油门不用踩那么大的，急什么？发烧而已，我又死不了。”

虞浅上车前问过他，要不要去医院看看，住个院什么的。

程骁南拎出一个医院的纸袋，说没到那种程度，昨天刚去看过，医生开了不少药。

但等虞浅把车子开出公司院子，程骁南已经皱眉合眼，不再说话了。

偶尔咳几声，看上去十分难受，咳音也越来越哑。

路程倒是不远，车子停到酒店门口。

虞浅把手伸过去，食指指节背侧轻轻贴了下程骁南额头。

换了过往，程骁南才不会放弃这样的机会，敢直接握住她的手腕，调侃她趁火打劫。不过今天他只是半睁眼睛，上眼睑堆出几条病态疲惫的褶皱，目光没睡醒似的往虞浅这边瞄了一眼，像是要努力看清她是谁。

看完，重新合眼，声音低哑：“到酒店了？”

又偏头过去，手背挡在唇边，压抑地咳嗽几声。

虞浅眉心拧起来：“你真看过医生？”

“看过。”

程骁南强撑着坐直，解开安全带：“重感冒，没那么容易好。”

“吃药了？”

“在吃，感冒无论打针还是吃药，痊愈怎么也要一个星期。”

就说这么一句话的空档里，程骁南咳得脖子都泛起一层红色。

虞浅往他紧皱的眉心上看了几眼，觉得再多问下去，就是多余的关心了。

他知道自己什么情况就行。

虞浅下车走到副驾驶位的车门旁，拉开车门，把车钥匙丢给程骁南，手伸到他面前，指尖小幅度勾了两下。

她的水桶包在程骁南脚边，意思叫他把包递给自己。

没想到程骁南把手搭上来，很自然地借力起身：“谢谢。”

虞浅穿着高跟鞋，被他拽得一晃。

指尖传递来他病态的温热体温，有那么一瞬，虞浅感觉心脏像被晨露坠落砸中的叶片，垂下去，又轻轻弹起。

“……不用谢。”

她弯腰钻进车里拎出自己的包，把程骁南手里的车钥匙拿过来递给门口的侍者，说停好车送到 6603 房间。

虞浅和程骁南一路同行，程骁南没再说什么，只偶尔咳几声，落后半步跟在她身后。

直到她用房卡刷开门，感觉到身侧没动静，才转头去看。

程骁南靠在墙边，看上去没打算进去。

也许是感受到虞浅的视线，他说：“你进你的，我缓一缓回趟公司。”

“有工作？”

都病成这样了，还工作？

“房卡落在办公室，没拿。”

虞浅伸手：“身份证，我去帮你核实信息，能要到备用钥匙。”

“身份证也在办公室，咳咳，咳！”

虞浅也说不准，程骁南现在的病态到底是不是真的，还是说，有那么一点儿和以前一样的目的性？

但不得不说，对着他这个虚弱的样子，她很难丢下他不管。

“那你进来歇着。”

虞浅迈进自己的房间，没有关门。

程骁南慢吞吞跟上来，靠在玄关处问她：“我歇哪儿？”

“客厅沙发。”

“咳咳，那就打扰了。”

虞浅给程骁南倒了一杯热水，没再管他，拿出瑜伽垫放在卧室里开始做瑜伽。

隐约能听见外面有剥开铝箔纸的声音，可能是程骁南吃了退烧药。

后面就再没有过声音，就像这个人根本不存在一样。

虞浅停下瑜伽动作，是因为听见有人敲门，但程骁南没有回应。

她从卧室出来，看见程骁南已经靠在沙发上睡着了，唇还是紧闭的，看上去并不舒服。

敲门的是酒店的工作人员，总帮她泊车的那位年轻弟弟。

工作人员是想要送还车钥匙给程骁南的，但敲门时没人回应，尤其是程骁南上楼前看上去像生病了，酒店这边怕出什么意外，就过来问问虞浅情况。

虞浅回头看了眼睡在客厅沙发上的程骁南，只说："车钥匙给我就好。"

她身边鲜少亲友，几乎没有照顾病人的经验。

想来想去，上一次陪人去医院，还是程骁南发烧。

怎么他发烧总能被她撞见？

不过这次看上去确实严重些。

上次这弟弟还有精力在医院的输液区和她开玩笑，单手用手机玩游戏，甚至输液过后，单肩挎着书包，话痨似的缠着她，和她一起去吃了顿晚饭。哪怕医生告诫不要吃辛辣，他还是趁虞浅不注意，在菜单上勾了毛血旺。

手背上的针孔没认真按好，青了一小块，仍然惦记着伸筷子去夹沾满辣油的毛肚。

虞浅用筷子打他："不是说不让你吃辣？"

程骁南"嘶"一声，收回手，歪理一堆："以毒攻毒懂不懂？"

虞浅拿着程骁南的车钥匙出门，开着他的车回了趟公司。

公司里还有值班的同事，虞浅到程骁南办公室时，沈深刚好也在，听说她是来拿程骁南的钱包，沈深那两条眉毛扬得几乎飞上天。

他倒是没多问，请虞浅进了办公室，在满地杂志和游戏手柄里"过关斩将"地穿梭到某个办公桌前，翻了翻上面堆积的资料袋，才拍着脑袋说："哎，我都糊涂了，南哥的东西肯定不在这儿，这地方都快被我霸占了，他钱包肯定是在会议室的。"

那间会议室虞浅去过，有一个固定的座位上放了电脑和一沓整齐的文件，还有一个黑色的陶瓷杯。

比起眼前的杂乱，确实更像办公的地方。

“南哥喜欢在会议室，说窗外都是什么球树，看着舒服。”

虞浅静了一秒，才开口说：“二球悬铃木。”

“对对，好像是这个名字！”

虞浅是喜欢这种有着宽大树叶的植物的。

以前附中后街，整条路两旁都是这种树，叶片比巴掌还大，因为街道老旧没什么人修理，反而肆意生长。

知道她喜欢这个之后，程骁南问过：“这是什么树啊？”

虞浅喜欢是喜欢，还真没想过了解这树到底叫什么。

程骁南问起，她只能绷着脸说：“自己查去。”

后来程骁南给虞浅发了信息，说：“我去，这树叫二球悬铃木。这名儿也太拗口了吧！”

可能因为虞浅没回，这弟弟没话找话地又发来一条：

怎么觉得这名字听着，这么不良呢？

也许是他那句话，让虞浅记忆深刻，拗口的名字也被记住了。

所以在那之后，再有人说这个树叫法国梧桐，虞浅是不承认的，她都会下意识去纠正，说是二球悬铃木。

沈深用工作牌刷开会议室门时，虞浅看见会议室窗外的树叶浮动着。

她突然问沈深：“你们这公司，为什么叫 Eleven？”

“嗐，别提了，南哥说想用数字当招牌，我想了一晚上，觉得用‘九’好，过去皇帝都用‘九’呢，多霸气，他非要用‘十一’。”

说起这个，沈深倒是没那么谨慎，拉开话匣子：“我最开始也不知道什么意思，季苒告诉我的，说‘十一’也许是遗憾的意思。”

挺多不错的词儿都是十二笔写完的。

像恋人、朋友、爱人、唯一……

这样看来，十一就像一个遗憾，总是差一笔。

“不过这只是季苒猜的，也不一定就是这个意思。”

沈深把程骁南的钱包递给虞浅，笑得有那么一点儿不怀好意：“南哥人都在你屋里了，你自己问他啊，别看他整天跟我们冷言冷语的，你问的话，他肯定会说的。”

虞浅回到酒店房间时，外面天已经黑了。

程骁南还睡在沙发上，看上去没动过。

他仰头靠着沙发背，两条长腿伸着，本来这客厅虞浅自己在时还觉得挺宽敞，但程骁南往沙发里一坐，就显得没那么大了。

虞浅按亮的是卧室的台灯。她靠在墙边，在幽暗的光线里打量程骁南，最终还是没忍心吵醒他，走过去轻探了一下他的额头，然后拿了他的房卡去隔壁睡了。

程骁南醒来时，已是第二天上午九点多，他睡在虞浅房间的沙发上，但房间里空无一人。

在虞浅这里睡着他还真不是故意的，二十多年感冒都没这么重过，脑袋里像灌铅了似的，整个人都没精神。不过退烧药和感冒药应该是起了作用，这会儿醒来，只觉得靠沙发上睡一夜，脖子生疼。

程骁南走到卧室边往里瞧了一眼，虞浅的床上连个褶子都没有，看样子是没在这间房睡。

他自嘲一笑，觉得也是，人家肯定不乐意和他共处一室。

钱包帮他取回来估计已经是最大的情分了。

程骁南拿了钱包和车钥匙出门，站在自己房间门口翻了翻，居然没找到房卡。

最后还是把酒店工作人员叫过来，让人给了张备用卡，才进了门。

不知道清理的阿姨为什么给卧室拉了窗帘，严丝合缝，程骁南也懒得多想，揉着脖颈往床上倒去。

身边什么东西动了一下，还没等他反应过来，就听见虞浅冷清的音调带着刚睡醒的慵懒——人压在厚重的被子下面，声音听起来有些模糊。

她说：“程骁南，下去。”

程骁南毕竟是当过学渣的人，有着多数学渣特有的共性——除了学习成绩，能玩的样样精通，篮球和打游戏更是。那会儿打篮球，队里的朋友都说程骁南弹跳能力强，毕业之后没空打球，倒是也没有其他用到弹跳能力的时候。

此刻听见虞浅的声音，程骁南也顾不上脖颈儿还疼不疼了，他几乎没花时间思考，条件反射地从床上跳下来，一脸蒙。

平铺着的厚重被子动了，虞浅慢条斯理地从被子里坐起来，头发散乱着，神情困倦。

她看了眼程骁南，带着“你怎么在这儿？”的疑惑。

其实程骁南比虞浅更疑惑。

她这种半醒不醒又有些蹙眉的表情本来就很勾人，偏偏还坐在他的床上。

一床秋冬款被子厚重地堆在她身上，睡衣细细的肩带被坠得几乎滑落肩头，真丝质地，又软又薄，勾勒出身体的轮廓。

程骁南揉着脖颈儿看了一眼，收回视线，偏头咳了几声才问：“你怎么睡这儿了？”

卧室里窗子没关，遮光窗帘被吹得鼓起，露出一道渗光的缝隙。

光线落在虞浅的半张脸上，她被晃得眯了下眼，从双人大床上下来，穿好拖鞋：“因为你睡在了我那边。”

程骁南是想说声抱歉的，但视线里的人一只手扶着床边，弯腰下去拎起了高跟鞋，然后从椅子上拿起衣服和包。

窗帘起起伏伏，他不受控制地又看了一眼，女性特有的曼妙曲线显现在光线明灭中。

“昨天抱歉，不是有意睡你……”

程骁南受视觉刺激，句子顿在引人遐想的地方，见虞浅回眸，才继续说：“不是有意睡在你那边的。”

把人送出房间，程骁南靠在门边又加了一句：“请你吃个早饭？”

虞浅看上去并没在意，没回头，只摆了摆手。

她一动，身上的真丝面料如同风涌水面一样，波纹连动。

程骁南眼皮子一跳，觉得自己要疯了。

送走虞浅，程骁南揉着脖子再次倒在床上。

感冒后遗症还在，有那么一点儿打不起精神。本来他是想要睡个回笼觉，但躺在枕头上发现，鼻畔全是虞浅的味道，不知道是沐浴露还是洗发水，抑或是香水。

香气丝丝缕缕，根本不让人静心。

程骁南“啧”了一声坐起来，睡意全消。

他拿过手机，用残存的一点儿电给虞浅发信息，没话找话。先说不知道自己的感冒算不算传染型，让虞浅记得找工作人员帮她把房间消毒再住。

发完，程骁南刷了一圈朋友圈，手机一点儿动静都没有。

人家虞浅没理他。

程骁南舔了下牙齿，又发了一条。

说昨晚她睡觉没关卧室窗子，很容易感冒，他这儿有预防感冒用的药，问虞浅需不需要。最后留的是个问号。

但他把信息发过去，又去邮箱里看了一圈工作文件，手机还是很安静。

程骁南想了一会儿，没想到什么可发的，正愁呢，手机响了一声，虞浅回复了。

这回复简单得不能再简单了：

不。

以前虞浅给他发信息就是这个样子的。

那时候程骁南还和她说过："姐姐，真就不能给你发信息聊天，单看你那些回复，冷言冷语的，还以为你时刻准备好了要和我吵架呢。"

虞浅就坐在她的跑车里，想了想，问他："我有吗？"

还是当面聊天好，能看见她的表情，偶尔，也能捕捉到她眼里的一些笑意。

程骁南手机电量告罄，他顺手捞过充电线，往手机上戳了一下。

嗯？不适配？

充电器如果不是他的，那就一定是虞浅的了。

程骁南快乐了。

终于找到话题，给虞浅拨了个电话。

电话响了半天，那边才接起来："有事儿？"

程骁南笑着："我床头的充电器是你的吧？"

"是吧。"

"那我给你送过去吧？"

电话那边沉默了几秒，才说：“嗯。”

挂断电话，程骁南突然连着咳嗽，咳得胸腔疼，缓了一会儿，才拎起充电线，挂着满脸笑意出门。

仍然是轻叩三声，但虞浅是过了一会儿才来开门的。

这几天风大，降温厉害，酒店走廊里都浸着干燥的凉意。

但虞浅拉开门时，室内温热潮湿的气息迎面而来，虞浅穿着浴袍，发丝完全湿着，被她撩到后面，露出光洁的前额，纤长的睫毛上也凝着水汽，接过充电线：“谢谢。”

虞浅关门后，程骁南长长呼出一口气。

不愧是姐姐，真空穿浴袍也敢开门。

他这个回笼觉不用睡了。

也确实不用睡了，闭上眼睛脑子里就是水珠顺着肌肤往下滑的画面，洗澡时水温调节拧到最冷的那端，还觉得热。

大学时候，一屋子大老爷们儿非要在寝室看片儿，视频放得声音那么大，他坐床上也是该玩游戏玩游戏，该看篮球赛看篮球赛，没觉得有任何心猿意马。

有室友叫嚣：“南哥，都叫成这样了你还能看球？是不是不行啊？”

今天真没那个定力。

服了。

第四章 拥你入怀

虞浅把充电器拿回来，把手机充上电，回浴室继续洗澡。

等她洗完澡出来，手机里有两个未接来电，孙月和韩初。

她先给孙月回了电话，助理小姑娘语气十分开心，说自己今天出差回来了，在隔壁省给虞浅带了土特产。

和孙月聊完，虞浅给韩初回了电话。韩初语气还是那样，给人一种温润好脾气的感觉：“浅浅，上次你说你公司在梧桐里这边，正好我们学校有个活动，在这边举行，一会儿就结束了，今天不忙的话，一起吃个午饭吗？”

无论是和孙月还是和韩初，虞浅举着手机都有些心不在焉。

韩初那边说了什么，她更是没在听。

心情是好的，但为什么要心情好？

虞浅皱眉，还未细究自己的情绪，先听见韩初那边含笑的声音：“浅浅？怎么接电话也走神，是不是最近太累了？”

“没有，你刚才说什么？”

“我说我在梧桐里这边，来的路上看见了你公司的办公楼，离得不远，想问你愿不愿意一起吃个午饭。”

不太愿意。

但她今天休息，如果这会儿不找点事儿出去，虞浅觉得一会儿程骁南再来敲门问要不要一起吃饭什么的，她可能会答应。

“你在哪儿？”

韩初那边传来温柔的笑声：“你发定位给我吧，我有开车，可以接你。”

“嗯。”

虞浅在酒店大堂等韩初时，手机连连振动。

还以为是程骁南，但拿出手机看时，发现是彼得。

彼得和安谷在国外参加了两个高定礼服秀，都是年轻的后辈设计的，彼得说自己突然燃起了斗志，觉得应该证明一下自己宝刀未老，这几天都在设计服装。

设计稿完成，统统发过来给虞浅看，虞浅看了一会儿，给彼得截图，圈出来一套。

彼得很快打回电话，语气十分兴奋：“真是默契！我设计这套时也觉得你会喜欢，等我改好细节做出样品，回国一趟，先给你穿。”

电话里说得热闹，虞浅这边反应很淡。

聊了几句，彼得突然问：“怎么了虞浅，有心事啊？”

虞浅蹙了眉：“彼得，你说有没有人两次都喜欢上同一个……”

彼得的工作室在一楼，不知道是谁从窗口经过，同他打了几句招呼，他没听清虞浅说的，追问道：“虞浅你刚才说什么了？”

虞浅垂了垂视线：“算了。”

韩初定下的饭店一看就是他喜欢的，离梧桐里并不远，只有十来分钟的车程。

店里放着舒缓的钢琴曲，餐桌与餐桌之间，是用书架做隔断的。

韩初先一步走到餐桌旁，想帮虞浅拉开椅子，但被虞浅挡了一下：“不用，我自己来。”

四人位的餐桌，她落座，把包放在一旁的空椅子上，随意扫了几眼书架。书籍种类算是齐全，但真的有人在吃饭时看书？

韩初把菜单递给虞浅，问她想吃什么，虞浅点了两个菜，把菜单递回去，说让他来，明显韩初是做过攻略的，没什么思索就勾画好了菜品。

服务员来核对菜单时，虞浅大概听了听，他们只有两个人用餐，韩初点了不下十道菜，她询问：“是不是太多了？”

“不多，这家我看过评论，菜码太精致，点少了怕你不够吃。”韩初笑着说。

“那你破费了。”虞浅语气里都是客气。

“这阵子安北是大风天，降温也厉害，办公室里几个老师都说要贴秋膘呢，浅浅，我怎么觉得你看着反倒比之前见面更瘦了？”

虞浅本就心不在焉，只说没感觉自己体重有多大的变化。

“你可别嫌我啰唆。”

韩初倒了一杯柠檬水，仍然笑着：“以前做邻居时，我获奖或者考得好，总能收到曲姨送来的礼物。我妈那人你又不是不知道，她又爱炫耀，我的大事小事都要拿出去说，后来搬家一收拾，曲姨给我买的东西居然装了整整一箱。”他说，“曲姨对我这么好，她不在，我当然要多照顾你。之前你在国外，鞭长莫及，现在回来了，总要多关心的。”

韩初言辞恳切。

虞浅却说：“我二十八岁，又不是八岁，哪还用人照顾。”

这家餐厅上菜还算快，韩初说这么几句话的时间，服务员已经端着一道凉菜过来，放在桌上。

他把凉菜推到虞浅面前：“浅浅，你吃。”

虞浅露出些无奈的笑：“韩初，你真的比我妈唠叨多了。”

“有吗？”

“当然。”虞浅这么说着，露出一点儿浅笑，但她话并不多，早已经不像小时候那样，把韩初当成崇拜的哥哥，倾诉心事。

韩初似乎也意识到了这一点，聊天时总在提及以前，希望以此拉近关系。后来又感叹说：“浅浅，你也太记仇了，都过去那么多年，你还怨我是不是？”

虞浅也是听见这句叹息，筷子顿了顿，抬眼去看韩初。

他们之间有什么值得记仇的事？

她怎么不记得？

“我知道那次说你自甘堕落，是我用词偏激了，都过去这么多年了，还不打算原谅我？”

韩初笑得似乎有些无奈：“你啊，就是这样，小时候曲姨说你吃酸辣粉总滴溅到衣服上，后来你干脆连酸辣粉都不吃了，真拿你没办法。”

韩初语气里有宽容的意味，说完还用公筷给虞浅夹了一大块鱼肉。

好像对她有多纵容。

但虞浅突然没了食欲。

她不是因为韩初批评她而在记仇，只是通过那次的事情彻底认清，她和韩初是两种完全不同的人，走的也是完全不同的两条人生道路。小时候关系是很亲密，但长大了三观不同，真的很难把情谊延续下去。

她从不干涉别人。

而韩初从小优秀，总是轻易判断，且觉得自己的判断是对的。

就像他说起的酸辣粉事件，她真的是因为曲莉雯说她，她才不吃的吗？并不是，是因为她那阵子总在拍摄，吃饭不按时，肠胃变得有些敏感，吃了辛辣油腻的食物总是胃疼，后来就慢慢不吃了。

吃过饭后，韩初说："这地方其实下午茶也不错，还能看看书，要不要撤了餐食，一起喝个下午茶？书架上刚好有一本书我觉得还不错，你要不要看看？"

虞浅说："不了，比起下午茶，我更喜欢在休息日喝一点儿酒。"

"女孩子不要喝酒比较好吧，看看书也是一种放松方式。"

"我下午去酒吧坐一坐，你要一起？"

"……不了。"

虞浅的手机是振动模式，放在包里，饭店杂音多，真有信息很难听见。

她从包里摸出手机，按亮屏幕看了一眼。

没看见某人像上午那样喋喋不休地发来信息。

"和人有约？"

不知道是不是虞浅错判，总觉得她看手机时，韩初表情有些不悦。

她收起手机，说："没有。"

韩初犹豫了一会儿，还是开口："浅浅，这些年你的事情我也听说了一些，我也不是非要说教，但我记得你以前和我说过，如果要谈恋爱，要找一个无条件爱你的人，你的那个朋友……先不说他是不是无条件对你好，年龄上，他也比你大太多了……"

虞浅挑了下眉梢，她还和韩初说过择偶标准？什么时候？

虞浅认真去回忆，才想起来，那都是十多年前的事情了，那时候虞浅十几岁，曲莉雯带着她去韩初家里吃饭，韩初的妈妈说，浅浅这么漂亮，以后一定能找到个好对象。

曲莉雯有意撮合虞浅和韩初："如果能找到韩初这样的，就是三生有幸了。"

两个妈妈互相吹捧完，回到家，虞浅和曲莉雯说："妈，你干吗那样说，我又不喜欢韩初哥哥。"

"喜不喜欢有什么要紧，你长大就知道了，成年人之间所谓的爱情就是等价交换，你长得好，韩初优秀，两家又是邻居，你们在一起不是很好吗？管什么喜欢不喜欢？"

那会儿虞浅还很信任韩初，跑去和他吐槽："韩初哥哥，这个世界太奇怪了，我觉得我和它格格不入。

"我妈说成年人的爱情是等价交换，可既然是交换，还要等价，那明明就是一场交易啊，怎么能算是爱？"

"那你觉得什么是爱？"

虞浅说自己也不知道。

她那天和韩初说："但我想遇见一个，爱我不太需要理由的人，只因为我是我，无论我是好人还是坏人，无论我做了什么，他都很爱我，很爱很爱我。"

韩初笑得手里的书都掉了："浅浅，你有时候幼稚得让人觉得不可思议。"

回忆起年少时候，虞浅在心里感叹：原来自己也有那么愿意吐露心事的时候。

韩初可能还想说什么，但虞浅指尖向下压了压，示意韩初等一下："你听说的那位，不是我男朋友。"

顿了顿，她忽然弯起嘴角："彼得太老，我喜欢比我年纪小的。"

韩初像是没听清："什么？"

"我说，我喜欢弟弟。"

程骁南坐在会议室里，刚咳了一阵，喝了小半杯水润喉，才觉得舒服了些。

沈深从外面进来，看见程骁南桌上的药袋，问了一句："南哥，谁生病了？"

"我。"

“我去，嗓子真哑了啊？不过你嗓子哑了还挺好听，有种烟嗓的感觉，我贼喜欢的一个欧美歌手，就是这样的，巨性感。”

沈深凑过来，用胳膊肘碰了碰程骁南：“你这病生得也不亏，说说呗，你和虞浅最近什么进度？哥们儿是不是得给你们准备结婚礼钱了？”

前些天季苒和沈深吵架时和虞浅抱怨了几句，季苒提起程骁南，虞浅并没有排斥什么的，反倒有些像默认了和程骁南的关系。这事儿季苒和沈深和好后，第一时间给沈深分享了。

本来沈深还半信半疑，但昨晚，虞浅开程骁南的车回公司帮他取钱包，沈深就觉得，他南哥准是得手了！

经沈深提醒，程骁南才想起来，自己会睡在虞浅房间的沙发上，是因为钱包落在公司。

所以说，虞浅帮他来公司取了钱包？

然后不舍得叫醒他，自己睡在了他的房间？

虞浅这么关心自己？

程骁南有点想笑，但感冒未愈，又咳了几声。

会议室外面传来敲门声，孙月探头进来：“沈总，程总，你们都在呀！”

“小孙月啊，哎哟，这大包小包的，干什么，贿赂老板来了？”沈深玩笑着说。

孙月挠了挠后脑勺：“不是不是，我不是出差了吗，回来给你们带一些土特产，给我们部门的同事也分了，和你们一样的，不是贿赂，不是贿赂。”

沈深接过袋子，掂量着说：“那可谢谢你了，我女朋友喜欢吃这个。”

孙月把程骁南那份放在办公桌上，正准备走呢，被程骁南叫住：“给虞浅也买了吗？”

“买了买了，当然买了，还比你们多了两盒小点心。”

孙月傻乎乎地说完，怕老板们误会，赶紧解释：“啊，也不是不重视老板的意思，就是……就是她拍摄有时候没时间吃饭嘛，我想着小点心可以随身带着充饥……”

程骁南打断孙月，招招手：“把虞浅那份放我这儿，一会儿我给她送去。”

“啊？可是她没在酒店啊，不是说出去和朋友吃饭约会了吗？”

“约会？”

孙月也没想把虞浅和朋友出去说得那么暧昧。

她中午联系虞浅时，虞浅说在和朋友吃午饭，刚才来公司时又问了一遍，虞浅发了一个酒吧的定位。

孙月还贴心地问过要不要去接。

吃饭和下午酒连起来，一时间她也想不到什么合适的词，就用了“约会”。

但她说完，就看见他们程总皱了皱眉。

哦对，虞浅是程总喜欢了好多年的人呢。

用“约会”确实不合适……

孙月决定补救一下，压低声音安慰程骁南：“没事儿的程总，我问过了，虽然是男的，但好像是小时候邻居家的哥哥，从小一起长大的，不是外人。”

✦

辞别韩初，虞浅独自去了一家酒吧。

这家酒吧是彼得推荐的，他上次回来没几天，酒吧倒是泡了好几家，说这家的调酒师格外帅，都是弟弟，强烈推荐虞浅过来。

休息时喝一点儿小酒，是虞浅在国外养成的习惯。

或者说，是曲莉雯去世之后她养成的习惯。

外媒很多报道为了博眼球，都说她和曲莉雯关系非常差，几乎老死不相往来。

他们说曲莉雯从发现乳腺癌一直到去世，虞浅从未现身过医院。

一直到自己的母亲去世，她都在国外，快乐地与彼得同居。

也说她并未办理丧事，只托人火化了曲莉雯的尸体，最后骨灰送到虞浅手里，被她扬进了大海。

有时候虞浅看过满是外文的报纸，会边抽烟边用打火机点燃报纸。算是烧给曲莉雯看看，外面把她们母女传成什么样。

曲莉雯确实不是一个温柔细心的母亲，虞浅也不是唯命是从的乖乖女，但她们之间的关系，也没有差到外媒说的那样。

事实与传闻总是大相径庭。

虞浅选择出国时，曲莉雯是不同意的，只不过虞浅那时已经二十一岁了，曲莉雯没有权利限制她的自由，也不能把她绑在身边永远让她为自己赚钱。

所以曲莉雯提出了要求，让虞浅把车子和存款都留给自己，允许她出国。

虞浅按照曲莉雯说的做了，所以刚到国外时特别穷。

那时候不挑工作，辛苦不辛苦都接，后来富裕了些，曲莉雯却打来电话，她说："女儿，妈妈得了乳腺癌，活不久了。"

虞浅也想过回国去陪着曲莉雯，但曲莉雯不肯。

曲莉雯是个极其爱美、极其虚荣的女人，她说自己现在大把大把地掉头发，面容也憔悴，不许虞浅回国，原话是"你现在越长越好看，不要你回来看我的笑话，给我钱就好，不要出现在我面前"。

但她们会通电话。

那段时间，虞浅才知道，她出国后曲莉雯急于理财，被人钻了空子，手里的钱几乎被卷席一空。也是那时候，她才在曲莉雯声音微弱的跨洋电话里，听说自己爸妈之间的故事。

虞浅没回国，但她托人给曲莉雯安排了独立的治疗病房，知道曲莉雯喜欢花，喜欢奢华的东西，每周都会订十几束花送去，偶尔也会送钻石项链和漂亮的衣服。

后来有一天，医院的护工说："虞小姐，不用再送了。"

曲莉雯留了遗言，说希望骨灰能被撒入大海。

那阵子虞浅总是失眠，整夜整夜睡不着。

彼得和她住在同一个屋檐下，劝说几次都没用，后来干脆陪着她喝酒，有时候是红酒，有时候是洋酒，家里有什么就喝什么，喝完也好入睡。

她从未掉过一滴眼泪，却也在失眠的夜里，哼起儿时曲莉雯唱过的童谣。

虞浅喝完酒杯里最后一点儿由白兰地调配的鸡尾酒，拿起包，用手机叫了一辆出租车，回到梧桐里。

安北市的秋末，白天短暂，到了晚上五点多天色就已经是朦胧一片。

透过车窗，城市剪影隐在自地平线升起的胭脂红和缀着上弦月的深蓝色之中。

虞浅用食指指侧敲着鼻梁，想起韩初说的，她以前的“择偶标准”——找一个很爱很爱她的人？

虞浅笑了笑，觉得那样的人不会存在。

回到酒店时已经是晚饭时间，但她不太饿，直接回了房间。

程骁南昨晚留宿时估计整夜都睡在沙发上，床上连个褶皱都没有，只有垃圾桶里多了一个空了的药盒，茶几上有一只一次性水杯。

虞浅拿了纸杯，正准备丢掉，就听到有人敲她的房门，力度不大，只有三声。

她动作微顿。

这弟弟不会这么不禁念叨吧？

才刚想起他，人就来了？

拉开门，果然是程骁南。

他手里拎着几个大袋子，闲闲地靠在门边，袋子递到她眼前：“孙月出差给你买的，正好我下班回来，她说让我顺便带给你。”

虞浅接过来看了一眼，除了几样印着出差地名字样的点心，还有两个印花熟悉的包装袋，会有这种印花的，只有一家连锁的糕点店，算是安北市当地的老品牌，孙月当然不会去外省出差买安北市的点心当土特产。而且这个牌子的点心也不便宜，这么大两个袋子……

虞浅疑惑抬眸，对上程骁南带笑的目光。

他说：“这是我给你买的，昨天你不是帮我去公司取钱包了吗？这是谢礼。”

“谢礼太多了。”

“不多不多，你吃就行了，你现在是公司的金牌模特，不少摄影团队都把你当掌上明珠似的，你还总不吃饭，回头饿瘦了怎么办？不是让人觉得我们 Eleven 克扣员工吗？”

程骁南扶着门框的指尖点了两下，语气里都是商量：“帮个忙，多吃点。”

虞浅拎着几袋点心，难得主动问了一句：“感冒好些了？”

“好多了。”

程骁南这样说着，虞浅的手机突然在手里振起来，连着两声。

虞浅拿出手机，是韩初发来的语音。

她点开听，韩初说话总是温柔的语调，声音也不大，但酒店走廊极静，程骁南也就听清了韩初的话——

“浅浅，已经回酒店了吗？我刚才在回学校的路上和同事聊天，有同事推荐我一家清吧，下次有空，我也想去喝一杯试试，到时候一起吧？

“还有，我有个朋友从国外回来，带了些火腿，等我明天去梧桐里参加活动后，给你送过去吧，我是吃不惯这些的。”

虞浅听完两条语音，觉得韩初今天格外啰唆，只给韩初回了个“。”。

等她再抬眸，程骁南已经回到自己的房间去了。

隔天傍晚下楼，在电梯里遇见时，程骁南举着电话，一副很忙的样子，只同虞浅点了点头，算是打过招呼了。

他的声音还有些感冒后的哑，在电梯里站在虞浅偏后的位置，和电话里的人说：“你那个青梅竹马的发小……”

青梅竹马的发小？

虞浅从抛光面的金属电梯门板上看了眼身后的程骁南，他神色如常，垂着眼，还在说。

“都多少年不见了，他什么人你了解吗？就敢和他去喝酒？以前是学霸，不代表人品没问题，万一对你图谋不轨呢？”

虞浅总觉得这话像说给她听的，扭头看了程骁南一眼。

程骁南把手机举开些，煞有介事地捂住手机：“我一朋友，总和发小出去吃饭，说是青梅竹马的学霸，你说，会不会是对人家有意思啊？”

虞浅看了程骁南两眼，知道他葫芦里卖什么药。

其实可以不理他的，但就是没忍住，想要逗逗程骁南：“可能吧，青梅竹马的学霸算是最佳丈夫人选。”

话说完，电梯也到了，虞浅一笑：“我到了。”

程骁南眼睁睁看着虞浅对着等在酒店大堂的韩初招了招手，然后走过去。

韩初穿了件暖色调的外套，笑得也暖融融的，他手里拎着火腿的礼盒，见到虞浅，赶紧递过去。

还真给送来了？

电话里传来沈深的声音：“南哥？喂喂喂？南哥？你给我打电话干什么啊？是不是进电梯了，怎么没信号啊？喂？喂喂？”

“没事儿，挂了吧。”程骁南盯着电梯外面站在一起聊天的两个人，气不顺地说。

“你刚才说什么了？我什么都没听见啊，就听见学霸了，什么学霸啊？”

程骁南现在听见“学霸”这俩字，太阳穴就蹦着疼。

他深深吸气，按了关电梯的按钮：“挂了。”

韩初站在酒店大堂，笑着把火腿递给虞浅：“朋友买的，我也吃不惯，挺贵的东西，舍不得送别人，就给你送来了，你在国外这么多年，应该比我接受度好一点儿。”

虞浅没接：“我很少有自己做饭的时候，火腿你留着吧。”

“留着送人也行啊，打点关系什么的。”

“用不上。”

“……其实昨天你电话里也说不用送，那我就不勉强了。”

韩初笑着，收回拎着火腿的手：“浅浅，我来也不只是给你送火腿的，还有件事想要问问你。”

“你说。”

“你现在，没有男朋友对不对？”韩初似是有些不好意思，紧张地抿了抿唇，“上次你说，那些传闻都不是真的，那你和那个服装设计师也不是、不是那种关系，对吧？”

以前总听曲莉雯说，韩初从小优秀到大，面对各类考试都心态平稳，从容不迫。

因为有个爱炫耀的妈，脸皮也算“厚”的，有时候街坊邻居夸张的称赞，他听着也面不改色，极少见到他这样紧张的样子。

听出韩初的弦外之音，虞浅稍有些意外。

她倒是没想到，除了她妈曲莉雯有撮合他们的心思，韩初居然也会对自己有好感。

明明昨天之前还没有的。

是因为她说了，自己和彼得之间没什么，所以才被列入了“可追求”的范围？

很不合时宜的，她突然想起电梯里程骁南那句“图谋不轨”。

虞浅笑了笑：“如果我说是呢？”

“什么……什么意思？”

“我说，如果我和彼得是那种亲密的关系呢？毕竟我们在一起住了七年，如果我们有过那种关系，你后面的话，还打算继续说下去吗？”

韩初脸色变得苍白，皱起眉心，唇微张着，欲言又止。

虞浅倒也没再说什么，只说自己准备去吃晚饭了，让他回去路上慢些开车。

往电梯间走时，她忽然觉得有意思。

她分得清韩初对她态度的转变，也能分清其他对她礼遇的男人，是出于对她有好感才关心，还是出于他们自身的绅士主义。

但她分不清自己对程骁南的态度。

指尖刚搭到电梯按键上，虞浅接到孙月的电话，说是老板说了，让接她去公司一趟，有要事聊。

孙月说：“我已经出发啦，浅，你收拾一下，三分钟后我就到酒店了哦。”

“什么要事？”

“我也不知道，可能到了就知道了，我先来接你。”

虞浅收回准备按电梯的手，举着手机往门外走：“过来吧，我现在在一楼。”

挂断电话前，她多问了一句：“哪个老板的意思？”

“啊？哦，是程总。”

程骁南叫她去公司有什么事她不知道，只被引领着到了摄影基地C区。C区这边都是人物访谈系列的摄影区域，虞浅坐进落地玻璃外的休息沙发上时，看见了坐在玻璃窗内的程骁南。

他看上去一副懒散的样子，对面一个女人拿了手稿，像是要采访他的记者。记者身量比较小巧，穿着高跟鞋规规矩矩地坐在程骁南对面，高跟鞋踩在类似吧台椅的高脚椅脚踏杆上，认真准备着。

正襟危坐的严肃和程骁南的懒散形成鲜明对比。

程骁南的衬衫袖挽起来，叠在小臂处，大长腿舒展地伸着，胳膊倚着身后的桌子，看了眼他那块闪亮的钻表，说：“开始吧。”

孙月翻出手机看了半天，凑过来，声音小得像呓语：“浅，好像这个杂志记者是新来的，程总说，让她练练人物访谈，一会儿程总模拟完，可能要麻烦你也进去模拟一下……”

虞浅了然地点点头。

落地窗外她们坐着的地方也不算是休息室，可能平时访谈时，外面坐的是策划或者公司部门主管。

她们坐在这里，能清楚地听到里面程骁南说了什么。

孙月觉得，这位新任记者用他们程总练手，可能心很累。

人家杂志记者问到他最喜欢的历史人物，程骁南吊儿郎当地说：“虞姬。”

“为什么喜欢虞姬呢？是因为‘霸王别姬’的故事感动了您吗？”

“不是。”

“那是因为？”

“虞姬，姓好。”

“呃……那听说您是摩羯座，幸运花是郁金香……”

“我的幸运花是虞美人，谢谢。”

记者顿了两秒，马上采取话术救场，聊了几句又问程骁南：“程总，听说您目前还没有女朋友，我可以问一下，您的择偶标准是什么样的吗？”

问完，记者紧张得几乎屏息在等，可能是怕面前这位祖宗说出“不可以”这样的答案。

程骁南态度是懒洋洋的，但也没拒绝回答，他笑了一下，露出乖巧的酒窝：“喜欢比我大的姐姐，最好大三岁，身高一米七，不要太活泼的，那种冷美人型的。”

记者觉得这回答怪怪的，一时间没接上话。

倒是程骁南，慢悠悠加了一句：“要能姓虞就更好了……”

坐在外面的孙月，心脏都快蹦到嗓子眼儿了。

本来她好好地在工位上做虞浅后面的工作计划，结果接到程骁南的电话，非要拉她一起“同恶相济”。

电话里，她这位老板的声音像是从牙缝里挤出来的——

“你说的那位，和虞浅从小一起长大的、不是外人的、邻居哥哥，现在在酒店大堂和虞浅沟通感情呢，你去一趟，把虞浅接到公司来。”

孙月想到昨天说完“不是外人”这四个字，程总的脸色，她打了个寒战，哆哆嗦嗦地问：“可是程总，我用什么理由啊？”

“你先去，说我找她有事儿，理由我到时候发给你。”

孙月刚配合自家老板对好姐妹撒完谎，心虚得直冒冷汗，这会儿见她的程总说话这么不含蓄，就差直接说他喜欢的人是虞浅了，吓得更是坐不住了。

她偷偷转头，看了虞浅一眼，还好，虞浅像没听见似的，始终垂头看手机上的瑜伽动作讲解。

孙月松了一口气。

里面的实习记者在被挫了几次之后，反而说话更流利了，聊几句还能笑出来，最后神态放松地问：“程总，最后一个问题，您有没有什么遗憾的事情？”

遗憾的事情……

坐在里面的程骁南脸上的笑意敛了敛，垂下视线：“遗憾的事情啊，还真有一件。”

玻璃是单向透视的，他坐在里面应该看不到外面的虞浅，但他就是在抬眼的瞬间，精准地看向了虞浅的方向。

孙月也悄悄看过去，看见虞浅仍然垂着头，心无旁骛地看瑜伽视频。

“我以前不知道什么是遗憾，我觉得一切都来得及。”程骁南笑了笑，但笑意却不再像之前那样吊儿郎当，“有一次和朋友去郊区水库边烧烤，那时候是春天，安北市的树林开满了二月兰，像油画，挺美。我当时想，要是她能有时间，也该去看看，所以有一段日子，我都在真心地盼着她有空。”

说到这里，程骁南停了下来。

记者追问：“那后来呢？”

“后来？后来那片花过了花期，她出国了，一去就是七年，根本不给我机会带她去看。”

二月兰年年春天按时盛开，她从来没回来过。

程骁南起身，看样子准备结束模拟访谈。

他理了理衣袖，对着落地窗一笑：“不知道明年二月兰开时，她有没有空和我一起，去看一看。”

采访到了虞浅这里，就变得轻松很多。

虞浅看起来冷冷清清，回答问题虽然简短，却也不会回避问题或者让记者难堪。

模拟访谈顺利完成，部门领导过来和实习记者还有程骁南聊天，虞浅就坐在访谈室里，静静地看着窗外。

大概是想要营造一种轻松舒适的访谈环境，访谈室是按照咖啡厅和清吧那种风格装修的，吧台椅后面是细长的高架桌子，放了咖啡机和饮料。

孙月冲了一杯咖啡给虞浅。

虞浅问她：“是不是可以走了？”

孙月看起来有些踌躇，小声说：“程总没说，我也不知道啊……”

虞浅挺好说话，摆摆手：“那就等他说了再走。”

这间屋子在一楼，用中央音响放着舒缓的钢琴曲。外面可能下了些小雨，从窗口处传来一点儿雨水和泥土落叶相互混合的腥气。

“不知道明年二月兰开时，她有没有空和我一起，去看一看。”

虞浅脑海里忽然闪出程骁南的话，她看着窗外天色，没有任何表情。

曾经彼得喝多了，说过“虞浅，你其实是个懦夫”。

如果这句话放在工作中，放在其他时候，她都是不认的，但如果放在感情上，也许彼得这句评判，并没有错。

在感情方面，她是尿的。

因为她无法判断，付出的感情，得到的究竟是什么。

高中时最好的女生朋友是她的同桌，每次拍摄结束回到学校，她都会买雪糕或者饮料，她们悄悄聊班里哪位老师最近“更年期”脾气暴涨，也聊拍摄广告时的一些趣事。

她也有过对朋友的信赖，也有过和女孩子连上厕所都要同行的时光，只不过后来，她被卷进校园霸凌里，交朋友也变得不那么容易敞开心扉。

记得转到附中后，一个女孩在课间凑到她身边，压低声音问：“虞浅，我听说你以前学校的传闻了，是真的吗？有人偷你东西，你组织同学霸凌她？”

虞浅沉默半晌，摇摇头："不是。"

"但那个同学是不是真的被欺负过？你当时为什么没制止呢？你为什么不及时站出来，和大家说她没偷东西呢？"女生一边说，一边对身后几个装作没在听的人，递了个眼神。

虞浅看了她一眼，没再说话。

解释和不解释，结果是一样的，她已经不再相信朋友这回事儿了。可以说"友谊"这个词，从那时起，已经不存在于她的世界了。

然后消失的词，是"哥哥"。

在她刚刚从校园阴影里走出来不久，韩初在餐厅坐在她对面的位置，皱眉看着她脸上拍摄后没来得及卸掉的妆容，又看着她手边的跑车钥匙。

他说："你就这样，一直自甘堕落下去？"

虞浅见过有女模特表面和她关系亲密，背地里说她坏话时比任何人都起劲，也见过有人相爱时腻腻歪歪，分开后互相谩骂，她对感情消极到有时候会对彼得和他太太的感情抱有怀疑。

她会猜想，如果彼得的太太没有去世，他们现在会不会每天为了生活琐事吵得不可开交？

会不会有一天彼得在风雪里夺门而去，把太太和年幼的孩子丢在家里，独自去酒吧点一杯酒，和调酒师吐槽自己不想回家。

这件事她曾对彼得说过，彼得倒是没反驳什么，只是叹着气说："虞浅，你谈一次恋爱吧，认认真真爱过什么人，你就懂了。

"如果我真的在某天夺门而出，回去时也是要为我太太买一束鲜花，然后跪下和她道歉的。

"因为爱她，哪怕发生争执，我也不希望她为此难过。

"这种心情，你认真爱上什么人就会懂的，真的。"

虞浅没认真谈过恋爱，她只对程骁南称得上喜欢。

但她也记得，程骁南某次和他父亲吵架，皱着眉坐进她的跑车："老程的女朋友都是些爱慕虚荣的，就老程那个谈恋爱不走心的样儿，她们就是觉得他有钱才喜欢他，还总想着嫁给他，脑子坏掉了。"

"你爸真会再娶？"

程骁南露出一丝讥讽的笑："他不会，他就是嘚瑟，想证明给我妈看，他过得不差，其实一个都不喜欢，还惦记着死了以后和我妈埋同一个墓地呢。”

虞浅问程骁南为什么烦，程骁南皱眉说：“他谈恋爱我不反对，我烦的是那些女人总往我面前凑，给我买东西自称喜欢我，想借我的力嫁到我们家，你说她们是不是疯了？”

这件事之后没多久，虞浅就在跑车里看见了程骁南的试卷，上面有曲莉雯的签名。

而那几天，程骁南都没联系过她。

虞浅给程骁南发了信息，问他试卷是不是故意留在车里的，只是这次总是话痨一样的人并没有回复她。

像是在说：“你看，你妈现在也是那些女人之一了。姐姐，那这些事情，就到这儿吧。”

虞浅也想过，程骁南也许并不是有意要做什么。

她记得，某次去见程骁南，正好是冬天，她没开她那辆敞篷跑车，打车到了学校。

程骁南在信息里说，让她别去后墙等，那条街是风口，太冷，于是她找了家附中门口的冷饮店。

北方的冬天，地冻天寒。

冷饮店供应热的奶茶，放学没一会儿，成群的学生就会背着书包挤进来，他们羽绒服、棉衣里是同款校服，看起来都是那家店的熟客。

他们对着吧台里笑容和蔼的妇人嚷嚷：“阿姨，三杯珍珠奶茶一杯热可可，谢谢啦！”

那位阿姨声音很温柔：“珍珠奶茶要不要多加珍珠？”

“要的要的，热可可里可以给加点珍珠吗？”

“可以哦。”

“阿姨真好！爱你！比心！”

虞浅在一片热闹里，听见这些高三的学生聊起高考——

“我爸跟我说什么，我现在这个分不够考好的医学院？开什么玩笑，谁要学医了，我晕血啊，我才不要学医。”

“医生这个职业多好，我妈更离谱，她让我学会计，我看见数字就头疼，最差的就是数学。她怎么想的，让我学会计？”

“我还没想好学什么，但我家里说让我考师范呢，出来当老师，有寒暑假的。”

“别吧，当老师……你看咱们班主任现在才四十岁，皱纹深得像六十了。”

“哈哈哈，那当医生也不好啊，我看你爸还秃顶呢。”

“滚，你爸才秃顶，不过你一说，好像是有点呢，哈哈哈……”

店面不算大，奶茶飘香。

周围的人热闹地聊着高考聊着大学，他们语气里有自己都没意识到的憧憬，憧憬着高考结束后的旅行，憧憬着未来的生活。

虞浅坐在其中，格格不入。

顶多有几道视线瞄过来，惊艳一霎，压低声音和同伴说：“你看那个姐姐，好美啊。”

然后，他们还会回归到他们热切的讨论中，继续憧憬。

程骁南穿了件长款的黑色羽绒服，连校服都没穿。

单肩背着书包，晃进门，也熟稔地对着店主阿姨说：“姨，两杯热奶茶，谢谢。”

他的耳郭被风吹得有些泛红，坐下先双手合十，道歉说：“我真想第一拨出来的，都跑出教室了，又被班主任拎了回去。”

“训话？”

“当然不是，怎么可能是训话？是对学霸的表彰，懂吗？”

可能是看出虞浅兴致不高，程骁南伸手在她眼前晃了晃：“怎么了？又不开心？”

虞浅摇头，没说话。

程骁南“啧”了一声：“说说呗，我也不是外人，说出来我听一下，看有没有办法帮你？”

好像他对她所有的不开心，都有办法解决似的。

虞浅当时好笑地看了程骁南一眼，随口说，怕自己只有皮囊，老了变丑，嫁不出去。

程骁南正在脱他的羽绒服，听见她的话，忽然笑了：“你还能嫁不出去？”

他说这话时，眼里有光，像映在水里的月亮，明亮、迷人。

她试图从低落的情绪里走出来，但抬眸时发现，程骁南脱了羽绒服之后，一直在盯着她看，神色认真，像在确认，她是否因为他的话开心了一点儿。

可能是没什么收获，所以他想了个法子，又说："姐姐，一会儿带你听乐队演唱去？"

"你今天不是要早回家？"

"是啊，要不我给老程打电话，说晚点回去？"

虞浅问他打电话用什么理由，他就笑着说："说他未来儿媳不开心，得陪陪呗。"

真这么和家长说，腿不被打断才怪。

不过程骁南也没食言，真的带她听了一段"乐队"演唱。

他从冷饮柜里拿了一罐可乐，单手用食指拉开易拉罐的环扣，突然把可乐放在她耳边。

虞浅下意识躲避，却被程骁南轻轻扶助肩膀，他说："别动，姐姐，你听一下，像不像鼓声。"

碳酸气泡不断在铝罐中破裂，罐身贴着她的耳郭，能清晰听到清脆的、金属感的噼啪声。

意外地悦耳。

虞浅的左耳边是这样可爱的"鼓声"，程骁南凑到她右耳边，小声唱着："我遇见谁，会有怎样的对白，我爱的人，他在多远的未来，我听见风来自地铁和人海，我排着队，拿着爱的号码牌。"

少年的声音干净，他在虞浅回眸时放下可乐，拿起桌上的桌号牌子，晃一晃："奶茶是排到我了。"

他身后是喧闹的奶茶店，明亮的灯光晃得人有些目眩。

奶茶甜腻的香味里，有人叫了程骁南的名字："哟，南哥，约会呢？"

程骁南回眸，张扬地笑骂那人："别瞎说——"

太难不心动了。

对不对？

虞浅却假装没听懂他的言外之意，用马丁靴的鞋尖碰了碰他的腿："去拿奶茶吧。"

模拟访谈结束，公司这边实在是临时排不出什么能让虞浅留下的事情，程骁南只好和孙月一起，送虞浅回了酒店。

车是程骁南开的，回去路上，他抬眼从后视镜里偷瞄了虞浅好几眼，但虞浅始终静静看着窗外的夜色，神情平静。

程骁南觉得自己都说得挺直白了，但某当事人一点儿反应都没有，倒是旁边始终提心吊胆的孙月，看着反应都要比虞浅大。

虞浅回酒店后，孙月默默揪了一下程骁南的大衣袖子，满脸惊恐：“程总，完了，虞浅是不是发现我伙同你骗她了，刚才她下车，没和我说再见……”

“不会，没准儿是想她那个学霸哥哥呢，别乱猜，正常点。”程骁南十分不爽地说。

还说自己出过车祸失忆了，失忆了能记住青梅竹马的邻居哥哥，记不住曾经的朋友？

程骁南心情是真的不怎么好，更让他闹心的是，隔了没几天，他又在酒店大堂看见了韩初。

那天天气预报说安北市有强降温，韩初从酒店外面进来，眼镜上了霜，程骁南看见他时，他正站在门边擦眼镜。

程骁南也就没走，撇着嘴想要瞧瞧他又来干什么。

不过这次韩初没约虞浅下来，拎着个纸袋走到酒店前台，说是要把东西寄放在前台，给住在 6602 的虞小姐。

不亲手给了？

程骁南有些蔫坏地幸灾乐祸，哟，是不是吵架了？

等韩初走后，程骁南走到前台，和人家前台的工作人员沟通，说自己就住在 6603，是虞小姐的邻居，可以帮忙把东西带给她。

工作人员看着程骁南，一时间有些犹豫：“可是程总，这不合规定，住邻间的人很多，我们没办法证明您和虞小姐认识啊。”

“我和她不认识？”

程骁南这几天打击可太多了，气得都笑了：“你查查她房间的预订人和信用卡号，看看是不是程骁南？”

“稍等……是的，九月份的预定信息是您的名字。程总，那麻烦您把东西带给虞小姐吧。”

工作人员怕出乱子，特地叮嘱："一定要带到啊。"

程骁南接过袋子瞧了一眼："就一破围巾，我还能贪污了？"

程骁南敲响门时，虞浅正在屋里练瑜伽。

她这几天都有些回避他，就算去公司，也基本不去程骁南所在的楼层。

但人都来了，她也不能不让进。

程骁南拎了个纸袋进来，酸着说了一句："你那个贴心的发小哥哥给你送来厚围巾了，怕你冻着。"

虞浅没接："放门边吧。"

这么多年了，她已经不再脆弱，不需要借任何人的力，自己也足够从容，更不会像认识程骁南的那个秋天一样，总是不开心。

她把自己活得很规律。

每天早晨起来都会调试手表，工作空隙会在房间里做瑜伽，偶尔休息也会自己一个人出去喝一点儿小酒，抽烟但不过度沉迷，喝酒但从不酗酒。

也会在烦闷时去做个 SPA 或者美甲。

在酒店里摆放了属于自己的养生壶和陶瓷水杯，也有瑜伽垫子和黑胶唱片机，还有一个进口的高端按摩椅。

连彼得来时，都吐槽说："虞浅，你可真会享受。"

她最会自娱自乐。

好像再也没有人可以插入她生活的端口。

可程骁南靠着玄关，说的第二句话就是："我上次来就想说了，你觉不觉得你这屋，少个男主人？"

✦

十一月的最后三天，韩初几乎每天都来送一些东西。

他不会提前打电话告诉虞浅，只放在前台，纯白色的围巾、纯白色的手套，还有纯白色耳罩。

每次送来的东西都附一张手卡，用他那好学生的工整字体，写着"天冷，注意保暖"。

虞浅收到东西的第三天，拎出兔毛耳罩看了一眼，又放回袋子里。

她给韩初发了信息，说自己这边不缺保暖的用品，都没拆封，放在前台了，让他有空拿回去就行。

屏幕上方始终显示“对方正在输入”，但隔了很久，虞浅都没收到他的回复。

大概是晚上入睡前，韩初的信息才发过来，倒也没长篇大论，只说：“曲姨不在，我多关心你是应该的。”

虞浅没再回复。

她知道韩初在想什么，他是在犹豫。

可能是喜欢她的外表，但不喜欢她的经历和灵魂，本来想着追求她，但听说她可能和彼得有过不正当关系，开始退缩。

退缩之后，又不甘只是朋友。

小时候觉得韩初优秀从容，他书房那堆奖杯都比其他金属更亮一些，现在再看，可能是童年滤镜碎了，也不觉得韩初作为异性有多出彩。

不过韩初说的降温是真的，十一月的整个后半月都是在大风里度过的，气温降得飞快。

十二月一日，天气不算好，阴沉沉的。

虞浅有拍摄工作，孙月在拍摄基地安排，所以是程骁南开车载着虞浅一同去公司。

车里的电台放了首老歌，是小时候电视剧的主题曲。

虞浅很少有时间看，记忆最深的是有一个女人在桥上，额角带伤，身上的红色披肩纱随风摆动……

最后她有没有掉下去，虞浅已经不记得了。

她记忆里，那是一部挺热闹的剧，里面涉及的人物很多，每一次走马观花地看，好像都是一个新的故事。

但程骁南开着车唱起来，居然把这歌唱得很深情。

不知道是有意无意，他抬眸看了眼后视镜——虞浅没有坐副驾驶位，而是坐在车子后排。

她想起多年前在装潢简易的奶茶店，她也曾为他干净的歌声沦陷过。

在程骁南的哼唱声里，车子驶入 Eleven 大门，窗外不知道什么时候飘起雪花，星星点点，自阴沉的天空飘落。

孙月打来电话，语气欢快：“浅，你们到哪儿啦？我看见外面下雪了！希望下得大一点儿！突然觉得今天很浪漫啊！”

“进公司了。”

“好哇！那我等你！我先去给你买咖啡，雪顶咖啡好不好？感觉很应景！”

“好，谢谢。”

直到虞浅挂断电话，程骁南才把车子停下，边解开安全带，边回过头，看着她问：“晚上一起吃饭吗？”

虞浅目光里带了些疑惑看过去。

“初雪啊，听起来挺适合一起吃饭的。我知道有一家餐厅视野不错，如果晚饭时间雪没停，能看见长安街的夜景和灯光下的落雪。”

程骁南笑起来：“不过你要是不喜欢‘初雪’这个约饭理由，‘十二月第一天’这个理由怎么样？朋友圈不总有人发吗？新的一个月，请善待我。”

从那天他说完虞浅的房间缺个男主人之后，程骁南对她的态度就更直白了。他像是在告诉她，什么理由都可以，就是想和你一起吃个饭，但是否同意，决定权在你。

虞浅不讨厌这种感觉，但也不想直接答应，对于程骁南，她始终不明白自己的态度。

所以她说：“等我拍摄完再说吧。”

车子是停在摄影基地 E 区的，这边是做大场景的区域，虞浅拎着包下了车，没走几步，感觉身后有人跟上来，不禁回头：“你也过去？”

程骁南掂着手里的车钥匙，笑着：“据说今天场景铺得挺大，我去长长见识，顺便等一个晚餐的答案。”

这次拍摄的场景确实铺得很壮观，是用来做杂志封面的一组摄影。

摄影师说他的主题是“时空与浪漫”，室内布景一边是中古时期欧洲的华丽，一边是现代化的简洁，两种场景交叠之处，就是模特要站位取景的地方。

可能是受了窗外徐徐小雪的启发，摄影师在十几分钟前刚同公司协商过，紧急调过来一台小型的人工造雪机，放在欧洲风格布景这边。

雪花簌簌，在古典华丽的基础上更添了一层朦胧的美感。

本来这个封面应该是其他女模的工作，但摄影师上星期来 Eleven 看见过虞浅，当即决定换人。

和虞浅搭档的男模则是一位老人，在国内很有名，只不过年纪大了，已经七十多岁，不轻易接摄影，这次肯答应拍摄，也是因为摄影师同他熟悉。

虞浅换好衣服出来，摄影师助理从孙月手里拿过薄毛毯，帮虞浅披好，有些抱歉地说："虞浅老师，您可能要等一等了，这屋里冷，您先披着，同您合作的老师坐车过来的路上有些头晕，现在在休息室里，刚吃过药，您看您……"

虞浅摇头，表示自己不在意，后面也没有其他工作，可以等一等。

同时，她还有一些担忧。

合作的老师毕竟年纪大了，摄影棚里不到10℃，不知道那位老师的身体能不能吃得消。

有着同样担忧的人，还有摄影师，他紧锁着眉头想了想："那这样，虞浅，你也先去休息室休息一下，我找两个人来试一下动作感觉，争取一会儿张老师休息好，咱们快速拍完……"

话是这样说，但两个工作人员都不是想要的模特，根本试不出什么感觉。

顶多试出位置和光线。

虞浅脱下毛毯，递给孙月，同摄影师说："我来吧，再找一个男员工配合我。"

"那就辛苦你了，我看看现场有没有个子高的……"

摄影师抓着头发，目光满场搜寻，身旁突然有个声音："陆老师，您看我行吗？"

程骁南不知道什么时候过来的，就站在摄影师身旁，自我推荐。

摄影师眼睛亮了一下："行啊！程总，您要是能帮忙拟一下动作那就太好了，身高身形都合适，太棒了！你俩准备一下，就这里，程总你做我这样的动作。"

程骁南被安排在现代感布景的那一边，腿向前伸着，大咧咧地坐在地上。

最开始他还神色放松，往对面中古欧洲风格那边看了几眼，又看了看自己身后的高科技双开门大冰箱和现代化的高级餐台布景，玩笑着说："挺像穿越啊。”

“对，就是这个意思，你们现在是时空交错的恋人。”

摄影师对着虞浅招手：“虞浅，这边，坐在程总腿上，但别完全坐下，跪着，地上有冰碴，能行吗？需不需要人工皮隐形护膝？”

“不需要。”

“OK，开始吧。”

虞浅穿了一条露背的黑色长款连衣裙，面料是重工镂空刺绣，缀着仿真红宝石，奢华迷人，细腻的肌肤随着她的步伐在裙摆镂空中若隐若现。

程骁南突然偏开视线，有些紧张地舔了下唇。

等他重新回眸时，虞浅已经扶着他的肩，跪在地上。

显然她是在工作状态下的，面色平静，看都没看他一眼，当他是木头人，只扭身去问摄影师：“这样可以吗？”

“再靠近一些，虞浅，右侧裙摆撩起来一半，要把腿露出来。”

“这样？”虞浅撩着裙摆问。

“OK，等一下，程总，你把手搭着虞浅腰上。”

程骁南眼皮重重一跳，抬眸看向虞浅。

她在工作状态下完全百毒不侵，但程骁南不行，他觉得他一会儿结束后，很有必要去照一下镜子，看看自己的耳朵是不是不争气地红了。

“程总，手！搭虞浅腰上！”

虞浅穿的是大露背装，腰部没有布料，程骁南把手伸过去，有那么一点儿不自然，但也故作镇定地说了一句：“失礼了。”

这个姿势，虞浅比他高一些，垂着头看他，眼里有演绎出来的浓情。

但摄影师觉得不够，叫工作人员取来一座欧式做旧烛台，上面的五支白色蜡烛都燃着。

“虞浅，左手拿着烛台，有些沉，能坚持吗？”

“OK，就是这个状态，脸颊再靠近一点儿，能感觉到彼此呼吸的距离。”

“好，就这样。稍等，我试一下效果。”

烛光给这个不到10℃的屋子里增添了一丝暖意，也给虞浅冷白色的肌肤染了一层柔光。像加了滤镜的杏子，也像闻名于众的脂玉。

程骁南有点进不得退不得的感觉，他不能淡定地同深情款款的虞浅对视，只能趁摄影师调适相机时偏开目光。

但不动还好，现在他垂下视线，眼睁睁看着一滴蜡油顺着烛体滑落，滴在虞浅腿部肌肤上。

皮肤瞬间泛红，蜡泪凝结。

虞浅很敬业，几乎没动，只有睫毛轻扇，却像在程骁南脑海里纵了一把燎原大火，脑子里某些废料不受控制地爆炸开来……

他不着痕迹地吸气，转移自己的注意力："晚上要不要一起吃饭？想好没？"

说话间，某些燥感被压下去，程骁南松了口气，觉得虞浅今天就算拒绝他的晚饭，也没什么关系。

但虞浅不知道怎么想的，压低了声音，说："可以。"

程骁南紧绷着神经，尽量让手不那么紧贴她的腰。

脑子里飞快思索订饭店的事情，以压制情绪。

"虞浅，用手扶住程总脸侧，我看一下效果。"

他这边才恢复状态，虞浅又在摄影师的指导下，把冰凉的指尖贴在他脸上，偏偏在这时候，对他说："不出去，在我房间吃。"

虞浅这样说时，有一丝温热的气息，散在程骁南的耳边。

程骁南猛然抬眼，受位置影响，视线不偏不倚，正好落在虞浅微启的丹唇上。

不知道化妆师用了什么牌子的口红，细腻的磨砂质地膏体裹着她的唇珠，给几条浅淡的唇纹更增添了一丝性感。

这谁撑得住？

幸好，同虞浅合作的男模正好在这时候出来，摄影师叫停他们这边的试镜，起身去迎男模老师。

有工作人员帮虞浅拿走了手里的烛台，扶她起身，程骁南也站起来，看见虞浅撩起裙摆，若无其事地拂落腿上冷却的蜡泪。

那块皮肤是蜜桃色，程骁南眼睛像被蜇了似的，偏开头。

孙月抱着毛毯跑过来，帮虞浅披上。

有工作人员蹲在地上，擦拭掉欧式地板上冰化的水痕，正在往之前虞浅跪着的地方补撒冰碴。

其实她跪在冰碴上的膝盖皮肤比蜡泪烫到的地方更红，程骁南扫了一眼，有些心疼。

但这是虞浅的工作态度，他不好干预。

记得那时候他刚高考完，得到将近三个月的漫长假期，和他爸老程商量着，想去国外偷偷看一眼虞浅。

比起他的焦虑，坐在沙发上抽烟的老程显得漫不经心："去干什么？去告诉她，你高考结束了，成绩还没出来，只是自觉考得不错，然后呢？"

程骁南愣了很久。

他在那段时间成了真正的学霸，可是他跑去告诉虞浅，然后呢？

听她不走心地说一句，弟弟真棒？

第二天老程问他："还去不去国外了？"程骁南盯着电脑里搜出来的外文报道，咬牙说："不去了。"

他常能看到外媒写的那些关于虞浅的八卦报道，好像他喜欢的人总是流言缠身，而他能力不足，束手无策。

当天下午，程骁南去了老程的一个朋友家，在高考结束的暑假里，开始着手学习公司运营方面的知识。

像又进入了一个新的高考备战期，每天天未亮就起床，熬到夜里，有时困得趴在书桌上睡。隔天腰酸背痛地醒来，想起虞浅出国前决绝的那通电话，低头骂一句，然后继续努力。

他终于建立了 Eleven。

他想为他的玫瑰搭建一间"温室"，哪怕她已经坚强到可以独自面对风雨，肆意生长。

但起码他能在虞浅拍摄后，叫住正准备给她送雪顶咖啡的助理："我订了热咖啡，去拿。"

"雪顶咖啡不行吗？浅不爱喝雪顶？"孙月问。

程骁南"啧"了一声："这屋不到 10℃，喝雪顶，你想冻死她？"

"啊！对不起！我这就去拿热咖啡！对不起，程总！"

虞浅坐在休息椅上，膝盖从裙摆处露出来。

孙月看了眼虞浅的膝盖，十分忧心，她一边递出热咖啡一边问虞浅："为什么不用人工皮护膝那个看上去挺隐形的，拍摄时注意角度，应该不会露出破绽吧？"

虞浅摇头，接过咖啡抿了一口，驱散寒意：“护膝仿肤色倒是逼真，但不会有正常皮肤的反应。”

她跪上去，皮肤会呈现出正常的颜色变化——

用力的地方泛白，被低温刺激的地方泛红。

这种肤色上的变化会让拍摄出来的场景更逼真、更唯美。

而人工皮不会，那种不自然的人工皮肤褶皱，甚至需要靠后期电脑修图才能呈现出效果。这是从电脑修图技术尚不完善时就开始做童模的虞浅，对她这个职业的尊重。

不远处，同虞浅合作的男模已经开始准备拍摄。

七十多岁了，这位年迈的模特老师依然身形优越，气质也有种岁月打磨过的优雅，只不过因为身体原因，唇色泛白。

“您身体可以吗？要不要延迟一下，等明天再拍摄？”

那位老师摆摆手，说不用，反而主动要求摄影师，帮他补一下唇色，然后开始。

跟同样敬业的人合作，是件很愉快的事情。

拍摄场地没几把椅子，程骁南靠在一截道具桌上，看着虞浅同合作的老前辈握手，然后在摄影师的引导下摆出刚才的姿势。

可能是因为之前同程骁南“同流合污”地骗过一次虞浅，孙月总觉得他们程总很有醋坛子的潜质。于是暗自揣测，程总绝对会因为虞浅和异性接触而吃醋。

所以端咖啡过去时，孙月有些小心翼翼：“程总，您不会是吃醋了吧？”

这时同虞浅合作的男模已经把苍老的手搭在虞浅腰际，两人深情对视着。

程骁南目视他们，接过咖啡，拿掉盖子喝了两口才开口说道：“她是虞浅。”

“什么？”

“我说，她是虞浅，是值得尊重的、敬业的女模特。”

程骁南端着咖啡纸杯的手往虞浅他们的方向虚抬一瞬，嘴角挂了些笃定的笑：“她工作上的事，我没立场吃醋。”

孙月没听懂，还以为程骁南是说自己现在的身份没立场，下意识追问：“那要是你们在一起了呢？成为虞浅的男朋友，你会限制她吗？比如不让她和男性模特合作什么的？”

肯定会的吧，孙月想。

“天王老子也没资格和立场干涉她，她该是自由的。”

程骁南放下咖啡杯，看样子准备出去了，他走了几步，想起虞浅约他今晚去她房间共进晚餐的事情，又笑着回眸：“不过有一点。”

孙月还蒙着：“啊？”

“成为虞浅男朋友这句，还要借你吉言。”

室内的小型造雪机声音稍微有些吵，人造雪花带着冰感落在虞浅的眼睫处。她眨动眼睛，无意间看见不远处的程骁南，他放下咖啡，不知道在同补光灯遮挡住的谁在说什么。

他眉眼间满是笑意，意气风发。

结束拍摄，虞浅同合作的同事们告别，孙月和程骁南都等在外面。

孙月到底是活泼的小姑娘，看见虞浅出来，屁颠屁颠地跑过去，跟虞浅说：“辛苦啦，浅，膝盖还好吗？要不要买一点儿舒缓药膏？”

“不用。”

“那好吧，对了，我真的什么都不用带吗？要不要去买一套新的洗漱用品？酒店有提供的一次性洗漱用品，能用习惯吗？”

“能的，谢谢！”

孙月雀跃地蹦了一步：“大学时我室友她们订了像你住的那间一样的落地窗酒店，就为了看初雪，我也想去来着，不过没人邀请我……谢谢浅浅收留我，嘿嘿……爱你！”

两个姑娘聊着天，往前走着。

程骁南跟在后面眯着眼睛听了一会儿，越听越觉得不对劲儿。

被邀请去虞浅房间吃饭的不是他吗？

怎么好像孙月都不是吃饭了，是要住进去？

到电梯间时，他按下电梯，适时插了一句：“两位女士，方不方便告知一下，今天晚上什么安排？”

“我说想在虞浅的房间看一会儿初雪，但浅说我可以留下来睡一晚，反正酒店可以加床。”

孙月很快乐地显摆着：“浅的房间是整栋酒店里，看雪景视野最好的一间了！我也太幸福了吧！”

程骁南听完，盯着虞浅，意味深长地“哦”了一声。

虞浅没什么回应，高冷地迈进电梯。

直到坐进车里，孙月才后知后觉，问：“程总，晚上你也一起看雪景吗？”

开着车子的程骁南没回头，只说：“虞浅约我在她房间吃饭，那应该是一起吧。”

这话说的，总觉得能咂摸出一点儿憋屈的味道。

虞浅坐在后排，无声笑了笑。

安北市的雪没有东北的雪美，落地就会化掉，尤其市区内，很少遇见能停留在街道上或者屋顶的积雪，因为这场从下午持续到晚上的雪意，空气里泛起一些清新的潮湿。

晚饭叫了客房服务，热腾腾的餐食摆放在桌上，程骁南叫了一瓶红酒，把这顿饭钱记在了他的账单上。

这场初雪下得缠缠绵绵，一直未停，也算了了大家对它的期待。

从虞浅这间屋子的落地窗看出去，能看见梧桐里的整条街道，灯光下雪花纷纷，落地时无声融化。

孙月把鼻子贴在玻璃上，美滋滋地感叹：“像那种晃一晃就会下雪的水晶球一样，好美啊。”

程骁南帮虞浅斟了一些红酒，把高脚杯递过去时，忍不住叫她：“虞浅？”

虞浅回眸：“嗯？”

屋里开了地热，暖烘烘的。

这么近距离的对视，让程骁南想起下午在摄影棚里的情景——

那种拍摄用的衣服不讲究品质，只注重拍摄时的美感。

虞浅坐在他腿上时，几乎每一次动作，那种布料摩挲的声音都像是有一根羽毛，剐蹭着他的耳朵。

程骁南偏头清了清嗓子：“我怎么觉得，在摄影棚时你说的那句话，是故意的。”

“哪句？”

程骁南盯着她看了半晌，看她淡定地把红酒抿入口中，然后咽下。

真服了，他现在看她做什么都觉得勾人。

想拥她入怀。

想同她接吻。

程骁南，你要不要脸了？他在心里唾弃自己，也喝了一口红酒，沉闷地说：“算了。”

这顿晚饭气氛不错，但很快有服务生敲门，说是有放在酒店前台的东西，是虞浅的。

虞浅说，韩初先生没来拿？

服务生很客气，但也有些为难：“我们按照您给的电话联系过，韩先生说是您的东西，让我们给您送来……”

虞浅无意为难工作人员，接了纸袋，说自己联系就好。

然后拿了手机，独自到房间另一端的小阳台，关了阳台门，给韩初拨了电话。

阳台门算是隔音，虞浅站在外面说了什么程骁南完全听不到，只觉得她那个邻居家的哥哥阴魂不散，时不时就要冒出来给他添堵。

毕竟是虞浅的卧室，饭后程骁南没多停留，等服务生收走餐具，程骁南也跟着起身告别。

回房后他站在窗边，看着窗外的雪，想起多年前的寒假。

那天，他在大年夜里给虞浅打电话，想祝她新年快乐。

但虞浅那边安静得像上自习时的教室，还是有老师看着的那种。

他开玩笑地问她：“大过年的，不会是在家学习呢吧？”

虞浅声音里有浓重的睡意，像在补觉：“睡觉，干什么？”

程骁南那天也是心血来潮，端走了家里阿姨包好的饺子，还特地问了阿姨，哪一份是放了海参的。

他那时候驾照刚考完，车开得不怎么熟练，磕磕绊绊开到虞浅家，举着冻饺子说要给她煮年夜饭。

十指不沾阳春水的少年，他哪会煮饺子，第一个步骤就出错了，锅没拿住，水洒一身。

锅和勺子叮当落了一地。

狼狈时，虞浅出现在厨房门口，抱着手臂反讽他：“厉害。”

程骁南也有点难堪，准备把东西收起来，再拖个地。

目光搜寻拖把时，听见虞浅说："衣服脱了吧。"

同一时间，孙月窝进沙发里，敷着虞浅的面膜，好奇地问："浅，你不喜欢下雪吗？都没怎么看雪景呢。"

"还行。"

"我可喜欢下雪了，我家是东北的，一下雪我就想到家里、想到过年。我最喜欢过年了！除夕夜会放鞭炮，还会用腌制好的腊八醋配饺子吃。"

关于孙月说的那种热闹的年味，虞浅没什么记忆。

她倒是想起来，有那么一年除夕，曲莉雯没在安北市，她一个人在家，程骁南跑过来，说要给她煮饺子，结果打翻了锅，冷水洒了一身。

他就大大方方地站在厨房明亮的光线下，脱掉沾水的黑色衬衫，然后是休闲裤。

少年从不穿秋裤，宽肩窄腰，露出好看的人鱼线，问她："姐姐，还脱吗？"

这一夜的初雪唤起不少回忆，虞浅、程骁南，包括兴奋的孙月，三个人都没睡好，隔天上午九点多，在酒店的餐厅遇见。

程骁南来得还更晚一些，他端着餐盘过去时，孙月正拉着虞浅，想给她做个手机 App 里的小测试——

你认为你是什么样的人，请选择。

A. 活泼且有趣。

B. 活泼但无趣。

C. 安静但有趣。

D. 安静且无趣。

虞浅端着一份奶油蘑菇汤用汤匙喝着，听完几乎没有犹豫："D。"

也是在她话音落下的这一刻，程骁南把餐盘放在桌上。

虞浅和孙月坐了一张四人位的餐桌，她的水桶包和孙月的双肩背包占据了一张空椅子。

程骁南就坐在仅剩下的空椅子上，眉眼似有倦慵，揉了揉眼角："早。"

他落座后也不急着吃饭，就那么懒散地撑着下巴，听孙月不解地反问虞浅："选 D？安静且无趣？浅，我觉得你应该是 C 才对，你挺有趣的啊，而且还很酷……"

"很坚强，很美，很敬业。"

后面这仨是程骁南补充的，虞浅也因此看了他一眼。

但孙月表示极度认同，说虞浅就该是这样的。

测试问题都挺正经，其实是个桃花运小测试。

虞浅回答了几个问题后，最后得出的结论是，她"注孤生"。

孙月自测了一遍，也是"注孤生"。

为了验证测试的准确度，孙月给程骁南也测了一遍，得出了不同的结论，然后瞪大眼睛，说："程总，你是桃花不断啊，真的吗？"

程骁南放下筷子："你这测试太不准了。"

说这话时，他是看着虞浅的，有那么一点儿撇清的意思。

不过虞浅没理他，她接了个电话，先一步吃完早餐，和程骁南、孙月告别。

说是自己先下去解决点事情，然后去公司。

孙月说要等她，然后送她，程骁南懒洋洋地加了一句："我也一起，顺路。"

虞浅点头，让他们慢慢吃，解决完打电话给孙月。

等虞浅下楼，孙月一脸神秘，举起一只手，压低声音："程总，我有重要事情汇报！来找虞浅的人是韩初！浅小时候邻居家的哥哥！"

昨晚程骁南走后，韩初一直发信息过来。

孙月本来在和虞浅聊天，但她的手机总在振动，孙月不得不停下对话，提醒虞浅，说她手机在振。

虞浅起初是没看的，后来和孙月一起敷面膜时，才点开语音。

她没刻意回避孙月，每一条都是公放，所以孙月也听到了一些。

起因好像是韩初给虞浅送了东西，但虞浅不收，还告诉他以后不用送了。

可能还说了和他并没有熟悉到经常送礼的地步。

孙月眉间纠结着情绪，有些愤慨："我总觉得虞浅那个邻居家的哥哥怪怪的，他一会儿说自己是在替浅的妈妈照顾她，一会儿又说浅的妈妈之前对他很好，他也该多关心浅。浅都说不用麻烦了，他还说什么十二月初这几天都有阵雪，让浅出门多穿衣服。切，用他关心，我这个助理是吃白饭的吗？再说了，又不是没有天气预报，他瞎操什么心！”

程骁南确实烦那个韩初，但对于其他对虞浅表露关怀的人，他不好评价。

因此他没说话，只是安静地吃着三明治。

“我觉得他绝对是喜欢浅的。”孙月拧着眉头说，“可是如果他也是浅的追求者，程总，我还是站你。”

女孩子对这些事情总有些敏感，哪怕孙月不知道其中缘由，单听了几条语音，也总有直觉。

好像那个叫韩初的男人，声音语气虽然温柔，却对喜欢虞浅这件事，犹犹豫豫、瞻前顾后。他连承认自己的喜欢都不敢，送东西只敢借着长辈的名义叫人觉得，他好像在对比，在观望。

相较起来，孙月觉得程骁南对虞浅的好感更落落大方，且光明磊落。

孙月暗暗支持起自家老板，还大着胆子怂恿：“程总，您不去楼下看看情况？”

程骁南无意多谈其他男人，只气定神闲地说：“你虞浅老师称这次会面为‘解决事情’，没什么可担心的。”

和老板坐在一起确实没有特别多可聊的话题，安静着好像也有点尴尬。孙月只好又把话题转回刚才的测试，说虞浅如果不选“安静且无趣”，结果肯定是不一样的。

尽管昨晚在聊天的过程中，几乎都是孙月在说话，虞浅安静地听着，偶尔给予回应，但孙月不觉得虞浅是个无趣的人。

她总是给人一种清冷的感觉，可她并不无聊。

在孙月眼里，虞浅是酷，酷得让人崇拜。

“程总，您以前就认识浅，那她以前也是这样的性格吗？”

“和现在差不多。”

他认识她时，她已经经历过那些不快乐了。

她的职业和经历，注定做不了情绪太敏感或者太外露的人，想要走下去，只能自己坚强起来且不动声色。

不是所有人都能在那些谣言和诋毁中一直强大下去的，但虞浅做到了。

本来虞浅还没打来电话，孙月吃饱饭，百无聊赖，还想等着厨房把新一炉鳗鱼烤出来，再吃一小块的，但程骁南看了眼手表，起身，已经准备要走了。

“浅不是说，会打电话给我吗？”

程骁南没说话，只指了指椅子上的双肩包，让孙月别忘记拿。

他心说：“十五分钟了，和那种男人有什么可聊的。”

下楼时正好遇见虞浅拿了手机准备给孙月打电话，程骁南往大堂扫了一眼，倒是没见到韩初的身影。

到公司，程骁南回到会议室，沈深正躲在会议室里打游戏。

见到程骁南，沈深眼睛还盯在游戏上，但说话已经带了调侃的语调：“南哥，昨天晚上怎么样啊？”

昨天沈深和季苒给程骁南发信息，约他一起吃晚饭，但程骁南拒绝了。沈深连着发了好几条过去，他南哥就给回了一句：

已有约，在虞浅房间吃。

沈深的游戏开着语音，自己没开麦，但队友乱哄哄的沟通充斥在会议室里。

程骁南没什么表情：“声音关掉，吵。”

没几分钟，沈深骂了一句，游戏输了。

他干脆关了游戏来找程骁南聊天：“你俩挺浪漫啊，还在初雪的日子一起吃烛光晚餐了？”

“不是我们两个，是三个。”

“啥意思？你还带了个电灯泡？”

程骁南有那么一点儿无奈：“孙月，人家两个姑娘约了一起看雪，只是捎带着叫了我。”

“不是，你俩到底到哪一步了？”

程骁南不乐意聊这些，糟心地挥挥手：“下午陪我洗车去？”

“行啊，去呗。”

下午从公司出去之前，程骁南还真看见了虞浅。

她日常偏爱两种打扮：要么很性感，穿连衣裙；要么很酷，阔腿长裤和长款大衣。

而且她偏爱冷杏色，衣服或者包，总有这个色系出现。

今儿她穿得就是又酷又飒。

程骁南看见她时，她正坐在公司外景区，手肘搭在膝上，躬着背，正在和一个送咖啡的弟弟对话。

程骁南的车子就停在外景区正对面的停车位里，距离不远，也就五六米。沈深下车找工作人员要材料去了，程骁南摇下车窗，正好听见虞浅问那个送咖啡的弟弟，是哪个店的咖啡。

那弟弟穿着咖啡店的侍者服装，长得挺白净，一脸乖相。

他扯着胸前的工作牌给虞浅看，说他们是一家连锁店，安北市开了不少呢，梧桐里这边是新店，因为和 Eleven 有合作，这边的员工订咖啡可以打八五折，还能免费送过来。

咖啡估摸是孙月订的，那位弟弟把咖啡递过去，虞浅按灭手里的烟，丢进垃圾桶里，接过咖啡。

顿了一会儿，她忽然问："是不是学院路那边有一家？"

送咖啡的弟弟愣了愣，才说："那可能是最早的总店，不过已经搬迁好几年了，我也是开员工培训会时听说的。"

沈深回到车上，发现程骁南闭着眼睛，像在假寐。

一直到洗车店，程骁南都没怎么说话，看上去情绪有些不爽。

确实是不爽。

程骁南也是过了半天才反应过来，怎么虞浅说自己车祸失忆，能记住小时候邻居家的学霸哥哥，还能记住学院路以前的那家咖啡厅，就单单把他忘了。

这可能吗？

如果没忘，她为什么要装作忘记？

面对别人都行，就不愿意面对他，为什么？

程骁南正想着，洗车的工作人员叫了沈深一声："您车里的东西都是需要清理掉的，对吗？"

沈深问："什么东西？"

"有一个，呃，旧打火机。"

"什么打火机？"

沈深不解地回头，用胯骨拱了一下坐在椅子上皱眉愣神的程骁南：“南哥，你车里有打火机，人问你还要不要呢。你不是不抽烟吗？哪儿来的打火机？”

程骁南也有一点儿意外。

他的车不坐别人，最近只有沈深、孙月和虞浅坐过。

沈深的打火机是季苒买的限量款，他像供奉宝贝似的供着，不敢到处乱放，就差拴绳挂脖子上了，不可能是他的。

孙月又不抽烟。

是虞浅的？

程骁南冲着工作人员招了招手：“拿过来吧，可能是朋友的。”

这家汽车保养店程骁南常来，和工作人员也熟悉，工作人员返回车里拿出打火机往程骁南这边走，边走边说：“幸亏我多嘴问了一句，要不差点给你丢了，我看着都没气了。”

打火机落入程骁南掌心，那个工作人员还在同他说话：“哥，这种打火机最好别放车里，挺危险的，天热容易爆炸，车里有点烟器，就别用打火机了。”

程骁南没回应，因为手心里放着的打火机，看起来很老旧，像是校门口小商店里卖的那种廉价的打火机——透明塑料款，里面以前的气体可能是蓝色，但现在没气了，只有一点儿蓝色的痕迹藏匿在塑料感的缝隙里。

上面粘贴的标签翘起一边，被磨碎了字样。

打火装置简单极了，上学时候还有男生把这个黑色的小装置拆出来，顽劣地用来电同学，互相整蛊。

但程骁南在看的，不是这个打火机的年代感，而是这只打火机，他眼熟。他想起他生日时，虞浅开着跑车在附中学校后墙外等他。

副驾驶位置上放了一款生日蛋糕，深蓝色的蛋糕盒子，透明盖子，里面用巧克力奶油造型了几朵棕色玫瑰，看着很普通的款式。

虞浅见他翻墙出来，摸了摸口袋，忽然皱眉，似有些懊恼。

程骁南就摸出早准备好的打火机，玩笑着说：“姐姐，怎么回事儿啊？还不如我一个男的心细，蜡烛我自己点了，要不要给我自己来首生日歌？”

他当时准备的打火机，就是在校门口小商店买的。

塑料的，蓝色气体，店主说是防风款，收了他两块钱。

放在裤兜里，有时候手欠，指甲随便剐蹭几下，上面的标签就翘起一边。

就这种破打火机，虞浅留了七年，她怎么可能不记得他？

工作后，虞浅回酒店房间换了睡衣，天阴沉沉的，感觉又要下雪，她也跟着犯懒，不想去餐厅吃，准备叫餐在屋里吃。

刚冲过澡，吹干头发，虞浅突然想起前些天被孙月从床头抽屉里翻出来的打火机，当时她好像随手丢在水桶包里了，但今天换包时，并没看见过打火机的影子……

虞浅的包都挂在玄关，过去翻找一番，确实没找到。

这打火机留了挺多年，当时出国没带出去，一直放在老房子里，也是回国后，才拿过来。没想到这么快就搞丢了。

有那么一点儿心烦，虞浅眉心刚刚拢起来，就听到有人敲门。

仍然是三声轻叩。

她知道是谁，直接拉开门。

程骁南站在门边，说不上是什么神色："问你个问题。"

他哪来这么多问题？

"问。"

程骁南从大衣口袋里摸出一样东西，递到她面前："你真的，不记得我吗？"

他手里躺着的，就是她刚才在找的那支旧打火机。

有那么一瞬，虞浅感觉自己的心脏都跳重了一下。

但她面不改色，只说："怎么在你这儿……"

话音未落，程骁南进门，把她堵在玄关，迅速钳了她的手腕，按在她头顶。

他目光深沉，凑过来，却在唇即将触碰到她之前，松开了她的手。

他像以前那样叫她："姐姐，我现在要吻你，不按你的手，如果你觉得不行，推开我或者扇我一巴掌，都可以。"

说完，他偏头，闭上眼，吻下去。

第五章 我来爱你

程骁南的手落在虞浅肩上，准确吻到她的唇。

他心底有一种冲动，想要加深这个吻。

想要紧密拥抱。

想要抚摸。

想要更多更多。

但他忽地偏开头，在他停下来时，虞浅把手按在他大衣的布料上，做了个力道很轻的推开动作：“你青春期还没过？还那么冲动？”

“那怎么办？看见你，青春期就过不去。”

程骁南笑一笑，露出乖巧的酒窝：“在你面前，冲动永在。”

如果程骁南能不那么激动，他一定能听出来，虞浅的声音是不稳的。

但他实在难以抑制心里的澎湃，从洗车店发现那支破旧的打火机开始，他已经没办法冷静了。

程骁南了解虞浅，她是个要面子的女人。

当年开跑车时，都会因为软顶敞篷放下来不好看，宁可淋雨，也不放下软顶。

很多模特都是穿着便服，素颜去片场的，但虞浅出门，她会搭配好衣服和鞋子，头发散发着香味，妆容永远精致。

虞浅这样的人，永远和时尚挂钩，如果没有特殊原因，断然不会把那样一个没气的、看上去破旧又廉价的打火机留在身边。

有那么一种可能，程骁南自己都有些不信——虞浅也许真的，或多或少，是对他有好感的，无论过去还是现在。

尽管他在这七年间早已经做好了准备，有可能在他还在努力的某一年中，虞浅已经遇到合适的人，并步入了婚姻殿堂，也有可能，虞浅真的和彼得快乐地生活在一起，还有属于他们的孩子。

可能他的所有努力都不会有结果，但真的得到回应的这一刻，程骁南欣喜若狂。

他站在虞浅房间的玄关处，和抱着臂的虞浅对视，忍不住问她："德国的斯坦福？车祸失忆？"

虞浅面色如常，沉吟片刻才开口："车祸是真的，程度没那么重，只损失了一点儿钱财。"

程骁南皱了下眉："人没事儿？"

"没事儿。"

其实他还想留下来说些什么的，但又觉得刚才的吻已经有些唐突。

毕竟分开太多年，他舔了舔唇，突然不知道该说些什么。

虞浅没失忆，这么多天来他的所做作为她应该都懂，他已经很明白地在告诉她，他喜欢她。

但虞浅始终没有回应。

程骁南开始思量，她到底是因为什么事情有所顾虑。

两人都沉默着，程骁南看了眼窗外已经开始飘雪的天色，试探着问："要不，你先休息？明天抽个时间，我们再好好聊一下？"

虞浅伸出手："打火机。"

"不能给你。"

塑料打火机被程骁南在掌心掂了两下，他笑着说："这是我的底气，就不还给你了。"

"什么底气？"

程骁南指了指自己的唇："行为唐突了，怕你打我，攥着这个打火机还能有点心理安慰，觉得你没忘记我。"

他是有点小骄傲的，顺口嘚瑟了一句："你留着这玩意儿干什么？都没气了，睹物思人吗？我人就站这儿呢，随便你看。"

虞浅好像想说什么，卧室里传来"嗡嗡"的振动声，程骁南怕被怼，赶紧指了指她身后的方向："你接电话吧，我不在这儿碍眼了。"

但他走出去没两步，也接到了电话。

公司管理部的同事语气焦急地同他说：“程总，公司有一位短期合作的女模，把A区拍摄基地的休息室破坏了，里面写的都是对另一位女模的诋毁……”

程骁南转头看了眼还在接电话的虞浅，突然有种不好的预感：“她诋毁的是谁？”

“是虞浅老师。”

虞浅接完电话，程骁南就靠在她卧室门口，问她：“是孙月打来的？她和你说了？”

“嗯。”

“我也接到电话了，准备去公司那边一趟，你和我一起吗？”

虞浅点头：“可以。”

但说完，她只是看着程骁南，没动。

程骁南等了几秒，以目光询问，怎么了？不是要去公司吗？

虞浅抬起手，手背向外，挥了挥：“我需要换衣服。”

程骁南带着虞浅，开车回到公司。

车子停在摄影基地A区的地下车库，两人乘坐电梯到休息室所在的楼层。

刚迈出电梯门，已经听见孙月在同什么人争吵。

一听就是没怎么吵过架的人，没一句话说在点子上，但为了吓住对方，尽可能地把嗓音喊到了最大。

“孙月。”

已经情绪激动到吵红脸的孙月，听见虞浅的叫声，才压下气回头，正好看见程骁南和虞浅。

可能因为身高差距，孙月先看见程骁南高大的身影，然后才看到虞浅在他身后。

有那么一瞬，孙月所有的愤怒都偃旗息鼓，鼻子瞬间感到酸楚。

她觉得，虞浅就是该有这么一个人，挡在她面前。挡在所有因嫉妒而起的谩骂前。挡在所有恶意的谣言前。

休息室里用口红写了很多字，墙上、桌子上，甚至椅子上都有，尽管口红色号不同，但都是红色调，让休息室看起来像个凶杀现场。

还有打印出来的虞浅的照片，被泼了不知道什么成分的红色液体，照片上的美貌，被那些像血液的液体浸泡。

对方经纪人还在狡辩，说一定是事出有因。

孙月气得差点冲过去揪她的头发，但被程骁南拦在身后。

他用下巴指了指吸烟室，没理那位模特和她的经纪人，只和 Eleven 的经理说："那边解决，关门，别吵我们。"

孙月踮脚想要去遮住虞浅的眼睛："浅，你别看。"

程骁南挡在两个姑娘面前，把那些鲜红色的字一行行默读完。

无非是虞浅在国外时的传闻，用词更龌龊一些。

虞浅倒是对这个场景没什么特别的反应，看了一会儿，淡淡开口："像恐怖片布景，做得不错。"

孙月扭头抹了抹眼泪，她刚看见的时候都吓了好大一跳，但虞浅看上去很平静，像早已经知道一样，甚至在隔着玻璃看到那个女模时，还了然地点点头，说自己和那位女模打过交道。

孙月很生气，下意识想要找自己老板为虞浅讨公道。

本来这些天，私下和程骁南接触多了，孙月早都忘了程总冷着脸是什么样了，冷不丁回头看见程骁南的表情，她吓了一跳。

他眉眼间都是冷淡，嘴唇紧抿着，但他转身过来和虞浅说话时，又是平时那种眉眼带笑的模样。

程骁南把虞浅和孙月带到一间化妆室，说他去了解一下情况，然后她们再过去。

没过一会儿，有工作人员敲门进来，说是程总让人送了咖啡和饼干过来。

虞浅自始至终都没说什么，甚至安慰了孙月几句。

过了不到二十分钟，又有工作人员来敲门，送来了两份晚餐，也说是程总定的，外卖袋子上写着备注，特地叮嘱了商家要少盐、清淡。

程骁南站在休息室旁边的吸烟室里，听着那个破坏休息室的女模和她的经纪人在同负责解决这件事的部门经理对话。

"我很早就认识虞浅，破坏休息室是我不对，但她用手段抢了我的工作，我觉得我应该……"

经理打断她："你指的被抢的工作是什么？"

“封面拍摄，下一期的封面本来应该是我的，但摄影师团队临时换人，一定是她在其中做了手脚。

“她在国外时就是这样，仗着自己是著名服装设计师的情妇为所欲为。

“我有一个‘火与硫磺’主题的摄影，就是这样被她抢走的，最好笑的是，她胳膊都骨折了，还要占着这个位置不走。

“你们不知道她的为人，我是知道的，这个工作也许是什么龌龊手段换来的也说不定……”

玩着塑料打火机的程骁南忽然抬眼，冷冷地看过去：“三年前，把虞浅推下楼梯的人，是你吧。”

那位女模似乎吓了一跳，条件反射地站起来：“你说什么呢！我没有推她，是她自己摔的！”

那件事的始末，程骁南是知道的。

虞浅在三年前接到一位非常有名的摄影师邀约，拍摄一组国外数一数二的杂志照片。照片主题很特别，“火与硫磺”，出自《圣经》故事，被外国人用来引申表达地狱或者上帝的愤怒。

这组照片是战争题材，也是虞浅在国外的七年里，最出名的一组照片。

甚至有些著名的摄影师，不知道虞浅的名字，但说起“火与硫磺”那组照片，也称赞里面短发的女模很美。

那组照片里，她的手臂是打着石膏的，是在拍摄的前一个星期，右臂骨折了。

这个消息是老程听说了告诉程骁南的，后来，他还告诉程骁南，她的胳膊受伤很可能不是意外，而是有人刻意为之。

但虞浅没有停止拍摄工作。

骨折第二天，外媒拍到她化着精致的妆容出门，石膏护臂外面用一款价值过万的丝巾托着系在脖子上。

很美。

程骁南听说这件事后，闷头熬了整整一个星期的夜，用于完善Eleven。

Eleven 负责调查这件事的经理和程骁南商量，把这件事报给警方，他们已经拍照了，而且也有监控做证据。

程骁南点头，算是同意了这个解决方案。

经理正准备送程骁南离开，听见他说这件事出结果后挂在公司官网首页，Eleven 不会和这样的模特再合作。

事情解决，虞浅和程骁南回到酒店。

电梯里，程骁南忽然问："你胳膊骨折那件事，是因为那个女模吗？"

可能是没想到程骁南会知道这些内情，虞浅愣了一瞬："是。"

程骁南没再说话，只在电梯到达楼层后，和虞浅并肩走在走廊里，他忽然沉着声音开口："姐姐。"

这个称呼虞浅太熟悉了，下意识偏头，看向程骁南。

"你的所有精力都用在坚强上了，好像没什么精力去爱别人。"

"是没有，知道就撤一撤。"

这是他们第一次这么直白地谈论这件事，虞浅只觉得心情并不畅快。

某些心事被发现的难以应对和给她使绊子的前同事，说不上哪一件事更令人不愉快一些，她的情绪无处发泄，也不想在这样不愉快的夜晚谈情说爱。

但那句话出口后，她确实有些后悔。

话说重了。

好像面对程骁南她总是这样——没办法完全冷静，也没办法完全收敛自己的脾气。

但程骁南用胳膊碰一碰虞浅，又好像回到了七年前和她相处的日子，他轻松地笑着："你没有精力我有啊，我来爱你，行不行？"

隔天早餐，孙月跑来酒店餐厅。

她找到虞浅时，虞浅正在安静地喝着一份松茸汤，她和平时没什么两样，就连坐的位置都是一样的，靠窗，安静的角落，妆容依然精致。

显然不像是刚经历过被同行恶意辱骂的人。

孙月状态倒是比虞浅差很多，她昨天才同那个女模的经纪人吵过架，又哭过，嗓子是哑的，眼睛也浮肿。

尤其是昨天晚上回去后，孙月还是气得睡不着，干脆坐起来去外网查了关于虞浅的报道。

可能因为年头多了，能查到的并不多，但几乎只要找到关于虞浅的消息，总有人在下面科普那些没有事实根据的八卦，连那组最出名的照片下面，都有人胡说八道。

她的美丽总是饱受争议，而很多人更愿意看到的，居然是不符实情的绯闻。

最让孙月难以想象的是，那些网友里，女性比例竟然还不低。

女人对女人到底哪来的那么大恶意？

深更半夜，孙月感觉自己气得快要直接心肌梗死了。

一早起来，她按捺不住，给程骁南打了电话，她以为，出了这样的事情，程总一定会寸步不离地守在虞浅身边，但早晨程骁南接了电话，居然说自己在取快递？

孙月当时可能是脑子抽了，居然对自己的老板发出了质问：“程总，您不陪陪浅吗？”

电话里程骁南好像笑了。

他说：“任何一个思慕她美貌的男人都会愿意陪她吃一顿早餐，给她端茶倒水，添汤夹菜，殷勤至极。但以虞浅的性格，她显然会觉得那是一种打扰。所以在没确定自己是虞浅希望的人之前，我不想那样打扰她。”

有时候孙月觉得，程骁南的喜欢真的够克制，他的爱意从来没有死缠烂打，是一种让人舒服的好感。

所以孙月在电话里踌躇地问他：“那程总，我本来想去陪浅吃个早饭的，您说，她会嫌我烦、嫌我话多吗？”

程骁南以一种带着醋味的语调说：“去吧，你虞浅老师挺喜欢你的，都愿意让你在她房间留宿呢。”

陪虞浅吃饭时，孙月揉了揉浮肿的眼睛，仔细观察虞浅。

她看着淡定，却又好像有些心不在焉，喝汤的动作不似以往那么从容，有时汤匙放进汤里，半天才舀起一勺。

孙月以为昨天的事情多多少少还是会给虞浅带来些影响，毕竟那间休息室里肮脏的言语，害得她今天凌晨在噩梦里惊醒，就更别说虞浅这个当事人了。

孙月不安地开口：“浅，其实……昨天我不应该给你打电话的，我当时气蒙了，应该直接联系上层领导。你过不过去都没什么关系，最后都是报警解决，也不需要你出面，让你看到那么不好的场景，真的很抱歉……”

孙月的嗓子还有些哑，虞浅这才反应过来，放下汤勺和孙月道谢。

她说昨天听到她和对面模特的经纪人吵架，很感谢她的维护。

“啊？”

孙月身体后倾，连连摆手：“不用感谢我啊，我就只是……光喊得声音大，实际上什么忙也没帮上的，最后还是公司出面解决的问题。所以你也不要为昨天的事情难过，警方已经介入了，那个坏人会得到惩罚的！”

“没有难过。”

“但你看起来，嗯……我总觉得，你看起来，心神不宁的。”

虞浅把玩着一颗还没吃的枇杷，随口说：“有那么明显？”

“感觉你有心事，浅，你要是不开心，我可以请假陪你的，我今年的年假还没有休呢！我知道有个清吧，离梧桐里不远，今天你又没工作，需要我陪你去坐坐吗？”

“谢谢，不过不用了，真的不是因为昨天的事情。”

虞浅很淡地笑了一下：“昨天那种，并不值得我在睡了一夜之后仍为它费神。”

“那你……”

“你有感情经验吗？”虞浅突然问。

孙月瞪大眼睛：“……感情经验？大学和游戏上的网友暧昧算吗？”

虞浅垂下视线，脸上漾起笑容，边笑边说：“算。”

孙月看得呆了些，虞浅真的很美，但她除了拍摄时，表情总是那么平静。

原来她真心笑起来，眼里也是有温情的。

虞浅今天穿了件墨绿色的连衣裙，白色大衣搭在椅背上，姿态闲适地靠在椅子里。

她手里那颗枇杷，居然被她顶在食指指尖上短暂地转了几圈，又复落回她的掌心。

像初中、高中的男生们把篮球转起来那样。

孙月试探着问：“你该不会是想要问我感情上的问题吧？”

虞浅轻挑眉梢，算是回应。

其实她自己都没留意到，说这些时，她尽管思绪是乱的，但情绪还算快乐。这样轻快的心情让她看上去更美，像餐桌上水晶花盆里的水生植物，柔媚又迷人。

有那么一瞬，孙月忽然灵光闪现，她觉得她应该趁这时候，为程总说些什么。

孙月想起昨晚，在事情解决之后，她先一步从化妆间出来，正好和被警方带走的女模在走廊里相遇。之前听虞浅说过她和那个女模认识，所以当时孙月下意识想要往回跑，想拦着虞浅，怕虞浅看见她会徒增不愉快，转身时却看见程骁南已经拦在化妆间门口，他状似不经意地和虞浅说着话，用身形挡住了这边。

他笑着问："晚饭还可口吗？也没给我留点，很无情嘛。"

孙月当时被感动得差点鼻子一酸又哭出来。

程总对虞浅的温柔，总在不经意间。

后来下楼取车时，孙月有那么一点儿丧气，对程骁南说："程总，我觉得我照顾虞浅不够细致，还没您想到得多，我是不是不配当浅的助理？"

程骁南就轻描淡写地笑一声："你够细致了，别和我比。"

后来回家孙月才反应过来，他那句话的意思是，他对虞浅，会比任何人对虞浅都更加细致。

所以孙月鼓起勇气，把椅子拉得和虞浅近了些，她扯了扯虞浅的衣袖，环视四周，然后压低声音，神神秘秘地说："浅，虽然我也没正经谈过恋爱，但我觉得，如果你是在那个总来送围巾帽子的朋友和程总之间挑的话，我支持你选程总。"

虞浅否认了孙月的假想。

孙月吓了一跳，还以为虞浅是有其他欣赏的异性。

好在虞浅摇摇头，说："和韩初没关系。"

那就是和程骁南有关系了？

孙月安静了一会儿，兴奋又认真地开口："浅，如果是程总的话，我觉得他真的是个好的选择。"

"为什么？"

"为什么……我也不知道怎么和你说，就说说我印象里的程总吧。"

那时候孙月才毕业，简历投到 Eleven。

面试时几个面试官对她兴趣都不大，在等候区她听见很多面试的人出来说面试官问了不少问题，但对她，只问了一点儿基本信息。

本来以为这次面试无望了，她没等结果，便提前离开，但 Eleven 公司极大，孙月他们面试的地方比较偏，她想去电梯间，又有些迷路。

那天孙月正好遇见程骁南在走廊里接电话，她想要去问一下电梯间怎么走，还没等开口，程骁南可能是感觉到了身后有人，没回头，只说“咖啡就好，谢谢”。

因为性格问题，孙月不会拒绝人，踌躇几秒，只能硬着头皮找到茶水间，顶着陌生目光冲了一杯速溶咖啡。

再端回去时，程骁南已经端了陶瓷杯，在喝着咖啡了。

他看向孙月时似有惊讶，但面对孙月的窘迫，还是先开口说：“抱歉，刚才以为你是我们的工作人员。”

孙月端着咖啡猛摇头，不知道说什么，几乎哭出来。

程骁南的目光在孙月手上扫了一圈，她不止冲了黑咖啡，还拿了奶精和方糖、搅拌棒和纸巾。

像是给她的难为情解围：“来面试吗？面试应该还没结束，这是准备回去了？我们公司是否有什么令您不满意的？”

孙月不记得自己一连说了多少个“没有”，也说自己觉得面试肯定没戏了，但程骁南说：“刚毕业的学生看不出到底有没有潜力，我看你端咖啡过来的样子，挺像 Eleven 的员工。”

他说，如果她愿意，可以留下来实习，前三个月工资是正式员工薪资的一半，转正后待遇会好一些。

那是孙月面试的公司里，唯一一个态度没有高高在上的人。

程骁南态度和善地同她说：“Eleven 期待您的加入。”

转正后，其他助理都已经有了合作的模特，只有她没有。

孙月是有些焦虑的，但九月份，在公司遇见程骁南，他说：“有位老师一定会喜欢你，不过她名气有点大，未免别人说闲话，你可能需要再努力一点儿？能做到吗？”

后来孙月才知道，程骁南说的人，是业界很有名气的虞浅。

孙月说：“浅，我有种感觉，程总应该是从我入职那时候起，就已经在为你准备助理了。

“虽然我没有程总那么细致，但我在一众助理的考核里，也是几次都得了第一名的。”

说这话时，孙月可能觉得自己是在自吹自擂，脸一下就红了。

虞浅笑着：“你值得第一。”

感情上的事，虞浅明白，自己确实怯懦。

她妈曲莉雯去世前，她才知道关于自己生父的事情。听闻，那块被曲莉雯每天擦拭的手表，确实是生父送给曲莉雯的，当时他骗她说，自己是海员，不得已必须要离去。

他们相爱的时间也只有短短一个月，甚至也可能，连那一个月都是谎言。

曲莉雯却等了一生。

她是严苛虚荣的母亲，却也是痴情的爱人。

虞浅出国后，曲莉雯阴差阳错得知虞浅的生父并不是海员，只是富有人家的花花公子后，她连日胸口绞痛，才发现了癌症。

但她仍然叮嘱虞浅，等她去世，把骨灰撒进海里。

就好像她等了一生的男人，真的是一位海员一样。

有时候虞浅甚至不能相信，曲莉雯在爱情里会是那样一个卑微、痴傻的角色。

虞浅从小看着曲莉雯代表她和广告公司谈合同，用尽手段抬价，拉拢人脉，精明得不能再精明，她居然会用一生去相信一个拙劣的谎言？

虞浅不喜欢这种失控感。

所以面对程骁南，面对一份感情，她都显得被动得要命。

孙月说的她都懂，她比孙月更能感受到程骁南的真诚，可是真的要选择开始一段感情吗？

她会变得像她妈一样吗？会在爱情里作茧自缚吗？

早饭后，孙月去公司上班，虞浅从电梯迈出来，正好旁边的电梯厢门也打开，程骁南拎着个纸袋从里面走出来。

他昨晚问她，她如果没有精力去爱，他来爱她行不行。

那段话虞浅没有回复，只是略显仓皇地用房卡刷开了房间门，导致那段对话后来不了了之。

冷不丁见面，虞浅没什么可说的，只淡淡打了个招呼。

走廊里匆匆跑来一位客人，可能是赶时间，冲进电梯时撞到了程骁南手里的纸袋，闭合的电梯门夹断了那位客人的“抱歉”。

纸袋落地，各色的乐高散落在电梯间的瓷砖地板上。

虞浅诧异于程骁南居然喜欢乐高，却听他说：“别光看着，好歹帮个忙啊。”

他看上去很在意那些一块块的小东西，认认真真捡起来，目光巡视着周围有没有遗落。

虞浅捡起一些，放在手掌心，递给他，抬眸间正好撞进程骁南的目光里。

她皱了皱眉：“接着。”

“姐姐，你不用这么紧张，我又不是逼你一定要和我在一起，我来爱你，你选择接不接受，主动权明明在你。”

“我没紧张。”

“那你昨晚跑什么？我话都没说完，你就关门进屋了，那会儿可才九点多，你就那么困？”

“嗯，乏了。”虞浅面不改色地说。

程骁南把乐高放回袋子里，目光又巡视一圈地面：“你别纠结了，不在一起也没事儿，我也会是你的盟友，陪你往你想去的地方前行，所以你也不用非要答复我什么……”

他说的盟友是真的。

虞浅入职 Eleven 之后有过深切的体会，这家公司是她合作过的所有公司里，最让她舒心的。

虞浅想起那年冬天，程骁南穿着黑色羽绒服走在她身边，似是不经意地用胳膊肘碰了碰她，问：“哎，姐姐，我怎么没听你说过你喜欢我啊？”

虞浅懒得理他，嘴上不饶人：“谁说喜欢你，玩玩懂不懂？”

“哦，我只是玩玩啊。”

下一秒那个少年把一捧蓬松的雪团成雪球，举起来恐吓她：“真的只是玩玩？”

虞浅跑着躲开了，心里想的却是——

当然不是，是喜欢。

虞浅忽然叫他：“程骁南。”

“嗯？”

被叫的人拎着纸袋晃悠着，吊儿郎当：“干什么？叫这么严肃我会以为你想答应我。”

虞浅没反驳，依然蹲在地上，手臂上挂着的长款大衣衣摆垂落在地上，她像是无所察觉，只抬眸看着程骁南：“那就试试吧。”

✦

虞浅站在摄影基地的落地窗前，窗外雪花簌簌，天幕阴沉得似乎要同雪花一起落下。

她想起早晨临下车时，程骁南两只胳膊交叠着落在方向盘上。

为了能同她对视，他坐在驾驶位里躬了背，几乎趴在方向盘上，偏头对她说：“下班给我发信息，我过来接你。”

虞浅当时拂掉一片沾在睫毛上的雪，说孙月今天和她一起，可以顺路送她回酒店的。

但车里的人撇了嘴，明显不满：“你说的试试，是和孙月试试？”

其实虞浅自己也觉得不解，她明明回国之后都在避开他，也都在尽量避免谈感情，但好像和七年前一样，只要她和程骁南凑在一起，很快就会走向这种结果。

算一算，她回国连三个月都没有。

昨天那句“那就试试吧”，为她所有的纠结画了句号，居然一夜好眠。

早起是被程骁南的语音电话叫醒的，那个“春泥嵌落花”的头像在她手机屏幕上蹦出来，接通后就是他神清气爽的早安，然后笑着约她共进早餐。

虞浅摸出手机，点开同程骁南的对话框，里面的对话还停留在昨晚。

她说过试试之后，程骁南似乎愣了很久，他们一同穿过酒店幽长的走廊，他一直沉默着，没说话。

直到走到房间门口，程骁南才像回过神似的，突然伸手拉了一下她的手腕，力道不重，问她：“你说的试试，是我理解的那个意思吗？”

“你理解的是什么意思？”

“和我试试？和我谈恋爱试试？和我在一起试试？是这种意思的试试吗？”

程骁南依然拎着他那个装着乐高拼图的纸袋，另一只手插在大衣口袋里，看上去有那么点紧张，抿唇时，酒窝短暂地出现在左侧脸颊上。

他那样的神情，虞浅是见过的，好像是很多年前，虞浅让程骁南陪着去 PP 店里买手表。挑选结束，她戴着一块棕色皮带的小金表，挥了挥手臂，问程骁南，要不要给他也买一块。

程骁南倚靠在玻璃柜台上，没什么正经地贫嘴说：“行啊，那就大展柜里那块吧，镶满了钻的那个，也不贵，百来万块钱。”

那阵子，虞浅总和程骁南在一起，受他影响，她的心情也总是好的。

于是那个下午，她站在钟表店里，面容严肃地同他开玩笑，说百来万这个金额有点过了，需要打个电话申请一下。

可能因为虞浅从来不开玩笑，程骁南就皱了眉：“给谁打电话申请啊？”

虞浅憋着坏，轻描淡写说：“金主爸爸。”

当时程骁南就是昨晚的表情，紧张地抿了抿唇。

好像有一头雾水，想问万千，又颇为为难，不好开口似的。

不过昨晚，程骁南确认完，整个人都有种被走廊灯光点亮的感觉，他忽然偏头，看向一旁，手半拢成拳型，抵在唇边，咳声里都是含笑的。

分开时，他问：“来个晚安吻吗？”

虞浅才不给他机会得寸进尺，她不信，程骁南的晚安吻不会是亲亲额头那么单纯，所以干脆进了房间，用关门回应他。

后来手机里就出现了程骁南一条接一条的信息：

晚安吻不行？

那从什么程度开始试？

姐姐，知道你看着呢，说句话呗？

你不说话我很慌啊。

刚才说试试不会又是诓我的吧?

和你的德国斯坦福一个性质?

虞浅就站在玄关处，看着他的信息一条一条从对话框里弹出来，无声笑了笑。

给程骁南回复，只说反正不是从吻开始。

拥抱?

拉手?

看电影?

虞浅已经从季苒那里听说过程骁南不喜欢黑暗场景的原因了，当然不会再和他去电影院，干脆没回他。

这会儿再打开手机，对话仍然停留在昨晚的那些对话里。

这么来看，程骁南和七年前好像也没什么变化，仍然是个“话痨”。

她给程骁南发信息，说自己这边结束了，程骁南信息回得飞快，对话框里很快多出他的回复：

马上到，等我。

下午临近下班时间，沈深从市里谈完合同回来，把资料往乱糟糟的办公室一丢，转身钻进程骁南所在的那间会议室。

程骁南背对着门，整个人凹陷在皮质座椅里。

凑过去才看见，他是戴着无线耳机的，眼睛也闭着，状似小憩。

但沈深知道，他南哥肯定是没睡的。

程骁南放在座椅扶手上的手在动，指尖轻敲着实木，腕上的钻表随着动作频频闪动。

“南哥。”

沈深把手机屏伸到他面前：“你昨天熬夜了？大半夜的，怎么突然关心起我和季苒的婚礼场地了？”

沈深睡觉没有把手机放远的习惯，被季苒说了八百次也还是习惯刷手机刷到困，然后随手把手机塞进枕头下面。

反正也不会有人半夜联系他，手机不响，也就不会被季苒发现，但昨天睡到夜里三点多，忘记调振动的手机忽然在枕头底下“尖叫”一声。

沈深午夜惊醒，已经吓得要命，下一秒又被季苒从床上连人带被子踢下去：“沈深，叫你别把手机放床上！”

沈深滚在地板上，拿着手机一看，信息是程骁南发来的：

婚礼地点看好了？定哪儿了？

他当时脑子里只有一个念头：南哥害我！

此刻，沈深扶着自己受伤的腰，站在程骁南面前，怀着昨晚被踹下床的怨念，给他南哥解惑：“地点没定下来呢，一共跑了七个地儿了，每个酒店不论是室内婚礼还是草坪婚礼，季苒都有喜欢的点，也都有不喜欢的点，她说她选择困难症犯了，要好好考虑一下。”

程骁南睁开眼睛，眼下有一点儿不明显的瘀青，像是熬夜的痕迹。

但听语调，他心情似乎十分不错：“你觉得哪个好？”

“草坪婚礼呗，北边那个湖心别墅酒店和东山旁边的小庄园看着都挺不错，安北又不会那么多降雨，等过了夏天最热的时候办，不挺好？”

沈深腰疼，站着说嫌累，干脆拉了一把椅子过来，坐在程骁南身边，顺手从程骁南耳朵上摘了一只耳机戴上：“不瞒你说，我对草坪婚礼还是挺……哎？”

从程骁南那抢耳机是沈深高中时养来的习惯了，因为程骁南歌品比较好，沈深总爱抢一只耳机过来蹭歌听。

反正跟着他南哥听歌准没错，肯定是巨燃、节奏感巨棒的音乐。

但今天，耳机塞在沈深耳朵里，他突然蒙了——“天空是绵绵的糖，就算塌下了又怎样……爱很easy很easy yeah yeah……心情很easy很easy woo oo……”

沈深难以置信地扭头看了眼程骁南，还以为是他南哥切错歌了。

但很快他就发现，程骁南敲在座椅扶手上的节奏，就是这首甜歌的。

还没等他说什么，程骁南手机振了一下，他眼睁睁看着他南哥垂头看了眼手机，然后意气风发地抬眸，把另一只耳机摘下来，也丢给他："你听吧，我走了，有约会。"

"有约会"三个字，怎么听怎么春意荡漾。

沈深忽然灵光闪现，想到程骁南深夜对婚礼场地的询问，想到程骁南听的甜歌——

"南哥！你和虞浅，是不是有什么感情上的进展啊？"

沈深在心里惊诧地想，这……该不会是准备结婚了吧？

速度也太快了！

程骁南已经拿着车钥匙走到门边，闻言，转身回眸，眉眼间甚至唇角弧度里，如沐春风的愉悦泄露出来。

他说："虞浅答应我了。"

沈深满脸震惊："求、求婚？"

"不是，她答应我在一起试试。"程骁南说。

"啊？"

只是和你试试，你搞这么大阵仗？

程骁南走后，耳机里那首甜歌结束了，沈深刚松一口气，瘫倒进椅子里，耳朵里突然传来更甜的——

"塞纳河畔，左岸的咖啡……我手一杯，品尝你的美，留下唇印的嘴……"

沈深受不了地捞过会议桌上的平板电脑，发现程骁南今天的歌单：《甜甜的》《私奔到月球》《彩虹的微笑》《告白气球》《恋爱 ing》《结婚进行曲》……

这歌单的名字就俩字：试试。

程骁南的车子停在摄影基地楼外，虞浅已经等在那里，他下车帮虞浅拉开车门。等她上车，扣好安全带，他忍不住问一句："想好了吗？从哪一步开始试？"

安北市气象局的信息时不时蹦出来，提醒市民夜间会有持续性的小到中雪，出行务必注意安全。

车子里暖气开得很足，虞浅慢慢解开厚款围巾，叠好放在腿上。

随着她的动作，围巾上或者是她身上的淡香水味，扩散在车厢暖气里，是很有名的一款玫瑰香。

她对程骁南的问题避而不答，只是说：“准备去哪儿？”

“看了孙月那边的时间表，你明天没工作计划，这天气也去不了市里，先去吃饭，附近还有家清吧，饭后去坐坐？”

“嗯。”

其实这样坐在车子里对话的时光，让他们两个人都感到熟稔。

以前总是虞浅开着跑车，程骁南坐在副驾，开车去郊外看星星，开车去游乐园，也会开车跨越两个区域只为了吃一顿地道的烤鳟鱼。

现在跑车换成了白色宾利，开车的人变成了程骁南。

他随口问着：“你那辆跑车后来哪儿去了？”

“不知道，出国时留给我妈了，可能被她卖掉了吧。”虞浅说。

程骁南没说，他曾在虞浅出国的时间里，见到过那辆跑车。是他大学时，那时候他已经很少有认识虞浅前那种闲暇时光了，整天泡在图书馆里，周末也会去老程的公司学东西。

大概是个周末吧，他从图书馆出来，双手插兜，一本书夹在臂下。刚穿过喧嚷的篮球场，忽然感觉余光里有一辆红色车子。他那时脑子一片空白，下意识往车边走去。但走过去才发现，敞篷车里坐着的是个年轻姑娘。

当时程骁南二十二岁，忽然领会到了“物是人非”这四个字的无奈。

不过，无奈都过去了。

现在，虞浅在和他试试！

“试试”的第一个约会还是很开心的，因为虞浅不再装作失忆，虽然话少，但聊起来也算轻松。

她也会在程骁南问起国外生活时，讲起一些生活里，或者工作里的事情。

她不是那种善于倾诉的性格，所以说到曲莉雯去世时，那些失眠的夜晚、那些被心理医生判断为抑郁倾向的日子，都被隐去。

虞浅只是晃动着装了金朗姆的酒杯，淡淡地说：“骨灰被撒入的是太平洋，世界上最大的一片海洋。”

程骁南不喝酒，但他是很尊重别人爱好的人，并不干预虞浅点酒类。

他喝着苏打水陪了她一整晚，回去的路上，脑子却亢奋得如同被酒精麻痹过。

各自回房后，程骁南洗了个澡，却总有些小念头按捺不住，他干脆敲开虞浅的门，想问问她，如果没那么困，要不要在房间里一起看个电影什么的。

虞浅开门开得有些慢，看样子才刚换掉衣服，还没卸妆。她那双漂亮的眸子里含着酒精渍染的迷离，开口就要人命："来要晚安吻？"

这话本就是撩拨，程骁南倒是拒绝了，说他只是睡不着，想找她一起看个电影。

说这话时，这弟弟表情也十分正经，一脸无辜，好像深夜敲门这件事，想歪的只有虞浅一个人。

"……去哪儿看？"

程骁南很自然地指了指 6603："我房间？"

程骁南其实真没什么歪念头的。

他和虞浅这两间房是挨着的，但格局大不一样，当初给虞浅订房间时，程骁南给她选了客厅和餐厅一体的 6602，落地窗，景色也好，还有一间小厨房，可以自己做个夜宵或者加热外卖。

很多东西还是程骁南自己加进去的，厨具空调都换了最好的，卧室也很大，电视是在卧室里的，可以躺着看。

但这样的格局，显然不适合他们现在一起看电影。

不然怎么看，躺在床上吗？

真要是那种场景，程骁南可不能保证自己脑子里能都是纯洁画面。

他住的 6603 就还好，没有厨房没有餐厅，电视是在客厅里的，可以坐在沙发上看。

两个人都坐在沙发上，沙发很宽敞，那就比在床上的场景单纯多了。

所以程骁南站在虞浅门边，面对沉默的虞浅，挺理直气壮："你别那么看着我，我那屋是沙发你这屋是床，沙发肯定更安全，你说是不？"

虞浅只淡淡地说："沙发上什么不能做？"

程骁南停了几秒，才面露无奈："少说两句吧，你这不是火上浇油吗？

电影看不看，不看我回去数羊睡觉了。”

电影还是看了的。

同一个酒店的房间，程骁南那间有种很不同的感觉，客厅开了地灯和灯带，光线朦胧，放的电影是一部老片子。电影三个多小时，其实时间也不算晚，但虞浅看着看着有些困了。

程骁南倒是还算精神，看着虞浅几乎睁不开的眼睛，凑过去，有些好笑地提议：“怎么困成这样了，下次再看？”

窗外雪还下着，可能因为天气又寒了两分，景色比初雪那天更美，没有落地即融，而是在街道上铺了一层薄薄的白毯。

灯火绵延，虞浅睁开眼，看见的就是程骁南的脸。

屋子里只有他们，但这个平时总是不正经的弟弟，在深夜最容易暧昧的时刻，眉眼间只沾染着关切和温情。有那么一刻，她几乎懒得醒来，就靠在沙发扶手上，觑了眼夜色，问他：“电影放完了？”

未消的睡意柔和了她音色里的清冷，这一夜虽未看完电影，倒也气氛温馨。

“剧情当然没放完，还有个二十分钟吧。不过你醒来晚了，男女主角最激动人心的画面已经过去了。”

程骁南把电影按了暂停：“怎么把你困成这样，昨天答应我试试之后，兴奋得失眠了？”

虞浅也不客气，看他一眼：“会失眠的是你吧。”

这一夜的雪已经没有初雪时那么让人期待了，尽管它更美，但身边很多人提起这些天的雪，不是说到处堵车交通不便，就是说耽误了外景布置的时间，连前些天像好奇宝宝一样趴在落地窗前心心念念看雪的孙月，一个小时前就发了条朋友圈，说感觉明天要早起两个小时才能按时打卡不迟到。

程骁南刷到这条朋友圈，笑着递给虞浅看。

虞浅还未从困倦里完全清醒，但也是在这种情境下，她的思路和言语才最为坦诚。她沉默地看了一眼朋友圈，无意吐槽孙月，却由这件事联想到了自己灰暗面的一些思维论调。

“我有时候觉得，人都很自私。”

虞浅把手背搭在额头上，挡住一些头顶灯带的光线，合眼碎念：“小时候我喜欢踩水洼，觉得下过雨后的水洼最为可爱，能映出一小片天空，一脚踩进去，鞋子袜子都湿透，是我雨天最喜欢的游戏。后来长大了，一脚踩进水洼里，只会在心里说一句好背运。”

“水洼错了吗？它当然没错，它一直都是水洼啊。”

不夸张地说，这是程骁南第一次听虞浅吐露心声，他知道她在所有人都看不见的地方，藏了太多不快乐。

她有着可以肆意纵情声色的面容，却被囚禁在孤独里。

连回国这件事，她只是做了个决定，都有无数人跳出来揣摩：是不是她已经和国外的情夫分手了？是不是她在外面混不下去了？是不是为人家生了孩子后被抛弃了？

但他们就是不肯相信，她回国，只是因为她想回国。

也是在这样的静夜里，影片停止，一些画面里的彩色光线落在她的皮肤上。

可程骁南隐忍下所有男性冲动，只希望她安心睡个好觉。

程骁南抱起虞浅时，她的意识才有些清醒，皱眉叫他：“程骁南？”

“抱你去卧室睡觉，你就在我这儿睡吧，我去你那边，行吧？”

好像在程骁南身边，她格外容易困，意识涣散前最后的记忆，是程骁南在她耳边唠叨，说手机帮她调了静音放在床边矮柜上，洗手间留了灯带让她起夜小心别撞到。

好像还说了什么，帮她接了一杯水放在床头？

等虞浅彻底睡醒时，已经是第二天了。

摸到手机，果然看见程骁南发过来的信息，信息里说，等她醒了一起去吃早饭。

早饭时，虞浅问他准备什么时候搬回自己家去，程骁南把一碟水果递到她面前，不怎么在意地说：“等我转正吧。”

“什么转正？”虞浅一时没反应过来。

程骁南就指了指自己：“我，现在不是试用期男友吗？人都睡我床上了，连个晚安吻都不敢有呢，再搬回家去住，离我的女朋友岂不是太远了？”

虞浅今天是没有工作的，吃过早饭准备出去转一转。

程骁南肯定是要一起的，贫嘴说：“这么美的女友自己出去逛，还挺不放心的。”

才坐进车子里，公司那边就给程骁南打来电话，说那个破坏休息室和诋毁虞浅的女模处罚和赔偿方案出来了，电话里的人询问程骁南，是把方案发到邮箱里，还是程骁南亲自回去看。

程骁南说：“发到邮箱吧。”

邮件很快发过来，虞浅坐在车里，明显感觉到程骁南开始沉默。

他单手拿着手机，目光落在手机屏幕上，另一只手，伸出食指，指侧在鼻梁处轻轻敲着。

“处理方案出来了，你要看一下吗？”

虞浅看那份电子邮件时，显得若有所思。

她想起孙月说，程骁南就像是一直在为她回来做准备，为她准备助理，也为她准备合作团队。仔细想想，她入职 Eleven 这件事，程骁南付出了太多不动声色的努力了。

她回国后的第一个正式工作，是同安谷的合作，后面的合作团队里，也常有她从前合作过的工作人员，或是摄影师，或是灯光师、布景设计师，也遇见过曾经交集过的模特。每一份工作的主题都很合虞浅的心意，让她在回国后的这不到三个月里，感到放松。

这些应该都是程骁南的努力。

就像他为她挑选了孙月做助理一样，很可能前些天诋毁她的那位女模，也是程骁南精心挑选出来的。

外媒不知道当年虞浅手臂骨折的真相，在不少小道消息里，那位英文名叫布兰妮的女模作为她的同胞，都算是她的“闺蜜级同事”，即便布兰妮顶着这样的头衔，偷偷对外传播了不少虞浅的坏话，也还是没人知情她们的真实关系。也许程骁南只知道，布兰妮可能是虞浅曾经合作得比较好的一位同事。

他是怀着这样的心理，让 Eleven 同布兰妮合作的，可以想象，事情发生后，他会多自责，多有挫败感。

十七八岁时那么藏不住心事的少年，现在也学会不动声色了。

在虞浅想这些时，程骁南还以为她是因为那些写满墙壁的坏话而不开心，所以朝她伸出手：“拿来。”

虞浅把手机递过去，但他躲开手掌没接：“不是这个，口红，给我一支。”

虞浅包里有几支常用的口红，她不明白程骁南要干什么，干脆都拿出来，递给他。

然后看着他认真选了一支，旋出来，托住她的下颌：“别动。”

“姐姐，你比她们更美，不要听她们那些闲话，开心点。”

他垂着眸子，眼里深情几许，认真帮她涂好口红：“说起来这件事是我不好，以为那个布兰妮和你关系还不错，想让你在 Eleven 有些归属感……”

车窗外是安静的街道，昨夜铺满地面的雪已经被融雪剂化掉，湿漉漉的柏油马路上落了一只麻雀，一蹦一跳地在路边二球悬铃木残存的落叶里觅食。

他们坐在车子狭小封闭的空间里，虞浅忽然有些难以平复心情。

“程骁南。”

“嗯？”

程骁南眼睛还盯在她唇间，对化妆这件事不得要领，指尖停下，“啧”了一声，说：“别动，口红还没涂好。”

她笑一笑，忽然凑过去，轻轻吻上他的侧脸。

“这口红涂太重不好看，多出来的那层，送你了。”

一场大雪过后，安北市一整个冬天的气温基调几乎定下来，又是一个严冬。天气预报隔三岔五的总有降温提示。

程骁南倒是没觉得天气多恶劣，他觉得，现在是个春天。

虞浅有工作时，程骁南带着电脑，在她拍摄区域的休息室或者楼下车里办公；虞浅没工作时，程骁南约她出去一起吃饭、逛街、喝酒，或者只是在酒店里聊天。

狂风里，程骁南把自己的长款羽绒服披在虞浅身上，护着她钻进车里，再同她示弱，他指着自己侧脸，说他刚才只穿了件衬衫，差点冻死，不能给个吻什么的？

虞浅通常木着脸偏开头，一副懒得理他的样子。

但程骁南也会留意到，她会在车子行驶途中，沉默着把空调温度调高。

“这么关心我？

“哎，你是不是心疼我啊？

“怕我生病？

“担忧你的试用期男友？

“那要不干脆给我转正得了！

“嗯？我问你呢！”

在程骁南没正经的贫嘴里，虞浅通常一言不发。

但偶尔他转头，也能看见她眸间隐忍的笑意，那是很愉快的瞬间，因为他知道，他在让她开心。

到了十二月下旬，虞浅接到一个工作，拍摄场地又是在A区摄影基地。

本来程骁南有些担心，怕她过去休息时会想起前些天里面写满的污言秽语，但虞浅说不碍事。

下午时，虞浅工作中途休息，带着厚重妆发从摄影棚里走出来，她接过程骁南递给她的咖啡，边喝边神态自若地推开休息室的门。看见里面的场景，她倒是真的顿了顿动作，把咖啡杯从唇边挪开，扭头看向程骁南：“翻修过了？”

“也没，就换了壁纸，桌子什么的都不难擦。”程骁南紧盯着虞浅，以防她有什么不快的情绪。

“看我干什么？”

虞浅对着吸烟室的门抬抬下颌：“她写的那一屋子，还没你定制的烟灰缸恶心人。”

提起那个烟灰缸，程骁南就笑了：“好像很少看见你抽烟了，真有那么恶心？”

“你说呢？”

其实这间休息室，出过那件事后，连孙月都对它稍显抵触，其他模特也都不太愿意过来。

主要当天这里的场景太吓人，灯被打坏了，接触不良、忽明忽暗的，里面又到处是红色字迹，满地红色液体。

像被诅咒了似的，多少有点瘆人。

可虞浅坐在其中，并没什么后遗症，闲适地喝着咖啡，一点儿不受影响。

程骁南也端着咖啡，没坐在椅子里，靠坐在虞浅身边的桌子上，忽然说:“作为女人，你已经够勇敢坚强了。”

“想说什么？”

程骁南背对着下午的阳光，看着虞浅的眼睛:“想说，我好像不是喜欢你。”

“崇拜？”

“崇拜也有，有很多，但更多的是爱你。”

他趁机表了个白，不过以前他也总是用这样的对话方式，习惯把爱意挂在嘴边，时不时就冒出来一句，生怕虞浅不知道似的。

虞浅沉默几秒，把手里的咖啡杯举过去，和他来了个撞杯。

她回答得十分官方:“谢谢。”

程骁南都被气笑了:“我是你小迷弟？就一句‘谢谢’就给我打发了？”

也是这时候，孙月推门，探头进来:“浅，快要到你啦，咦，程总又在啊……”

这个“又”字就很灵性。

孙月说完，意识到自己口无遮拦了，捂着嘴赶紧退出去。

“我去工作了。”

虞浅刚走出去没几步，程骁南忽然叫住她，举起食指大幅度摆动几下，像看演唱会时陶醉的听众那样。

随后，他笑眯眯地问:“小迷弟有个问题，今晚要不要再一起看个电影什么的？”

程骁南的笑容一直都是好看的，很有感染力。

“嗯，去你房间看。”

不过这一晚的电影，虞浅又没能看完，不知道是不是到了冬天容易犯困，电影只放了一半，她又睡着了。

程骁南依然把她抱回卧室，然后自己拿了房卡，去虞浅那间房睡。可能是日有所思，临近起床时，程骁南做了个挺真实的梦。

梦见虞浅在凌晨穿着她那件薄睡袍，推开房门，走进来坐在床边，问他："在这里，还是沙发上？"

这梦吧，有点邪乎。

他刚把手搭在虞浅肩膀上，房门就被敲响了。

程骁南几乎是从睡梦中猛然惊醒的，他穿着睡衣，揉了几把头发。打开门看见外面的人是韩初时，起床气几乎到达顶峰。

韩初看见他，满脸温和的笑意几乎僵硬，下意识往门上的房号牌看了一眼。

程骁南看着不怎么客气，沉着脸靠在门边。

"虞浅她是……换房了吗？"

韩初很快收敛神色，又变得文质彬彬起来："不好意思，我是向工作人员打听过的，还以为虞浅住这间……"

有那么一瞬，程骁南忽然起了坏心眼儿，就像当年他听到虞浅说喜欢学霸，或者是他听见韩初的那条语音时那样，他也不准备让这个一看就对虞浅有意思的男人痛快。

程骁南慢条斯理地整理着睡衣袖口，回头看了眼空荡荡的房间："虞浅没换房，还在睡，要我叫她一下吗？"

还不等韩初说话，他又加了一句："不过我不太建议你现在叫她，她昨晚很累了，我希望她多睡一会儿，有什么事儿，不然等她醒了再说？"

虞浅这一觉睡到将近八点，睁眼时，程骁南的卧室里拉着厚重的遮光窗帘，她按了遥控器，等窗帘慢慢敞开，才从床头拿了水杯，喝下半杯水。

手机里有两条程骁南的未读信息。

第一条说了一大堆，说是早晨被敲门声吵醒，还以为是她被他的温柔细心打动，主动过去投怀送抱的，结果一开门，是韩初，并转达了一下，韩初说在楼下大堂等她，有想等她睡醒和她聊聊的意愿。

这条信息特别长，第二条信息倒是很简单，只有一个字，表达了程骁南的心情：

啧。

虞浅好笑地给程骁南回复，说自己已经醒了。

等两人收拾好下楼时，韩初果然坐在酒店大堂的等候椅上，正对着电梯间这边，看见他们出来，韩初笑着站起来，叫虞浅："浅浅。"

这个时间还算早，酒店大堂里没什么人，虞浅今天有个拍摄工作，要持续到下午，来不及吃早点，程骁南先去了一趟酒店餐厅，打包了两份早餐，准备到公司吃。

他拎着牛皮纸袋装着的早餐，很是大度地说："你们聊，我去把车开过来。"

虞浅看了程骁南一眼，出门前这弟弟明明不是这样的。也不知道是谁，翻箱倒柜找出两条款式差不多的男款厚围巾，非要和她戴情侣款，现在装得倒挺像那么回事儿。

程骁南还以为虞浅和韩初能聊多久，车子停到酒店门口没几分钟，虞浅就出来了。

他还有些意外："这么快？"

想起韩初那些"男人年纪小不靠谱"的论调，虞浅皱了皱眉，一副不想多谈的样子："本来也没什么可说的。"

送完虞浅后，程骁南才发现自己手机忘了拿。

他独自开车回酒店取手机，见鬼的是，韩初还坐在酒店大堂，不过神情看起来和早晨不大一样，显得有些失魂落魄。

程骁南的车钥匙圈套在食指上，一路转着，慢慢晃到韩初身旁："你怎么还在这儿？"

可能是因为从小优秀到大，韩初表象再温和，骨子里也是心高气傲的，看见是程骁南，韩初表情不太好，声音轻轻，语气却是硬的："酒店你家的？"

程骁南顿了顿："不好意思，还确实是我家的。"

韩初这才抬眼，正眼看着程骁南："我听浅浅说，你是她刚交的男朋友。"

韩初的语气是挑衅的，但程骁南的重点在于，虞浅亲口和情敌承认自己是她男朋友。

所以他笑得还挺灿烂："嗯哼，怎么？"

不知道虞浅同韩初说过什么，他情绪看起来很不好，眉眼低垂着，沉默良久才说："你知道她和那个服装设计师的事情吗？"

“知道。”

韩初眼里似有诧异：“你知道还和她在一起？你和她之间，只是玩玩的那种，还是真的在谈感情？”

程骁南几乎气笑了：“你叫韩初，对吧？”

对方点头。

“你听着，这世界上，会有很多人爱虞浅，因为她值得得到很多的爱，但这个世界上最爱她的人里，一定有我，却不会有你。”

程骁南面对韩初，语气冷下来：“不论她同谁有过什么样的经历，我只要她快乐，比起所有绯闻，我只需要她快乐。这位学霸先生，你不能只喜欢她美丽的外表，却觉得她的灵魂配不上你。实际上，无论你有什么样的成就，是你配不上她。”

程骁南越说越生气。

这世界有时候虚伪黑暗、物质拜金、捧高踩低，太多人白日做梦，在网络上八卦吹牛、泼别人脏水、不肯把时间用在努力上，却在看到比自己优秀的人时吃不到葡萄说葡萄酸。

是这个世界，配不上虞浅！

面前这个男人，文质彬彬，看着温润秀气。

曾经虞浅给他存的备注名字是“韩初（学霸）”，里面几多崇拜，几多羡慕，这些程骁南都不得而知。

他只知道，韩初一定让虞浅失望伤心过，她一定在她对韩初崇拜时，听到过韩初人云亦云地误解，她一定在她不快乐时，听到过韩初自诩正义的质问。

无论虞浅的追求者是谁，程骁南从未小觑过对方，甚至在他们对虞浅的倾慕上怀有尊重，但此刻面对韩初，程骁南已经没有一点儿耐心。

在韩初拦着他说：“你不了解浅浅，我和她是从小一起长大的，她一定不喜欢你的。上次见面，她只说你是她的老板，如果她喜欢你，她会主动介绍你的，也许她只是为了气气我，才说你是她男友……”

呵！还挺会把自己当回事儿。

“麻烦，借过。”

程骁南用手里的皮质手套隔开韩初的手，觉得这人脑子肯定是有点问题。他没再和韩初说话，回楼上拿了手机下来，韩初还坐在那里。

程骁南没理他，回到车子里，把手套和手机都丢在副驾驶位，脑子里见鬼地浮现出韩初那句“你不了解浅浅”。

呵，我爱她八年，我不了解你了解？

因为这份赌气，程骁南没回办公区，直接去了虞浅工作的地方。他过去时，孙月正站在走廊里，小心地接电话，她拿着的手机是虞浅的，所以程骁南过去时，用眼神询问孙月，怎么回事。

孙月对着电话说了一句：“稍等一下，彼得老师。”

她捂着手机：“程总，是彼得老师的电话，浅说让我帮忙接听。”

彼得倒也没什么特别的事情，只不过又要回国，想让虞浅去接他。

程骁南倒是想起来，有那么一件事，他可能还真是不太了解，他接过电话，询问彼得虞浅在国外时的车祸。

也没别的意思，就是有些担心，虞浅在车祸里是否有受伤。

毕竟当初提到虞浅的车祸，彼得在酒后哭得那么惨。

彼得可能是听到了“车祸”这样的字眼，沉默半晌，听声音好像气得跳脚：“我哭是因为我妻子是在车祸中去世的，虞浅那算哪门子车祸？她不过是骑自行车撞到了绿化带，把我种在里面的一株玫瑰压死了，让她赔钱她就给我买了一块比萨，小气鬼！”

“我在几年前出过车祸的。”

“车祸是真的，程度没那么重，只是损失了一点儿财务。”

程骁南回忆着虞浅对自己车祸的发言，心里只有一个念头：

这姐姐诓起人来还真是自然！

虞浅一直工作到晚上，结束后程骁南载着她一起回酒店，路上程骁南有些沉默，不过这种沉默，像是憋着什么要说。

果然，等虞浅打开房门时，程骁南也跟着进来了。

他靠在玄关处，忽然问：“姐姐，自行车撞绿化带，疼吗？”

看来彼得是把“车祸”的事情告诉程骁南了。

虞浅面色如常：“可能那株玫瑰更疼。”

结果程骁南幽幽地说：“我怎么觉得，是我被骗的心更疼呢？你还有什么是诓我的，能不能提前告诉我一声？”

虞浅想了想，忽然想起一件陈年旧事，那还是七年前，程骁南问她喜欢什么样的男人，她随口说学霸。

“说喜欢学霸。”

程骁南笑了，露出酒窝，拉了把椅子坐在虞浅面前：“那今晚干脆就开诚布公呗？”

虞浅问他想谈什么，程骁南说要确定她会坦诚回答才谈。

她点头，算是答应了。

“你当初就真没对我心动过？走得那么决绝，还删除我联系方式。”

虞浅用微信这么多年，除了程骁南，她从未删除拉黑过任何人，当年在国外诋毁她的布兰妮，她都没主动删除过，可是为什么面对程骁南，她会那么果断删除呢？

明明答应了程骁南，要开诚布公。

但他问出来的这一刻，虞浅还是下意识垂眼，选择了最能隐藏自己情绪的语气，平静地说：“心动过，不过工作的损失比心动更昂贵一些，所以我选择了出国工作，有什么问题吗？”

程骁南笑了笑，起身走开。

虞浅盯着被他关紧的房门，指甲尖端陷入掌心，她已经无法做到对喜欢的人坦诚了。

她是个别扭且奇怪的女人。

手机振动起来，是程骁南打来的电话，她接起来的瞬间，依旧竖起浑身的刺：“我说得还不够清楚？你还有什么想问的？”

“虞浅，你为什么不承认，你当时是逃跑。你看见了我试卷上你母亲的签名，哪怕万分之一的可能，你也不愿意赌，你怕，怕一切都是我开的玩笑，你怕你自己伤心，所以跑了。”

虞浅一直听着，没说话。

程骁南在电话里忽然笑了：“就这么点出息，还总想让我叫姐姐？”

有人拨开陈年埃土，把她最隐秘的心事暴露在阳光底下。

那一瞬间，虞浅有过气恼，有过难堪，有过震惊，但也有一种，忽然松了一口气的感觉。

她问：“程骁南，你在哪儿？”

“你门外。”

虞浅把手机丢下，拉开房门，一通脾气还没来得及发出来，已经被程骁南用吻堵住。

接吻的间隙，他问："我能转正了吗？"

✦

窗外是昏沉的夜色蔓延，酒店清理房间时残存了一些浆果调香薰。

虞浅和程骁南还穿着厚重的冬季外套，羽绒服偏硬的布料摩挲着，在安静的房间里发出窸窣声响。

程骁南的吻意料之外的温柔。

很多事情，他也是在今天同韩初对话后，才想明白的，当年虞浅出国，程骁南作为突然被丢下的一方，万分气馁失落之余，也是有同样多的不解。那时候他对虞浅的了解，仅限于她同他在一起时所展现出来的脾气秉性。

他对虞浅的生活圈子、过去经历，完全不了解。

在他对她离开的猜测里，那位叫韩初的学霸是关键。

程骁南那时再心高气傲也不得不猜想，也许，他认识虞浅时，刚好虞浅和她的学霸男友吵翻了，所以他在这期间当了备胎，可能是虞浅和韩初和好，跟着他出国留学了也说不定。

后来他在自己家里意外遇见了虞浅妈妈，为了听到关于虞浅的事情，他破例和老程他们一起吃了顿饭，席间转弯抹角，话题总是绕到虞浅身上。也许是他不加掩饰的目光太过直白，虞浅的妈妈隔着满桌菜肴，狐疑地看过来，程骁南坦然同她对视。

老程那天完全被蒙在鼓里，却也感觉到程骁南似乎对那个叫虞浅的女孩格外上心。自己的儿子老程还是了解的，状似不经意地问曲莉雯："你女儿和南南年纪差不多吗？那改天叫过来一起吃个饭。"

曲莉雯有时候笑起来和虞浅差不多，笑容淡淡地说："她这阵子不在国内，和男朋友吵架，出国了。"

"哦？有男朋友了？"

"有的，她小时候隔壁邻居家的男孩，成绩非常好，人很优秀，是浅浅不懂事偏要和人家吵架，孩子大了，我也没办法事事管着，由他们去吧。"

后半程的用餐时间，程骁南总在走神，连家里阿姨端了他平时爱吃的腐乳鸭来，他都没动筷子。那时候他想：哦，果然是这样啊！但也总有疑云，觉得虞浅的那些不快乐里，不只是曲莉雯说的“和男朋友吵架”那么简单。

他开始通过从曲莉雯口中套出来的信息去网上查询——查到了她的学校，查到了她的经历，却始终拼凑不出来，她为什么突然出国。

她可能会想要出国发展，但为什么走得那么突然，还删除了他的联系方式？

知道曲莉雯是虞浅的妈妈后，程骁南也想过，或许虞浅是因为他出国的。因为看到了曲莉雯在他试卷上的签字，以为他是在戏谑她，愤而出国。

后来程骁南没底气地想：应该不是，也许她真的是因为韩初。就像他说的，那支破旧的蓝色打火机，是他唯一的底气。

而他始终不确定，虞浅到底对他有几分喜欢。

可就在今天，他第一次同韩初对话之后，他忽然发现，虞浅根本不会喜欢上韩初那个自私虚伪又自以为是的男人。

是他误会了，韩初在虞浅这么多年的生活里，扮演的并不是一位深情款款的学霸男友，也不是从小照顾她的温柔邻家哥哥，而是压死她的最后一根稻草。

所有可能都排除后，只剩下唯一一种可能性。

这种可能性让程骁南自己都“毛骨悚然”，那就是：虞浅爱他。

程骁南没有停下这个吻，他拉开自己的羽绒服外套，脱下来，动作间却未曾与虞浅分开。

他扶着她的腰，停下，问她：“姐姐，给我转正吧，你爱我是不是？”

他们站在光线并不明朗的玄关，窗外树枝寂静地随风摆动。

虞浅睁开眼睛，同程骁南对视着，她没回答，但隔了几秒之后，她忽然扯住程骁南的衬衫领口，他没防备，被拽得猛然躬背。

下一刻，虞浅主动吻了上去。

程骁南眸光微顿，挟暧昧与缱绻，好像在说：“这次可是你主动的。”

吻到深处，他抱起虞浅，磕磕绊绊迈过两人堆积在地板上的羽绒服，倒进沙发里。

米白色的皮质双人窄沙发，承受着突如其来的两人份重量，从材质到骨架都发出抗议，吱嘎响着。

虞浅的手机一直在茶几上振动。

电话是彼得打来的，叮嘱虞浅，说记得一定要接他，听说安北市降温，他不想一个人在机场傻等着。

等她挂断电话，程骁南伸手戳了一下虞浅的腰窝，眉眼蕴含愉快，问她："你的热情我收到了，但问题是不是回答我一下，你爱我，对吗？"

虞浅对于"爱"这样的字眼，少有的有些难为情。

她二十八年来从未和任何人说过爱，所以沉淀几秒思绪，回避说："是喜欢。"

"喜欢我七八年啊？"

窗外一轮圆月半隐在云里，虞浅瞳里也笼着清淡的情绪。

那是她的保护色，无论遇见多让人内心波动的事，她都会以这样的面容思考。

本来程骁南以为这种插科打诨的语气，虞浅不会回答，但被戳破心事后，她反而尝试着坦白："出国前是心动的，出国那段时间没思考过这些，是回国后的事情。"

虞浅尝试着把那些难出口的喜欢剥离，只剩下比较官方的句子，但程骁南仍然品出其中意味，把她清冷的言语当成情话来听。

他笑着靠在沙发旁，替她总结："那就是说，你两次动心、两次喜欢的都是我？"

面对他明晃晃的得意，虞浅不再理他了。

程骁南倒没得意忘形，起身时凑过去，吧唧亲了一下虞浅的侧脸，在她瞪过来的瞬间，露出乖巧的酒窝："饿了吧？我昨晚看你厨房有速食面，煮两包一起吃？"

其实叫客房服务也不是不可以，但酒店餐食吃久了，就觉得有些腻了。

何况这种时刻，自己煮饭好像更温存些。

程骁南拿了几袋意面，准备问一问虞浅，吃什么口味。

一回头，虞浅就靠在厨房门口，正在看他。

"就这么离不开我？我煮个面都要跟着？"

"怕你接水洒满身。"虞浅淡声说。

接水洒了一身，那是七年前程骁南做过的。

“记得很清楚嘛，偷偷记挂我了？”

程骁南晃着手里的一盒意面，问：“红酒香肠还是奶油培根？”

“红酒香肠。”

程骁南点头，拿了两袋红酒香肠的意面，放在一旁准备煮，把剩下的几包面放回橱柜里。

留意到有麻辣肉丸口味的被他放回去，像是印证他的话，虞浅忽然问：“你不是喜欢吃辣的？”

程骁南走过去，站定在虞浅面前，指了指自己的唇，故意说：“都被你咬破了，还是别吃辣比较好吧？”

可能是为了一雪前耻，这次程骁南没在厨房里丢脸，动作居然颇为娴熟，把意面煮得口感适中。

他把面端过来放在餐桌上，帮虞浅拉开椅子。虞浅食量没那么大，只吃半份，剩下半份，被程骁南端过去，吃相好看地解决掉了。

吃饭时，程骁南忽然拿出手机，翻了张照片给虞浅看：“我在外网找到的，你真的剃光过头发？还是化妆化的？这张看起来很逼真啊。”

照片是被偷拍的虞浅，只穿了一身简单的黑色连衣裙，光头，看着居然依然美丽。

她看了照片一眼，说：“是真的剪过。”

虞浅放下筷子，用纸巾轻拭唇边：“你听没听说过，外面传闻我和彼得有个私生子？”

“略有耳闻。”

其实那是个生了病的小孩，他们有一次去拍摄，在医院附近，有孩子偷偷跑出来，满街警车和家长寻找。后来虞浅无意间听说，那孩子当时就藏在他们拍外景的树林里。

虞浅的助理告诉她，那是个患了疾病的小女孩，拒绝化疗才逃出医院，回去时还哭喊着，说怕变成秃子。

小女孩才十三岁，正是爱美的年纪。她在外景藏身时，偷拿了外景化妆台上的一支卷发棒，才会被工作人员发现。

虞浅去探望过几次生病的孩子，和女孩的家人也越来越熟悉，后来有一次带她回了和彼得合住的公寓。

女孩说羡慕虞浅有一头浓密的头发，虞浅说她更喜欢女孩的秃头，感觉洗头时不用麻烦。女孩笑她骗人，后来彼得回来，当着小女孩的面，帮虞浅剃了光头，她们还合了影。

在虞浅看来，那一头浓密的头发，没有安慰一个疾病缠身的女孩重要。

但不到一年后，女孩还是去世了。

程骁南听到这儿，不知道想到什么，语气沉沉："嗯，那些鸡汤都是骗人的，生了病的人，很难奇迹般地好起来。"

虞浅估计程骁南是想起了他母亲。

她有意打断他的伤感，用脚踢了两下他的椅子腿，问："饭也吃完了，你什么时候回你的房间去？"

"不想回去。"

程骁南抬眼："我今晚留下，行不行？"

当然不行。

虞浅甚至没说话，手背对着他挥了两下，以示驱逐。

"那聊会儿天吧，刷完碗我再走。"

程骁南起身，推开窗子，夜风吹散屋子里残存的意面酱料香味，他拿了围巾披在虞浅肩上："别着凉。"

程骁南这个少爷哪里刷过碗，多年前煮东西从接水的步骤就失误。后来遇见能煮的东西，他倒是会下意识地练练手，煮煮饺子、馄饨、意面还算在行，刷碗这件事，家里有刷碗机，他也就没接触过。

洗洁精挤了一堆，洗碗池里起了一层厚泡沫，好在厨房的水池是背对着门的，他高大的身影挡住了笨拙的动作。

隔几分钟，程骁南从水池里捏出一团泡沫，叫虞浅："哎？这里面有一个泡泡是心形的，你要不要看？我这么牛吗？刷个碗都是爱你的形状？"

也不是什么神奇实践，两个泡泡挤在一起，某个角度看，确实有那么一点儿像爱心，但其实更多的，是像屁屁。

不过虞浅没这么说，她不咸不淡地"嗯"一声，坐在餐桌边，声音懒懒地问他："怎么会想到创立 Eleven？"

“就想做个这样的公司。”

程骁南轻描淡写，把那些年披星戴月的努力一句话概括：“你走之后我也发愤图强过一阵子，毕业那会儿也算年级里的好学生呢。”

他端着盘子回眸：“也不是因为你说喜欢学霸，我就要变成学霸，就是……少年强则国强，这不，就把我们优秀的模特界前辈从国外吸引回来了。”

这么说着，手里的盘子磕碰在水池边，薄瓷禁不起撞击，瞬间碎成几块残片，无声掉落在泡沫里。

虞浅问：“什么东西碎了吗？”

“……没有没有。”

残盘藏入垃圾桶，完好的那只餐盘被程骁南放进沥水槽里：“我一直没问你，更喜欢国外的生活还是国内的。”

“国内，毕竟从小生活在这里呢。”

程骁南笑着说：“那就好，免得还要想着拓展海外市场，拜托老程搞个国外的公司。”

从厨房出来，他看见虞浅撑着下颌的样子，她的神色略显困倦，眼睑懒懒地垂着，看上去就要睡着了。

他蹲到她面前，指尖托起她的下颌：“怎么感觉你最近这么容易困，是工作安排太累了？要不要休息一阵？”

虞浅摇头：“不用。”

在国外时工作显然更繁忙，尤其是刚出国时和曲莉雯生病时，那阵子她经济有些困难，总在没完没了地接工作，无论喜欢与否，赚钱第一。

相比之下，现在这种可以凭喜好挑选工作的情况，已经是轻松至极。

不过这阵子是比较早犯困，有时候不到十一点，她已经睡着了。

虞浅想了想，觉得可能是孙月的安神香薰起了作用。

程骁南那间房里也有燃过和虞浅同款的香薰蜡烛，薰衣草和虞美人的。

前两次虞浅看电影睡着，他确实也点了，可是一个蜡烛，真的能这么管用？

见虞浅困得不愿睁眼，程骁南小声提议：“说真的，我留下来陪你睡吧，什么都不做的那种。”

虞浅睇他一眼，眼神里意味很明显——

你的话可信？

可能是刚“转正”的激动难以压抑，程骁南为了证明自己可信，给酒店前台打了个电话，在虞浅卧室单独加了一张简易单人床。

他洗漱后穿着睡袍坐在床边，撩了一下额前被水打湿的碎发，笑容十分嘚瑟：“睡吧，晚安。”

虞浅对于他在不在这屋里，好像没有很大的触动，黑暗里呼吸很快平稳起来，听上去已经入睡。

程骁南心不在焉地翻着手机，一直到两个小时后，思维还活跃着。

他忍不住转身，用手机屏幕微弱的光往虞浅那边照了一下，睡着的虞浅有种平日里没有的柔和，睫毛垂在下眼睑上，看上去毫无防备。

其实她总是安静的，哪怕白天，话也不多。

程骁南想起多年前他们一起去游乐园，人山人海里，他拉着虞浅的手腕去排游乐园里最刺激的过山车，两人排在队伍里，听到同在排队的情侣对话，一个女孩一直在说害怕，想去玩其他的项目，女孩的男友则把人揽在怀里，一直安慰。

当时程骁南看了眼虞浅，虞浅面色平静，用做过美甲的指甲，逗栏杆上慢慢爬着的一只瓢虫。

后来坐在过山车上，车子慢慢随着轨道攀向最高处，那种感觉连程骁南都有那么一点儿紧张，像钝刀子割肉，整个车上的人都有种暴风雨前的沉寂。

虞浅仍然不动声色。

那时候程骁南忽然觉得，她太不快乐了。

他在过山车即将到达最高峰时，打了个响指，唱着歌逗她：“身边的女孩看过来，看过来，看过来。”

虞浅确实看过来了，但他逗人逗得太专心，导致过山车猛然加速下滑时，程骁南自己惊了一下，发出一声叫。

从过山车项目地走出来时，虞浅倒是难得地笑了，指着背后盘满天空的轨道，问他：“你怕这种的？”

第二天被闹钟叫醒时，程骁南有那么一点儿黑眼圈，坐起来揉了几把头发，问虞浅：“睡得好吗？”

“还不错。”

虞浅顿了顿，问：“你呢？”

“不怎么样。”

当然不怎么样。

最开始还好，能躺在床上温馨地回忆过去，再想想现在，时隔这么多年，他们居然真的在一起了，想想就觉得开心。

后半夜就不行了，虞浅的呼吸轻浅地在安静的卧室里起伏，每一下都撩拨着程骁南的神经。

虞浅可能是睡得热了，踢掉半边被子，整条光洁的腿从厚厚的被子里探出来，月光清澄地把窗棂的影子拓在她的皮肤上，白嫩肤质，柔和的腿部线条，只有窗棂棱角分明地在上面落了黑色影子。

程骁南目光不受控制地从脚踝上移，只到膝，猛地移开。

他觉得自己是在受刑，一直熬到天都快亮了，才隐约睡着。

虞浅起床，从他身边走过，说她要去机场接彼得，他要是没什么事儿，可以留在房间里多睡一会儿。

但程骁南今天也有个早会，不得不起来，和虞浅一起洗漱。

他们并排站在酒店宽敞的洗漱台前，虞浅用自己的牙刷，程骁南拆了一支酒店牙刷。

洗漱台前是柔和的橙色灯光，两个人穿了同款的酒店浴袍，画面温馨得不像话。

刷牙也就两三分钟，其间程骁南频频从镜子里偷瞄虞浅。

虞浅吐掉泡沫，问他：“干什么？”

程骁南也干脆吐掉泡沫，大大方方承认：“想吻你。”

说完也不给虞浅反应时间，直接吻过去。

两个嘴里残留着牙膏泡沫的人接吻，虞浅用留了长指甲的指尖戳他肩膀，威胁地瞪他：“程骁南，我如果把牙膏沫咽下去你就完了。”

彼得每次回安北市都要赶在早晨，下了飞机就去吃早餐已经是他的习惯，也算是他迅速融入安北的一种仪式感。

阳光明媚的天气，虞浅陪彼得吃过早餐，在载他回酒店的路上，堵在三环的早高峰里。

刺眼的阳光里，她忽然想起程骁南早晨那个薄荷牙膏味的吻。

也许是在堵车的长龙里，她下意识笑了一下，彼得马上察觉，问她：“虞浅，我觉得你今天心情很好啊。”

“有点。”

“不想和我说说为什么心情好吗？真的太少见你这种好心情的样子了。”

车里开着暖风，虞浅想到程骁南把她送上车时的臭脸。

那个弟弟撇着嘴说：“不想开会了，想翘班。”

当虞浅问为什么时，他就站在早晨明晃晃的太阳光下，愁眉难展地说，感觉自己好不容易转正了，该和她一起去机场接彼得。

“起码要在你绯闻情人面前，好好显摆显摆才是。”他原话是这样说的。

提到彼得，他神色自如地称彼得为她的“绯闻情人”，而从未用“男女之间是否有纯粹友谊”这样的命题质问过半分。

后面的车子长声按着喇叭催促，虞浅才反应过来，前面的车子已经走出去一段路程，而她未及时跟上。

虞浅发动车子，不用回头也能猜到，坐在副驾驶位置的彼得此刻的目光该有多么八卦。

可能是虞浅开车的样子太过专注，彼得十分不满地嘟囔：“你一定是忘了我们同甘共苦的那段日子了，我有什么都是同你分享的，你现在有秘密了，唉，女儿大喽，有心事了。”

虞浅对于自己的感情，总是难以启齿的，那是一种，比害羞和难为情更加复杂的情绪。

很多很多年前，曲莉雯给还是孩童时的虞浅讲童话故事，讲到“从此以后，王子和公主过上了幸福的生活”。

曲莉雯抚摸着腕上的手表，对小小的虞浅说，生活里没有这样美满的事情。

后来成长的过程中，虞浅不断在曲莉雯身上看见，她的母亲一边市侩绝望，一边又在等待，充满矛盾，但又在爱着。

坦白说，虞浅这样的人，是不怎么相信“爱情”这个东西的，但她想起程骁南不得不去开会时那张幽怨的脸，笑了笑，说：“是有一些开心的事情发生。”

即便虞浅并没有谈到自己在恋爱，也没提起程骁南的名字，彼得也能从她的变化里，嗅到一些八卦的气息。

作为从小从事模特工作的人，虞浅每年过冬时，几乎从来不穿羽绒服、棉服这类厚重感的外套。

哪怕遇见极端天气，她也是长款羊绒大衣，过膝的皮靴，穿着时髦，随时都可以去走秀，但她今天穿了件浅杏色羽绒服，还是有帽子的款式，帽子边缘是一圈绒毛，十分不像她的风格。

倒也是好看的，也衬她。

其实羽绒服是程骁南送的，说梧桐里算是郊区，气温比安北市区低两度，尤其是入夜时分，风都要比市里大，可以披一件羽绒服以便御寒。

吃早点时彼得问过虞浅，怎么突然想起来穿羽绒服。

虞浅当时很大方地说：“是程骁南买的。”

其他的，不用多说彼得也能猜到，他在国外这段时间，虞浅和程骁南肯定是有什么进展了。尤其是现在，虞浅在等红灯变绿的时间空隙里，拿出手机，看了眼里面的未读信息，眉眼间蕴含着一些明媚情绪。

她这样坚强勇敢的女人，不能说是爱情在拯救她，只能说，她虽然对爱闭口不谈，但在某些潜意识里，对爱足够尊重。

信息当然是程骁南发来的，开会也挡不住他贫嘴。

一开始还在正经说已经帮彼得订过房间了，到酒店出示身份证办理入住就行，押金什么的都不用交。

后面越发像他过去的风格，见虞浅没回复，隔几分钟又发来一条，自娱自乐似地说：“不用谢，你的朋友就是我的朋友，都是应该的。”

可是，谁说要谢他了？

听说是程骁南订好的房间，彼得还故意打趣虞浅：“不会又把我支到另一家酒店去吧？上次离你们那个远哦，把我脂肪肝都给累瘦了。”

这次彼得和虞浅他们同层，就在程骁南房间对面。

中午程骁南开完会过来，虞浅刚好在试彼得带回来的一套衣服。

是彼得的新设计，纯黑色面料，手工刺绣的花纹，大朵玫瑰花瓣是各种红色的渐变，隆重又优雅。

虞浅穿着这样的礼服裙帮程骁南拉开门，侧身让他进来："帮我拉一下后面的拉链。"

程骁南刚从外面进来，车子从公司开过来很近，车上没有虞浅，他也懒得开暖风，因而指尖泛着冷意，又怕挨碰到她的皮肤，小心地捏着秀气的小拉链，嘟囔："彼得就不能把这玩意儿设计得大一些？"

不过彼得设计的裙子确实很美，虞浅穿着在卧室落地镜前照了一圈，给彼得发了一个竖着大拇指的表情过去，算是夸赞过了。

抬眼见程骁南托着下颌在看她，也就顺口问他："好看吗？"

程骁南肯定不会只夸裙子的："那是当然，也不看是谁穿。"

说完过去拨弄她的耳垂，问："要不要戴个什么珠宝试试？"

也就是这个时候，有人敲响虞浅的房门。

敲门声挺急切，估计是彼得收到信息后，急着来确认虞浅穿上礼服的效果。

虞浅故意逗程骁南："有人来了，你躲躲。"

程骁南本来大咧咧地敞着腿，坐在虞浅床边，听见她这话，不满地撇嘴："往哪儿躲？衣柜？"

虞浅还真就提着厚重的重工刺绣裙摆，拉开衣柜门，扬了扬下颌。

"我跟你这儿偷情呢？"

程骁南起身，从虞浅身边走过时，忽然拉住她的手腕，往衣柜里跨了一大步，语调含笑："偷一会儿，也不是不行。"

这一半衣柜是空的，空间极大，进去两个人完全没有问题。

他拉着虞浅进了衣柜，顺手把衣柜拉门关上，这一方空间黑暗促狭，视线受阻但感官敏感，不妨碍他精准用手覆上虞浅侧脸，找到她的唇。

屋外依然传来敲门声，还有虞浅手机的振动声。

他们在密闭空间里接吻。

裙子层叠堆积的纱质面料被积压在两人中间，背后拉链拉上时磕磕绊绊，这会儿被拉下来倒是轻车熟路。

程骁南推开薄纱，去触碰她的肌肤。

衣柜里有木料的味道，空气流通也不算好，虞浅拍开他作乱的手，重重咬了程骁南一口。

好巧不巧，还是咬在昨晚咬破的地方，疼得程骁南“嘶”了一声。

两人从衣柜里出来，虞浅还没说什么，程骁南倒是老老实实地挂着他的乖巧酒窝，笑着说：“我滚我滚，我这就滚。”

说完真的退出卧室了。

虞浅还有点纳闷儿，这弟弟什么时候这么听话过？

没隔几秒，果然听见程骁南搞事情的对话。

他大概是拉开了虞浅房间的门，彼得问：“程总，你在这儿啊。”

“彼得老师久等了。”

“你嘴上好像沾了东西……”

虞浅在卧室里都能听见程骁南声音里得逞的笑意。

他说：“哦，可能是虞浅的口红吧。”

午饭没在酒店吃，选了个梧桐里评价还算不错的饭店。

也顺便带了沈深、季苒和孙月，自从上次安谷大秀那会儿，彼得和这几个人都颇为熟悉了，偶尔朋友圈也互相评论，听说他回国，干脆一起吃午饭。

饭后，孙月给虞浅和季苒算塔罗牌，她们说水逆的话题男人们也听不懂。

沈深烟瘾犯了，忍不住拉着彼得和程骁南：“走走走，咱们也去外面转转，聊聊男人之间的话题去。”

季苒敏感地看过来：“沈深，你又要抽烟是不是？”

“没有没有，我们去上个厕所，聊聊正事儿。”

其实就是抽烟，彼得和沈深在饭店可以吸烟的一方玻璃房阳台内吞云吐雾。

程骁南撕开一块薄荷糖圈，丢进嘴里，“嘎嘣”一声咬碎。

后来沈深真的去上厕所，只剩下程骁南和彼得，彼得才把话题引到虞浅身上。彼得是担心的，因为虞浅这个姑娘，与旁人不同。她不像孙月、季苒她们，开心就哈哈大笑，不开心就抹眼泪撒娇。她是个性格很冷的女人。

方才饭桌上，沈深问程骁南：“南哥，你和虞浅给个准话，你俩是不是已经开始谈恋爱了。”

那时候彼得留意到，程骁南是当即看向虞浅的。

只不过虞浅对于恋爱，总是难以启齿，在爱情面前，她的经历令她难以坦荡。

所以，虞浅顿了一会儿，只是点了一下头，算是答应了。

程骁南适时指了指被她咬过的嘴唇，说：“你可不能始乱终弃啊，刚才咬我的时候，没这么敷衍啊？”

孙月和季苒马上开始起哄，后来关于他们谈恋爱这件事，热烈讨论起来的是季苒、沈深和孙月，偶尔程骁南眼里噙着笑说句什么，虞浅始终是没说话的。

彼得当然知道，她不说话也不代表不认可这段恋爱。

事实上，早晨她在车子里回复程骁南信息时，眼神里还带着一些恋爱才会有的柔光。

只是不知道程骁南能不能理解……

毕竟虞浅对于这件事的反应，非要曲解成她不爱提及，好像也说得通。

男人又都爱面子，最喜欢看女人总是一副离不开自己的样子……

虞浅那么不解风情……

但彼得的担心显然是多余的，程骁南听彼得说完，忽然笑了。

他明明才二十五岁，语气里却带着自信笃定的不卑不亢：“虞浅不是不解风情，她不过是在疗伤，而她受过什么伤害，旁人永远无法感同身受。”

彼得把烟按灭，拍了拍程骁南的肩：“你不会觉得失落就好。”

“不会，她爱不爱我我还是知道的。”程骁南笑着说。

彼得回国的第二天，正逢圣诞。

还是他们这几个人，在工作结束后，一起吃了一顿圣诞晚餐。

酒店餐厅很是贴心，连蔬菜沙拉都摆成了圣诞树的形状，还附送了每人一份餐后甜点——用糖霜印了铃铛图案的小苹果派。

季苒拿着手机让服务生帮他们拍了几张照片，晚饭后各自回房间，还拉了个小群，把照片一股脑儿发到了群里。

程骁南拿着手机敲门，跑到虞浅这边，把手机递给虞浅看："哎，我觉得咱俩坐一起好有夫妻相，这张照片只把咱俩截下来，当结婚照都可以了。"

照片里虞浅穿了一条冷色系连衣裙，程骁南也是同色系的衬衫。

两人座位是挨着的，被他单独截图出来，看着还真挺和谐。

"姐姐，我看这照片真拍得不错，要不你拿这个当屏保得了。"

程骁南这么说着，把自己裁剪过的照片发给了虞浅，虞浅收到后，想了想，居然真的设成了屏保。

她这个举动，吓了程骁南一跳。

他有些不好意思似的，偏开头，盯着一旁墙壁舔了下牙尖，才又转头回来："不是，我跟你开玩笑呢，你要不乐意，不用非听我的。"

虞浅神色倒是很坦然，看了两眼手机，没觉得有什么不妥："还挺好的。"

"……你习惯这样？"

"不是有很多女孩都把合照放在屏保上？"

虽然虞浅说不出口"爱"之类的字眼，但这种事情做起来，她并不觉得为难。而且程骁南不是也把她当年拍的那张照片当成头像，一用用了好多年吗？

用自己看着顺眼的照片做屏保，有什么不可以？

不过程骁南看上去挺高兴似的，垂着头闷声笑了半天。

虞浅看着他肩膀小幅度地抖动着，忽然也跟着露出一个微笑。

月色正好，程骁南从沙发上起身，走到卧室那张简易床上坐下，仰躺着，两只手交叠在后脑勺。

虞浅问："你还在这儿睡？"

"这不是床都没撤吗？正好我就留下呗。"

程骁南眼里噙着笑："也不知道是哪个工作人员做的好事儿，回头应该让沈深给他们加鸡腿。"

圣诞节之后的几天，程骁南都睡在虞浅这边。

他还同虞浅开玩笑，说反正酒店他占股挺多，不如把这俩房间打通得了。

其实程骁南在的这段时间，虞浅睡眠质量很好，很少做梦，也很少中途醒来。

晚上熄灯后，房间里安安静静，只有梧桐里的风吹动：球悬铃木干树枝的声音。

酒店给程骁南加的那张床，就放在虞浅卧室窗边，和虞浅的大双人床隔着不到一米远的距离。

每每熄灯时，程骁南都还精神着，以一种放松的慵懒姿势趴着或者侧躺在床上，同虞浅聊天。

这种时候，他的声音有种入眠前特有的深沉，沾染着温和怠惰。

连着几天，虞浅都是在程骁南这样的声音里入睡的。

最开始程骁南还没意识到有什么不对，只是在隔天早晨，打趣着对虞浅说："我发现我很助眠啊，怎么每天晚上我话都没说完，你就睡着了？"

发现事情不对劲，是在元旦那天。

安北的跨年夜总是格外热闹，各大商圈里圣诞节的装饰还没来得及撤下去，又加了一批元旦的小红灯笼。

圣诞树亮着，红灯笼也亮着，楼体上的巨屏闪着礼花图案。

他们还是圣诞时的人马，一群人开了两辆车去市区吃了顿丰盛的晚餐。

席间，孙月无意间看见了虞浅的手机屏保，马上发了一条朋友圈：如果有一天我死了，一定是被狗粮噎死的。

这条朋友圈，程骁南还点了个赞。

觥筹交错一整晚，回去时程骁南车子里只坐了虞浅和彼得，孙月坐沈深和季苒的车子。

十一点钟对年轻人来说真的不算晚，但虞浅已经开始面露倦容。

程骁南帮她把座椅调得更舒适些，问："又困了？"

彼得喝了点酒，口无遮拦，在后座担忧地说："虞浅，听骁南说，你这阵子总是犯困，会不会是之前那个什么抑郁倾向的后遗症啊？"

曲莉雯去世之后，有一段时间虞浅确实不太好，不过这件事，她从来没同程骁南提起过。

听见彼得这样说，她下意识抬眼，看向程骁南。

他的面容被霓虹切割成不同的色块，睫毛投下阴影，挡住眼睛，显得情绪莫名。

但她还是看见，程骁南的笑容慢慢收敛起来，抿紧了嘴唇。

车子过了收费站，开上高速，彼得酒劲上来，渐渐睡去。

虞浅把手伸过去，戳了程骁南一下。

他心不在焉似的回应一个鼻音给她：“嗯？”

“是曲莉雯去世那会儿，有一段时间我总失眠，医生说只是有些抑郁倾向，不是抑郁症，彼得夸张了。”

程骁南单手扶着方向盘，握了握虞浅的手，征求她的同意：“老程人脉广，让他联系个医生，稍微去检查一下？”

要是虞浅自己，这事糊弄糊弄就算了，医院也绝对不会去，但程骁南明显在担心，她想了想，没回绝，只问他托他父亲找人会不会太麻烦了，去医院正常挂号就可以。

“不麻烦，未来儿媳托他办点事儿他还能嫌麻烦？”

毕竟在高速上，程骁南也不能总拉着虞浅，最后握了一下她，收回手扶着方向盘：“我陪你去。”

过了元旦，带虞浅去检查身体的事情被提上日程，出发那天早晨，程骁南比她还紧张。

老程打来电话时，程骁南背着虞浅，去阳台接听。

他拧了眉心看着窗外光秃秃的二球悬铃木和笔直的街道：“爸，我怎么这么紧张啊？”

“就是去检查检查身体，你紧张什么？没出息，别让我儿媳妇听见，到时候嫌弃你。”

老程顿了几秒，认真教训人：“男人得顶天立地，别有点什么事儿就慌张。假设，我是说假设啊，真要有什么，你得当定心丸，让人家虞浅安心，你这还没去医院就先慌了，让人家姑娘怎么办？”

道理程骁南都懂，但涉及虞浅的健康，他也实在嬉皮笑脸不起来，沉了声音说：“上次你这么积极联系医生，不还是我妈生病的时候……”

“你妈妈那是绝症，你想什么呢！快呸呸呸。”

程骁南忽然笑了：“老程，你完了，你敢呸我妈。”

“我可没有，挂了！兔崽子。”

心慌担忧都是背地里的，路上程骁南还是和往常一样，同虞浅贫嘴讲笑话：大学时候隔壁美院的学生，老师让画风景，那哥们出去一整天画了两座塔，结果作业交上去才知道，那两座塔楼不是什么古迹，是市火葬场的建筑。

说着，他想起什么似的问虞浅："反正都出来了，晚上咱吃火锅去？"

"好。"

医院里整整耗了一天，虞浅把能查的都查个遍。

外面天气冷，程骁南背着虞浅的包，陪着她坐在医院走廊的长椅上等结果。

感觉到手机振动，他摸出自己手机看了一眼，屏幕是黑的。

是虞浅的手机来电话，没存姓名。

程骁南根本不是存了打听的心思，只是随口一问："谁啊？"

虞浅接过手机看了看："韩初。"

程骁南手里拿着个罐装可乐，听见韩初的名字，撇嘴"啧"一声，单手把可乐拉开。

韩初隔三岔五也有联系虞浅，虽然小时候那点情分已经耗光，她也还算客气，从来没说过过分的话。

但今天韩初对程骁南提出了质疑，他在电话里问："你真的在同比你小的男人交往？浅浅，曲姨不在，我是要多叮嘱你的，你……"

程骁南和虞浅挨得进，自然能听见韩初在说什么。

但韩初是虞浅的人际关系，他得尊重虞浅，也不好说什么，只掏了掏耳朵，嫌电话里的声音聒噪，顺便不满地把可乐罐捏扁一块。

心说，胡说八道。

但虞浅今天没像平时那样平静，她甚至显得比他更不耐烦，皱了皱眉心，忽然打断电话里的人："韩初，曲莉雯在或者不在，都轮不到你来做所谓的叮嘱。你和我的关系，远没有好到这样的程度。"

身旁的程骁南正在喝可乐，听见这话，铝罐停在唇边，露出笑容，十分快乐地给虞浅竖了个大拇指。

"浅浅，你……"

虞浅越说越没耐心："我的事情和你没关系，也不要再打电话过来了。”

挂断电话转头，程骁南正表情愉快地喝着可乐。

她问：“你笑什么？”

“没什么。”

程骁南笑眯眯地用胳膊肘撞了虞浅一下：“人家给你友情建议呢，怕我比你小，不靠谱。”

虞浅难得说了一长段话。

她语气冷淡地说：“一个人是否成熟可靠，和年纪无关，有的人六十岁依然幼稚，只不过披着张褶皱的皮，倚老卖老，说自己吃过的盐比哪个年轻人走的路还多。

“韩初读了那么多书，这样的道理他不懂？”

说完，冲程骁南抬手：“可乐。”

程骁南从羽绒服口袋里拿出一罐乌龙茶：“你喝这个，保温柜里买的，还热着。”

临近四点钟，虞浅的检查结果终于出来了。

幸好，只是虚惊一场。

老程找的医生穿着白色大褂，把所有报告看了一遍，分析说：“可能是因为这么多年来，她的神经太紧绷了，最近忽然放松下来，那些疲惫感才后知后觉地浮现，开始犯困，没什么大碍。”

中途，虞浅去了趟洗手间，回来时在门边听见程骁南和医生“讨价还价”——

“林医生，她是真的没事儿？”

“都说多少次没事儿了，放心吧小伙子，要是实在不放心，可以去中医那边开点安神的中药喝。”

“中药啊？中药多苦，有没有那种甜甜的安神中药？”

林医生无奈地说：“那是药，不是饮料。”

虞浅站在门边，浅淡地弯起嘴角。

进入一月，也飘了一场小雪，天气更寒一些，程骁南依然赖在虞浅房间里，每晚睡在临时加的单人床上。

毕竟是成年人，偶尔也有擦枪走火的时候。

前一晚，程骁南和虞浅在双人床上接吻，屋子里暖气很足，他们的睡衣并没有多厚，只是普通的真丝款。

后来他还是停了下来，大大方方倒回自己那张单人床上，说了晚安。

虞浅有些狐疑，程骁南真有这么老实？以前怎么没看出来？

隔天下午，虞浅没有工作，在自己房间里休息，酒店工作人员敲门，说是有她的快递。

虞浅不习惯网购，问了收件人姓名，还真是她的，不算大的一个纸盒，晃一晃也听不出里面是什么。

虞浅去厨房找了剪刀，把快递拆开，里面是独立包装的两个小盒子，上面印着某知名计生用品的品牌字样。

“程总，您有快递到了，我给您放在会议室了。”

程骁南点头道谢，推开会议室的门，看见桌上一个巨大的纸箱，瞬间拧了眉心，翻出沈深的微信，按着给他发了一句语音：“我让你帮我下单，你买这么多？”

“不多啊，十六只还多吗？”

沈深回得倒是快，夹着坏笑：“你试试就知道了，十六只，很快就用完了。”

程骁南又没用过，盯着面前半米高的箱子，心里发出疑惑：十六只，这么大个包装箱？

等他拆开，才发现里面是他之前订购的乐高，不是那个。

沈深已经欠欠地推门进来：“怎么样老板，还满意吗？我可是仔细观察过的，我们用过的所有品牌里，这个最好用……”

程骁南做了个停止的手势：“不是那个，是乐高。”

“哎？不能够啊，我这边显示已经签收了啊。”

沈深说着，拍了下脑袋：“不是，我没寄到公司来，是寄到酒店的，我这人办事多靠谱啊，这种私人物品怎么可能给你寄到公司……”

程骁南听他这么说，忽然眼皮一跳，他糟心地问：“房间号填的哪个？”

“当然是 6602 啊，你现在不是在虞浅那屋住吗，寄到 6603 谁收啊？”

“……名字留的谁？”

"虞浅呗。"

程骁南深深吸了一口气，给虞浅拨通电话："姐姐，你今天收到快递了吗？有一个我的快递，寄到了你房间……"

"收到了。"

虞浅的声音听起来很大方："写了我的名字，我拆了。"

程骁南耳郭有些发烫，但觉得这种事情，自己不能比女朋友扭捏，强做冷静地说："收到就好。"

第六章 温暖冬日

下班时，沈深钻进程骁南车里，说顺路去酒店查看一下上个月的报表。

可能是瞧见程骁南面无表情的脸，沈深坐在副驾驶上，扣上安全带，安慰说：“哎呀，南哥，你想太多了，那东西你俩谁签收不一样啊？我经常都是买完寄回家里，让季苒签收，有时候遇见她不喜欢的款，还会拒签，再打电话骂我一顿……”

程骁南在开车的空档里瞥了沈深一眼：“那能一样？”

“有什么不一样？你俩现在也在一起了，都是情侣，哪里不一样了啊？”

程骁南懒得解释。

当然不一样，沈深和季苒很早就冒出了恋爱苗头，那时候都是学生，除了放假，其他时间，从早到晚，大家都是在一起的。

沈深上课睡觉流口水、玩手机被罚站、考试班级倒数，这些季苒都见过。

季苒考试失利哭得眼睛像核桃、重感冒擦鼻涕擦得鼻头通红、经期裤子染红一大块血渍，这些沈深也都见过。现在俩人一起住也有一年多了，网上买这种东西，谁来签收确实无所谓。

他和虞浅情况不一样，他们这才刚开始恋爱。

程骁南觉得，那玩意儿要是他在某个情绪到位的时刻拿出来，是一种对女友的尊重。

但直接寄到虞浅那儿……

总觉得好像在通知人家，他在觊觎着点什么似的。

车子里，沈深手欠地按开了电台，里面正放着一首不知名的抒情歌曲。

程骁南有点心烦，轰着油门把车子开到酒店，让沈深赶紧滚蛋。

他回到虞浅房间时，彼得也在，听说虞浅去医院查过没什么大碍，彼得也放心不少。

聊天间，彼得提起自己前些天去了一趟以前他们住过的地方，那一片老房子早已经拆迁，建起高楼大厦，也建了商圈。

回迁房社区里，他还遇见了过去房东家的儿子。

当年满院子跑着逮蜻蜓的小男孩，现在孩子都已经三岁多了，提及彼得的房东，说是身体不好，前年去世了。

大抵是触景生情，也想起了自己远在天堂的妻子，彼得叹了一声："世事无常啊。"

聊了几句，彼得忽然问："对了，虞浅，当年你送那孩子的玩具熊，到底哪儿来的？"

彼得说的孩子，是虞浅无意间认识的生了病的小女孩，被外媒传说是她和彼得的孩子，其实已经去世有三年了。

那时候虞浅为了她，剃了光头，女孩爸妈知道女孩喜欢虞浅，也同意她偶尔来虞浅那里住一夜。

女孩喜欢虞浅卧室的一只超大号毛绒熊，后来虞浅把它送给了她。

要不是女孩抱着毛绒熊出来，彼得都不知道，虞浅这样的人，卧室里居然会放一只毛绒熊。

问是哪儿来的，虞浅一直没说。

如今旧事重提，虞浅看了眼程骁南："他买的。"

"什么时候的事，我怎么不知道，你出国时不是只带了一个行李箱吗？"彼得不解地问。

那都是七年前的事儿了，程骁南买了一只巨大的熊，说是看虞浅不开心，送给她。那只熊后来跟着虞浅漂洋过海，整个行李箱里几乎什么都没装，才勉强把熊用真空袋子压缩，塞进去。

说出来可能简单，但细细揣摩，那时候她出国，就只带了一样东西，就是程骁南买的熊。

程骁南回眸，同虞浅对视。

在车上时沈深还说了：“南哥，我仔细一想你也挺幸运的，这么多年虞浅都没结婚也没交男朋友。”

程骁南当时没说话，现在却笑了，凑到虞浅耳边不正经地问：“出那么远的门只带了我买的熊？我很荣幸……”

后面本来还有几句嘚瑟的话要说，但他余光里，看见了已经拆开的快递盒，那些话也就卡在嗓子眼儿里，没说出来。

他们三个是坐在餐桌的椅子上聊天的，小沙发空着，现在上面只有被拆过的快递纸箱，合着盖子倒是看不出里面是什么，至少彼得没问过。

程骁南摸着脖子，不怎么自然地转过头，换了个话题：“我今天也拿了汤过来，彼得老师留下一起喝点？”

“什么汤？”

“就普通的滋补汤吧，我们家阿姨炖的。”

彼得打开盒盖闻了闻：“好香，那我就不客气了。”

程骁南询问过虞浅想吃什么，打了酒店电话，从餐厅定了几道菜送过来，在房间里吃。

吃过晚饭，彼得离开，酒店工作人员来收走了餐盘。

程骁南看着工作人员忙碌，无意间旧事重提，问虞浅，怎么想着把那只熊带到国外去的。

虞浅只说收拾行李时觉得，所有东西国外都能买得到，实在没什么带着的必要，只有那只熊，是程骁南送的，和买的不同，她就带上了。

还没等程骁南高兴，虞浅耿直地说：“同样带着的，还有两本韩初小时候送的书。”

这话得到了程骁南一声“嘁”。

虞浅随意坐到沙发上，身旁就是那只快递盒。

因着这个纸盒的存在，程骁南很难集中精神同她聊天。

起码，被虞浅问到那时候为什么会送她一只熊时，程骁南就走神了。

他当时也不知道女孩子喜欢什么，前后桌几个女生问了一遍，都推荐他去商场一家礼品店去看看，去了之后，礼品店的店长说，那巨型玩具熊很受欢迎，就是有点贵。

程骁南在乎的是价格吗？

他在乎的是虞浅到底能不能因为那只熊，高兴一点点，哪怕只是稍微一点点。

那时候虞浅问他为什么突然送东西给她。

“你这阵子不是不开心吗？”他这样说。

现在看来，其实是送对了的。

虞浅就像那只玩具熊，看着很酷，其实塞满棉絮，内心柔软。

程骁南目光扫过快递纸盒，脑子一抽，顺着刚才的思路想：

嘴唇也柔软。

挨到虞浅去洗澡，程骁南才坐到沙发上，要说没有心猿意马，那也是不可能的。

反正买都买了，干脆查一下这玩意怎么用。

等在网上逛了一圈，程骁南拿起纸盒，晃了晃。

嗯？里面是空的？

浴室水流声隐约入耳，他觉得自己处境是有些尴尬，总不能去问虞浅，她把东西放在哪儿吧。

虞浅从浴室出来时，程骁南正蹲在床边矮柜前，翻看抽屉。

“找什么？”

程骁南动作顿了一下，满脸镇定：“没什么，你洗完了，那我去。”

共用一间浴室这件事，之前并没让他有多少其他心思，今天是见鬼了，洗澡时总觉得浴室里除了蒸腾着的沐浴露洗发水味，他总觉得还有些什么其他的香气。

甚至在看见玻璃门上一块被蹭掉的雾霜时，脑子里不受控制地想到了虞浅纤细的腰。

最要命的是，他穿着睡衣出来，看见虞浅就坐在床上，手里拿着一个盒子，问他：“你刚才是在找这个吗？”

程骁南偏头咳了一声，摸着脖颈儿：“我觉得我有必要解释一下。”

“解释什么？”

“你手里那个。”程骁南指了指她手里的东西，“我买的时候是怕万一……没别的意思，就是……”

虞浅手里拿着那盒东西，看向程骁南。

这弟弟就靠在洗漱间门口，背后的灯色下还能看到丝丝缕缕的水雾蒸汽，他眉毛只拧起一瞬，随后，取而代之的是一种颇显无奈的表情。

唇抿了抿，酒窝短暂显露，他苦笑着说：“完了，我觉得我说不清了。”

其实也不用他说什么，虞浅在国外拍过这类用品的广告，当时那群挤在化妆间里的女模，说话露骨。

但虞浅想，程骁南一定不算是模特们口中的渣男。

接触的女模多，从她们嘴里能听到形形色色的男人，每一种都不像程骁南。

他有他令人着迷的地方。

就像前些天夜里，她从梦里清醒，程骁南床上是空着的，被子堆在床尾，只留下一床清冷的月光。

没关严的门缝里有一点儿光线溜进来，她走到卧室门口，听见程骁南压低声音在同人打电话，电话那边，估计是老程。

程骁南的声音总在夜里格外沉：“医生倒是说没什么大碍，只说让她多休息，你介绍那医生说了，可以给开点安神的汤药喝喝。”

“什么喝喝就喝喝，药不喝你嘴里你是不知道苦，我小时候我妈给我喝的那个药汤，现在我想起来舌根都发苦。”

“那什么，家里阿姨不是会做安神的汤吗？汤总比中药好喝吧，让阿姨给煮点安神汤呗？我每天回去拿。”

“你想得倒美，我当然希望她直接跟我回去住，人家能不能同意还不一定……”

“那行，我明天回去拿。”

在那通电话之后，每隔两天，程骁南总能端来一大份汤，放了人参莲子和麦冬，还有一些虞浅不认识的材料。

加热一下，味道很不错。

他不说是他让阿姨给熬的，也不说担心她的身体，只说：“老程肯定是更年期了，整天担心我累着，让我喝这些汤，姐姐，帮帮忙，帮忙解决点呗？我真不乐意喝。”

有时候虞浅觉得，他对她认认真真上心时的样子，特别让人想要撩一下。

虞浅这么想的，也是这样做的。

她问程骁南：“你准备什么时候用？”

“……这玩意儿哪说得准时间，我说现在？说明天？这都说不准啊，怎么也得你同意。”

“我同意。”

程骁南似乎噎了一下，眸光深深看过来：“你说什么？”

虞浅故意把声音放得很轻：“我说，我同意。”

从她故意说“同意”两个字开始，这一夜是没人能把持住的。

深夜，酒店房间只亮着一盏夜灯，在床边矮柜的正上方。

光线不算刺眼，投下一片柔和的暖色光斑落在柜面，木质花纹上静静躺着程骁南那块满钻男表，还有虞浅常戴的小金表。

虞浅习惯了在黑暗里入睡，没戴眼罩，所以还是被夜灯晃得睁开眼睛。

应该是过了夜里十二点，具体时间虞浅也难以揣测。

她睡了一觉从夜色里醒来，睁开惺忪睡眼，便看见程骁南那块璀璨夺目的表。

继而感知到，身后的软床垫凹陷。

回头，就看看程骁南的睡颜。

入睡时他们是相拥而眠，但这么多年虞浅习惯了一个人睡，不知道在熟睡时都做了些什么驱赶人的行为，此刻程骁南一个身高优越的大男人，只得到一小角被子，缩在床最边缘的地方。

再往后一点点，就要掉下去。

看着怪可怜的。

卧室里安静得只有窗外的风啸声。

都说今年安北市的冬天格外难捱，不是大风就是雪，往年树枝上还能零星剩下几片残叶，今年都是光秃秃的树枝。

虞浅在化妆间不止一次听见南方来的模特姑娘们抱怨，说安北气候干燥，也说风像刀子，好像能把人耳朵吹掉。

但对她来说，这个冬天是温存的。

其实这盏夜灯不是程骁南忘记关掉——入睡前程骁南还很精神，把她揽入怀中，吻了吻她的眉心同她说晚安。

所以留了一盏灯未关这件事，不是他忘了。

虞浅想，他应该是习惯了这样留着光亮睡觉，毕竟他本身是不喜欢黑暗环境的。

今天只是他一时疏忽，才没关。

论心细，虞浅远没有程骁南心细，他会留意到她喜欢在一片黑暗里入睡，就迁就她每晚睡前都会关掉所有灯。

就像他每次同她拥吻，都会记得把腕上的手表摘下来，怕划伤她。

而她总记不得这样的小事。

前些天在车里拥吻，揽着他后颈，表盘正好转到手腕内侧，带着冬日的寒凉贴在程骁南脖子上。

他被冰得“嘶”了一声，却下意识把她的手捉到手掌里包住：“这天儿是够冷的，瞧你手凉的，像冰块似的。”

虞浅看了眼程骁南熟睡时的脸，睫毛垂着，平日里锋利的眼角隐匿其中，显得乖了不少。

早说过，他的乖是假象。

刚才锢着她手腕哑声说“姐姐帮我”时，他可不是这种乖相的。

奶豹，虞浅在心里这样评价着。

她稍稍起身，想要去拿手机，却碰掉了放在床头很多天的烟盒，声音不大，但她捡起烟盒时，还是有人从身后凑过来，揽住她的腰。

他身上有和她同款的沐浴露和洗发水味道，体温却比她更温热，贴过来时，像个暖宝宝。

虞浅回头，见程骁南手背搭在眼睛上，俨然一副睡意未消的样子，顿两秒才睁开眼睛。

看见她手里的烟盒，程骁南闷声笑了半天：“干什么呢，大半夜的，找事后烟抽呢？”

其实虞浅没想抽烟的，程骁南这么一说，她干脆挑着眉梢把仅剩下的一支香烟摸出来，叼在唇间，摸了个打火机，点燃。

挑衅似的对着他吹出一股烟雾。

“还真抽啊？”

“嗯。”

虞浅想过，抽完这支烟，以后干脆戒掉算了。

瞧着程骁南那天在医院科室里紧张着问东问西的样子，她要真抽烟抽出个肺癌胃癌的，他指不定怎么闹腾呢。

但就是这最后一支烟，程骁南也不让她好好抽完。

他凑过来，在蓝莓味烟雾里，同她接吻。

在抽烟喝酒这类事情上，程骁南确实算乖的，他自己要来亲她，却被她唇齿间含着的半口烟呛住，偏头咳嗽。

他苦着脸问："有什么好抽的？"

"不知道，和我妈学的。"

虞浅同程骁南说起过她爸妈的事情，程骁南正好此刻用来反驳她："和你妈妈学点好的。"

"她哪儿好？"

"就，专一啊，不像你总撩弟弟。"

剩下那半支烟，虞浅找了个烟灰缸按灭。

光线昏暗，虞浅借着夜灯看清程骁南脖颈儿处有一道红色的抓痕，延伸至锁骨下方。

程骁南也留意到她的视线，摸了摸脖颈："是不是留下印了？"

"有点。"

那是虞浅失控抓的。

程骁南倒是没在意这个抓痕，只抬了抬下颌，问虞浅："我想起来了，你身上有个伤疤，怎么弄的？"

她的左侧肋骨偏上处有一道疤痕，这会儿虞浅虚拢着真丝睡袍，那道疤已经挡在布料下面，可能是之前程骁南看见的吧。

其实已经是陈年旧伤了。

是虞浅出国第一年，在国外接了一个工作，拍摄时在一个山坡上，她站着的那方巉岩落了积雪，她不慎滑倒，差点跌落山头。幸而只是沿着石坡滑倒，滚出去一段距离。

拍摄服装很薄，一截断木戳破皮肤。也没多严重，只不过后来感染，疤痕也就留下了。

虞浅轻描淡写："拍摄时磕碰的，不严重。"

她都说得这么云淡风轻了，程骁南还是皱了眉心，吐槽她，说她嘴里一句实话都没有，指不定是什么凶险情况，没准儿是从山坡顶上滚下来摔的呢。

见虞浅没说话，程骁南坐到床边，把她拉进怀里，隔着布料抚摸她的伤疤："当时疼吗？"

虞浅有点破坏气氛地问："你真的不是在占我便宜？"

后面的事情水到渠成，反正谁也无心睡眠。

第二天虞浅起床时，程骁南已经去公司了，桌上给她留了一盒点心，还写了字条，叫她中午等他一起吃饭。

他的字不算是很好看的那种，但笔画甩得十分嚣张，见字如见人，只看这张字条就知道，这人骨子里有多张扬了。

虞浅盯着字条，不经意想起昨晚的情景。

他吻她时，她垂了眉眼，夜灯暖色的光笼着他满是汗意的脖颈儿，上面有一小片泛红的皮肤，不知道是他自己还是她刚蹭到的，很性感。

后来睡觉时，程骁南准备关灯，被虞浅拉住。

她说："不用关，你不是怕黑吗？"

这话激得程骁南"啧"了一声，说自己不是怕黑，只是不怎么喜欢黑暗的环境。

"我知道。"

"听沈深季苒他们说的吧？"

程骁南把灯关上，在黑暗里凑过去，吻了吻虞浅："也没那么邪，就是不喜欢黑，在黑暗里我有时会很想她，但你在就不一样。"

"怎么不一样？"

"你在时，想起我妈妈，会觉得有点期待，想知道她如果见到未来儿媳妇，会是什么样的。"程骁南声音里蕴含睡意，"她应该会很喜欢你。"

彼得过来时，虞浅正在吃迟到的早餐。

但彼得比她作息更不规律，才刚起不久，坐在餐桌边，顺便喝了虞浅一份粥。

虞浅问彼得，安北房地产这行当里是否有熟悉的人。

彼得愣了愣："干什么，你要买房？"

"想把曲莉雯留下的老房子卖掉，加点钱换一套。"

这事情让彼得很吃惊，虞浅这人对钱这方面十分随意，也从来没想过买房子。

她以前说过，觉得租房和住酒店都不错，自由，想去哪儿去哪儿，不用受房产牵连。

现在想要买房子，肯定是和程骁南有关的。

彼得放下粥碗："不是，买房子的事情是你和程骁南商量的？他怎么让你出钱买房啊？"

虞浅摇头："没商量过。"

她昨晚想过，总不好让他一直来睡酒店，她如果买了房子搬出去，程骁南应该也会回家住。

她打听过程骁南家的小区，房价高得简直离谱，普通人三辈子工薪也望尘莫及。她准备在他家附近买一套小一点儿的。

离着近，也方便见面。

她对房产不懂行，商住和住宅分不清，也不懂怎么看公摊面积和便利性，所以想找个靠谱的人，指点一下。

彼得动了动嘴，没吭声。他想说，买房子这种事，还是要和程骁南商量一下的。万一人家男方有其他计划呢？

但虞浅又习惯了一个人拿主意，一时间，彼得也不知道怎么劝好。

还没等彼得想明白，虞浅看见桌上的烟盒。昨晚已经抽完最后一支了，应该只剩一个空盒。但她拿起来时，里面是有重量的。

虞浅握着烟盒，轻轻晃一晃。

那一瞬她莫名觉得自己像是在寺庙里晃动求签筒，掉出来的却是一枚银色的钥匙。

彼得怔住："这是……"

虞浅也有些没想到，只觉得是程骁南放的，拨了电话给他："你在烟盒里放的钥匙，什么意思？"

"稍等一下。"

程骁南不知道在同谁说话，声音很正经，隔了几秒，他那边周遭安静下来，感觉像是找了个适合聊天的地方。

他在电话里吊儿郎当地笑着问她："还能是什么意思？当然是咱们家的钥匙，我昨天想了想，总睡酒店也不是长久之计，咱俩搬回我那儿得了，前年我买房时我爸就请风水大师看过了，我那屋妥妥的金窝，就一点不好，少个女主人。”

他这么说，有些打乱了虞浅本来的计划，她也就没反应过来似的，沉默住了。

一起住好像也行。

但虞浅始终觉得自己是个无趣的人，她并不是时时刻刻都有话题和别人聊，也没有那么会为别人着想。

至少在搬出去住这件事上，她就没有想到过，两人还可以一起住。

也不是不喜欢他，只是……

“怎么不说话？不愿意啊？装修风格什么的你要是不喜欢咱们都可以重新弄，要是房子你不满意，我换一套也行……”

虞浅皱眉：“不是这些……”

“姐姐，别不是想始乱终弃吧？我可是很专一的，十八岁那年，我就觉得，你得是我的新娘了。”

她不回答，他就在电话里一直说，越说越离谱。

最后又把锅推到他爸身上：“老程说了，我这四体不勤五谷不分的，自己住容易吃错东西把自己毒死，保不齐哪天就把水仙当韭菜给吃了，到时候死家里都没人发现……”

虞浅看了眼手心里的钥匙，觉得他真是和十八岁时候没什么两样。

她忽然叫他：“程骁南。”

“你说，我听着呢。”

“那就一起住吧。”

✦

Eleven 高层开会向来也没什么特别严肃的氛围，公司文化就在这儿摆着呢，明显的轻松型。

高层们除了最开始跟着程骁南和沈深一起创业的人，剩下的都是高薪聘请来带团队的管理者，开会结束偶尔也约着一起去吃个饭什么的。

会议开到一半，程骁南忽然拿着手机起身，面对沈深他们一众人的目光，他把接通的电话举到耳侧，对众人说：“稍等一下。”

说完，推开会议室的门出去了。

几个高管面面相觑，勉强严肃地讨论完一个内容，最后还是没忍住，只能凑在一起，悄悄问沈深："沈总，怎么回事儿啊，程总最近看上去心情怎么这么好呢？"

沈深面露神秘微笑，像个大仙，翘着兰花指掐了掐，说："嗯，近有桃花落于你们程……"

话没说完，程骁南推门进来，沈深刚才的仙气顿时散了，狗腿地把助理新填过热水的茶杯往程骁南桌位前推了推："南哥，喝茶。"

程骁南瞄他一眼，没说什么，手机倒扣在桌边，一脸正经："说到哪儿了？"

这会一开就是一上午，把所有问题说完，也到了午饭时间。

照惯例，他们肯定是要一起吃饭的，所以众人也开始七嘴八舌地讨论，都在问中午去哪儿吃。

程骁南这时才露出微笑，手机放在手里转着："让你们沈总带你们去吃吧，算我账上，我就不去了。"

"干吗去啊程总，有急事啊？"

"一起吃呗？好久都没一起吃午饭了。"

"哎哟，程总不去啊，那半个公司都得让我们吃没了。"

"去年有一次您没去，沈总带我们吃的米三，哈哈哈……"

"你不在没人治理沈总，他话太密，还总想吃虫子。"

热爱蚕蛹的沈深梗着脖子，骂他们："滚，吃米三怎么没人嫌我话密？蚕蛹高蛋白，你们懂个锤子。"

见程骁南一直没说话，有人问："程总今儿真不去？"

程骁南整个人以一种放松的姿势靠在真皮座椅里，嘴角扬起一抹弧度，十分嘚瑟："不去，有正事。"

果然有人问："什么正事啊——"

他笑了笑："也没什么，就是女朋友同意搬到我那儿住，得计划计划，叫个靠谱的搬家公司什么的。"

沈深刚从座位上站起来，被程骁南秀得差点一个踉跄摔桌底下去。

等人散得差不多了，沈深问程骁南："南哥？虞浅不是住酒店吗？能有多少东西？叫什么搬家公司啊？"

程骁南盯着沈深看了两秒："也是。"

“我知道虞浅答应搬到你家去你高兴，但这波恩爱秀得也太强行了吧？我就觉得你最近……”

“沈深。”

“啊？”

“请客吃米三的钱，你记得补一下账。”

“啊？南哥！我自己请啊？不是出去吃饭一直都是你请客的吗！南哥你不能这么对我，我昨天刚被季苒从鞋柜里翻出两千块钱私房钱，我很穷啊！南哥！”

程骁南不为所动：“你藏脏袜子里的银行卡季苒发现了吗？”

“还没有……南哥你干啥呢？你……好端端的给季苒拨什么电话？”

“聊聊天？”

“……南哥，你今天好吓人。”

和虞浅、彼得一起吃午饭时，程骁南听彼得说起虞浅之前的计划，说虞浅原本准备卖掉她妈那套房子，换一套离程骁南家附近的。

彼得这样说时，程骁南正在帮虞浅夹菜，闻言，动作一顿，有点担忧似的小声问了一句：“怎么了？你是不愿意和我住一块儿？”

虞浅语气没什么起伏：“不是。”

她只是觉得，自己并不是一个那么有趣的女人，真住在一起，程骁南会觉得无聊。

但她明显是多虑了，这弟弟可能都不知道“无聊”两个字怎么写。

彼得走后，程骁南说下午没事，干脆留在酒店陪她。

他懒洋洋地半躺在虞浅客厅的沙发上，一条长腿伸着搭在沙发扶手上，另一条垂在地上，他那个身高，显得双人沙发格外迷你。

虞浅在做瑜伽，他就有一句没一句地同她闲聊，话题一个接一个，根本不给她无聊的机会。

“哎？你要卖的那房子，是不是以前我去过的那个？”

“嗯。”

“对门住的韩初？”

“对。”

“他现在还住那儿吗？”

“应该搬家了。”

“那你别卖了，留着得了。”

程骁南把手放在后脑勺上枕着，忽然想起什么似的，脸上挂了调侃的笑：“当初我脱光了站在你家厨房，你对我，就没点什么非分之想？”

虞浅跟随视频里瑜伽老师一起换了新的动作，从背对程骁南的姿势，变成了直面他，短暂地看了他一秒，然后仰头，双手向上。

她经常练，声音倒是没有因为动作难度变得有什么不稳，很平静地说：“有过。”

自己喜欢的女人，穿了一身贴身瑜伽服，还说对自己有非分之想。

屋里就他们两个人，虞浅鬓间有细密的汗珠。

这情况，放谁身上能没点冲动？

程骁南才刚起身，虞浅像下巴长眼睛似的，仰头的动作没变，随手拎起瑜伽垫旁的一瓶矿泉水，丢过去砸在他怀里：“老实点。”

“……行，我老实点。”

嘴上这样说着，没几分钟，人又凑过来：“亲一下呗，姐姐？”

下午闲着没事做，程骁南怂恿虞浅一起去逛街，说自己缺几件冬装。

商场试衣服时，程骁南换了件衬衫，晃悠着从试衣间出来，没瞧见虞浅人。

“先生，这件衣服您满意吗？同款衬衫还有暗蓝色的，卖得也很好。”

程骁南皱眉巡视：“请问，跟我一起来的人呢？”

“哦，在那边。”

顺着导购手指的方向，程骁南往后退了一步，才看见被商场柱子挡在后面的虞浅，正在同一个女人说话。

可能是熟人？

虞浅回来时面色如常，只说自己遇到一个故人。

她工作得早，又是安北本地人，遇见一两个熟人也是正常的，这件事程骁南本来没放在心上。

一起逛街、吃饭，甚至顺路去卡丁车赛场跑了两圈。

第一圈程骁南怕撞到虞浅，让了一下，把自己赛道第一的位置给让出去了，只在第二名。

这还是第一次程骁南来开卡丁车输给女士，不怎么服气地逗她：“你喜欢在上面？”

虞浅说：“一般。”

第二圈程骁南认真了，他第一，虞浅也不差，排在第二。

程骁南还挺厚脸皮地在虞浅旁边嘚瑟：“承让承让。”

一整天下来，程骁南也没察觉到虞浅有什么不对劲儿。

发现端倪，是在晚上。

两人窝在床上看综艺到十一点，虞浅居然没犯困，换了往常，她早已经睡着了。而且综艺挺多笑点，她脸色一点儿变化都没有，说是看电视，更像是在盯着屏幕发呆。

后来程骁南试探着问：“关灯睡觉吗？”

“嗯。”

程骁南关掉灯，在黑暗里把虞浅往自己身边拉拢，问：“怎么今天这么精神，不困？”

虞浅还是一个字，嗯。

程骁南想了一会儿，忽然问：“下午你遇见的那个女人，有什么问题？”

这次虞浅没出声。

于是程骁南知道，问题就出在那个女人身上。

他想了想，忽然有些怪自己不够心细。

虞浅哪有那么多关系要好的旧熟人，过去学校里只有一堆霸凌过她的混蛋们，现在小混蛋们都长大了，变成了大混蛋。

一个疑似大混蛋的人又不知道和虞浅说了什么，让她连睡意都没有了。

早些天去医院，林医生和程骁南说过，虞浅应该是精神压力太大了，现在松懈下来，觉得疲惫想睡觉也是正常的，算是休息，只要没出现过度嗜睡的症状，都不用担心。

后来他也找彼得证实过，彼得说虞浅在国外时睡眠确实不怎么好，动不动就失眠，有时候彼得睡一觉起来，虞浅还坐在客厅，静静地看着夜色，不知道在想什么。

程骁南当时还想呢，也挺好，在国外、在彼得身边，或者回国了遇见韩初，她怎么都不犯困，一到他这儿就犯困了，说明自己是虞浅信任的人。

这才几天，见个女人，得，又失眠了。

程骁南坐起来，满肚子火气没处撒，居然展露出一点儿上学时不良少年的影子："那女的是不是以前欺负过你，她今天又说你什么了？你跟我说说，看我不把她头打爆！"

卧室里只有月光，程骁南一半脸都隐在黑暗里，月色把他皮肤衬得更加冷白，满脸戾气的样子，看着还真有点难以接近似的。

虞浅看了一会儿，很轻很轻地笑了："不是，是我没转学之前的同桌。"

"……哦，她啊。"

那个女生倒不是后来欺负虞浅的人，但关键时刻，她也没帮虞浅澄清。

那女生自己是受害人，但她拖虞浅下水就是她的不对。

所以程骁南对这人，一样没什么好印象，语气都冲了许多："她和你说什么了？"

遇见以前的同桌，虞浅也有些意外，对方先打了招呼，虞浅也就点点头。后来那女人期期艾艾地走过来，说自己这些年都很愧疚，尤其是听说了虞浅转学后发生的事情。

因为那些事情，她休学了一年，是高考之后才听说的。

后来听说虞浅出国，也关注过虞浅的动态，每每听说虞浅有什么不好，她就跟着揪心，但幸好，虞浅总是坚强地出现在大众面前，无论舆论论调是什么，她似乎都不受影响。

虞浅告诉程骁南，那女生说自己在虞浅这里，借到了一点儿勇气。

程骁南都气笑了："什么玩意儿？她还从你这儿借了点勇气？当初在老师办公室怎么不站出来帮你澄清给你点勇气？"

承受了诸多压力的人似乎无意多纠结，她静静看着月色，只说都过去了。

她到底过没过去程骁南不知道，他只觉得有些烦闷，把人拉进自己怀里，手臂圈着她："我应该早出生几年，和你做同学。"

"干什么？替我打抱不平？"

程骁南冷着一张脸，说早认识她的话，谁要敢在学校乱嚼舌根，他就干翻他们，甭管是谁。

“你不是总想当学霸吗？哪个学霸打架？”

“那不一样。”

程骁南垂着头，很认真地看向虞浅：“当学霸创立 Eleven，或者当个不良少年以暴制暴，取决于我究竟什么时候认识你。”

无论什么时候遇见她，情情爱爱的事情先不谈，他都会是她最好的伙伴。

她需要时，他总会在。

这话虞浅还真信。

她想起以前听过的一个论调，问程骁南：“但你会不会觉得，学校那么多人，为什么只有我会被排挤、被谩骂？一定是我做了什么让大家排挤谩骂的事情。”

程骁南重重地“嘁”了一声，讽刺说：“这一听就是韩初那种人才会有的观点。”

夜色渐浓，虞浅还是没有困意。

程骁南摆弄着她的头发：“彼得说你在国外时睡眠就不好，总失眠，我想想也是，你有那么多心事憋着自己消化，得消化到什么时候去？如果你愿意，其实是可以和我说说的。”

他说：“别总信那些什么时间治愈一切，治愈个鬼，真能治愈那些心理医生早失业了。”

说到心理医生，程骁南问她，以前去做心理咨询，医生问什么她会不会都说出来。

虞浅摇头：“也不是，有一些说过。”

“行，我知道的还没心理医生多。”

很奇怪，虞浅从来没尝试过同人聊起自己那些沉重心事，在这样一个很平常的夜里，她试探着同程骁南说起一些。

像是吹开厚厚的尘埃，把藏在里面的心事匣子翻出来，开场白只有一句：“你会做噩梦吗？”

虞浅会做噩梦，会梦到很多很多。

有时候梦到逼着她练习形体的曲莉雯，有时候梦到在教师办公室里的那些事，有时候是在学校经历过的暴力。

其实说来奇怪，后来外媒加诸她身上的传闻更多，更令人唏嘘，在虞浅看来，都没有在学校时的那些更让她为之哀愁。

她笑一笑，说："也许凡事都有第一次吧，经历过，有经验了，就不会再那么在意了。"

就像受过重伤的皮肤，结痂脱落，留下疤痕，总是比最原始时更厚了些。

镜头前的虞浅，光鲜亮丽，感情充沛，永远自信、坚强，但她在生活里不是的，她也拥有一颗柔软的内心。

我要永远保护她，程骁南想。

"程骁南。"

"嗯？"

"松开一点儿，你抱太紧，我快被勒死了。"

"……抱歉，你继续说。"

虞浅说，所有经历里，最血腥的一次，是有人用美工刀把老鼠身上剥下来的皮毛，夹在她的课本里。

干涸的血迹，沾着血迹的黑灰色毛皮，还有铜锈一样的腥味。

老鼠的尸体则在书桌里，头不知道被谁踩扁了还是被什么东西压扁了，龇着牙。

程骁南有一点儿受家教影响，不论在男人们面前怎么爆粗口，在虞浅面前一直都很收敛，几乎不骂人。

但他听到这儿忍不住了，低声骂了一句。

虞浅面带不解："令我不解的是，他们怎么做到的。"

"什么？"

"为了恶心我，他们用刀亲手割死了一只老鼠？还剥了老鼠皮？那不是更恶心？怎么做到的？"

程骁南愣了半晌，忽然笑了："还真是，你关注的点真的好奇特。"

如果没经历过那些，虞浅一定会是一个可爱的女人。

她也许会在学校里和同学开玩笑，站在夏天的树下，拿着可乐或者其他什么冰镇饮料，肆意大笑。

两人聊到深夜，虞浅终于露出一丝困倦的疲态，程骁南把被子铺开，盖在他们身上，准备抱着虞浅入睡。

他一靠过去，在黑暗里对上虞浅探究的目光，笑了一声才解释："抱着你睡，不做别的，聊天内容都这么惨了，我还惦记别的事，那也太不像话了，我又不是流氓。"

程骁南说了一堆，虞浅还是那样看着他。

"干什么？不信啊？"

"不是不信。"

两个人在被子里紧贴着，有点像准备抱团过冬的小松鼠或者是小熊，任窗外风雪簌簌，他们自有一方温存。

她稍稍动身，在程骁南怀里挪了个比较舒适的姿势。

准备入睡时，听程骁南声音不稳地说："你别总动，我说不定能快点冷静。"

虞浅"嗯"了一声，然后真的没再动过，也没闭眼。

他们是面对面躺在床上的，她那双清冷的眸子盛满月光，静静地同程骁南对视。

过了一会儿，她忽然笑了。

像挑衅，仿佛无声问他："不是说我不动你就能冷静吗？"

程骁南偏过脸："你别这么看着我，冷静不了。"

不能动，也不能看他。

虞浅问："那我能呼吸吗？"

最后程骁南起身，去厨房冰箱里拿了瓶冰矿泉水，喝完冷静几分钟，才回到卧室。

虞浅还没睡，静静地躺在床上。

以后他们会有很多个夜晚能够抵死缠绵，但程骁南不敢肯定，还会有多少个夜晚，虞浅愿意对他敞开心扉、好好谈一谈积压在心里的那些过往。

虞浅不是一个愿意诉说自己的人，所以这个晚上，程骁南格外珍惜。

比起身体上的欢愉，他更希望虞浅永远快乐。

"还不困？"

得到虞浅肯定的答复，程骁南恶作剧地把握过冰水瓶的手往她怀里探。

虞浅被凉得往后缩了缩："程骁南，你几岁？"

他就凑过去，暧昧地同她耳语。

这一夜诸多温暖，连接吻都是浅尝辄止，更多时间里他们相拥着聊天，程骁南说，他也会做一些噩梦。

他母亲刚去世的那阵子，他总梦见母亲去世那一晚，卧室里布满浓重的黑暗，而他抱着礼盒走进去，幻想着她第二天醒来看到床头礼物的惊喜样子，却未曾察觉她已经离开人世。

"其实我也怕黑，不好意思说而已。"

真的怕，因为太常梦见，有时候在黑暗的环境里，会觉得自己深陷梦境，下一秒，就会踩到我妈手机充电线碰掉手机，然后发现她已经没有了体温和呼吸……

程骁南蹙了眉心，问虞浅："你妈妈去世那会儿你失眠，是不是怕梦到她？"

虞浅想，也许是的。

梦到曲莉雯时她总凶神恶煞，只有一次，梦见曲莉雯坐在床边，帮她缝补外套上掉了的一颗扣子，颇有"慈母手中线"的温馨。

她说："我不确定这件事情是不是真的存在过，但那件外套，我小时候真的有。"

过了一会儿，虞浅忽然说："我不会比你早死的。"

她说得像诅咒似的，但程骁南听懂了其中的意思，她怕她死了，程骁南惦记她。

他们都尝过，惦记离世的人的痛苦。

其实虞浅谈起恋爱挺宠男朋友的，但宠的方式，死来死去的，感觉不怎么吉利。

程骁南舒展眉心，在黑暗里闷声笑，连床垫都跟着他震动。

"笑什么？"

"没有没有，开心，我这是开心的笑。"

程骁南笑一会儿，又说："先别说死不死的，我另一个噩梦，你帮我解决一下？"

虞浅出国的前几年，程骁南还在上学，他最烦自习课，尤其是嘈杂的、没有老师带的自习课。

不少夜晚，他就梦到这样的自习课，然后全身冷汗地醒来。

因为梦里，还原了虞浅出国的那个春天——

他坐在自习教室里，班里的同学懒散得要命，真正学习的没有几个，后面几排，几个男生凑在一起，吵嚷着在玩扑克，还有女生们不知道翻杂志看到了哪位男神的尖叫。

程骁南就在这样的环境里，接到虞浅的电话，说她要去德国读斯坦福。

那时候的委屈今夜得以宣泄，他的手重重揩了下油："你怎么想的，骗我都不能撒个严谨点的谎？德国斯坦福？你在德国给斯坦福开的分校？"

天知道他反应过来斯坦福不在德国时，差点气死。

虞浅说不出什么哄人的话，程骁南又像一只奶豹，死死盯着她。

于是她抬起手，像给宠物顺毛，摸了摸程骁南的头，以示安慰。

程骁南胆肥了，拍开她的手："男人的头，不能随便乱碰。"

"为什么？"

"涉及男人的尊严，成年了，不是男孩了，不能瞎摸。"

虞浅声音已经开始有睡意，程骁南也就跟着放轻声音："以后去德国斯坦福，我也跟你一起。睡吧，晚安。"

"晚安。"

过了几秒，程骁南呓语似的，和虞浅说："等到春天，我带你去看二月兰。"

隔天早晨起来，程骁南和虞浅开始准备搬家。

早餐时在饭桌上，他手机频频振动，程骁南时不时拿起手机回复，不知道是在同谁发信息。

根本不用等虞浅问起，程骁南把手机往桌面上一扣，主动交代："老程联系我了，问你愿不愿意去家里吃个饭，同他见一见。我们要住的那个小区，和我以前的家挺近的，隔条街，你要愿意，我就答应他。"

虞浅点头，算是同意，顺便问了一句："今天吗？"

"他想得美！"

程骁南用叉子戳了一块蜜瓜："我这儿排队排了七年多才排上，才刚搬过去第一顿饭就和他吃？我可不干。"

隔了几分钟，程骁南说："晚上我在家给你做饭吧，展现一下我的手艺。"

虞浅对程骁南的"手艺"表示怀疑，但也只是点头。

展现呗，实在不行，不是还能叫外卖吗？

搬家这件事，程骁南凡事都要亲力亲为，虞浅东西挺多，四个行李箱才装得下。

程骁南也不用她伸手，羽绒服脱了塞在虞浅怀里，让她在车上等着。

他那辆白色车子，就明晃晃地停在酒店正门门口，酒店大堂和门口的工作人员，就看程骁南穿了件米色休闲衬衫，袖子挽到小臂，来回两趟，亲力亲为地帮虞浅把行李箱搬到车上。

有侍者想去帮忙，他拒绝，说是女朋友的东西金贵，不敢假借他人之手。

沈深和季苒本来也过来，说要帮忙，但程骁南同样没用。

这会儿俩人就闲在车上，看程骁南把苦力活儿搞得像走秀。

季苒问沈深："南哥今天看起来挺高兴的。"

沈深昨天才被季苒没收了藏在脏袜子里的银行卡，这会儿蔫了吧唧地趴在方向盘上。

他看着南哥一脸春风得意，说："他能不高兴吗？前阵子瞧见虞浅和异性说话，还嫌我这儿男的多。今儿一雪前耻了，能不宣示主权好好嘚瑟嘚瑟吗？"

毕竟昨天，还没等搬呢，在会议室都秀了把恩爱。

这个搬家连一个小时都没用上就结束了，沈深和季苒没什么可干的，开车回家，说改天有空去他们新居热闹热闹。

车子停在地下车库，进门之后，程骁南从鞋架里拿出一双新的女士拖鞋，拆开，放在虞浅脚边。

他侧开身，做了个"请"的手势，把客厅展现给虞浅看："还满意吗？"

程骁南这房子装修风格简洁，面积大，但放了不少绿植在屋里，显得生机勃勃。

"哟，开花了？阿姨养得挺好啊。"

程骁南趿拉着拖鞋，单手拎着巴掌大的花盆走到虞浅身边，花盆放在进门处的一方置物架上："平时不在，都是阿姨过来按时打扫的，花也都是阿姨在照顾，这花真挺应景，知道你来，还开花了。"

程骁南眉眼含笑，拨一下花瓣："这是欢迎你呢，我们的女主人。"

随着他的动作，薄薄的大片白色花瓣轻轻颤动。

虞浅弯腰去看，她还是第一次这么近距离观察一朵花。

很美，花瓣像蓬松的裙摆，一簇心蕊上挂着花粉，生机勃勃。

她问他，这花叫什么名字，程骁南就从身后凑过来，揽住她的腰，说："是虞美人。"

明亮的光线从落地窗洒进室内，他们在新家门口接吻。

程骁南帮虞浅把行李箱里的东西都拿出来，摆放好，一起在小区外面的饭馆吃了个简餐，下午又逛了超市，买了不少食材。

程骁南单手推着购物车，另一只手滑着手机看视频，看了一会儿，他停下来，把手机收起来，和虞浅说："学了个煎牛排，好像不难，今儿晚上给你煎牛排吧。还吃意面吗？"

好像刚住在一起的小情侣都会做牛排意面吃。

大学毕业的那些同学结婚之后，晒餐食，程骁南总能在朋友圈里瞧见他们发那种牛排，搭配的意大利面上还要用番茄酱挤个心形。

以前翻朋友圈，程骁南都觉得这种太俗。

但今天，他只想和虞浅做一对最普通的情侣。

要不是他绘画功底有限，他都想在意大利面上画张婚纱照了。

程骁南买了个做饭的围裙，灰色，让虞浅帮他系好，进厨房前和虞浅说："你就在客厅看电视玩手机，饭好了我叫你。"

"你能行吗？"

"没什么不行的，交给我吧。"

厨房里倒是没出现什么特别奇怪的声音，过了一个小时左右，程骁南还真做出两份看着挺不错的牛排和意面。

盘子端上来摆在桌上，程骁南扯掉围裙，丢在一旁，帮虞浅拉开椅子："请坐。"

他怂恿着虞浅尝一口牛排，眼里闪着的都是期待。

听虞浅说“味道不错”时，程骁南露出得意的笑：“行，你喜欢就行，以后天天给你做。”

虞浅想说，她自己也会做些简单的吃的，不用程骁南天天进厨房。

但目光落在程骁南小臂上，突然顿住，程骁南肤色白，有点什么痕迹特别明显。

他还穿着白天时穿的那件衬衫，袖子叠了几叠挽在手肘处，右手小臂上有一条通红的弧形伤，起了不少水泡。

烫伤的滋味虞浅知道，以前在国外给自己做饭，不小心溅起一滴油，手背上烫起的水泡疼得钻心。

程骁南这胳膊，比她当时严重太多了。

但这人自始至终都没吭声，站在她身旁，还用她的餐具尝了一块牛排。

他倚着餐桌点点头，称赞自己：“啧，这小味道，不愧是我。”

“程骁南。”

“嗯？是不是我做的牛排惊为天人？想要夸赞我？来吧，等着呢……”

程骁南话没说完，虞浅站起来，忽然抱住他。

其实从昨晚起，他就发现了，虞浅正在说服自己，慢慢改变。

以前的她不会有这种摸头、拥抱的表达爱的方式。

“我就给你做了一顿像样的饭，就感动得投怀送抱了？”程骁南眉眼舒展，笑着调侃。

虞浅不说话，程骁南就继续开玩笑逗她：“你这时间有点不对，先吃饭，晚点咱们来点刺激的？”

说了也不见虞浅奓毛，他正纳闷儿呢，虞浅忽然问：“家里有没有烫伤药？”

程骁南这才看了眼手臂，不怎么在意地说：“小伤，不用管它，我都用冷水冲过了，没事儿。”

“疼吗？”

“有那么一点儿吧，其实没什么感觉。”

程骁南看着虞浅隐含担忧的目光，笑了笑：“别担心了，就当我边给你做牛排边给你表演杂技了，行不行？”

“杂技哪有这样的。”

胸口碎大石，吞刀喷火的，那些都伤不到自己。

谁像他。

从来没想过虞浅会这么担心自己，程骁南顺势装了把可怜，皱一皱眉，把额头抵在虞浅肩膀上，语气都可怜起来：“动起来还真有点疼，完了，我这胳膊废了。”

虞浅想说去楼下买烫伤药，但程骁南在此刻抬头，下颌依然抵在她肩上。

他唇齿间的温热气息扑散在她锁骨处，压低声音，缱绻地同她商量：“行动不便，晚上帮我？”

✦

隔天早晨，沈深接到程骁南电话时，听到他南哥微哑的嗓音，顿时乐了：“哟哟哟，昨天晚上干什么了，得多激烈啊，嗓子哑成这样。”

“滚，感冒。”

“啊？你咋又感冒了，不是我说，南哥今年这抵抗力不怎么行啊？当年冬天穿短袖打篮球也没见你感冒这么频繁过。”

确实有点邪门，一个冬天能感冒两次。

昨儿搬家时，程骁南只顾着让虞浅穿戴得严严实实，自己却只穿了件衬衫在酒店敞着门的大堂里来回穿梭。

做饭时又敞开了厨房的一扇窗，连下楼倒垃圾，都是穿着衬衫去的。

可能嘚瑟过头了，着了凉。

昨晚晚饭后看电视时，感冒症状已经初显。

荧屏里放着电影，程骁南看不进去，头昏，还有点冷。

虞浅无意间回头，看了他一会儿，说他眼尾泛红，问是不是又发烧了。

从医药箱里翻出体温计测了一下，果然已经38℃。

所以虞浅入住的第一晚，什么都没做成不说，两人还是分房睡的。

程骁南不情不愿地铺了客房的被子，靠在门边：“我就这屋睡吧，别传染你，明儿你还有工作呢。”

程骁南想到这儿，咳嗽几声，心说，真惨。

电话里沈深还在因为程骁南感冒的事情诧异，甚至问：“别不是又为了装可怜，故意感冒的吧？季苒说你高中为了感冒，专门赶在她重感冒那会儿搬了桌子过去和她同桌，不是我说，这事我怎么不记得？”

“你就记得吃，记得玩。”

程骁南嗓子干得难受，靠在床边端起水杯喝了两口：“公司那边要没什么事，你过来一趟。”

“你家啊？我去方便吗？”

“虞浅没在，有事找你帮忙。”

沈深赶到程骁南家时，已经快到中午，他顺路买了两份午餐。

程骁南家里是密码锁，以前有一阵他和季苒的房子装修，他在程骁南家蹭住过，知道密码。

到了之后手套一摘，自己输密码进来了。

程骁南洗漱过，但感冒未愈，整个人懒洋洋地靠在客厅沙发里。

窗外是被冬风吹光叶子的二球悬铃木，树枝随风颤动，屋里倒是阳光明媚的，落地窗旁几盆虞美人都开了。

程骁南坐在阳光里，听到门口声音，抬眼看了沈深一眼：“来了。”

“不光来了，还给你带了午饭，快说，我是不是你的救世主？”

“是屁。”

沈深也不介意，乐呵呵地把羽绒服脱掉挂在玄关，换了双拖鞋，拎着外带餐盒放在茶几上：“你这嗓子哑得还挺性感，还发烧呢？”

“嗯。”

程骁南没在专心和沈深对话，他垂头鼓捣手机，给虞浅发了不少信息。

说自己喝了水还是不舒服，头也疼，鼻腔也疼，犯困没精神，还晕晕的。

沈深看他那个打字架势，就知道又是和虞浅聊天呢。

他南哥只有给虞浅发信息才会话痨，给他回信息时，多半时间都是一个符号，表示知道了。

他要是发个什么扯淡的消息，程骁南连回都不带给他回的。

沈深坐到程骁南身边，用湿纸巾擦了擦手，掀开餐盒盖子：“我早晨没吃饭，饿死了，咱俩先吃饭呗，吃完了再帮你干活？”

虞浅今天上午有工作，下午彼得约了她试穿最新完成的服饰，应该会晚一些回来，所以并不急。

程骁南又“嗯”了一声。

沈深这边吃了几口，见程骁南盯着手机不动，刚想催他，忽然看见他笑了一下。

沈深好奇地凑过去，满屏幕都是他发出去的绿色对话框，人家回复的白色对话框里只有一句：

好好休息，弟弟。

就这？

这就能把他不可一世的南哥开心成这样？

沈深也是嘴欠，伸手摸了下程骁南的额头，学虞浅说话：“好好休息哦，弟弟。”

程骁南抬眼，拍沈深的手，让他把狗爪子拿开。

吃过饭，沈深挺兴奋地站在酒柜边上，催促程骁南：“快快快，南哥，我已经迫不及待帮你干活了。”

其实沈深是好奇，当初程骁南买这房子时，是新楼盘，沈深和季苒还陪他来看过。程骁南买的顶层，价格贵一些，因为顶层是复式，还有一层阁楼，等程骁南装修完，沈深再来，转了好几圈都没找到去阁楼的楼梯。后来才知道，程骁南做了个暗门藏在墙体里，阁楼也不让人进，神神秘秘的。

当初沈深在这儿蹭吃蹭喝住了一个月，也没让他去阁楼看过。

暗门就在客厅酒柜后面，程骁南吃过退烧药，走过去推开：“走吧。”

沈深好奇死了，跟着程骁南走进去，踩上浅色调的实木台阶，往上张望。

只走到楼梯的一半，沈深看清了阁楼上的样子：“酷啊！”

“还行吧？”程骁南还带着病音，声音显得并不十分精神，有点低低的。

“南哥，这岂止还行啊？这也太酷了，你带虞浅看过没呢？”

“没。今天能完工，晚上带她上来看。”

沈深想好好摸一摸看一看，但他南哥让他抓紧时间，刚到阁楼，一袋乐高就丢到他怀里："别看了，快点。"

拼乐高这种事，时间过得真是快，两人在阁楼忙了大半个下午，终于拼好了最后一块。

沈深得以解脱，绕着阁楼一通拍照，发给季苒。

"南哥，季苒说晚上出去吃饭，你和虞浅去不？"

程骁南嗓子痒，喝了半瓶矿泉水，压下不适："不去了，你们吃，改天再聚。"

"那行，我先走了，去接季苒。"

沈深走的时候，程骁南看了眼手表，下午三点钟。

虞浅早晨走时说彼得那边要边试穿边改设计稿，估计要晚上才能回来，他准备去厨房给自己烧点热水喝。

进厨房看见橡胶手套，他忽然想起昨天晚上的事。

他和虞浅说"晚上帮我"时，虞浅答应得很快，只说"好"。

结果他感冒了，什么都没做，睡前他说："记得欠我一次。"

虞浅当时刚洗过澡，穿着睡衣站在主卧里，正在看窗边的一盆绿萝。

闻言回眸，很是淡定："不是帮过了？"

"什么时候？"

"你准备刷碗的时候。"

帮他戴个橡胶手套！

程骁南边往热水壶里接水边笑了几声，笑得直咳嗽。

谁说虞浅是冷美人，她明明也有狡猾可爱的时候。

虞浅午饭只吃了几口点心，帮彼得试完新一批服饰，就开车赶了回来。

回来的路上，导航去饭店打包了一份鸡汤。

下午天气倒还算好，早晨起来时，外面冷风呼啸，还夹着骤停骤降的小雪。

虞浅起床时，程骁南刚从外面回来。

他没退烧，眼尾依然泛红，进门掸掉羽绒服毛领上融化的几滴雪水，问她："早啊。"

"还没退烧，怎么出去了？"

程骁南就提了一袋早餐，递到她眼前："得出去啊，总不能让你饿着肚子去工作，你说是不？"

他有很多时候，随意一件小事就能让她感觉到，自己是被强烈爱着的。

电梯到达楼层，"滴"的一声打断虞浅的走神。

她提着鸡汤走出去，按了门上的密码。

还没等进门，屋里传来程骁南的哑声："你又忘带……"

看见推门的是她，他显得有些意外，垂眼看了看腕上的手表："回来得挺早啊，还以为你要和彼得吃完晚饭才回。"

"你不是还病着。"

程骁南笑起来，手里端着的半杯热水放在一旁："很关心我嘛，还有鸡汤？"

这弟弟一开心就跟她贫嘴，说什么生病这么幸福，那别好得了。

被她抬眼瞪了一眼，举起双手，露出无辜的酒窝："瞎说的。"

他帮虞浅把外套挂好，神神秘秘地说要带她去看样东西。

酒柜上的暗门被打开时，虞浅确实有些意外地挑了下眉梢，程骁南掌心还残留着一点儿病态的温热，拉着她沿楼梯往上走。

楼梯还没完全走完，虞浅已经看到了乐高。

起初她没想那么多，以为是程骁南童心未泯，在楼上修建了一个乐高的秘密基地。

男人嘛，喜欢这些很正常。

就像彼得那么大岁数的人了，仍然痛恨别人叫他潘二狗，给自己起了个迪士尼电影《小飞侠》里主角的名字，叫彼得·潘。

再说程骁南本来做事就很随性，这么多年了，仍然像个少年，有个乐高秘密阁楼，也不奇怪。

但当她真的站在最后一节台阶上时，再也没办法像半分钟前那样轻松地猜测了。

阁楼上确实都是乐高，像个乐高商店。

面积最大的主墙上挂着用乐高拼出来的一幅平面人像，哪怕用乐高堆积不出那么圆滑的五官，也还是能看出来，那个女人，是她。

周围墙上是乐高的“天际线”系列，几乎她拍摄去过的每一个城市剪影都在上面，矮柜上摆着她的杂志，还有一些摄影作品被打印出来，装裱在用乐高做成的相框里，挂在墙上。墙角处有一个乐高拼建的城堡，城堡边堆积的，仍然是关于她的资料，有她小时候给影楼拍广告的照片，也有儿童杂志，甚至黑白报纸。

他不是喜欢乐高。

他是喜欢她。

虞浅慢慢在阁楼上走着，程骁南就双手插在裤兜里，安静地跟着她。

其实最开始做这个阁楼时，他也想过，也许一辈子都没机会带她来看一看。

但还是想要做。

他记得他第一次去乐高店里，是陪家里小姨给女儿买小升初礼物，他对这些花花绿绿的小积木本来没什么兴趣，靠在店里柱子上意兴阑珊。但身旁有一位带着女儿的爸爸，耐心地和孩子交流：“你喜欢什么、想拼什么，都要设想好，这样才知道自己需要什么颜色、什么形状的乐高。”

当时程骁南想，那我喜欢虞浅，干脆拼个虞浅得了。

他逮住一个路过他身边的倒霉售货员，和人家说，自己想拼个人。

售货员倒是热心，把他带到摆着一堆小人的展示柜前，问他需要什么职业或者什么场景下的小人。

程骁南说，不要这种，要真人样子的，身高一米七的女人，长得有点冷清，能拼出来吗？我给你看看照片？

售货员愣了一会儿，为难地说他也不知道，不过有人拼过平面照片那种的，效果很好。

后来程骁南定制了一款乐高人像，很快拼完了，觉得太小，又定了个大的。

最后发展成了现在的样子，整个阁楼都是关于虞浅的乐高。

程骁南也没什么抽烟喝酒之类的消愁方式，在很多惦念她的日子里，他就躲在屋里拼一拼乐高。

积少成多，今天下午拼完最新的一组，他自己也觉得惊讶，原来这七年里，他惦念过这么多次。

虞浅站在巨幅人像前，没回头，只问他："我如果不回来呢？"

程骁南没听清，下意识往前探了探身子："什么？"

"我如果没回国，也没和你在一起，这些你不是白做了吗？"

"不白做啊。"

程骁南靠回墙边，言语间含着笑意："你来了我就带你看看，也算是显摆显摆吧。你不回来，我也不白做，起码我得给自己的单相思留个念想。"

虞浅回眸，同他对视。

程骁南喉咙不适，偏头咳嗽几声，缓了几秒才开口。

"再说，哪来那么多如果，现在你不是在我身边吗？"

阁楼面积挺大，除了堆积乐高和杂志，中间还闲置了大片空地。

地暖把屋子烤得暖烘烘，窗外又是雪天，阁楼丝毫不受天气影响。

一早，浅木色地板上铺着一块厚重的棕红色毛毯，刚睡醒的虞浅坐在上面。

她的睡裙皱成一团堆在一旁，睡裙上还散落着几颗乐高积木，是昨晚他们不慎撞散的。

虞浅拿过程骁南的家居服上衣，套在自己身上，淡淡的洗衣液味道弥漫开。

昨天他们接吻时，鼻畔隐约飘散的，也是这样的味道。

放在一旁矮柜上的香薰蜡烛已经熄灭，虞浅目光掠过时，仍然想起昨晚室内只有烛光照明时，程骁南在昏暗光线中隐忍的表情。

程骁南那块钻表放在毛毯旁的地板上，虞浅拿起来看了看，已经八点钟。

其实天蒙蒙亮时，她隐约感觉到身旁人起身在她额心落下一吻，但困意未消，她只有这么一丝印象，又沉沉睡去。

她搬来这栋房子已经将近一周，昨晚还是他们第一次相拥而眠，前些天程骁南一直感冒未愈，很谨慎地睡在客房，生怕传染她，连接吻都没有。

有时候被她某个不经意的动作撩得受不了，只能克制地轻轻吻一下她的后颈，然后夸张地问她："需不需要找消毒湿巾擦一擦？"

昨晚是怎么开始的呢？

好像是晚饭后一起窝在沙发里看电视，电视剧里的男女主角久别重逢，在暴雨里接吻。

程骁南撇开目光，端了一杯温水，心不在焉地喝着。

虞浅问他，今天不用吃药？

程骁南就说，已经好了。

感冒痊愈，不用怕传染，后面的事情像是顺理成章。

他们在沙发上接吻，但最后没去客房，也没去主卧，程骁南把她抱上阁楼，动作急切地从柜子里扯出一张很厚的毛毯丢在地上，然后抱着虞浅倒了上去。

香薰蜡烛是后来点燃的，结束后，他们相拥着躺在毛毯上聊天。

程骁南眯了眯眼睛问："这灯有点晃眼吧？"

后来他从楼下找来一盒新的香薰蜡烛，点燃，放在矮柜上。

还拎上来两个枕头和一袭薄被，和虞浅商量说："今儿干脆楼上睡吧。"

话是这样说，真正折腾完入睡时，已经很晚。

他们从浴室出来，路过客厅，虞浅看了墙壁上的挂钟，是夜里两点钟。

可能人对特别时刻的气味、光线、触感，都格外记忆犹新。

虞浅穿着程骁南的家居服上衣走到楼下，还觉得自己隐约能闻到昨晚蜡烛点燃时的味道，佛手柑和薄荷，也许还有一点儿甜橙。

程骁南只穿了一条家居裤子站在厨房里，正在把热水注入茶壶，虞浅在水雾蒸腾里闻到一点儿正山小种的红茶香。

她问："你几点起的？"

"也没几点，才起来一会儿，刷视频时看见彼得在朋友圈说喝了柠檬红茶，我也想煮一点儿。"

程骁南目光往虞浅身上打量片刻，笑了："大早晨的，这么穿，是不想我今天干别的了。"

正逢周末，程骁南不用去上班，和虞浅端了早餐坐在客厅落地窗边的茶几旁，他们放了两个软乎乎的蒲团坐在地上。

红茶香味浓郁，放了蜂蜜和新鲜的柠檬片进去，面包片涂上厚厚的花生酱。

煎蛋是他尝试着做的，形状不怎么好看，有一颗蛋黄也散了，但虞浅吃时，并没有提出任何意见。

窗外轻雪覆盖了一些矮建筑的房顶，这个小区都是红色楼体，和雪色搭在一起，很有种圣诞节的感觉。

街上总有车子碾过，积雪融化，显露出一种湿润的黑色。

虞浅喝了几口热腾腾的红茶，问程骁南："昨晚好像撞塌了一幅乐高，怎么办？"

"没事，再拼起来就行了。"

程骁南不怎么在意乐高，只问："有没有磕伤你？"

"没有。"

倒是程骁南，肩胛骨处多出两道抓伤。

她在吃面包片时走了神，拿手机搜了搜乐高的相关资料。

花生酱蹭到嘴角，程骁南凑过来，帮她吻掉。

其实虞浅对人表达爱意的方式很简单，她不会浪漫，也不会把爱挂在嘴边。程骁南在阁楼放满了关于她的乐高，她也定制一幅程骁南的乐高人像，利用工作之余拼好，在某个很平常的日子，下班拿回家，放在阁楼里。

墙上挂着的是她的巨幅人像，她把程骁南那幅放在地上，靠着墙。

退后几步看看，觉得不太和谐，干脆把一旁的矮柜搬过来，用来放程骁南的人像。

虞浅的人像是向右看的，正好程骁南的人像是向左看，有了矮柜的高度加持，就像两个人在对视。

这样看起来，好看多了。

起初程骁南没发现，隔几天，虞浅正在做睡前瑜伽，程骁南从阁楼上下来，步子匆匆，走到虞浅面前，把人抱起来："什么时候放的？"

"前几天。"

程骁南好像很喜欢他那幅乐高人像，拍了照片发朋友圈，还非要凑够九宫格。

这事虞浅完全不知情，做完瑜伽再看手机时，看到了彼得的信息：

> 你俩秀恩爱还没完了？

也是有彼得这番提醒，虞浅才发现朋友圈里的动静。

回国这段时间，于公于私，虞浅和程骁南都有不少共同的朋友交集，因而虞浅能看见他那条动态下面不少熟人评论，甚至还有人在底下聊起天来。

季苒在下面评论了一长串的“哇哇哇哇哇哇哇哇哇”。

沈深马上冒出来“质问”季苒：“你羡慕什么？是我前天晚上给你买的羊杂汤它不香吗？还是我圣诞节给你买的袜子它不暖？”

季苒说：“是你藏在电视底下的银行卡数额不够大。”

后面沈深突然哭天喊地，说自己这个冬天最后一点儿积蓄也没了，让程骁南养他。

程骁南只回了一句话：“我凭什么？”

孙月的评论是：“妈妈！我又被狗粮噎到了，快帮我叫救护车。”

有几条评论和她这个内容相似，要么说又相信爱情了，要么说狗粮太多。

连彼得和安谷都在下面凑热闹——

“现在的年轻人哪，啧啧啧，真是浪漫。”

“可不，真是浪漫，不过这乐高房间设计得真不错，配色也鲜艳。”

“老安，我有灵感了，想做一条马赛克图案的裙子。”

还有不是特别熟悉的摄影师，在下面问程骁南：“你们？”

程骁南大大方方地回应：“嗯，我们。”

因为共同好友太多，虞浅看了好一会儿才把下面的评论都看完。

搞笑的是，还有人祝百年好合，早生贵子，好像他们今天结婚了一样。

虞浅想了想，给程骁南这条朋友圈点了个赞。

因为过去的那些经历，虞浅很少上网，电影只看助理下载好的，而且不开弹幕，视频也只看瑜伽类的教学视频。

上一次看这么多的回复，还是在高中贴吧里。

那时候学校贴吧的管理远远没有现在这么严格，说什么的都有，那条关于她的帖子下面有两千多层楼。

现在想想，她当时也不是全然不难过的，只是那些难过没有发泄渠道，只能憋在心里。

不然能怎么办呢？

哭吗？歇斯底里地大喊吗？

可是那样做，真的会有人相信她的剖白吗？

或者说，那样做之后，那些关于她的恶意就真的会消失吗？

虞浅只能沉默，把所有情绪藏起来，随着时间，慢慢地蒸发、流失掉。

没消失的那些，就继续藏匿在身体里，像生在器官里的小刺，时不时要戳她一下。

可能是被戳得太多了，连疼痛都成了习惯。

很多人说她酷，说她洒脱，但她自己知道，她不喜欢上网，其实已经是在回避了。

可是她遇见了程骁南。

她记得他穿着松垮的校服外套，拉链只拉到一半，一只袖子撸起来，手上戴了护腕。

他把篮球丢在她的副驾驶位下面，手支撑着跑车窗沿，紧紧盯着她看，像要透过她眼睛，看穿她藏起来的所有情绪。

虞浅安安静静地同他对视，恐惧难以启齿，只能压制着自己的恼羞成怒，平静地问他："你有病？"

被怼了的少年也不恼，只挑挑眉梢："姐姐，你为什么总是不开心？"

客厅里传来一点儿声响，程骁南坐在沙发上，探身出来，往卧室这边看："姐姐，给我点赞了？"

这句疑问的声音和记忆里的语调重合。

虞浅坐在瑜伽垫上，抬眼往客厅望去——

沙发旁放着一盆盛开的虞美人，茶几已经从窗边挪回来，上面的果盘切得不怎么好看，苹果和橙子什么形状都有，还有奇形怪状的蜜瓜，都出自程骁南之手。

主灯关了，只亮着一圈灯带和地灯，暖色调，显得屋子里暖融融的。

程骁南笑起来，总是露着一个小酒窝在脸颊上。

他问："你要不困，要不要看个综艺再睡？找到一部超搞笑的。"

有那么一瞬，虞浅突然觉得，那些贴吧里、论坛里的污言秽语、八卦诋毁，课桌里的蟑螂和老鼠尸体，都好像是上辈子的事情了。

她现在生活在一个崭新的世界，有爱，有暖，也有希望。

还有一个，会在最亲密的时刻，隐忍着冲动，问她疼不疼的男朋友。

虞浅说自己困了，程骁南就关掉电视："那不看了，睡觉。"

睡前，程骁南把手机放在床头，说："老程叫了咱们明天一起吃饭，在家里吃。我家阿姨手艺很不错，你想吃什么，我让她给你准备。"

虞浅摇头，问："明天中午还是晚上？"

"老程说看你时间，你想什么时候都行。"

程骁南这样说时，脸上又露出少年的影子，有种幸福家庭长大的嚣张底气："你身份比我牛多了，未来儿媳妇呢，说什么他不得答应？你就是说夜里一点想在家支炉子烧烤，老程都得想办法搞个炭炉子回来。"

可能是虞浅的眼神有点疑惑，程骁南笃定地说："你不知道，在我家女人地位最高，以前我妈是家里老大，她说东，老程不敢往西。"

他讲，小时候有一次放学回家，撞见老程急急忙忙出门，那会儿家里还没有阿姨，买什么东西都得老程亲力亲为。程骁南问老程："爸，你干什么去？"

老程步子都没停一下，直接钻进车里，发动车子："你妈想吃中央街口那家糖炒栗子，我得快点去，去晚了人家收摊了。"

程骁南笑了一声："后来他把车停路边，被交警抓到，贴条罚了两百块钱，回家之后我妈就边吃栗子边念叨他，老程可窝囊了，也不敢辩解，一边给我妈剥栗子，一边点头说是是是，下次停车会注意。"

听程骁南说他家里以前的事情，虞浅忽然有些期待明天。

此刻的虞浅，也有那么一点儿理解，为什么曲莉雯等那个男人等了二十几年，会在遇见程骁南的爸爸时，有些动摇，想要开展一段稳定的恋爱关系。

睡前，虞浅闭着眼睛说："明天上午出去一趟吧，给你爸爸买点儿东西。"

"都行，听你的。"

第七章 驻我心间

老程住的地方离程骁南和虞浅的住处挺近，就隔着一条街，穿过小区的中心公园，走小门过去，十多分钟的路程，比开车还方便。

程骁南把买好的几样礼盒都提在一只手里，另一只手空出来，牵着虞浅。

隔一会儿，他忽然停下，把礼盒放在地上，皮手套摘下来，给虞浅戴上："怎么没戴手套？"

"我没提东西。"

"没提也戴着吧，免得冷。"

"那你呢？"

"我一大男人，戴不戴都行。"

今年冬天确实冷。

昨夜在他们入睡后，又刮过一场狂风，环卫工人尽职尽责地清理着路边吹落的树枝。

因为是周末，小区里有人在健身器材边锻炼，也有人带了孩子在散步。

有个穿着红色羽绒服的男孩，三四岁的样子，磕磕绊绊地跑着，像一朵移动的红色小蘑菇。小红蘑菇脚下一滑，险些摔倒，晃悠几下，坐在了地上。

家长匆忙跑过来，把孩子拉起来，帮孩子拍掉羽绒服上的雪，心疼地埋怨道："叫你乱跑，都说了几次，要看路，摔坏了怎么办？"

不同于网络上的"厮杀"和戾气，这世界其实温柔和平。

健身器上锻炼的老大爷美滋滋地唱着："今天明天都是好日子，赶上了盛世咱享太平。"

见虞浅盯着人家孩子看，程骁南贫嘴："喜欢小孩？别急啊，以后咱们也会有的。"

外面气温是低的，他一笑，呵出团团白色雾气。

虞浅瞥他一眼，懒得搭话。

但程骁南似乎格外开心，还哼着歌。

老程住的小区是老小区了，别墅区环境不错，就是周遭设施已经能看出年代感。

冬天喷泉没开，仿欧式的池子贴壁上裂开一点儿岁月的罅隙，有一只肥肥的流浪猫趴在阳光下，慵懒地睡着午觉。

听见动静，猫没睁眼，只有耳朵动了动。

虞浅目光在猫警惕的耳朵上停了一瞬，忍不住问程骁南："你今天心情不错？"

"相当不错。"

程骁南那只拎着礼盒的手其实已经被勒出几道印子，虞浅要帮忙，被他挡开，他扬着调子说："带女朋友见家长，换了是你，你能不高兴？"

北方别墅的院子到了冬天其实不怎么美，草皮都已经干枯，只剩下光秃秃的土色和石桌石椅，有个男人早已经站在院子里，向外张望。

不用介绍就能看出来，那男人就是程骁南口中的"老程"。

他和他爸爸长得很像，这个年纪没有发福，身材瘦高，看见虞浅马上露出笑脸。

不过老程是没有酒窝的。

程骁南说："老程，你未来儿媳妇来了。"

老程马上迎了几步："小浅是吧？我早就听说过你了，欢迎你来家里，勇敢的小姑娘。"

虞浅没想到会是这样的对话方式，老程叫她"勇敢的小姑娘"。

她第一次接收到来自长辈关怀的目光，愣了愣才同老程打招呼。

"以后来这里不用见外，怕你们年轻人不自在，也没去外面订饭店，就在家里吃个便饭，还买什么东西！"

程骁南诧异地看老程一眼："爸，你今儿很正经啊？"

“去，你拆什么台？”

阿姨的手艺确实很不错，听程骁南说虞浅喜欢海鲜，特地去买了新鲜的蟹子和基围虾，做了一大锅膏蟹煲。

吃过午饭，三人坐在客厅喝茶，老程才谈起曲莉雯。

“小浅，叔叔有一件事要和你说。”

虞浅放下茶杯，点点头。

老程似有犹豫，顿了片刻，又给茶壶里加了一份热水，才说，程骁南妈妈去世之后，有那么几年，他经常换女朋友。

程骁南听到这里，偏头“啧”了一声。

那段时间程骁南有印象，他都快烦死了，老程像是失心疯了，一个接一个地换女朋友，谈女友也没见他走心。说是女朋友，其实也就是一起吃吃饭逛逛商场，根本不可能娶她们中的任何一个。

就那副渣男样子，还有不少女人愿意和他谈，除了图他的钱，程骁南想不到别的可能。

那些女人也挺有意思，来家里时，老程那些摆在家里的家庭合照从来没刻意收起过。

女人们居然丝毫不介意，还觉得老程深情。

程骁南那时正值青春期，脾气冲，说话也冲，特烦老程换女友时的鬼样子，父子俩没少因为这事起口角。但他也见过老程穿着睡袍，夜里不开灯，站在客厅他们一家三口的合影前，摘掉眼镜抹眼泪的样子。

听到程骁南起床喝水的动静，老程会把眼镜戴好，挡住眼底的红血丝，脆弱地说：“南南，我梦见你妈妈了，她让我跪搓衣板，说我乱撩女人。”

“活该。”程骁南如此评价。

老程的声音却很落寞：“我很久都没梦到过你妈妈了。”

因为老程提到程骁南的妈妈，虞浅下意识看了一眼客厅墙上那幅很大的家庭合影。

程骁南的妈妈站在父子俩中间，眉眼温婉，笑起来时，脸侧的酒窝和程骁南一模一样。

老程说：“我有过一阵子荒唐时候，觉得自己换换女伴，就能证明自已过得好，也容易梦到他妈妈质问我的样子。这事我做得不对，不提也罢，免得你们笑话。我要说的是曲女士的事情。”

老程认识曲莉雯，是在钟表店的柜台前。

曲莉雯戴着的那块手表，价值不菲，而且市面上早已经买不到，即便买到，也不可能像她那块一样，保养得那么好。

很多年前，老程就看上那块手表，国内仅此一块，但被一位旧识横刀夺爱，此后再没机会买到。

所以老程冒昧开口，询问曲莉雯，是否愿意高价把手表卖给他。

曲莉雯表示，她的手表是先生送的，不卖。

老程本来也没抱什么希望，只随口说，那您和您先生一定很恩爱。

曲莉雯却说，她先生是海员，出海后再没回来，失踪很多年了，那表可能是遗物，不会卖的。

老程对她口中的故事感到怀疑。

不懂手表可能不知道，那块表很昂贵，过去的海员即便有机会接触到舶来品，也绝对负担不起它的价格。

闲来无事，老程给曲莉雯讲了自己早些年看中那块手表的经历，笑说总是和那块表有缘无分。

此后，曲莉雯接近他，和其他女人目的不同，应该是希望从老程那里得到当年买表人的信息。

但那位买表的故人，老程同他只是泛泛之交，且那位故人行事极其傲慢，看上的东西不讲规则、用尽手段必须得到。

这样的性格，导致老程只和他有过短暂的生意往来，之后再无联系。

曲莉雯那段时间同老程走得很近，老程也知道她是为了什么。他几经辗转，打听到了一点儿消息，把那男人的照片拿给曲莉雯看。

此去经年，男人清俊的棱角早已不再，身形样貌都趋于圆润，他娶了一位富商家的女儿为妻，现在居于国外，已经是三个孩子的父亲。

曲莉雯看到照片那天，失手打翻了一只高脚杯。

在那之后，他们也没有必要再见面了，逐渐失联。

老程也是在很久之后才听说，曲莉雯已经去世。

老程替虞浅填了一杯新茶：“抱歉小浅，其实我觉得，如果我没有找到他的照片，也许你妈妈的病情不会恶化得那么快。”

虞浅摇头：“和您没有关系。”

哪怕老程不说，曲莉雯也能猜到自己这一生深爱的只是一场谎言。

即便亲眼看到那男人时隔多年的样子，她也仍然选择嘱托虞浅，把她的骨灰撒进大海。

和旁人没有关系，是她执拗地要在爱情里，做一个执迷不悟的女人。

对话有些沉重，一时间客厅变得安静，只隐约能听见阿姨在厨房洗碗的声音。

程骁南打破沉默，扭头对虞浅说：“带你去我以前的房间看看？”

程骁南的房间在二楼，挺大。

书房和卧室在一间屋子里，还有独立的浴室。

他搬出去也有几年了，但他的东西都还像以前一样放着，被打扫得一尘不染。

高中和大学时，程骁南用过的工具书和课本都整齐地码放在实木书柜里，游戏机、篮球和滑板也都摆放在一旁。

虞浅走进去，忽然想起曾经以崇拜的目光看韩初的那间书房——满满的书籍，还有摆了好几层的奖杯，每一座奖杯都擦得锃亮，旁边摆着他的获奖照片。

程骁南也有奖杯，被他挤在最不起眼的地方，和游戏机滑板相比，很是失宠。那滑板虞浅见过，他们在学校后墙第一次见面，就是他的滑板砸了她的跑车。

他那天用眉笔在她手腕上留下电话号码，写时小心翼翼，皱眉问：“你这细皮嫩肉的，我写这儿你不疼？”

虞浅笑了笑，把视线落在课桌上。

课桌应该用了很多年，还留有不知道是他小学还是初中时，淘气用尖锐的物品刻出来的球星名字。

程骁南扯过一本书，把那几个歪歪扭扭的球星名字挡住：“别总盯着这儿看啊，学霸的书桌就没什么别的可看的？”

也许有的。

有一层书架，上面都是以前做过的试卷，很厚一沓，彰显了高中学习的辛苦。

虞浅随意抽出一张："高中数学，69 分？"

"……那是以前的。"

程骁南收起那张，转身冲楼下喊："老程，我考 69 分的试卷留着干什么，这不给我丢脸吗？"

老程在楼下怼他："69 分是你考的又不是我考的，喊我有用吗？"

程骁南摸摸脖子，把手里试卷团一团丢进垃圾桶："后来我真学了。"

虞浅其实不觉得程骁南是不良少年。

她记得有一次，程骁南见她，脸上挂了伤，一看就是打过架的，因为这事，她几天没理他。后来辗转听说，高中同学里有男生被他打了。

虞浅从小工作，通讯录里上千人，但她能想到，会为她打抱不平的，只有程骁南。

虞浅又在刚才的位置拿出一张试卷，几乎空白。

只有少年用嚣张的字体在不起眼的地方写了两个字：虞，虞。

心事和爱意，都留在多年前落下的笔画间。

程骁南也是在这个时候，关了卧室门，凑过来，咬她的耳朵。

他说："我读书时做过的最出格的事，就是喜欢你。"

共同吃过一次午饭后，老程隔三岔五地找理由，约程骁南和虞浅回家吃饭。

程骁南有时候怼他，说是不是一个人孤苦伶仃没意思，羡慕他和虞浅。老程就说，是家里阿姨煮了汤，是养精气神的，对虞浅好。

对虞浅好的事情，程骁南都不会推辞，两人也就常常回老程那边，吃个饭或者聊聊天、喝喝下午茶。

程骁南家的家庭氛围很轻松。

有时候进门，程骁南拎着给老程买的东西，说："空巢老人，我和你未来儿媳来看你了。"

老程不惯着他："你可以走了，小浅留下陪我吃饭。"

每每这时，虞浅也会垂眸浅笑。

一月下旬，安北市气温稍稍有所回升。

某次在老程那边吃晚饭，餐后，老程接到电话，很是客气地叫了声

“妈”，虞浅还以为是程骁南的奶奶，但程骁南在旁边喊了一声“姥姥”。

后来程骁南说，老程会那么正经叫“妈”的，一定不是他奶奶。

他们下班直接从梧桐里开车过来，回去时，虞浅坐在开了暖气的车里，有些犯困。

这些天她又开始犯困，早早就想睡觉。

睡意昏昏间，隐约听见程骁南压低了声音在同谁讲电话。

等她清醒地睁开眼，车子停在地下车库，冷白色的灯安静地亮着，不远处一辆红色轿车正在倒车入库。

程骁南早已经熄了火，安全带也解开了，侧身看着她：“醒了？”

“嗯，你刚才在打电话？”

程骁南点头：“我姥姥打来的，才刚挂断。老人家说想见你，又一直不敢打扰，希望你有空去她那边做客，一起吃个饭什么的。”

程骁南有一个大家庭，姥姥姥爷、爷爷奶奶都健在，姥姥家那边有四个舅舅和五个姨姨，爷爷那边是三个叔叔和两个姑姑。

他给虞浅简单捋了一遍，又怕她犯怵，宽慰说：“不用都记住，今年过年我们可以不过去，你慢慢适应，别紧张。”

“没紧张。”

只是觉得不可思议，她从来没接触过这么庞大的家庭。

楼门口有一个快递，是虞浅以前合作过的一个内衣品牌。这个品牌老板十分会做人，因为虞浅和其他几个女模是这个公司创始时最早的一批女模，无论和虞浅是否有新的合作，每年都会问虞浅要地址，给她寄一份礼物。

快递盒子挺大，虞浅抱在怀里，边进门边撕掉外层，拆开礼盒。

黑色礼盒外是由宽式缎带系着的蝴蝶结，拆开里面是一套坠着水晶的内衣。

这品牌做的女士家居服饰都很精美，设计也美。

程骁南关好房门，扭头，脱掉大衣时，无意间往虞浅手中的礼盒瞄了一眼。

看得眼皮直跳。

“这品牌老板男的女的？”

“女的。”

"哦。"

可能是程骁南的反应有些别扭，虞浅任由他帮忙脱掉大衣袖筒，倚靠着墙壁，故意用指尖挑起衣服："好看吗？"

坠着的水晶轻轻摇晃，蕾丝花纹半透明。

"故意的是不是？"

程骁南抬手，弹了一下上面坠着的水晶珠子，珠子大幅度晃动起来，他说："那你得穿上，我才能看出来好不好看。"

原以为虞浅不会说什么，但她今天似乎是想把这把火烧到底。

水晶珠子在玄关灯光下映出斑斓光点，虞浅眯了眯眼："也可以。"

程骁南的姥姥会在隔天早晨敲响他们住所的门，这是程骁南和虞浅都没想到的。

幸好六点多时，程骁南被床上散落的水晶珠子硌醒。

两人起得不算晚，老太太过来时，他们已经吃过早饭。

虞浅的瑜伽垫铺在落地窗边，她坐在上面做瑜伽，身后几盆虞美人盛放，和她的身影一起裹在阳光里。

程骁南洗过碗，从厨房出来，瞧见的就是这样的景象。

可能是被他扯断散落了一床的水晶珠子后劲太大，他有那么点心猿意马，于是走过去，蹲到虞浅身边，想吻她。

但唇还没来得及靠上去，玄关处就传来一阵敲门声。

他们家很少有人过来，这阵子彼得出国看秀了；虞浅没有工作时孙月也不会来接她；沈深和季苒拿这儿当自己家，过来时都是直接按密码的。

会是谁呢？

两个人面面相觑。

敲门的人很礼貌，不疾不徐地敲几下，停一会儿，再敲几下。

"来了来了。"

程骁南迅速吻了一下虞浅侧脸，去开门。

"姥姥，大清早的，您怎么来了？"

虞浅从瑜伽垫上起身，看见门外穿着毛领羊绒大衣的老人。

老人面容和善，和程骁南妈妈的照片有些相像。

不需要经过程骁南介绍，老人已经走到虞浅面前，她似乎是怕身上沾染的室外寒气冷到虞浅，脱掉外套才给了虞浅一个拥抱。

老人看着虞浅，满眼心疼："小姑娘，这么多年，辛苦了，辛苦了。"

"你很小的时候，我就在街上看过你的广告，那时候我就觉得，这么漂亮的女孩，得是我家的外孙媳妇才行。你看你看，我们真是有缘分，对不对？"

程骁南的姥姥并未在程骁南家里久留，说自己只是来附近办些事情，没忍住，过来看看未来的外孙媳妇。

老人家很是慈祥地拉着虞浅的手，和她聊天。

"要是早些年啊，说你是未来外孙媳妇，我是不敢认的，毕竟我这外孙子，不怎么争气，成绩也不好。幸好，现在勉强有点成绩，也勉强配得上你。"

程骁南在旁边"嘁"了一声，把茶推到姥姥面前："您这大清早的，万一我们没起床怎么办？您说您来了我们得多尴尬。"

"姥姥才没那么没眼色，我在楼下看过了，你们这层的窗帘是拉开的，卧室窗子都打开通风了，还能没起床？"

"这么心急见你未来孙媳妇？"

"我听你爸爸说了小浅以前的事情，怎么想都觉得担心，昨晚没睡好，正好今天路过这边，就想过来看看。"

程骁南的姥姥退休前是大学心理学院的老师，也是院校下属医院的常驻心理咨询师。她见过太多精神压力大的人了，用她自己的话说，她害怕过去那些流言蜚语，会伤害到这个天使般漂亮的女孩。

姥姥临走前，悄悄和虞浅说，如果感到心事重重又不愿与旁人讲，写下来也是好的。

她说："你要把那些影响你的坏东西输出去，写下来也好，和别人说说也好，总归啊，别自己藏着，太累。"

也是从那天起，虞浅频频接收到来自程家的善意。

✦

年关将至，亲戚们都知道两个小年轻好不容易走到一起，也不便过来打扰，但他们都很重视虞浅，托程骁南给虞浅带了礼物。

姥姥姥爷送了放安神香料的枕头，爷爷奶奶则给虞浅带来了一只通体碧绿的手镯。姑姑姨姨们也纷纷送来了礼物，每一份礼物都很走心，还有程骁南才上初中的堂妹，写了一封信，说自己很喜欢虞浅，好期待叫她嫂子。

茶几上堆满了礼盒，虞浅一个个拆开，程骁南就在旁边不正经地开玩笑："这些人，我长这么大也没见过谁这么大阵仗地给我买新年礼物，到底是美女，招人喜欢。"

但他刚说完，也从怀里拿出一个礼盒，递给虞浅。

虞浅抬眼看他，他就笑一笑："拿着啊，姐姐，他们都送了，我当然也得送，总不能被我家里人比下去，你说是不是？"

那是一款很精致的手表，表盘迷你到拆开时还以为只是一款满钻手镯。

程骁南说，这表用的机械机芯和样式，几乎是当年伊丽莎白女王登基时的同款，机芯到现在为止，都是世界上最小最轻的。

而且他自己是戴满钻男表的，这款看着和他的男表比较像情侣款。

"老程推荐我的，我觉得还不错。"

程骁南坐到虞浅身边，帮她戴好。

"那些流言也许不会终止，也许还会有其他流言，但我希望你是你自己的女王，无论别人说什么，都不要在意。"

虞浅面前堆了二十多个礼盒，腕上还戴着程骁南送的手表。

这么一大份，庞大的、厚重的来自程骁南全家人的爱，她怎么可能不感动。

是因为程骁南，她才有机会享受到来自长辈们的关怀，才有机会体会到一个大家庭的感觉，感受这些沉甸甸的欢迎。

过了这个新年，她虚岁已经二十九岁，没想到在这个年纪，会被一大家人当成小孩似的宠。

以前的年关，对虞浅来说并没有什么特别值得高兴的，也许是思念那个曾用谎言编织了爱情梦的男人，越到这种节假日，曲莉雯越是不爱说话。所以虞浅记忆里的新年，大多时候都是和曲莉雯沉默地吃一份水饺，然后看着曲莉雯无声地对着腕上的手表发呆。

这个新年到底是有些不一样。

好像从她和程骁南在一起之后，她和这个世界就有了更多的羁绊。

虞浅问程骁南要了他的手机，对照着他手机里的通讯录，认认真真存好他家人的电话，然后给每一位送给她礼物的家人，都编辑了感谢和新年祝福的短信，一一发送。

都发好后，她抬眼，看向客厅的落地窗，窗上早就被程骁南挂了一串串小灯泡，能变颜色，他把它们调成了白色，就像挂了一串银河在窗边，还挺有新年氛围。

她还记得挂灯串那天，程骁南从储物间抬出一架梯子，虞浅从卧室一出来，就看见程骁南站在上面。

她问他在干什么，他就按亮手里的灯串，切换成了红色，他不正经地说："洞房花烛夜，我制造点气氛。"

在一起时间久了，虞浅也能发现，程骁南对别人，其实不是个话多的人，只有和她在一起，总是话题一个接着一个，喜欢贫嘴，也有幽默。

她也就试着，向他敞开一点儿心扉。

所以那天她说："我小时候羡慕过。"

程骁南像是怕自己听不清，扶着梯子向下探身，问："什么？"

虞浅说，她羡慕过别人家过年张灯结彩的那种热闹。

过去安北市远没有现在这样繁华，并不是每个地方都高楼林立。初时的建筑，没有电梯也没有十几层的高楼，都是六七层的楼房，家家户户都认识，小区里也总有聚在一起聊天的老人。

那时候还没有像现在这样的环保意识，烟花爆竹不禁放。

虞浅就站在阳台上，看小区里的孩子点鞭炮，或者炫耀，谁谁谁又有了红包。

后来再大一点儿，不能放鞭炮了，换了一种表示年味的方式，阳台上都挂着彩灯，还有人推着车，在小区里卖那种老手艺纸糊的灯。虞浅喜欢看这些一闪一闪的东西，但曲莉雯说她，要是没事就去做形体老师安排的作业，别在阳台傻站着。

所以虞浅说："我羡慕过新年期间挂彩灯的家庭。"

"现在不是有了？"

程骁南从梯子上跳下来，站定在虞浅面前："还羡慕过什么，说来听听，也许我都能帮你实现呢。"

虞浅摇头。

可能一路走来，有过很多不动声色的羡慕，但站在程骁南面前，她一时间想不到。

这弟弟就拉着她的手腕，拇指摩挲着她脉搏跳动的位置，贫嘴：“姐姐，儿孙满堂什么的，羡慕过吗？”

听虞浅说小时候羡慕过别人家的年味后，程骁南开始在布置上花心思，每天回来，都会对家里的装饰做一些改动。

到了除夕那天，原本是简洁风格的家里，已经到处喜气洋洋。

鱼缸里游着几尾红色小金鱼，连吊灯上都挂着布艺的小灯笼。昨晚虞浅还看见程骁南用毛笔在上面写了愿望：

虞浅每天开心。

也许是为了弥补她小时候的遗憾，程骁南实在有点夸张。

虞浅早晨起来时，客厅一阵鞭炮声，红色的电子鞭炮在地板上边响边闪光，屋里挂了不少“福”字。

他还给了她一个厚厚的红包，说是老程给的。

落地窗边的虞美人过了花期，程骁南前几天出门，不知道从哪儿淘来一盆开得正旺的凌霄花，花枝柔软，攀着花盆上编织好的塑料篱条，茂密生长。大红色的喇叭状花朵，开满枝头。

虞浅从卧室出来时，程骁南刚把电子鞭炮收起来，拿了长嘴壶在浇花。

他那种张扬的性格，浇花时居然有种岁月静好的感觉。

感觉到虞浅出来，程骁南没回头，把水洒进花盆里，突然念了几句《致橡树》：

我如果爱你，绝不像攀援的凌霄花，借你的高枝，炫耀自己。

我必须是你近旁的一株木棉，作为树的形象，和你站在一起。

虞浅没料到，程骁南还会念诗，愣了愣才问：“你还看诗集？”

程骁南放下水壶："我哪有那么雅致，高中时候班里集体诗朗诵背的，还有一首英文的，是大学时候背的。"

"什么？"

"以后背给你听，先做点别的？"

不怪虞浅多想，程骁南前天晚上和她温存之前，也是打断她看电影，忽然这样问的，做点别的？

所以她没答，用目光询问：现在？

程骁南笑了："姐姐，大清早的，你都想什么呢？"

还真是虞浅误会了，程骁南拿出墨汁和剪裁好的红纸，纸张上贴了金箔，看着是对联和福字的大小形状，上面却没有字。

程骁南说，想要自己写。

浓墨入盘，程骁南拿毛笔蘸了墨汁，想了想，突然有些不知道写什么。

虞浅在对联上也没什么研究，问："要不要上网搜一搜？"

"不用，写个简单点的。"

程骁南想了几秒，又把手里毛笔放下："怪老程，年年贴对联都是商业伙伴送的，不是什么'生意兴隆年年顺'，就是'财源广进日日增'，我现在满脑袋都是和钱有关的。"

程骁南没想起来，虞浅倒是想起来一个。

以前上学时候看到的，那会儿家家门口贴春联，家和万事兴的也有，财源广进的也有，还有增福增寿、喜迎新春更是常见。虞浅只对一家的春联印象颇深，是当时小区里一家远邻贴的，好像户主是对老夫妻，没有横批，上联"年年岁岁"，下联"岁岁年年"。

她从程骁南手里接过毛笔，不怎么熟练，但字体也过得去，写了上联"年年岁岁"。

下联是程骁南写的。

男人和女人的字写出来有不同观感，一个笔画架构偏秀丽，一个大开大合很嚣张，上下联放在一起，居然也算和谐。

这是他们在一起的第一个新年，有那么一点儿像刚从家里搬出来、脱离父母的孩子，什么都想自己尝试。

程骁南提议晚上自己动手包饺子时，虞浅也同意了。

俩人窝在沙发里，偶尔接一个朋友打来的祝福电话，剩下的时间都凑在一起，用平板电脑看那些包饺子的教程视频。

几个视频看完，程骁南胸有成竹："我觉得咱俩能行。"

出去买材料是午饭过后，程骁南没让虞浅跟着，说是除夕这天外面人多车多肯定会堵车，而且超市人也不会少。

他让她在家睡午觉，休息休息，等他回来一起包饺子。

出门前，程骁南还不忘把冰箱里的水果拿出来洗干净，切好："睡醒了吃水果，我很快回来，等我。"

"嗯，慢些开。"

程骁南从玄关拿了大衣，走出去。

门才刚关上，外面响起按密码的声音，虞浅略显意外地看着他大步走回来，还以为他忘了什么东西："没拿什……"

程骁南迈着大长腿，几步走到虞浅面前，俯身扶着她的后颈，吻她的额头。

"干什么？"

程骁南满眼笑意："怕出去想你，先亲一下。"

午睡前，虞浅接到彼得从国外打来的电话，问她除夕过得怎么样。

虞浅已经戴了眼罩准备睡觉，随口说："程骁南去买菜了，晚上要一起包饺子。"

电话那边沉默半晌，虞浅以为通话信号不好，撤下一小节眼罩，看了眼屏幕。

隔了一会儿，彼得才出声，声音居然有些哽咽："虞浅啊，虞浅。"

"嗯？"

"我第一次听你在电话里说话这么烟火气，买菜包饺子，真的，作为你多年的老友，我真的太替你开心了。前几天孙月给我发了个小视频，当时我就觉得，心里特别轻松，特别替你高兴。"

电话里还有点杂音，像是彼得吸溜鼻涕的声音。

虞浅问："什么小视频？"

"就是有一天安北下雪，程骁南用大衣罩在你们头上，和你一起往车子方向走的一个小视频。回头我发给你？"

虞浅记得那天。

是 Eleven 新年假期前最后一次上班，公司给员工发放了年终奖金，每一层楼遇到的工作人员都喜气洋洋。

那天不冷，下了一场小雪，雪势不大，落到身上就融化了。

虞浅围巾和手套都落在车子里，程骁南就说，临近过年了千万别着凉。

他说："不是我夸张，姐姐，你现在可是我们全家的大宝贝，昨儿和我姥姥视频，老太太正好瞄见你在厨房烧水，直骂我。"

程骁南边脱掉大衣，边模仿老人家说话慢悠悠的语气："要死了你哦，小浅白天拍摄那么辛苦，你还让她做家务，怎么这么不贴心，累坏小浅怎么办！"

程骁南把大衣撑起来，罩在两人头顶，和她一起走入雪中。

"我问老太太，说我天天也上班，怎么不见她心疼，你猜姥姥怎么说？姥姥真是典型的偏心眼儿，板着脸问我：'你天天坐办公室，你累什么？'"

那天，风雪丝毫没能穿透外套笼罩的温暖，他们上车，在车上拥吻。

好在，孙月并没有录到车里的情况。

彼得在电话里感慨地说了一会儿，等挂断电话，虞浅按程骁南说的，睡了午觉。

醒来，吃了半颗甜橙。

但时间慢慢过去，到下午三点多，程骁南还没回来。

虞浅发微信询问，程骁南发现她醒了，源源不断地发来照片，给她实况转播外面的人流。

人山人海的超市、卖空的蔬菜货架、结账时的长队……

他还拍了购物车，里面放着虞浅喜欢的品牌的红酒，还有包饺子需要的材料。

你不来是对的，家附近那个超市东西不全，我跑得远了些，这边到处都是人。

就我这购物车，都是后来才找到的，门口根本没有空车。

最后一条信息停留在三点半，程骁南拍了前面的四五个人的结账队伍，说是快到他了，如果外面不堵车，一小时内绝对能到家。

虞浅没像以前一样回复“。”或者“嗯”，她吃掉一小块火龙果，给他回复：

好，等你回来。

将近五点时，外面天色已经逐渐暗弱，程骁南仍然没回来。

虞浅其实不太善于处理这样的情况，因为程骁南从来没叫她等过。

他们之间，永远都是他在等她，耐心又温柔。

她想了想，还是决定给程骁南打个电话。

手机是关机的。

虞浅眉心才皱起来，一个陌生号码打来电话。

她平时不接陌生电话，但总觉得这通电话会和程骁南有些关系，点了接听。

电话背景很是嘈杂，程骁南的声音传过来：“别急，先听我说，我在超市外面碰上点意外，有个疯子在超市门口伤人，我帮了点小忙，手机摔碎……”

“你在哪儿？”

“……说了你别急，我现在在医院，处理一点儿小伤，马上回去，在家等我吧。”

“哪家医院？”

“真的不用过来，小伤，一小瘦子，劲儿还没孙月大呢，你……”

虞浅提高声音：“我问你，哪家医院？”

电话里的程骁南似乎愣了一瞬，随后笑了：“行，知道你关心我了，过来吧，市医院，路上慢点开，别让我担心。”

“嗯。”

虞浅根本没慢开，甚至一个不走神，上了逆行线，幸好及时发现，没造成交通拥堵。

无论是多喜庆的日子，市医院永远不缺病人。

虞浅按照程骁南在电话里说的方位，赶过去。

她到时，程骁南靠在医院走廊的墙上，身边围着几个警察，还有一个抱孩子的女人。

孩子一直在哭，警察不知道在问什么，走廊里有过往行人。

但虞浅刚一出现，程骁南如有所感，马上抬眸看过来。

他从人群里踱过来，把虞浅拥入怀里："担心了吧？发现手机碎了，已经是在来医院的路上了，借民警电话打的。"

虞浅垂眼。

程骁南今天穿了件浅暮蓝色的长款羊绒大衣，是她买的，大衣口袋处有暗红色血迹。

程骁南顺着她的目光往衣服上看："血迹应该能洗掉，等过了初三干洗店开门，就送去干洗。"

"伤呢？"

"这里。"

他举起包了纱布的手，往身后扬了扬下颌："护孩子来着，不然那男的伤不到我，很浅的伤，回去给你看。"

他每一句都在解释，怕虞浅担心。

虞浅没说什么，后来民警来询问，妇人向他道谢，她始终陪在他身边。

从他们的只言片语里，虞浅了解到，应该是程骁南把买好的东西放进后备厢时，发现一个男人和女人殴打起来，后来孩子也被卷入，那男人还亮出一把便携式水果刀。

他过去帮忙，护住了孩子和妇人。

可以离开时，虞浅对程骁南说："走楼梯。"

程骁南乖乖跟在她身后，进了楼梯间。

才刚迈进去，厚重的门还没关上，虞浅已经揪着他的衣领，把他拽得躬了些背，吻过去。

程骁南把身后的门关好："哎，这么主动？这还在外面呢，太热情似火了吧，真担心了？"

这种话换作是以前的虞浅，她可能不会回答，但她松开程骁南时，直视他："对，担心，担心你。"

程骁南单手抱她的动作顿了顿，低头边吻边说："别担心，这不好着呢，四肢健全，还能和你一起包饺子。"

他们开了两辆车出来，又不想分开，虞浅干脆把车丢在医院旁边的停车场，开了程骁南的车回去。

虞浅都没想到，自己谈起恋爱是这样腻歪的人。

程骁南手背上的伤口确实不算深，但也被虞浅禁止了一些工作，洗菜、洗肉、和面这类的，都没用他。

包饺子的过程有点困难，两个新手，面和得有点干巴，饺子馅儿又过于稀。

就这样，程骁南还是拍了照片，给家里人挨个发，最后还发了朋友圈。

虞浅听见他接到电话，好像是他某个表妹，在电话里狠狠骂他："表哥，你明知道我刚分手一个月，家族群我都退了，就怕看你秀恩爱，你还单独给我发，这不是硬塞狗粮吗？"

"我高兴就行。"程骁南说。

那位表妹尖叫着找了家长，威胁程骁南，除夕红包必须多发五百块。

临挂电话前，表妹说："和我未来嫂子说，我好喜欢她，昨天还仿了她某期杂志的妆容，祝她新年快乐，期待见面！"

"行，我和她说，挂了。"

其实他是开着扬声器打的，挂断电话，晃悠进厨房："听见了？大家都喜欢你。"

程骁南提议把包饺子的东西放到茶几上，边看电视边包。

饺子皮是程骁南擀出来的，奇形怪状，没有一个是圆的。

虞浅端着一个饺子皮发愁，在想从哪儿下手，电视里却突然传来她的名字。

她闻声抬眸，一个不认识的女孩出现在电视屏幕里。

那女孩叫她"浅浅"，满脸微笑地说："浅浅，新年快乐，我三年前在杂志上看过你的照片，后来用你的照片做了屏保，我很喜欢你，希望你永远快乐。"

这段视频后面，又是一个陌生女人，在荧屏里对她挥手，对她说新年快乐。

一个接一个，很多女人或者男人，说了认识她的契机，然后祝福她新年快乐，祝福她永远快乐。

这是程骁南为虞浅准备的新年礼物。

他想要告诉她，骂她的人也许很多，但爱她的人更多。

这个世界上，总有人喜欢她，并真心实意地祝愿她永远快乐。

最后两组视频，是程骁南姥姥家和奶奶家的视频，两个家庭的人聚在一起，都在欢迎虞浅。

他们对着摄像头张开怀抱，说期待她加入他们的大家庭。

二十八年来，虞浅隐忍压抑的不悦，强撑和不得不做到的坚强，在这一刻忽然有些动摇，甚至瓦解。

她感受到一种从未有过的情绪，鼻腔泛酸，眼睛湿润。

虞浅红了眼眶，被程骁南拥进怀抱。

她手上的饺子皮掉在地上，面粉蹭到他深色的衬衫，留下白色痕迹。

所有的情绪在程骁南的声音里慢慢平息。

如果说她对这个世界有那么一瞬感到安心，一定是此刻。

他在她耳畔说："新年快乐，姐姐。"

✦

因程骁南家人的善意不打扰，从除夕到初七，几乎都是他们两个人在家独处，只有一天例外——初六，复工前一天早晨。

这天，季苒突然跑过来，到底是女人，就算难过崩溃，也还是比沈深细心些。

怕吓到虞浅和程骁南，她没有直接按密码进门，她敲了敲门，红着眼睛站在门口："虞浅、南哥，我……我可能要打扰你们一会儿了。"

话没说完，眼泪先掉下来了。

虞浅把季苒拉进来，和程骁南一起陪着她，听她哭着讲完，才知道是沈深出去参加了一场同学聚会，昨晚回来挺晚。季苒早晨收拾东西，发现沈深昨天戴出去的围巾上，有一抹口红痕迹。

这事，旁人不好劝。

程骁南也很少见季苒哭成这样，他坐在虞浅身边，偷偷用膝盖碰了碰虞浅的腿，看她一眼，无声问：怎么办？

能怎么办，总得问问沈深，他围巾上的口红到底是怎么回事吧。

两人对视两秒。

随即，程骁南拿了手机起身，去阳台打电话：“还有心情睡觉呢？滚过来，季苒跟我这儿哭呢。”

季苒听到程骁南打电话，哭着喊：“你别叫他过来！我不想见他！”

看季苒这样子，肯定是没吃早餐。

虞浅默默拧开一瓶燕窝，放到季苒面前，还拿了小勺子，让她先喝点，垫垫肚子。

说是等沈深过来说开了，再一起出去吃午饭。

“能说开什么，高中同学有什么可聚的？还和隔壁班搞联合聚会，我和沈深还有南哥都是一个班的，我怎么不去？南哥怎么不去？

“就他朋友多？真的是去聚会吗？我看他是浪去了，看高中那帮女同学去了！

“昨天晚上喝到大半夜才回来，烂醉，倒床上就睡，气得我都没睡好。

“他要是解释不清楚围巾上的口红，我看婚也不用结了！”

程骁南拉了把椅子坐下：“先别放狠话，听听沈深怎么说。”

沈深住得不远，来得也算快，季苒刚喝了半瓶燕窝，玄关就传来按密码的声音。

其实沈深也还蒙着呢，他昨天去同学聚会，估计是喝大了，还没睡醒，就听程骁南打电话，说季苒在他家哭。

沈深脸都没洗就跑来了。

沈深进门没顾上打招呼，眼里只有季苒红肿着眼睛坐在沙发上的样子——

她受了万般委屈似的缩着肩膀，许是听到他进门的声音，把哽咽全都憋回胸腔，单薄瘦削的肩膀都跟着抖了两下。

沈深赶紧往她身边凑：“苒苒，怎么回事啊？哭什么？昨儿和我妈做美甲她说你了？甭理她，她更年期，就喜欢大红大紫的颜色，你喜欢什么颜色就做什么颜色，美甲又不是做给她看的……”

程骁南从沈深身后走过来，踢他一脚：“少往阿姨身上扣锅，和你妈没关系，季苒说你围巾上有女人的口红印，给解释解释。”

沈深抓了抓头发，对季苒说：“什么口红啊？有也是你的啊，我哪接触过别的女人？”

“你滚你滚你滚，我从来不用那种颜色的口红，老女人才用！”

“不是，那我真的冤枉，真没接触过女的啊！”

沈深举了三根手指发誓：“我要和别的女人有什么，我天打雷劈！”

季苒不理沈深，转过身，忍着眼泪继续吃燕窝。

这样的场合，就不适合旁人在了。

程骁南拉着虞浅推开暗门，两人上了阁楼，把空间留给那俩吵架。

虞浅迈上台阶，不怎么放心地问：“他们不会有事吧？”

“沈深应该不会出轨，他没那个胆儿，养猫都不敢养母的，怕季苒吃醋。这事多半是误会。”

程骁南走到阁楼门边，人往门框上一靠，捏了捏虞浅的手腕：“别操心，他活该，同学聚会有什么可去的，非要去嘚瑟，让他自己解释去吧。”

季苒说过，程骁南和他们是一个班的。

虞浅也就顺口问了一句：“你怎么没去？”

“没意思啊，处得好的朋友私下都聚过，连老师那边也都送过礼了。剩下一帮关系一般的，上学时候都不见得说过几句话。毕业这么久，八百年不见，谁是谁可能都分不清，聚个什么劲儿？”

程骁南不怎么喜欢这种聚会。

他一个不喝酒的人，去看那帮不是特别熟悉的同学喝多了群魔乱舞？还不如在家里陪虞浅看电影，边处理工作边看虞浅做瑜伽都比聚会有意思。

有一些同学情分，就是要留在校园里的，同那些艰苦备考的岁月一起，留在过去。

再聚多少次，也不会有那样共同奋斗的日子了。

程骁南说：“再说了，我高中时候那么受欢迎，去了万一有女孩对我旧情复燃，姐姐不吃醋？”

虞浅睨他一眼：“有多受欢迎？”

被她这么一看，程骁南有点心虚：“……开玩笑呢，高中时候我连同桌都是沈深那货，哪有机会接触女孩。”

程骁南坐在一方矮柜上，握过虞浅的手背吻了吻：“吃醋了？”

也就是这会儿，终于哄完季苒的沈深上楼了。

他正好听见程骁南说的话，人还没到阁楼顶上，拆台的声音先到了：

"虞浅吃醋那是应该的，南哥当时多受女孩欢迎啊，附中校草呢！我和他坐同桌，总能收到不少情书，都是让我转交给他的，一封给我的都没有，全是给他的。季苒这波疑神疑鬼，太草率，要我说，虞浅就应该吃醋，让你跪跪搓衣板……"

后面的话，沈深没说。

他走上来瞧见程骁南，人就㞞了。

程骁南"啧"一声，"哄完了？哄完了滚吧，我们要和季苒去吃饭。"

"吃什么啊？我也去，我又没做错事，凭啥吃饭不带我？"

沈深嚷嚷着，还点了家饭馆："哎，咱去吃学校附近那家的石斑鱼吧，你是不是还没带虞浅去吃过呢？"

沈深围巾的事确实是个误会，刚才高中语文老师还在群里问，是谁拿错了围巾，把她的戴走了。

沈深很是无奈地辩解："不是，我再怎么，我也不能和语文老师有一腿吧？"

一起吃饭时，沈深和季苒已经恢复如常，又成了互相斗嘴的模式。

饭后，季苒还有些不好意思，毕竟闹了乌龙。

她摸着有些浮肿的卧蚕，说："都出来吃饭了，我就索性通知了吧，我和沈深婚礼日子定下来了，五月二十八日，请柬还没做完，做完给你们送过来。"

虞浅点头："恭喜。"

"你和南哥也快点啊，别我家孩子都会跑了，你俩还没办婚礼。"

虞浅看了程骁南一眼，他正不耐烦地听沈深和他讲同学聚会上的事，哪个男生吹牛，哪个女生嫁了个有钱人在饭桌上炫富，哪个老师又发福了……

可能是实在不乐意听，程骁南拿了一块餐后果盘里的西瓜塞进他嘴里："闭嘴，让我消停会儿。"

虞浅收回视线。

好像他们之间，从来没正式提到过"结婚"和"婚礼"这样的事情。

她在感情上确实算慢热，从来没有过结婚的计划，也从来没想过自己会嫁给谁。

这方面程骁南一直很迁就她，都是顺着她的节奏来的，就连他的家人，也都让她很安心。

鸳鸯锅蒸腾，散发出菌菇和麻辣的鲜香，程骁南夹了鱼片在沸腾的汤汁里涮一涮。

手伸过去时，被火锅里溅出来的汤汁烫了一下，他皱眉，威胁锅里煮着的丸子："给我老实点。"

却也没收回筷子，直到鱼片烫到变白紧致，才夹着放进虞浅的调味碟里，让她吃。

虞浅也是在这个时候，第一次想到结婚的问题。

如果要嫁的人是程骁南，似乎也不坏。

程骁南是那种很让人羡慕的、不易留疤的体质。

假期结束后，到了全国复工时，他手背上的伤口开始痊愈，结痂脱落。

这天早晨，虞浅说她要去交管站交罚款，程骁南还有那么一点儿意外。

毕竟虞浅从他认识时就开着一辆红色跑车，车技也不错，她又不是一个急躁的路怒症患者，开车四平八稳，很难想到她会违章。况且他们住在一起，上下班都是同行，虞浅那辆车子，也实在很少有开出去的机会。

到交管站门口，程骁南正好接到一通电话，就没陪虞浅一同进去。

等虞浅出来，程骁南正好收了手机，帮她拉开车门，问："扣几分？"

"6 分，两百块。"

"挺多啊，干什么能扣 6 分？"

"逆行。"

"嗯？逆行了？"

程骁南把虞浅那侧车门关上，自己坐进驾驶位里，扣好安全带才说："没见你去哪儿啊，怎么还逆行了？"

虞浅也在扣安全带，语气平静地陈述："医院。"

最开始程骁南没反应过来，猛地回眸，还以为她是哪里不舒服才去了医院。

过了几秒，他才想起来，虞浅最近一次去医院，是除夕那天听说他受伤。

程骁南发动车子的动作停了下来，不嫌麻烦地解开刚系好的安全带，侧身过去吻虞浅。

“都说了是小伤，让你别担心。”

沈深喜欢季苒那种爱憎鲜明、所有情绪都展现在脸上，连爱意都丝毫不隐藏的女人——发现他围巾上的口红印会大喊大哭，把她的在乎和委屈毫不保留地展现出来。

所以有时候，他会问程骁南：“南哥，虞浅天天在想什么，你知道吗？我觉得她属于我永远看不懂的那类女人。”

每每这时候，程骁南就会把沈深凑过来同他说悄悄话的脑袋推开，告诉他，那是因为他脑容量不够。

程骁南懂虞浅。

他懂她的慢热，也懂她的隐忍，深知她并不冷漠苛刻。

她是有温度的，内心柔软的，是他最爱的。

虞浅从来没和他说过，那天去医院的路上她到底有多焦急，但她这样的老司机，居然逆行，足以说明她当时有多担忧和心神不宁。

她的爱是早春的风，同体温相近，绵柔拂面。

不强烈，却也暖。

令人随之心旌摇曳。

二月兰盛开时已经是四月份，程骁南开车带虞浅去他当年和朋友烧烤的郊区水库边。

他们去的前一个星期，郊区都在下雨，等他们去时，树林里萦绕着水气，二月兰遍地盛放，像迷蒙着雾霭的油画，的确很美。

草丛叶片上沾染着未消的晨露，程骁南把车子停在湖滩旁，他侧头看一眼虞浅，总觉得过去的七年多时光，恍如隔世。

上一次他来，还是虞浅出国前。

那几天他正好心情不怎么样，刚听过虞浅手机里韩初的语音，钻了个牛角尖，觉得虞浅喜欢学霸，不喜欢他，虞浅也碰巧几天都没联系他。

各方情况加起来，程骁南每天在学校都像个行走的制冷机，冷着一张脸，也不同人说话。

连班主任老师都打趣过，说程骁南这气势，比他都骇人。

还是身为同桌的沈深看不下去，在周末硬是拉程骁南出来，说带他散心。

几个男生租了烧烤炉具，买上一大堆穿好的肉串，在水库边准许烧烤的地点野餐。

程骁南对那些肉串、鸡翅没兴趣，对水库钓鱼也没什么兴致，男生们在空地上骑摩托，他连看都没看一眼。

几次垂着头看手机，虞浅一个标点符号都没发给他。

程骁南心烦意乱，发誓她要是不理他，他也绝对不会再主动了。

但不经意回眸，程骁南突然瞧见身后树林里的二月兰，深紫色、浅紫色杂糅在一起，开得密集，跟油画似的。

他那天下意识地拿起手机，找到对话框，想拍照发给虞浅，最后都克制住了。

他自嘲地想：我一个备胎，发了人家也不稀罕，后来他还是忍不住回头，多看了身后的树林几眼，有些妥协地想：等虞浅联系他吧。

等她联系他，他就约她来这边，给她烤肉，给她买饮料，带她看树林里美得像油画一样的二月兰。

等着等着……

虞浅就出国了。

这么多年，程骁南再也没来过。

当年可以烧烤的岸边已经立了告示，说禁止明烟明火烧烤野餐。

程骁南把车窗按下去，任春风携着草木清香吹进来，指着不远处一片木栏凉亭给虞浅看："原来那边是一个特别破的小商店，牌匾都没有，用白色油漆在砖墙上写着'商店'字样，现在改得居然还不错。"

虞浅顺着他指的方向看过去，确实不错。

还有人站在凉亭里，用手机自拍。

程骁南想起什么似的，忽然一笑。

"笑什么？"

"你回国之前，我梦见带你来这里，现在也算是，美梦成真了。"

几年时间，程骁南已经把 Eleven 越做越大，名声也渐渐传开，于是他开始尝试，按自己的了解，向国外、向虞浅周围的摄影以及模特圈子，传递自己的公司信息。

但虞浅已经过了最缺钱的那段时间，对工作十分佛系。

后来，辗转各方资源，靠着老程的关系和他自己的人脉，程骁南做了新的尝试，他找上了与彼得·潘相熟的设计师们。

渐渐地，彼得知道了Eleven，而且虞浅本人在几个月后，终于亲自向Eleven投了一份简历。

程骁南看到简历那天，很早结束工作，回到家里。

他拼完一小份乐高，依然难以抑制自己的兴奋，入睡后，梦到了这片二月兰盛开的树林。

“只是梦到来看风景？”

当然不是。

梦里比现在这种静坐在车上看花可刺激多了……

程骁南偏头咳一声，没明说。

下车遛弯时，遇见当地的一位老大爷，听老大爷说，这边都在规划重建，保不齐今年这片树林也要重新修葺，听说是要变成一个小型森林花园。

“这些花还会在吗？”虞浅突然问。

“那可说不准喽，这东西又不值钱，最普通的杂草野花罢了，花期又不长，只有春天开。要是上面拨款重修，怎么也得种些观赏性高的花，玫瑰、百合不种，也该是串串红、千头菊花吧。”

这片林子老大爷年年看，看了几十年，估计也看腻了，语气里有些期盼。

他希望能重新规整，变得更高级点。

但对程骁南和虞浅来说，还是二月兰更有意义。

程骁南低头和她耳语：“还好你是去年回来，再晚可能看不到了。”

一切都赶得及。

挺好。

回去前，老程打来电话，问程骁南和虞浅要不要回家里吃午饭，阿姨买到了新鲜的生蚝和三文鱼，可以做刺身吃。

程骁南应下来：“行啊，稍微晚点，我们在郊区水库呢，开回去估计两个小时。”

“郊区水库有什么可看的，你奶奶今天打电话来还说，别觉得四月份天气就暖了，这几天要降温，让你别带着小浅乱跑，春捂秋冻，也别穿太薄。”

“来看二月兰。”

“什么二月兰？郊区开花展了？”

“不是，是树林里长的一种野花，紫色的，一开一大片，挺美。”

老程听完他的形容，在电话里挺不屑地说：“我还当你说的二月兰是什么稀有物种，是不是树林里四个花瓣那种小花啊？我们小时候都叫那玩意儿诸葛菜，你太奶奶经常采回来，给我们炒菜吃，有什么值得看的？”

“爸，如果我妈说二月兰美，想来看，你也告诉她这玩意儿不稀罕，是野菜？”

“那不能，我会告诉她，无论她想去哪儿，我都会陪伴她。”

程骁南“嘁”一声，说老程是双标。

挂断电话，程骁南回眸，正好看见虞浅从树林那边回来，她穿了一件橘色调的风衣，高跟鞋，不疾不徐地走过来，身后是花丛和树林。

像是一片绿色紫色里，唯一一朵暖色调的花。

也许是玫瑰。

林间有虫鸣鸟啼，春日上午的阳光只是暖，并不灼人。

程骁南看见她衣摆沾染的露珠痕迹，俯身帮她拍掉：“去树林里了？”

“嗯。”

虞浅扬了扬手里一本巴掌大的记事簿，说是去采了几朵花。

程骁南并没多想，还以为她只是想要夹在本子里留个纪念，但半个月后的某天，突然有快递送到他手里。当时他正在会议室处理工作，快递盒就放在手边一直没拆。

他现在尽量把所有工作都在上班时间处理完，回去好能空出时间陪虞浅。

一直忙到下班时间，程骁南才揉着脖颈关掉笔记本电脑，给虞浅发信息说晚上一起吃饭，他的注意力才放在快递上。

他最近好像没在网上买过什么东西，但快递盒上写的，确实是他的名字。

还以为又是家里人寄来了什么东西，程骁南懒洋洋地瘫在办公椅里，只伸长胳膊把快递拿过来，看了几眼，然后拆开。

盒子里放了一张卡片，居然是虞浅的笔迹：

送给我男朋友。

程骁南还是第一次收到虞浅这么正式的礼物，瞬间坐直了，甚至有那么一点儿紧张。

黑色礼盒里是定制的黑晶手链：细碎的黑晶串，最中间一颗滴胶扁珠，里面居然是二月兰的干花。

那片二月兰可能会消失，但它给他们留了一份回忆。

系在黑水晶手链上，以后不用等春天，四季都能陪他看。

谁说虞浅不会爱人？她明明就挺会宠男朋友的。

程骁南把手链和钻表戴在一起，宝贝得不得了。

看了半天，还是觉得爱不释手。

他把要下班的沈深拎进会议室，让他给自己拍了张照片，摆了个“比心”的手势，正好露出腕上的手链。

照片发给虞浅，那边很快回了信息，半句不提照片，只说自己还有一组照片要拍，一个小时之后才能下班。

程骁南现在不想说别的，就想和她谈情说爱，连着发了好几条过去：

礼物特喜欢。

姐姐，你很会疼人啊。

说个正经事。

我有点忍不住，能现在过去亲你吗？

虞浅估计在忙，没及时回信息。

她就在 A 区摄影基地，程骁南索性不等了，直接开车过去。

过去时虞浅正在化妆，他就倚着化妆台，也不说话，只是看着虞浅。

他那目光太热烈，把化妆师都搞得有些不好意思。

化妆师小声问虞浅："虞老师，我要不要先出去喝杯咖啡再回来？"

虞浅睁开刚画好眼影的眼睛，看他："程骁南。"

"哎哎哎，行，我不看了我不看了，我就在这儿等你，行不行？"

后面他真就不再看虞浅了，低头玩手机。

就是他那个姿势，说不上来的别扭——手机举得老高，非要露出腕上的手表和手链。

有人过来打招呼说程总好，他就举一举手腕，说："嗯，好。"

后台工作的有不少男士，走过来一个大哥，扛着摄像机："让一让，让一让，哎？是程总啊，又来陪虞老师？"

"嗯。"程骁南抬了抬手腕。

摄像师大哥走了几步，扭头回来："程总，胳膊咋了？怎么老这么举着呢？是扭伤不？我这儿有种喷雾，镇痛的，特好用，给你喷点？"

程骁南"啧"一声，晃了晃手腕："新手链，看不见？"

"哎妈呀，我真没瞅见，挺好看啊，哈哈哈。"

程骁南一脸得意："你们虞老师送的，能不好看吗？"

他那副显摆的样子，虞浅看着都觉得好笑。

等虞浅拍摄完，卸掉厚重的妆，化了个日常淡妆出来，程骁南趁着周遭没人，突然凑过来吻了吻她的唇："谢谢。"

虞浅其实自己也定了一条，她露出手腕，给程骁南看。

"还是情侣的？我发现你现在真的很会啊。"

虞浅对于"美"和"时尚"的追求还是很高的，毕竟从小接触的环境都是这样，她对这两条手链，其实有那么一点点不满意。

因为干花是她夹在本子里的，没有经过那么专业的干花制作流程，花瓣稍微有些变形。

二月兰是十字花科，只有四片花瓣，她的干花花瓣没那么饱满，缩了些，像紫色的胖版十字架。

程骁南却觉得，这是他见过的所有手链里最美的一款。

他说："这不是挺好，人家信教的都有个什么代表图案，我也不信神佛，以后这个形状就是我们的代表图案……"

"代表图案。"

“嗯。”

程骁南举起手腕，眉眼间都是笑意：“今天起，你就是我的信仰。”

晚上，厚重的窗帘紧紧闭合着，室内只剩一盏夜灯。

虞浅已经先洗过澡睡去，程骁南冲了个澡，围着浴巾从浴室出来，走到床边亲吻虞浅的眉心。

他把放在床头的手链戴上，对着灯光又看了一会儿，胸腔里始终充斥着难以平复的悸动。

程骁南拿了手机退出卧室，站在客厅落地窗前，给老程打电话。

半夜三更，老程听上去挺不乐意：“你要总在这个时候给我来电话，可能我过几年就能下去陪你妈了。”

程骁南今天倒是没贫嘴，他盯着安北市星迹寥寥的夜色，很认真地开口：“爸，我等不及了，我想结婚，想娶虞浅。”

他很早就有这种念头，也早就在计划求婚和订婚的事宜。

结婚用的钻石珠宝，他刚和虞浅确定关系时，就已经找设计师做好了款式，只等着完工。

他以为他能一步一步慢慢规划，就像他等了虞浅七年那样，运筹帷幄，徐徐图之，但他越来越等不及。

和虞浅在浴室接吻时，他差点一冲动就问了——愿不愿意嫁给我？

老程在电话里苦口婆心，心疼虞浅比心疼他还多。

说不能让人家姑娘吃亏，让他好好准备再求婚。

“当年我向你妈求婚，足足准备了一年半，所有那个年代能想到的浪漫我都给她了。你想想，一辈子能有几件大事？人家姑娘选你了，你也不是没有那个条件，干吗要委屈人家？”

程骁南自己也知道这个道理，叹了一声：“这不忍着呢吗？”

当初选钻戒，他选了一枚样式极其复杂的，用钻也选了成色最好的。

找到符合他要求的裸钻，再从国外选购，这中间就花费了将近四个月的时间，等裸钻送到国内，再把样式做好，估计要到夏末，戒指和配套的项链才能到他手里。

定制时人家设计师就说了，选这个样式，可有的等。

那时程骁南还说，等呗，不急。

现在他想穿回去掐死自己。

程骁南对着夜色瞧了一会儿，心说："还是等珠宝都到手里，再求婚吧，不能给虞浅留任何遗憾。"

这股冲动终于被他压制下去，日子很快到了五月，沈深和季苒婚期在即，开始忙碌各种婚礼相关事宜，程骁南和虞浅也被拉着帮了不少忙。

越是帮忙，程骁南就越迫不及待地想娶虞浅。

那天季苒试婚纱，拍了照片问大家效果好不好，程骁南突然想起来，婚纱他还没为虞浅订。

屋里沈深家的亲朋好友都在忙着沈深季苒的婚礼，程骁南自己拿了手机退出去，站在走廊给彼得打电话："彼得老师，有事求您。"

所有设计师里，彼得是最了解虞浅的。

他了解她适合什么样式的衣服，也了解虞浅的喜好，是为虞浅做婚纱的最合适人选。

彼得问："计划什么时候用？"

"越快越好。"

沈深和季苒婚礼当天，有程骁南和沈深高中、大学时期共同的好友过来。

程骁南和虞浅坐在朋友那桌，面对的八卦和询问一点儿不比沈深和季苒少。

其中有一个男同学，高中时和程骁南、沈深玩得不错，只不过后来去了国外发展，不常见面，这次回国参加婚礼，见到程骁南就是一个拥抱："南哥，可太想你了。"

当这位同学发现桌上的美女是程骁南女朋友时，立刻开启了疯狂吐槽模式。

席间，程骁南对虞浅和平时一样照顾，偶尔会帮她夹个菜或者倒饮料，像沈深、季苒这种常见的，见怪不怪，但这位同学直接看蒙了。

他几次张嘴，都憋住没说。

最后，终于在程骁南用湿纸巾帮虞浅擦手时绷不住了，开口就是："南哥，你让人魂穿了？"

"嗯？"

"不是，你谈恋爱的画风和你平时也太不一样了吧。"

那位同学看向虞浅："嫂子，你知道他高中时候什么样吗？可高冷了，平时话都不怎么和我们说的……"

程骁南在别人面前，话确实少。

高中时候，大家出去一起吃饭，饭桌上最少发言的就是他。

只有一次，这同学在饭桌上给大家拿扑克变魔术，程骁南难得感兴趣，兴致勃勃地请教了怎么操作。

当时这位同学还打趣说："南哥，该不会是想把哥们儿的技能学走，逗妹妹们开心去吧。"

程骁南拿着一副扑克，在指间灵活切牌，垂头笑了一声，说："不是妹妹，是姐姐。"

沈深的婚礼现场做得不错，草坪婚礼，当天老天爷给面子，气温适宜，阳光明媚。

程骁南越看越觉得，自己好想结婚。

在公司偶尔听女模特们聊起梦想中的婚礼，程骁南自己都没想到，他能有这么期待婚礼的一天。

他去洗手间时，按捺几次都没忍住，还是掏出手机给他找的那个珠宝设计师发了信息，催问那套珠宝什么时候能完工。

珠宝设计师委委屈屈：

程总，您每三天催一次我也不能更快了，真的在努力，您这套太精细了。

最早也要下个月，再等等吧。

昨天我们团队也熬夜加班了，真的没有偷懒！

收起手机时，程骁南正好走到餐厅。

沈深和季苒宴请宾客共七十八桌，人山人海里，他一眼就看见了虞浅。

她今天穿了一条春季款高定礼服裙装，是她喜欢的冷杏色。

和他的朋友坐在一桌，她也没显得局促，侧耳听他们开玩笑，大方回以浅笑。

她点头时，坠了香槟色水晶的耳线在颈间轻晃，脖子上有一点儿浅淡的吻痕，已经被她用遮瑕盖住。

程骁南站在不远处看了一会儿，想结婚的念头越来越压不住。

晚上答谢宴时，他少见地闷了口红酒。

老程作为沈深的干爸，上台讲了几句，下台时正好看见程骁南一脸不爽："臭小子，什么事儿啊，还喝酒了？"

"想结婚。"

老程乐了，说不知道的还以为他生了个多丑的儿子，又不是没有女朋友，想结婚能想成这样？

程骁南瞥他爸一眼："你给我妈筹备求婚时，就没着急过？"

"……也急，做梦都想快点娶她。"

程骁南笑了，一口大锅直接扣老程身上。

他说："那你看，我这个按捺不住的劲儿，肯定是遗传你。"

过了沈深和季苒的婚礼，转眼到了六月。

安北市绿化带的月季顶着硕大的花苞开满枝头，各饮品店门口都换上了主打冰激凌、冰饮的广告牌。

虞浅坐在程骁南车里，目光无意识地落在窗外景物上。

手机振动，是彼得打来的电话，说是有一套衣服刚设计出来，希望虞浅帮他试穿。

虞浅问："那你什么时候回国？"

"这衣服不方便带回国，我是希望，你能来我这边试穿。"

车子里没放音乐，相对安静，电话里说了什么程骁南听得一清二楚。

虞浅没留意到，开着车的程骁南嘴角上扬了一下。

"我去国外试穿？"

虞浅有些疑惑："为什么不能带回国？潘二狗，你犯事了？被滞留国外了？"

"……我一服装设计师我能犯什么事。"

两人打电话一言不合就吵起来的情况常有，但今天，程骁南适时插话，说："去一趟国外也行，你这个月好像有一个工作，要在国外取景，我陪你一起去。"

虞浅回眸，不知道为什么，从程骁南眼里，她好像看到了一种难以抑制的愉悦。

六月中旬，程骁南陪虞浅一起到国外——她生活了七年的地方。

下飞机那天是个晴天，彼得发过信息，说会来机场接他们。程骁南似乎是怕她晒伤，一路拉着她快步穿梭，找到彼得所在的位置。

程骁南单手推着行李车，走在前面，和彼得一起把行李箱放进车子后备厢。

虞浅站在一旁，心里突然有种怪异感。

程骁南来过这个机场吗？

怎么觉得他对这机场这么熟悉？

路上，虞浅这样问程骁南，这弟弟一脸平静："出差来过，我好歹也是个老板，这点见识还是有的。"

到国外的第一天，虞浅没有工作安排，她带程骁南在她和彼得共同租住的住所附近闲逛，这是从程骁南身上学到的，关照人的方式。

她刚搬到程骁南那边住时，程骁南也常在气候适宜时，带她在小区周围遛弯。

起初虞浅还真信了他"饭后消食"的说法，时间久了，她才慢慢品咂出来程骁南那样做的意图——他是在带她熟悉周围的环境，毕竟这以后是他们生活的家，不是酒店。

虞浅和彼得经济条件好一些后，搬出了狭窄的合租公寓，后来在郊区租下现在住的这栋小别墅。

这种房子在地广人稀的国外郊区不算什么，也并不昂贵，但居住环境比以前好了很多。

院子很小，房子只有一层，不过有独立的地下室和阁楼，除去厨房餐厅和卧室，活动空间足够。

门口的石板台阶上摆了几盆花，花盆被彼得画上了手绘图案，围栏也都是相同色系的图案。

程骁南迈下台阶时，目光扫过那些图案，忽然觉得，还好，这几年虞浅在国外有彼得这个忘年交的陪伴，总不算太伶仃。

虞浅带着程骁南在周围街区闲逛，告诉他哪边是市场，哪边是学校，哪边能搭到公交车，哪边可以买到新鲜牛奶。

“新鲜牛奶下午还能买到吗？”

“运气好的话，可以。”

程骁南笑道：“那去碰碰运气？”

晚上虞浅和彼得应该会喝一点儿小酒，他打算用牛奶煮些咖啡，陪他们聊天。

往牛奶商店走时，虞浅低头查看手机，没留意路况，是程骁南及时拉了她一下：“是不是该走这边？”

虞浅那种怪异的感觉又来了，程骁南对她生活的这片区域，不应该很陌生才对吗？

毕竟他是第一次来吧。

到了晚上，这种怪异和疑惑更为浓重——程骁南似乎对她生活过的环境，很是熟悉。

晚饭前，彼得还在他的独立工作室没回来，虞浅和程骁南一起去逛附近的一家超市，这家超市售价不贵，总有很多顾客，蔬菜水果都很新鲜。

在安北，虞浅很少有做饭的机会，这次来国外，程骁南主动说想尝尝她的手艺，吃她做的饭。

他还说，不用丰盛，就她和彼得以前最平常的家常饭就好。

虞浅和程骁南一起走进超市，她在门口的熟食减价摊位前停下，摊位上有卖一种特价的香肠，常年都在卖，味道很不错。

她以前经常会买回去一些，切成片和鸡蛋一起煎。

虞浅称好香肠，回眸时，程骁南已经推着购物车，熟练地走到旮旯处放酒的货架旁，拿了一瓶红酒。

他回来时，看到虞浅手里的香肠，挑眉：“我喜欢这个。”

手工香肠，每个老板做的味道都会不同，他却肯定地说，他喜欢这个。

这家超市的风格很像蔬果生鲜的杂货铺，东西摆放得很随意，头顶吊着几个灯泡，很多货架都没有指示牌，程骁南却拄着购物车，冲不远处几乎隐匿在货架后的冷鲜冰柜扬了扬下颌:“那边有卖牛排，要不要买？”

虞浅没说话，把手里的香肠放进他推着的车里:“你来过这家超市吧。”

程骁南愣了愣，才在她的注视下笑着承认:“好几年前的事儿了。”

他确实来过。

那时候刚创立 Eleven，说压力不大那是假的，最难捱的时候，他常常上网，希望能在网上看到一些关于虞浅的消息。

其实虞浅的报道很难找到，她又不是明星，只是一个模特，热度并没有那么大，每次报道都只占整张娱乐电子报的一个小角落，几行字而已。

那次是在虞浅合作的杂志发行之前，官网上的预告里有一段对几位模特的采访。

是一段加了倍速的片段，总时长才一分二十六秒，同虞浅有关的更是寥寥无几。

程骁南反复看了几遍，看她平静地面对镜头，说自己不是很容易长胖的那类人，吃东西也没什么忌口，没有刻意不吃晚饭，喜欢去超市买香肠回来煎蛋吃。和其他说自己怎样认真保持身材的女模们格格不入。

后来八卦曝出虞浅和彼得有一个孩子，网上有人扒出他们的住址，没有具体的，但就在郊区那一片。

程骁南买了机票。

其实他没想过真的要偶遇虞浅或者发生什么，他只是想走一走她走过的路，想尝一尝她吃过的东西。

他在郊区生活了半个月，可能作息不同，一次都没遇到过彼得或者虞浅。倒是那家老旧的便民超市，他的确常去，也买过门口摊位常年特价的香肠回去吃。

虞浅问他:“你怎么会来这里？”

程骁南就笑一笑，把创业初期的压力隐去，只说:“听说这边香肠不错，过来尝尝。”

住所这边有一所学校，学校周围有几个小型的街头篮球场，坐在窗边餐桌吃晚饭时，经常能看见一众年轻人抱着篮球嘻哈玩笑着走过。

程骁南、虞浅和彼得三个人，从傍晚一直聊到日落。

彼得给程骁南讲虞浅他俩那些穷得揭不开锅的日子，也讲有钱后的生活。

彼得捏着高脚杯，摇晃着剩下的半杯红酒：“后来我们有钱了，有一次虞浅卡里直接进账四十六万。当天我怂恿她，借了邻居家的哈雷摩托，骑着一路去了镇子西边的海鲜市场，最大号的龙虾，又贵又奢侈，我们买了两只！”

“你还会做龙虾呢？”

虞浅摇头：“不会。”

“别提了，龙虾我们哪会做啊，就水里煮的，虾钳不会处理，想用菜刀劈开吃里面的虾肉，结果把刀都劈豁了。”

程骁南垂了头，笑得肩膀耸动。

他端着一杯兑了牛奶的冰咖啡，顽劣地去撞虞浅的高脚杯：“来，敬我们的虞大厨。”

后来虞浅起身去看烤箱里的红薯，彼得瞄着她身影消失在客厅，才压低声音说：“我没想到你会在这里和虞浅求婚，在这边时她并不开心，我以为，她一辈子都不想再回来了。”

程骁南说：“我打算把这里当成虞浅娘家，时不时带她回来一次，我希望她回忆起任何地方，都是快乐的。”

“明天虞浅去工作，我们就动工吗？”

程骁南懒懒一笑：“还得抓紧点时间。”

“怎么，求婚有固定日子？找人算的？我看你爸挺迷信这些。”

程骁南说不是。

他看了厨房的方向一眼，起身准备去帮虞浅端吃食，站起来后，他说：“不是有特定日子，是我迫不及待，想听她答应我的求婚。”

后面几天，虞浅一直忙碌。

同时在她看来，程骁南似乎也在忙着什么。

每天他都会去彼得的工作室，一直到她工作完回来，他才和他们一起回到住的地方。

虞浅在这边的卧室和安北相比并不算大，只是中规中矩，卧室里有一间很小的浴室。

床是田园风格，床垫特别厚，他们两个人睡上去刚刚好。

只不过床垫睡了多年，躺上去稍稍一动，就有些吱嘎声响。

程骁南抱着她入睡时，总要打趣一句，说这破床垫挺碍事，妨碍他和她亲密。

程骁南来之前，虞浅虽然在这边生活好多年，却从未认真观察过这里，也从未喜欢过这里，连床垫的声音，她都没留心过。

她印象里，这是一座寂静的小镇，入夜辗转难眠时，更是安静得让人胸闷。

但这次和程骁南一起回来，他偶尔去和邻居打篮球，和邻居家的孩子一起滑滑板，这座小镇在她眼里忽然就热闹起来。

连夕阳的暖橙色落在那些刷了淡黄色油漆的墙壁上，都变成醉人的景象。

程骁南把滑板还给邻居家的孩子们，从暖色调的世界里走过来，撩起短袖衣摆擦了下额头上的汗："看见我刚才的操作了吗？酷吗？"

虞浅还真是第一次见程骁南玩滑板，她过去只见过他的滑板，还是和他认识那天，这弟弟把滑板从学校后墙扔出来，砸到了她的跑车车尾。

彼得说今天很忙，要在工作室住下，家里只有他们两个人。

傍晚，程骁南和虞浅端着冰咖啡，坐在门边的台阶上吹夜风。

程骁南问她，当初为什么会去学校后墙那条街，那条街很偏，路灯残缺，除了那片老小区的居民不得已必须经过，其他路人只可能是学生。

虞浅和程骁南讲，那天她其实是去见韩初，也讲了韩初和她的观点不同，吃了一顿很是不开心的饭。她开着车子四处闲逛，无意间进了那条街。

程骁南在月光下不满地撇嘴，说："那要这么说，韩初还算咱俩的媒人了？"

郊区的夜色很美，繁星点缀，明月皎皎。

一只很美的粉白色蝴蝶或者夜蛾围着虞浅扑扇着翅膀。

程骁南挥了挥手，把它往脚边开着花的绿植旁赶："你要找的花在这儿呢，别往她身边凑，这是我的花。"

虞浅端着咖啡杯，转头看程骁南，也是在这个时候，他放下咖啡，偏头，凑过去同她接吻。

他们吻得很深，程骁南把她手里带着冰霜的咖啡杯拿开，和他的放在一起，擒了她的手背在身后，和她交换唇齿间咖啡的冰凉温度。

那只夜蛾飞过来，扑扇着翅膀，往程骁南胳膊上冲。

两人同时回眸，看着那只夜蛾。

程骁南笑了："捣什么乱？"

他刚接过吻，嗓音沉沉，把虞浅抱在腿上，问："继续吗？"

虞浅的回答是："我要在上面。"

程骁南把她抱起来，踢开房门，进屋。

只留下两杯没喝完的冰咖啡放在门口台阶上。

窗外有不知名的鸟在树上啼鸣，入睡前，程骁南睡意沉沉地同虞浅商量，说下次再来，换一张新床怎么样？

虞浅"嗯"了一声。

可能因为心情放松，虞浅梦到她初遇程骁南时的场景。

那年她二十一岁，开着扎眼的红色跑车，停在老旧的学校后街，程骁南从后墙里扔出来的滑板砸中了她的车尾。

少年身高优越，身上的校服穿得吊儿郎当。

他砸坏了昂贵的车子也没怯场，让她一定要去 4S 店修理，免得被无良商家骗了。

他说："花了多少你来找我，我都赔给你。"

后来他问她要联系方式，她干脆把胳膊伸过去，露出白皙的手臂，让他把手机号写在手臂内侧。

梦境停留在程骁南举着她的眉笔的时刻，他只写了个"1"，就停下来，抬眸看她。

虞浅睁开眼睛，阳光被窗纱笼着流入卧室，晃得她微微眯眼。

蕾丝花纹化成阴影，投落在床上。

她还没有完全从梦里清醒，她知道，下一刻，梦里的人就会微微敛起眉心，问她："你这细皮嫩肉的，我写这儿你不疼？"

虞浅想，那应该是她人生中最初的悸动吧。

不然她为什么会在那样一个不快乐的日子里，向一个陌生少年伸出手臂？

她动了动胳膊，忽然感觉好像梦和现实交织在一起。

当年眉笔细腻的笔尖落在皮肤上的刺痒感居然还在。

虞浅从床上坐起来，下意识去看自己的手臂，不是梦境成真，是她小臂内侧此刻贴着一张半透明的浅紫色便签。

便签上当然是程骁南龙飞凤舞的字体——

米兰路 37 号见。

虞浅对着便签笑了笑，撕下来，贴在床头。

米兰路 37 号是彼得的工作室，她去过两三次。

因为彼得工作起来是个不拘小节的人，所以工作室乱得要命，各种布料、皮革堆积在桌面和地板上，还有装满纽扣的盒子、设计图。

虞浅洗漱后，化了个淡妆。

彼得这次一定要她来国外试穿设计好的衣服，可她到了这么多天，彼得却什么都没提，偶然问起，只说还在改动，做好了会告诉她。

再加上程骁南这些天有意无意地总往彼得工作室那边跑，虞浅不难猜出，彼得新设计的衣服是程骁南为她定制的。

去彼得工作室的路上，虞浅突然觉得心里有种从未有过的轻松。

前天晚上在超市门口，程骁南给一个陌生的小女孩买了棒棒糖。

虞浅问他为什么，他说："人家小姑娘说了，在杂志上看见过你，喜欢你，都这么支持我家姐姐了，我能不给买点礼物？"

那天虞浅只是笑笑。从除夕程骁南播放了那支视频之后，渐渐地，过去那些不快乐，好像也都消散了。

这么多年她一直在对抗那些流言蜚语带给她的伤害，也许从未赢过，但也从未被真正击倒过。

程骁南的举动让她明白，或许，她这样的姿态，也传递给了别人一点点，哪怕一点点的勇气。足够了。

邻居家的孩子们滑着滑板从她身边经过，年纪比较小的男孩停下来，同她说，今早给花园里的花浇水时，他看见她家门口有两只咖啡杯忘记收回去，帮她收好了，藏在花盆后面。

虞浅笑着说谢谢。她最近总是在笑。

彼得的工作室离他们住的地方并不远，她在路上突然有种冲动：

她想和程骁南结婚。就今年。

彼得的工作室是一栋砖红色的小房子，一共三层。

楼上两层好像是租赁给了一个布艺公司，兼制床上用品和窗帘。彼得和他们关系不错，常常约着一起去布料市场进货。

可能是为了展示自己的商品，从楼下就能看到，楼上的所有窗子都半拉着窗帘，每一款花样材料都不同。

彼得的门敞开着，虞浅走进去时，程骁南就坐在正对着门的一张桌子旁。

看见她进来，他似乎松了一口气："姐姐，睡得好吗？我等你一早晨了，还以为你不来呢。"

"衣服呢？"

试好衣服，就问问他结婚的事情吧。

"什么衣服？"程骁南装傻。

虞浅站定在离他一米远的地方，看着他。

能看出他心情是很好的，身体舒展地坐在彼得平时办公的旋转椅里，一双长腿大咧咧地伸着。

只是平时的那种撩一撩，虞浅还算在行，但现在，她想问程骁南今年要不要结婚。这种问题问出口，算不算是她在求婚？

求婚的话，什么都不准备可以吗？会不会显得有些草率了？

就在虞浅沉默的几秒里，程骁南推了下桌子，带着滑轮的椅子顺着他的力度向前。

他停在虞浅面前，问："想什么呢，姐姐？别走神，今天真有正事和你说。"

虞浅还有些心不在焉，但余光里，程骁南摸出一个扁扁的盒子，打开放在她面前。

黑色丝绒内衬的盒子里，躺着纱质的东西。

"是什么？"

"拿起来看看不就知道了。"程骁南嘴角带着愉悦的弧度，把盒子又往她面前递了递。

虞浅其实还在考虑她来求婚的事情。

她是那种不太计较的女人，就像当初确定关系时，她没和程骁南商量，就想着买房离他近一些。

现在她想要结婚，也同样不在乎他们之间求婚的人是谁。

她持续走神着，把盒子里的纱料挑起来，指尖在空气中顿了顿。

头纱？结婚时候戴的？

程骁南这几天跟着彼得学习，亲手为虞浅缝制了头纱。

他托彼得找到了最轻的珠子材料，米粒大的珠子在阳光下轻轻闪着淡紫色的光，他在头纱上用珠子绣了几朵二月兰。

虞浅愣了愣。

程骁南站起来，把碍事的椅子踢到一旁，帮她把头纱戴上。

他后退一小步，看着她，然后笑了一下："不是我自吹自擂，我觉得这头纱我做得真不错。"

他这样说着，单膝跪下去。

程骁南太紧张了，他跪下去之后才想起来，婚戒还在珠宝套装盒子里。

他索性握起虞浅的手，吻了吻手背："姐姐，你愿不愿意，嫁给我？"

他这是求婚？他先求婚了？

虞浅摇了摇头，程骁南噌一下站起来，紧张得嗓子都哑了："不愿意？"

他也不给她解释的机会，拉着人往里间走。

里间原本是彼得放成衣的地方，但现在那些乱糟糟的模特和服装都不见了，被清理得很干净。

桌子上敞开着礼盒，那些漂亮的珠宝静静地躺在礼盒里，婚纱在阳光下洁白得晃眼，裙摆用同样的珠子缀绣着二月兰的图案。

"我不是没准备，钻戒、珠宝套装、婚纱都有，你先别急着拒绝啊……"

虞浅打断程骁南："不是拒绝，我刚才来的路上，想到一件事。"

"嗯？"

"我本来也想问你，我们今年结不结婚……"

晚上，彼得为了庆祝程骁南求婚成功，贪喝了几杯，醉倒在沙发上。

程骁南不得不把醉醺醺的人扶起来，送回卧室。

他关好门退出来时，虞浅就坐在窗边，身影笼罩在月色和灯光下，静静地看着他。

程骁南说："月色这么好，我许个愿吧。"

他盯着她的眼睛，一字一句说得十分清晰："希望虞浅，永远驻足于我身边，驻足于我心间。"

"好。"

—正文完—

番外篇

番外一

遇见你那天

程骁南在求婚成功的当天夜里，发了一条朋友圈——

她答应了。

配图是一张照片：

虞浅戴着他亲手绣的头纱，背对着镜头站在彼得的工作室里间，微微垂头，几绺发丝散在脸侧，被光晃成金棕色。她在看纱料上程骁南亲手绣上去的二月兰图案。

虞浅身后是奢华背景——彼得设计的婚纱、放在桌上的整套珠宝，还有几盆盛开如火般鲜红的虞美人。从窗口透进来的阳光，给这一幕蒙上一层明亮的光。

这边和国内有着十几个小时的时差，他们的夜里是安北市的中午。

起初亲友们都没反应过来，毕竟最近程骁南的朋友圈发得太频繁，比碎嘴的沈深都频繁。

一天好几条，什么虞浅给做的煎香肠、虞浅学滑板、他给虞浅做的拉花咖啡等等。

连高中同学都说，以前南哥那性格，还以为得晚婚晚育，没想到谈了恋爱这么恐怖，天天秀恩爱。

等大家反应过来，这次不是秀恩爱，而是求婚成功，一大串祝福和点赞出现在程骁南这条朋友圈的评论区。

不过程骁南这条朋友圈发得莽撞了，他没想到，家里的亲人们看到朋友圈，会不顾这边已经深夜，一个个兴奋地打电话过来。

一直到虞浅洗过澡，披着浴袍从水雾蒸腾的浴室迈出来时，程骁南还在接电话。

他立了个枕头堆放在床头，懒洋洋倚靠着。

大概是嫌头顶的吊灯晃眼，手背搭在眼睛处，另一只手松松地把手机按在耳侧，偶尔应几句。

话不多，却连眉眼间都沾着喜悦。

电话里的长辈说："骁南啊，这种事情不能说谎哦，小浅真的答应了？会嫁给你？"

程骁南笑着，语气里有那么一点儿小骄傲的劲儿："当然。"

听见虞浅出来，程骁南才抬眼，对着电话里的人说："她出来了，我们要睡了，明儿再聊吧。"

他交叠在一起的长腿动了动，起身拉住虞浅手腕，把她拽进怀里。

程骁南凑近虞浅的脖颈儿，目光灼灼，盯着她的锁骨，心不在焉地慢慢开口："是姥姥打来的电话，老太太质疑我……"

她颈窝处有植物沐浴露的清新味道，但程骁南还没吻下去，手机又响了。

他只能在手机铃声里轻吻一下虞浅的唇，不得已继续接电话。

这一次是老程的电话。

大家都在电话里兴高采烈，为虞浅已经"一只脚踏入程家"感到高兴。等大家意识到他们在国外，怕打扰他们休息不再打来时，已经是夜里一点多了。

从卧室的窗口望出去，能看见一轮圆月挂在树影间，有不知名的飞蛾不断撞击着灯光明亮的窗。

风吹动树叶"沙沙"作响，程骁南指腹轻轻摩挲着她膝盖上一块瘀青："什么时候弄的？"

"昨天。"

"这是磕哪儿了？还挺严重。"

程骁南环看着四周陈设的棱角，边问边思考，觉得有必要给这些桌角窗沿贴一层软包。

虞浅在他耳边说："在浴室磕的。"

这话说的，很难不引人遐想，昨晚在浴室里的可不止她一个人。

程骁南关掉灯，指尖轻轻一挑，她浴袍上的带子便松散开来，虞浅没躲，借着月色，静静地看着程骁南。

她的长发散落在枕头上，像黑暗中蛊惑人心的女妖。

程骁南凑过去吻她，这一折腾，又是凌晨才睡。

临近天亮时，程骁南做了个梦，梦见那天和虞浅一起写春联的场景：

他把虞浅涂过胶水的“年年岁岁”贴在门上，扭头时，虞浅正垂着头，把“岁岁年年”的背面也涂好了胶水。

梦里，她引用了冯延巳的诗句，对他说“一愿郎君千岁，二愿妾身常健，三愿如同梁上燕，岁岁长相见”。

梦里的程骁南听了直急，觉得这诗句他不喜欢。

活千岁，那也得是虞浅陪他活千年，他才会开心啊。

程骁南在梦里胡搅蛮缠，心说，不是，她怎么能自称“妾”呢？

他明明只有她一个，那得是正妻啊！

只是“如同梁上燕”也不行！他们可是在安北市，北方！燕子到了秋天是会南迁的，如同梁上燕，那不是要一整个冬天都见不到？

他在梦里毫无逻辑地百般挑剔，始终觉得不能安心。

晨光笼罩卧室时，程骁南半梦半醒，皱了眉心摸索着握到虞浅的左手，她无名指上的钻石硌着他的手心，他才安心下来，迷迷糊糊地又睡过去。

再睁眼时，已经是早晨九点，阳光明媚，眼前就是虞浅的睡颜。

睡意褪去，程骁南回想起自己在梦里无理的挑剔，觉得好笑，自己先轻轻笑了一声，才去吻虞浅的眉心。

虞浅缓缓睁开眼睛看到的就是程骁南的笑脸，她问他几点了。

“不知道，没看，抱一会儿再起。”

阳光洒满床铺，程骁南给虞浅讲昨晚梦里他是怎么和一首诗词较真的，也讲他的不安心。

后来他捏一捏虞浅戴着钻戒的无名指：“采访一下，决定和我结婚是什么心情，开心吗？”

虞浅闭着眼睛：“开心。”

“嫁给我开心？”

“嗯。”

“真的开心？”

“嗯。”

“有多开心？”

“程骁南？”

“哎哎哎，不问了，起床起床。”

虞浅接到孙月的祝福电话时，已经是上午十点。

孙月说自己加了班，安北市下大雨，路上堵车，她刚到家。

听她那边的声音，确实是才进家门。

虞浅听到孙月快乐地喊着“恭喜”时，是在空旷的空间，还有她撑开雨伞的“嘭”声，以及拉开鞋柜，把拖鞋“吧唧”一声扔在地上的声音。

“你的婚纱真的太美太美了！好想看你穿上啊！浅，你们什么时候回来？”

孙月兴奋地叫嚷着：“我要请你和程总吃饭，如果你们不嫌弃的话，我家附近有一家很好吃的小饭店，松鼠鳜鱼特别香，酸甜酸甜的！油焖虾做得也不错！”

这姑娘爱吃高热量的菜，不是油爆就是煎炸。

她的声音越过大洋，从手机里传出来，像快乐风暴席卷在耳畔。

虞浅左手举着手机，正午的阳光落在无名指所在的钻戒上，晃出一道光，听见孙月欢乐的声音，她也心情很好地跟着笑，答应孙月，回去约饭。

孙月没急着挂断，神神秘秘压低声音，说如果顺利，回来时带她见一个人。

小姑娘在虞浅回国这不到一年的时间里，业务能力飞快进步，已经能独立培训新人助理了。

虞浅和程骁南出国前，隐约听说她遇见了心仪的男人，听她这样说，也许两人感情很顺利，已经发展成情侣关系了。

“国外天气好吗？给你听安北的大雨声。”

手机里传来一阵嘈杂的雨声。

虞浅突然想起她最初回国时，住在 Eleven 对面的酒店。安北市电闪雷鸣，层层雨雾里，Eleven 的灯牌亮着白光，像海市蜃楼，虚幻如梦。

那时她还没走进 Eleven 的办公楼，也不知道公司的老板就是程骁南。

但她真的没有一点儿猜测吗？

也许是在做决定回国时，也许是在回国的路上，也许是住进酒店的那一刻。

那时不愿细想的思绪统统翻出来细品，不得不承认，她是希望再次遇见程骁南的。

挂断孙月的电话，虞浅倚着窗台，背靠着被阳光晒得发烫的玻璃。

在她的视线里，程骁南刚把浴袍丢在一旁，大大方方地在她面前一件一件穿好裤子和衣服，然后打上剃须泡沫，边刮胡子边迎着太阳，眯缝了眼睛来看虞浅。

他看了一会儿，忽然问："有话问我？"

"为什么叫'Eleven'？"

程骁南乐了，说这公司你都待了快一年，才想起问我这个？你觉得为什么是这个名字？

虞浅想了想："遗憾？"

忘了是什么时候，好像是沈深告诉她的，说很多好的词汇都是十二笔，朋友、恋人什么的，所以叫"11"可能会是遗憾的意思。

"什么玩意儿？"

程骁南刮完胡子，刚弯腰撩了两把水在脸上，听见虞浅的话，转身回眸，脸上还挂着水珠："什么遗憾？"

虞浅说她是听沈深说的，沈深说好像是季苒推理出来的。

程骁南嗤笑："她推理？她看悬疑电影从来没猜对过凶手，她能推理出什么？"

想想那次沈深拿错围巾闹出来的乌龙，虞浅也挑了下眉，觉得季苒这姑娘的推理，确实不怎么靠谱。

"是十一分，晚上八点十一分，我从校园里把滑板往后墙外面扔时看了眼手表，然后听见砸到你车的声音。"他擦掉脸上的水珠说。

彼得早就去了工作室，说是有工作要做，家里只有他们两个，收拾完吃过早饭，虞浅和程骁南说想出去逛逛。

程骁南以为虞浅想要散心，结果发现她是在认真给他的家人挑选礼物，作为新年收到贵重礼物的回礼。

"不用给他们买，你去吃个饭他们都会很高兴。"

“那怎么行。”

“行吧，那买吧，要是我买，他们还不一定稀罕，但如果我姥姥收到你买的东西，那老太太能高兴得把假牙笑掉。”

虞浅缺少和长辈生活在一起的经验，想了一会儿，居然问：“假牙会掉？”

“通常是不掉的，但她有时候激动，劲儿使大了，就会掉。”程骁南说，“有一年老太太过生日，他姨妈买了个新潮的海盐味芋泥爆浆蛋糕，老太太吹蜡烛太用力，假牙飞出去，“吧唧”一声砸进芋泥流心里。”

他还说：“我家还有当时的录像呢，在我以前的旧手机里，等回国给你看。”

虞浅猜测着问，当时他是不是笑得录像时手都在抖。

程骁南却说：“也没怎么笑，那时候还没确定你会回国，哪有那么开心，你回来我才笑得手抖，像现在。”

他故意哆嗦着递给虞浅一瓶已经拧开盖子的矿泉水，被虞浅拍了一巴掌手腕，说他戏精。

戏精本精却丝毫没有收敛：“手这么抖，不如我用嘴喂你？”

逛街这种事，男人当然不是特别在行。

哪怕程骁南已经是一个穿着打扮很时髦的男人，他也不能完全挑得好送给女性的礼物。

况且，挑礼物这件事，他可能只会对虞浅上心。

别人嘛，哪怕是给老程挑，他都多少有点敷衍，不是烟酒就是茶。

所以今天的行程，他只负责拎包。

程骁南提了一堆大大小小的购物袋，坐在长椅上，手里用折成两叠的广告单挡在额前，遮着阳光，看着虞浅在对面中古店帮他表妹试戴一条手链。

店里面积太小，他拿着这么多袋子站在里面不方便，只好在街对面的长椅上等。

他身后是一家挺安静的店面，隔了一会儿，店门上的风铃叮当响起，一个男人坐到程骁南旁边，问他：“嘿，兄弟要不要来支烟？”

“谢谢，我不抽烟。”程骁南短暂看了男人一眼，目光转回去，继续黏在虞浅身上。

她今天穿了一条样式非常简单的白色连衣裙，挎着经典款戴妃包，太阳太大，她还戴了墨镜。

也没有打扮得多独特，毕竟阳光明媚，从这条街上走过去的，十个里面有八个都是戴墨镜的女人。

但程骁南看虞浅，就是觉得越看越好看，比这世界上任何一个人都好看。

她回身时，连衣裙上有什么东西折射阳光，晃了一下程骁南的眼。

他细细去看时，才发现虞浅戴着他送的那套珠宝里的一枚胸针，也是二月兰造型，下面坠着几颗小钻，在阳光下闪闪发光。

程骁南突然觉得，光是求婚成功不够。

得领证。

好想回国领结婚证。

要不就明天吧。

估计是他手里拿的购物袋太多，身旁抽烟的中年男人打量他几眼，然后忍不住又开口了："小兄弟，要不要到我的店里看看？商品很齐全的。"

他们长椅后面的这家店，店门和橱窗看上去有些老旧，一种"百年老店"的即视感。

但其实只是故意做旧而已，门轴上的金属还泛着光。

男人的口音不是标准的外国话，可能是其他国家过来做生意的。

程骁南没什么要买的，只说："不了。"

"带你妻子进来看看吧，我这里收购了不少中古商品，万一有喜欢的呢？"

"妻子"这个词，成功让程骁南顿了顿视线，但还是拒绝说自己没什么兴趣。

街对面的虞浅买好东西，准备过马路时，程骁南已经站起来了。

坐在他身旁的店主也站起来，在虞浅走过马路快要到程骁南面前时，店主脸上带着生意人特有的热情，开口："女士，要不要到我的店里看看呢？我有很多漂亮的商品，你们一定会大吃一惊。"

被问的人是虞浅，程骁南也就没回绝，静等虞浅的回答。

当虞浅说"好"时，店主近乎挑衅地看了程骁南一眼。

但出乎店主意料，刚才这个连连拒绝他的冷脸帅哥，早已经先他一步走到门边，帮他身旁漂亮的女士撩开了门帘。

店主:“……”

你的坚持呢?

这是一家和外表十分不搭的店:

门脸看上去朴素老旧，但店里面的色彩配饰都很华丽。锃亮的金属配饰被堆叠在木质格子柜里，卖的商品有服装、小饰品、摆件、皮带、鞋子……

像个杂货铺。

而且并不严格分类，很随意地摆放着。

站在程骁南身边的一尊黄铜模特穿着波西米亚风格的大裙子，头顶戴着三层大檐遮阳帽，手腕和脖子上都是层层叠叠的首饰。

它的左手向前伸着，黄铜材质的手心里，居然放了一把玻璃纸包着的糖果。

头顶十几盏欧式大吊灯把玻璃纸映出渐变的光色，程骁南看了店主一眼:“你这儿还卖糖?”

“也是卖的，偶尔有周围住的小孩回来买糖果，这种巧克力包着樱桃酱的糖果在万圣节前后最受欢迎。”

这店主实在是个很热情的人，他对程骁南和虞浅说:“店里的东西看不中没关系，可以坐下喝一杯下午茶，歇一歇。”

“中国，我去过中国，那是一个好地方。”店主比画说，他是李小龙的影迷。

虞浅倒是挺喜欢这家店随意的风格，就像她喜欢离他们住的地方不远的那家物品杂乱的小超市一样。

程骁南陪她坐在窗边，桌上铺了一块重工刺绣大朵红花的深色桌布，仔细看看，居然是虞美人的图案。

老板把花果茶泡好，端了成套的骨瓷茶具过来时，程骁南已经决定要买下那块桌布了。

老板听说他们喜欢虞美人，欢喜得不行，在他这间不足三十平方米的店里满屋寻找，最后翻出几个杯子隔热垫。

底色是白色贝类打磨成片拼接的，泛着一点点金色光晕，中间的虞美人花不知道是什么品种的贝类，粉中透着红，很漂亮。

这位店主倒是没有滔滔不绝，只说这颜色是天然的，不是人工染的。

虞浅点头，问过价格后，把杯垫放在桌布上，明显是要一起买走。

这会儿外面阳光正晒，店里没什么人进来，店主也就坐在离虞浅和程骁南不远的地方，和他们聊天。

他说自己从欧洲南部来，在这里做生意快二十年了。

店里的空调吹向他们茶桌这边，虞浅散着头发有些碍事，垂头在包里翻了根发圈，把头发拢成发髻。

“等等，你是？你是不是那个模特？上过杂志的那个？我有你的杂志！”

店主突然激动地问，虞浅也不知道他有没有认错人，毕竟国内在国际上有名的模特实在很多。

她只说自己确实是做模特这个职业。

店主居然真从店里翻出一张十几年前的杂志，上面印着虞浅第一次和外国摄影师合作的一张照片。

那时候虞浅十岁出头，面容稚嫩，穿着蓬松的裙子，在给某儿童品牌做广告。

程骁南看了一眼，忽然笑了。

他这种长相，内眼角是锋利的，显得眼神也犀利，但对着杂志笑起来时，目光都是暖洋洋的，嘴上却痞气十足地开口：“这不是姐姐小时候吗？小姐姐？”

“天哪，真的是你！”

老板激动地让虞浅在杂志封面上给他签了名字。

其实虞浅很少签名给别人，她是职业模特，不是明星。

相对的，也就很少有人知悉她的名字。

不过是举手之劳，店主却很客气，他说花果茶不收虞浅和程骁南的钱，还准备从店里找一样东西送给他们做礼物。

“你的胸针样式很特别，可是我店里，没有这种花卉图案的物件……”

店主语气有些遗憾，想了一会儿，忽然兴奋地拍了下后脑勺：“对了，有一样东西，我倒是可以送给你们，希望你们喜欢。”

店主这样说着，推门进了里屋。

程骁南和虞浅这才看见，衣架上一堆杂乱的衣服后面，居然是一扇门。

虞浅一边看着，同时抬起手，程骁南已经把茶杯递到她手里。

他问："喜欢这样的店？"

"喜欢，因为乱。"

倒不是讽刺意味的形容。

可能是和程骁南在一起时心情太好，最近虞浅居然养出那么一点儿未泯的童心，看到杂乱的东西，她居然想到《爱丽丝漫游仙境》。

虞浅半杯茶入口，店主抱着他的宝贝跑出来。

那是一套木质首饰盒，雕纹朴素精美，不难看出雕刻的人有多细致。

店主说，首饰盒是一位八十七岁的老人卖给他的。老人找到这家店时，坐着轮椅，说话也不算流利，他坐在和程骁南现在相同的位置，喝了半壶花茶，断断续续讲完他的故事。

那个年代有太多因为战争而不能相守的爱情，也有太多的"不得不"。

老人年轻时爱的女人举家搬走，而他只是一个小小的木匠，他精心做了这套首饰盒，想等有机会重逢时送给她。

只不过时过经年，辗转打听多年，再听说当年那位姑娘的消息，已经是她死在战争中的噩耗。

那套首饰盒，老人本来想一直留着，但他梦到了遇见她那天的场景，梦到他在人群里一眼看见她，她还如同当年一样年轻，笑容灿烂可爱。

"如果再重新来一次，我还会走那条街，在人山人海里与她撞在一起，看她红着耳郭和我说抱歉。"

老人把这套首饰盒让出给店主时的价格很便宜，唯一的要求是"请把首饰盒卖给相称的人"。

店主一直没舍得卖，但送给程骁南和虞浅，他是愿意的。

店主说："你们眼睛里，有爱情。"

首饰盒有名字——Yesterday，被老人刻在盒子侧面。

店主翻出黑胶唱片，放了一首很经典的老歌 *Yesterday Once More*。

下午三点半的阳光从窗口洒落进来，空调风吹着那些或仿古或真的留存多年的物件，花果茶的酸甜清香浸泡着卡伦温柔的歌声。

程骁南看了虞浅一眼："想什么呢？"

"遇见你的前一天，答应和韩初吃饭是对的。"

"……我要吃醋了。"

虞浅想到认识程骁南的前一天。

那年她二十一岁，认识他的前一天她在家里用一台 XP 系统的台式电脑上网，论坛上那些言语触目惊心，像从电脑屏幕里伸出来无形的触手，拖着她往更幽深的地方沉下去。

她觉得自己该关掉电脑，却又自虐般地看得更仔细，一字一句都认真记在脑海里。

后来韩初打来电话，说："曲姨说你这两天没工作，别憋在家里了，曲姨也担心你，不如出来走走，我已经和曲姨说了，明天和你一起吃饭，曲姨说你会来我学校附近找我。"

虞浅是不想出门的，但后来曲莉雯也打来电话，说让她明天别忘了和韩初吃饭。

其实有很长一段时间，虞浅都觉得，就因为她那天答应去吃饭，才会失去一位邻家兄长。

现在想想，又觉得不是那么回事。

长大以后，韩初和她不是一路人，无论那天去不去吃饭，她都会失去一位兄长。

如果重来一次，她希望一切不变。

她仍然去吃了那顿饭，仍然和韩初起了争执，然后偶然开车去了附中后街。

最重要的是，她遇见了程骁南。

听虞浅这么说，程骁南指尖"嗒嗒"敲了几下首饰盒，像是在回忆什么。

他想了一会儿，说："我想起来……"

程骁南也在回忆遇见虞浅的前一天。

那是一个很平常的星期一，程骁南趴在桌上，隐约听见沈深问："南哥，出去玩吗？"

程骁南前一天晚上玩了个通宵，懒得出去，只抬了抬眼皮，困倦地说不去。

"那明天晚上你去不？九中那边，他们说明晚才能出来，要不约明晚一起玩？"

沈深像个交际花，不止附中的学弟学妹学长学姐，连隔壁九中的他也认识不少。

一群男生人菜瘾大，整天怂恿程骁南带他们。

程骁南正困，不耐烦听沈深叨叨，抬腿把他的椅子踢得远一些：“闭嘴。”

过了不知道多久，程骁南隐约睡着，听见沈深小心翼翼地凑过来，和他商量：“南哥，不然还是老规矩？明晚我跟他们先去吃饭，晚自习你再出来找我们？”

程骁南“嗯”了一声。

后来沈深又说了些什么，程骁南直接让他滚。

程骁南一边帮虞浅倒茶，一边贫嘴：“我要知道出去就能遇见你，我就不骂沈深滚了，我前一天晚上就去墙顶上蹲着，等你二十四个小时。”

本来虞浅是不信那些因缘的，觉得迷信。

但她和程骁南坐在这家物品杂乱的店里，喝着下午茶，忽然就觉得，那一场相遇不同于后来的重逢。

它没有任何人为因素在里面，真的只是巧合，只是缘分。

早一点儿，或者晚一点儿，也许她都没有机会在那一年里，遇见一个叫程骁南的少年。

时光不能倒回。

哪怕昨日重现，他们也不愿改变现有的轨迹。

现在拥有的，已经是最好的。

虞浅主动和店主要了包装，把首饰盒装起来。

从这家店里出来，他们又逛了一会儿。

路上遇见一个自称是占星师的女人，一路跟着他们说自己能占卜出他们的命运，好让他们规避厄运，走捷径。

这占星师一看就不是什么正经占星师，手臂上挂着各种颜色的水晶串，穿得跟巫婆似的，还挎着篮子，可能也卖塔罗牌、水晶球什么的。

不像占星师，倒像骗子。

骗子挂着一堆水晶串，丁零当啷地跟着程骁南和虞浅走了好几分钟，嘴里一直念念有词。

一会儿说自己能占感情帮他们排忧解惑，一会儿说自己能占事业婚姻。

程骁南听着，觉得这骗子挺逗。

她要真这么牛，看起来也三四十岁了，怎么还不去享清福，大热天的出来卖什么水晶？

渡人不能渡自己？

骗子说了什么，程骁南和虞浅都没听进去，只有最后，快走到街口时，骗子突然开口说：“你们感情很顺利，但……”

这句话程骁南没让骗子说完，直接转身，指了指她：“后面的话给我咽回去，水晶手链多少钱，我买。”

程骁南随手拎了一串手链，付钱。

这骗子卖得一点儿不便宜，一串手链折合人民币要八百元。

虞浅问他：“明知道是骗人的，怎么还买？”

程骁南就掂着手里的“水晶”说：“它就是玻璃的，也得买了，不买指不定那骗子说出什么话呢，结婚证还没领，我不想听她说不吉利的。”

车水马龙，程骁南忽然凑过去吻她。

浅尝辄止，只一秒就分开。

“没忍住。”他这样说。

回到住的地方时，程骁南手里大大小小提了二十几个纸袋，虞浅走在前面，在和彼得通电话。

夕阳把她的影子拉得长长的，她和彼得说，让彼得准备一下晚饭，电话里的彼得大概是问她逛了一天有什么收获，虞浅说，找到一套很漂亮的首饰盒。

程骁南垂头，看了眼纸袋里的那套首饰盒，在虞浅挂断电话时，他忽然问：“姐姐，我记得你不太喜欢用首饰盒。”

虞浅以前常常出差，生活中的形象不似工作时那么百变，通常都是简约装束，首饰虽然多，也都是丢在一个丝绒袋子里。

有时候翻出来，项链耳线缠在一起，说起来确实有那么一点儿邋遢。

只有品牌方借来的珠宝除外，但她也不会自己收好，都是交给助理放在品牌方的首饰盒里，等待归还。

她在夕阳里回眸：“是不喜欢。”

但这套珠宝，是程骁南送的，她还是想要收好。

他们都会为了爱情做一些改变。

就像程骁南这种不信神佛的人，会花八百块从“占卜师”手里买一串玻璃珠。

“怎么，我送的珠宝要格外护着吗？”

“嗯。”

程骁南笑了。

他突然犯坏，从虞浅身后跑过去，把人用公主抱的姿势抱起来，在小路上奔跑。

手里的纸袋被压得哗啦作响，虞浅的手自然挽住他的脖颈儿。邻居家的几个孩子正好在附近滑滑板，看见他们，吹着口哨起哄。

虞浅顾着他手上拎的东西多：“放我下来吧，还有很长一段路。”

“不放，多长我都能抱着你走完，信不信？”

“嗯。”

“就一个嗯？你怎么总不按套路出牌，我以为你会问我能不能抱你一辈子呢。”

虞浅终于笑了：“我又不是残疾。”

耳边有轻轻的风声，夕阳下，目之所及都是暖橙色，程骁南在这个时候垂下眼睑，盯着虞浅问：“我们回国吧，明天就回，行不行？”

是否回国这个问题被他用这种认真的语气问出来，显得过分深情。

虞浅猜这次回国没有那么简单，她也是个通透的女人，想了想，没说好也没说不好，反而问他：“领证需要准备什么材料？”

“户口本！”

程骁南抱着她在这条她熟悉的路上飞奔，进屋时彼得吓了一跳，看了眼被程骁南抱着的虞浅，夸张地张大嘴：“虞浅，你别告诉我你怀孕了。”

“没有。”

程骁南说：“我们明天回国，你呢，要一起回去吗？”

彼得纳闷儿地问：“怎么走得这么急？”

程骁南扬着调子回答彼得：“回去领证，能不急？”

番外二

秋天的故事

去领结婚证那天早晨，程骁南起得非常早。

虞浅六点起床时，他已经收拾好了，坐在客厅的沙发上，正在系衬衫袖口的扣子。

程骁南很少穿这样纯白色又样式简单的白衬衫，头发还没抓，刘海软软地垂在额前，显得更有少年感。

新种下的虞美人被阿姨打理得很好，此时又开了。

这次是黄色和橘色混搭的，绽放在阳光下，显得整间客厅都十分明媚。

程骁南就坐在这样明媚的场景里，在晨光中回眸，和虞浅打着商量，问她："网上说八点半开门，要不我们早点过去？还挺想快点把结婚证拿到手的。"

因为家庭原因，虞浅一直没见过结婚证，她其实和程骁南有同样的想法，也挺想早点去民政局。

于是点头应下："我先去洗漱。"

虞浅洗过澡再出来，床上已经摆好了一件白色衬衫。

其实虞浅很少穿白衬衫，她喜欢更时尚成熟的款式，白衬衫在她看来，太过于素净，但拍结婚证上的照片，穿这个更合适。

她脱掉浴袍时，程骁南就站在卧室门口，倚靠着门框看她。

因为想早点领证，所以看着她刚出浴时这种勾人的样子，也只是偏了头清了清嗓子，没凑过去乱来。

虞浅慢条斯理地穿好衣服，衬衫扣子一颗颗系完，等她转身从衣柜里翻出一条包臀西服裙套上时，程骁南终于忍不住开口："姐姐，你是不想让我出门了吧？”

虞浅问：“那我穿什么？”

程骁南还在盯着她的裙子，过了一会儿才说：“都行，穿吧。”

最后虞浅还是换掉了那条包臀裙，程骁南在她关上衣柜时才说了一句“可以晚上穿……”，话都没说完就被虞浅推出了卧室。

他们像往常一样一起坐在餐桌旁吃了早餐，只不过今天没一起去厨房洗碗，隐约中，两人都有那么一点儿“赶时间”的急切。

车子停在地下车库，程骁南和虞浅坐进车里。

帮虞浅系好安全带后，他发动车子，在发动机启动的轻微声响里，问她：“准备好出发了吗？”

虞浅偏头，看着他。程骁南像是才想起来似的，扯过安全带给自己系上：“准备好出发了吗？”

问完舔了舔嘴唇，自己先笑了：“我刚才问过了，是不是？”

这个当年从校园里频频翻墙出来的少年，居然也有紧张的时候。

去民政局的路上，虞浅接到孙月的电话。

这位小助理在电话里欢快地嚷嚷：“浅！你们今天去领证吗？恭喜恭喜呀！”

孙月打电话来主要是约他们吃饭，说如果晚上没什么事，她和她男朋友请大家吃饭。说出“男朋友”三个字时，孙月的声音明显小了一点儿，有些羞怯，但难掩兴奋。

虞浅答应下来。

挂断电话，虞浅本来还有些疑惑，孙月是怎么知道他们今天领证的？

等她点开朋友圈，疑惑解开了——程骁南出门前不知道什么时候发了一条朋友圈，照片上是他的手，手掌向上，白皙的掌纹上有一点点汗意，在阳光下，像有几粒微小金粉撒在手上。

有意思的是，反光的汗就在感情线附近，他配了个文案：还挺紧张。

发完朋友圈，也不等别人问他，第一时间像中老年似的，在评论区给自己评论：统一回复，今儿领证去。

还带了“儿”话音。

说不上到底是紧张，还是嘚瑟。

虞浅又看了一眼这张照片，背景还能看到虚化的落地窗和虞美人花。

程骁南的手，本来应该是那种养尊处优的干净，但前些天在国外，他去厨房帮忙，又被烫了一下，大拇指指腹上有一点儿棕红色的伤后痕迹。

虞浅看着照片，忽然想起很多年前的事，那是她第二次见程骁南。

程骁南在她那辆跑车上用滑板砸出来的痕迹并不算严重，但由于车子本身价格比较高，去 4S 店处理好也花了不少钱。

当时的虞浅并不缺钱，所以她迟迟没联系程骁南，觉得让高中生来支付这样的修车费用，是有些昂贵了。

隔了不知道几天，她在傍晚时收拾卧室里的东西，发现一张压在粉饼盒下面的字条，是她抄下来的电话号码。她看着电话号码，又想起程骁南在她胳膊上写电话号码时微红的耳朵，还有望向她时眼里的坦荡。

虞浅干脆拿手机给他发了信息，问他什么时候有时间，到时候修理费少要点，这事就算过去了。

程骁南信息回得飞快，说让她现在去一趟学校后街。

他在信息里熟稔地说："老地方见。"

虞浅到后墙没一会儿，程骁南翻上墙头，蹲在墙上和她打招呼："嗨，又见面了。"

他从墙上跳下来，虞浅才弄明白，那些攀附在砖墙上的爬山虎为什么会有一小片稀疏。

合着都是他们这群调皮的学生，翻墙时弄的。

虞浅这样问时，程骁南笑了笑："我一好学生，怎么可能天天翻墙，这不是为了快点还钱，走这边方便。"

他把胳膊搭在车窗上："再说，我身手这么利落，能伤到爬山虎？"

虞浅注意到，他说的不是"刮"也不是"蹭"，用的是"伤"这样的字眼。

那天后街的路灯闪着微光，有飞蛾扑扇着翅膀扑向灯罩。

初秋的风一吹，隐约还能听见蝉鸣，掺在树叶的"唰啦"声里。

校园里亮着的灯，像镶嵌在楼体上的方形宝石。

程骁南穿着附中校服，站在她的跑车旁，拿着她的手机加了微信。

然后很是大方地问："多少钱？转给你。"

虞浅想一想，报了个数："三百九。"

程骁南正在操作手机的手指停顿一瞬，然后抬眼。

他手机屏的灯光落在他瞳间，映出一星光点，少年眉眼间宛有星河，只不过这星河里，都是戏谑："三百九？少说了个零吧？就你这车，这数只能加个油，还加不满。"

虞浅倒是没想到，高中的男孩子对修车费用这么懂行。

她也懒得编，承认确实少说了一个零。

面前的少年拿着他们两个的手机，垂头按了几下自己的，忽然又抬眼，和她的视线撞在一起，笑着露出一点儿酒窝："把你车砸坏了，赔偿是我应该做的，不用想着替我省钱。"

这话说的，好像对他多格外照顾似的，不过看他是学生，觉得这笔钱太难为他而已。

程骁南说了两个方案：

要么，他直接转给她三千九百元。

要么，他按她说的数来，转给她三百九，剩下的钱，他用来请她吃饭。

这弟弟当时眯着眼睛算了算，说要是吃稍微好点的，一顿按五百算，七顿也就吃完了，可以连着请她吃一周的晚饭。

要是她没空，一周吃一次，吃七周，那也行的。

校园里传来一阵铃声，像是某节课的下课铃。

程骁南在那阵铃声里，坦然地说："我其实希望你选第二种，你呢，想选哪个？"

虞浅没时间连着出来吃饭，拖久了也会觉得有些麻烦，她顿了几秒，等铃声停下，才不解风情地说："直接转吧，三千九。"

"哦，那行。"

程骁南对她的选择没说什么，利落地垂下头，对着手机鼓捣几下。

虞浅听见她的手机在他手里响起提示音，他点一下，应该是帮她把款收了。

但这人没把手机还回来，用他的手机拨了她的电话号码，她的手机铃响起来。

程骁南一抬眼："你没存我号啊？"

虞浅都不知道他叫什么，也就没想着存。

程骁南用她的手机存好自己的手机号，然后把手机递到她面前，亮着的屏幕上写着他的名字。

他又说了一遍："我叫程骁南，姐姐，你呢？"

“虞浅。”

程骁南似乎也在存她的号码：“余数的余吗？浅是哪个浅？浅色？”

他又把他的手机递过来：“干脆你帮我写上得了。”

可能是他这个过程太过于坦荡，虞浅也就没拒绝，在他手机上戳了几下，打上自己的名字。

“虞美人的虞啊，挺特别，好像我们一个学校都没听说谁姓这个姓。”

虽然知道了她的名字，程骁南再开口时也还是叫她姐姐：“哎姐姐，你心挺大啊，都不看一下我到底给你转了多少钱？”

虞浅点回到微信，才看见程骁南没按照他说的两种方案的任何一种来转钱。

他转了三千四给她，差了五百。到底是高中生，手里能有这么多钱，已经很多了。也有可能是钱不够了，虞浅当时想。

程骁南却弹了一下放下一半的车窗玻璃：“剩下的五百，用来请你吃顿饭怎么样？择日不如撞日，就现在吧，饭店你定，贵点没事儿，算我的。”

“不用，我回去了。”

“别啊，账还没还完呢，你走了我心里惦记这事，学不好习，容易影响我高考。再说了，你不吃饭我也得吃，不然麻烦姐姐送我一段路去饭店，然后我请你吃饭。”

也是从那顿饭开始，他们慢慢熟悉起来。

那天到底聊了什么，虞浅已经记不清了，只记得席间一个片段，程骁南伸出手给她看，干净的手掌上有一道划伤，说是翻墙时被墙头上的石角划的。

程骁南眉眼含笑，状似不经意地说：“你说，我划伤的地儿，是不是叫感情线啊？”

民政局在二环和三环之间，正好路过一段繁华街区。

又赶在早高峰的时间段里，车子堵在街上，挪动缓慢。虞浅收起手机，看了眼程骁南，他抿着唇，酒窝浅浅显露，看上去心情很是不错。

可能是留意到虞浅的视线，他抽空偏头，看着她：“这交通状况是不是嫉妒我要领证？怎么堵成这德行。行吧，好事多磨。”

因为车子半天过不去红绿灯路口，程骁南闲下来，扶着方向盘说：“我说我会背诗，你记得吗？”

虞浅隐约记得。

好像是除夕那天，程骁南背了舒婷的《致橡树》，后来他说他大学时候还背过一首英文诗，以后背给她听。

程骁南问：“现在想听吗？”

“嗯。”

他会的那首诗，是威廉·巴特勒·叶芝的《当你老了》(*When you are old*)。

> How many loved your moments of glad grace,And loved your beauty with love false or true,But one man loved the pilgrim soul in you,And loved the sorrows of your changing face.

翻译过来就是：“多少人爱你青春欢畅的容颜，爱慕你的美丽，假意或真心，只有一个人爱你那朝圣者的灵魂，爱你衰老了的脸上的皱纹。”

这是大学艺术节时，他所在的班级被系里逼着必须出个节目而表演的诗朗诵。

一群男生除了打游戏就是打篮球，哪会什么节目，也就程骁南有点小才艺，会弹吉他，唱歌也好听。但他不乐意表演，被班上同学轮流劝了几次，都没用。

当时班上的女生们不知道怎么回事，平时一个个都爱唱爱跳，关键时刻都不肯上台了，转头来劝他：“程骁南，你学吉他肯定不是因为自己喜欢吉他吧，学校里就没有你喜欢的妹子？你上去表演，顺便表白，一举两得！”

程骁南看她们一眼，说：“喜欢的不是妹子。”

几个女生被他说蒙了，你看我，我看你。

一个女生愣了一会儿，然后磕磕巴巴地开口：“不喜欢女生？什么意思？我的天啊，你不会喜欢……”

程骁南“啧”了一声，“瞎琢磨什么，喜欢的不是妹子，是一姐姐。人又不在我们学校，我上去唱什么劲儿？”

可能是出节目的事拖得太久，班里指导员老师说，让来个诗歌朗诵串烧，强制全班同学必须参加。诗可能是班里女生们选的，都挺抒情。

当年程骁南站在舞台搭建的金属阶梯上，没什么表情也没什么感情，机械地随着大众背完所有诗，然后鞠躬下台。

要说那些诗句多动人，他也没感觉到。

但今天，他对着虞浅背这首诗时，却是认真的。

他真的觉得，等她老了，他会觉得哪怕她脸上布满皱纹，他也会深爱那些岁月的痕迹。最重要的是，往后的岁月，他都会陪在她身边。

虞浅微微偏头，侧耳倾听，看上去很认真。

也是这首诗背完，原本拥堵的交通忽然通畅，他们顺利开过红绿灯路口，往民政局驶去。

毕竟是夏天，晴空万里时的气温让人有些难以招架，阳光落在他们的白衬衫上，亮得晃眼。

程骁南把车子停好，帮虞浅拉开车门，牵着她的手。

民政局的玻璃门擦得锃亮，已经有几对情侣等在门口。

程骁南贫嘴："领了证我们可就算合法夫妻了，到时候来不及后悔，要不，你再考虑考虑？"

见虞浅没说话，他倒有点着急："不是，姐姐，你还真考虑啊？"

虞浅点头："刚才又想了一下，没后悔，挺期待的。"

程骁南想吻她，又怕吻花她的口红。

只能克制地把人揽过来，撩起发丝，吻了吻耳后。

八点半，民政局开门时，程骁南和虞浅拉着手，和其他等待的情侣一起往里走。

没过一会儿，程骁南凑过来，帮她把被空调风吹乱的几根碎发撩到耳后，和她耳语："怎么有人来领结婚证还闷闷不乐的？我瞧着斜对面的大哥看着像有人欠他一百万。"

程骁南其实很少议论人，他可能是真紧张。

过了一会儿，又凑过来，小声说他忘记把户口本拿进来了，在车里，他去取。他跑着出去，又跑着回来。

安北夏天闷热，他额头渗出一层薄汗。

回到虞浅身边，洗手间那边一阵嘈杂。

隔着人群，具体是什么事情他们也不知道，只看见刚才程骁南说的那位闷闷不乐的大哥，已经甩开他的女友，迈着大步走了。

被甩开的女人边哭边喊，让他回来，不过那位大哥从始至终都没回过头。

有人议论着从虞浅他们面前走过，听他们说的意思，好像是男的反悔了，突然不想结婚了，那边被留下的女人还在哭，抽抽噎噎，脸色苍白。

有人递了纸巾，也有工作人员在劝。

程骁南有点不忍再看，拉着虞浅手腕说："无论发生什么，我都不会让你这样伤心。"

"如果是我做错了呢？"

"什么？"

程骁南反应一瞬，想了想，情侣、夫妻之间的错事，也无非就是背叛、欺骗、出轨。

他说："我让着你，不会死缠烂打，也不会当众给你难堪，如果你真觉得和我在一起不够快乐，我们商量一个解决的办法，但你别哭，你一哭，我可能就想把心都挖出来给你。"

虞浅想了想："我也会这样的。"

也会这样爱你。

"领证当天说这个，会不会有点不吉利啊？"

"你什么时候变得迷信了？"

"可能是，爱上你之后吧。"程骁南笑着说。

结婚材料递交、审核后，他们的结婚证做好，盖上钢印。

钢印机器向下压时，虞浅忽然觉得，好像有什么东西也烙印在她的胸腔里。

程骁南拉着她的手，和她相视而笑。

程骁南这阵子朋友圈发得频繁，还没出民政局，先拍了照片发朋友圈。沈深秒评，说就猜到今天能看见这条结婚证的朋友圈。

回到车里，程骁南打开置物格子翻找着。虞浅问他找什么，他也没说话。

副驾驶位前面的置物格塞了不少东西，几本 Eleven 的杂志，还有几个文件袋，零零碎碎的小玩意儿也不少，比如护手霜、耳机盒。

半晌，程骁南才从 Eleven 的杂志样本下面，翻出一个牛皮纸袋子。

里面居然是一对证件保护套，看大小，是放结婚证的。

虞浅接过来摸了摸材质。小羊皮？

扭头就看见程骁南把结婚证小心翼翼地套进去，嘴里还念念有词："得好好收着，这辈子就这一对结婚证……"

套好后，这弟弟显摆说："怎么样，我心细吗？"

程骁南和虞浅从民政局出来，先去了趟老程那边，和老程一起吃了午饭，又去了墓地，把结婚证拍成照片打印出来，烧给程骁南的妈妈看。

程骁南说："美女，看见没，你儿媳妇，漂亮吧？真的证书我得好好留着，给你烧个照片你瞅瞅得了。"

从墓地回来，老程情绪有些低落，虞浅和程骁南陪着他喝了下午茶，聊了一会儿，直到黄昏时分才从老程家里出来。

路上稍微有些堵车，到了饭店门口又没停车位。转了几圈，找到车位停好车，他们已经被沈深夫妻俩在群里轰炸了七十多条信息。

晚饭是孙月和她的男朋友请客，叫了沈深和季苒。

在孙月家附近的一家餐馆，消费不算贵，但也不便宜，是一家老店，据说老板在这地方开店开了七八年。

那是一家不算大的店面，墙角杂草丛里飞快爬过一只寸许长的壁虎，牌匾灯箱的光亮略显暗淡。上面写着"东北菜家常菜"的字样，下面有几道推荐菜。

虞浅总觉得这店面看起来有些熟悉，转头去看程骁南。

程骁南说："好像是来过，那年冬天？"

居然真的是他们来过的店。

那时候程骁南整天惦记着黏在虞浅身边，时不时发信息给她约她见面。

从深秋开始，天气越来越冷，约人总不能天天在冷风里压马路吧？

他也就常常拽虞浅吃饭，星级饭店有，小饭馆快餐店也有。

这家店他们也一起来过。

来的时候可能还是一家新店，转眼间七八年过去，连玻璃门都多了不少划痕。

虞浅和程骁南一进店里，沈深、季苒和孙月看见他们穿同款白衬衫，就开始起哄：

“情侣衫啊！”

“领证的感觉怎么样？”

“听说南哥紧张了？”

“结婚证呢？快拿来瞅瞅！”

“婚礼日子定没定啊？”

“快来快来，坐这边，主位！”

最后还是碍着孙月的男朋友是第一次和大家见面，才停下领证的话题。

孙月的男朋友戴了一副黑框眼镜，看起来老实斯文，有些玩笑接不上，只能咧着嘴傻笑。但也不全是木讷，会细心地帮孙月把鱼刺剔掉。

虞浅多看了几眼，再垂眸，自己餐盘里也多了一块剔过刺的鱼肉。

程骁南压低声音，在她耳边说：“犯不上羡慕别人，我也会。”

毕竟是为了庆祝他们领证，程骁南就算平时不喝酒，沈深还是给他倒了一大杯白酒。

他可能不太会喝，脖颈儿皮肤泛红，唇齿间带着一点儿清冽的酒气，右手举杯或者夹菜，左手紧紧握着虞浅。

虞浅也喝了半杯白酒，借着醉意打量着这家饭店。

立式空调的出风口拴了根红绳，随着冷风飘来飘去。

店里陈设和多年前虞浅印象里的并没多大差别，只不过进购饮料时赠送的海报换了几张，也有没被换掉的老海报，沾染油烟，褪色泛黄。

进店时程骁南和她说，他大学艺术节那天，穿的就是这种白衬衫。

所以总有一种，他站在台上念完情意绵绵的诗句，下台就和她去领证的感觉。

沈深也说：“这样的餐馆聚会，很像回到了学生时代。”

虞浅做学生时，没有这么多朋友，也没参加过什么聚会。

但她觉得，这种气氛不错，连带着看桌上那些仿旧的大搪瓷杯——分明和时尚挨不上边的样式，她看了也觉得顺眼。

饭店里没有包间，他们坐在餐厅的大圆桌旁。

桌上已经空了两瓶白酒，沈深和季苒又开了一瓶，给大伙儿倒上。

酒倒到虞浅这儿，程骁南轻轻抬手，挡住了她的杯。

“哎哟哟，这就护上了？虞浅酒量我们可是知道的，都没见她醉过，南哥，你挡什么挡？”

季苒喝了点酒，也跟着起哄：“我们女人，永远不能受男人管束！领证了也不行！结婚了也不行！我们是自由的女人！是不是虞浅？”

其实程骁南几乎不干涉虞浅的任何决定，听季苒这么说，他也有些无奈。

从国外回程时，十几个小时的航程，虞浅在飞机上有些着凉。

怕她难受，程骁南才挡了挡酒杯。

“没干涉，这不是担心她吗？她有点感冒，怕她喝多难受。”

程骁南扭头，皱了皱鼻子：“姐姐，我真的好冤枉啊。”

季苒显然是喝多了，一头栽进沈深怀里：“老公，他们秀恩爱！”

这一晚大家确实兴奋，喝得多了些。

虞浅穿着一双细高跟鞋，从饭店出来踩到一块凹陷的地砖，一时没能站稳，险些摔倒。

程骁南也半醉，却在第一时间稳稳地扶住她。

自己喝得眼眶都红了，还记得关切地问：“脚崴到没？我背你？”

他们都喝了酒，回家时只能打车。

虞浅比程骁南稍微清醒一些，进门去厨房冲了两杯蜂蜜柠檬水。

再出来时，程骁南就坐在客厅沙发里，衬衫领口的扣子解开三颗，手机和手表混着钱夹和驾驶证，乱七八糟地堆在沙发里，但那两本结婚证，工工整整地摆放在茶几上。

客厅里只有沙发旁的落地灯开着，清透的白光落在程骁南身上，他常年不喝酒，这会儿应该是酒劲儿上来，有些难受了，仰躺在沙发上没动，呼吸比平时重一些，喉结暴露在灯光下，凸起性感的弧度。

虞浅把蜂蜜柠檬水放在茶几上时，他才略略看过来，声音沉沉：“别忙了，歇会儿，你也没少喝。”

其实和程骁南在一起，多数时候，都是他在照顾她。

仅有少数时候，他拿捏了尺寸，用那种发烧感冒之类的小毛病装可怜。

真要是难受，像现在，哪怕是醉酒，他也会逞强闷不作声的，也不是全然不出声，还知道说话：“真没事儿，太久不喝酒，有点上头，缓缓就好了。”

他这样说着，从沙发上摸了个遥控器，按开空调。

屋子里的闷热散了些，他的手机响起来，是孙月男朋友打来的电话，问他们是否安全到家。

程骁南和他聊了几句，空调风吹得屋里室温宜人，挂断电话时，也缓过来不少。

他和虞浅说："孙月这男朋友还成，做事挺周到的。"

酒精作用，程骁南脖颈儿和耳尖的皮肤都泛着一层薄薄的红色，虞浅看了一眼："喝蜂蜜水吗？"

这会儿程骁南又来精神了，往沙发深处窝一窝，坐得更懒散些，厚着脸皮开口反问："喂我吗？"

虞浅眯一眯眼睛，拿起蜂蜜水，自己喝了一口。

她在想，这个喂，是怎么个方法喂？

程骁南没给虞浅思考的时间，沙发一共就只有三米左右的长度，他坐在正中间，冲着坐在左侧的虞浅倾身过去，用酒后发烫的手，握住虞浅举着蜂蜜水那只手的手腕，整个人挤掉两人之间原本的空隙，拥过去，吻她的唇。

这个吻有点霸道，虞浅下意识向后仰。

刚才还蔫着不说话的人，居然还记得早晨自己说过的流氓话，吻过后很认真地问她："那条裙子，换上吗？"

窗外蝉鸣一阵又一阵，深夜也不停歇。

月亮悄悄移了位置，从浓密树冠后缓移出来，露出半张并不圆润的脸。

虞浅睡了一觉，在天微微亮时睁眼。

窗外，朝阳把小区楼体的一半染成暖橘色，她身旁的位置，被单还是暖的。

程骁南已经起床了？这么早？

虞浅坐起来看了一会儿，目之所及，居然没有能披一披的衣服。

她起身，干脆拎了一条搭在椅子上的真丝披肩，裹在身上，走出卧室。

程骁南和昨天早晨一样，坐在沙发上，只不过他今天没穿白衬衫，只穿了一条睡裤。

他正拿着两本结婚证书，认真地垂头看着。

"看什么？"

程骁南闻声回眸，目光在她那条披肩上停留半秒，才扬起手里的结婚证：“怎么看都觉得，应该裱起来。”

可能是觉得裱起来就不能总拿出来摸了，后来程骁南想了个办法，拉着虞浅去了趟乐高店，买了一堆乐高回来，要拼一个结婚证图案的。

那几天他们难得休息。

程骁南把不少工作都推给了沈深，虞浅这边也没安排工作。

整个八月，他们都窝在家里，一起研究做饭、开着空调盖上夏凉被睡午觉、去逛超市逛鲜花店。

也会看电影看综艺，或者窝在阁楼上拼乐高。

他们坐在阁楼的地板上，头碰头地把结婚证图案设计好，又找好颜色，慢慢拼着。

拼了几天，终于拼好。

红色的乐高颗粒买得有点多，剩下的那些，虞浅用来在空白处拼了一颗小红心。

就这颗小红心，程骁南宝贝似的拍下来，换成了微信的相册封面。

婚期定在秋天，九月十一日。

八年前他们认识时，是九月某天的晚上八点十一分。

领证那天在证书上戳钢印，程骁南说他看了时间，是九点十一分。

好像和“十一”这个数字，总是有那么点缘分。

后来他们在小区里散步，捡到一只小流浪猫，猫咪看上去奄奄一息，灰扑扑的毛粘连成绺，眼睛也没什么精神，走路都显得颤颤巍巍。程骁南和虞浅拿了纸箱把它装进去，开车带它到附近的宠物医院救治。

虞浅问程骁南：“你对宠物毛过敏吗？”

“想养？”

程骁南肯定是不过敏，但还是贫嘴说：“我就是过敏，你想养，我吃着过敏药都会养的。”

他们收养了那只小流浪猫，取名叫“十一”。

十一出院时医生帮它洗了澡，居然是一只通体雪白的猫，还长了一对蓝色眼睛。

程骁南抱着十一：“虽然你挺美，但咱们家只能有一个最美的，那就是你妈妈。”

他们住的房子，确实越来越有“家”的样子。

给十一买的猫爬架和猫窝就放在客厅落地窗边，有时候程骁南下班回来，虞浅坐在客厅的瑜伽垫子上做瑜伽，十一在旁边自娱自乐，绕着虞美人的花盆自己疯跑。

听到他进门，一人一猫都会停下来。

虞浅说：“晚上吃冷面？”

十一跑过来蹭他的腿，黏糊糊地拉着长声：“喵——”

程骁南把十一抱起来，走过去吻虞浅：“正好想吃点凉快的，外面热死人。”

“那我去煮面。”

程骁南尾随着进了厨房：“我来洗黄瓜和西红柿。”

再到周末时，他们又去了一趟乐高店，买回材料，拼了十一的头像，放在阁楼上面。

那天是十一第一次上阁楼，尾巴竖得像天线，到处闻闻嗅嗅，最后停在它的乐高头像前，看上去似乎很喜欢。

二球悬铃木叶子开始泛黄时，程骁南和虞浅的婚期也近了。

他们把请柬印成二球悬铃木叶片的形状，上面用二月兰花朵的那种紫色，书写了诚挚的邀请。

程骁南这人，就比较喜欢秀恩爱。

到了九月，全 Eleven 上下，连扫地的阿姨和搭建布景的临时员工，都知道他们程总要结婚了。

Eleven 主体办公楼一进门，一整面墙体都是喜糖和巧克力。

程骁南提前问过季苒和孙月，精挑细选的牌子，放在淡紫色的小丝袋里，挂满墙。

员工们拿过喜糖，都会在墙上写一些祝福的话。

程骁南拍了一些发给虞浅，说：“瞧见没，多少人说咱们是郎才女貌，天作之合呢！”

虞浅都没好意思说，工作人员们可能只是因为吃了他昂贵的糖和巧克力，才嘴甜的。

有那么几天，程骁南和虞浅没在安北市。

反正婚礼都准备好了，九月份开海，正是吃海鲜的季节，虞浅又喜欢海鲜。

程骁南开车带着虞浅，还有他们家的新成员十一，两人一猫，去海边散心，玩得不亦乐乎。

在海边的最后一天，沈深打来视频："我说南哥，你还回不回来了？还有一周可就结婚了，还在海边浪着呢？"

程骁南顾着躺在他肚子上睡觉的猫，慢悠悠换了个舒服的姿势窝在酒店床上："明儿回。"

"赶紧回来吧，不回来也成，别总发朋友圈了，你这朋友圈里现在全是秀恩爱，再不然就是虞浅的照片，昨儿我转发个篮球视频，季苒都生气了，说我不够爱她，都不发她照片。"

程骁南朋友圈现在是挺过分的，除了秀就是秀。

虞浅以前还会给他点个赞，表示看到了，现在他一天发好几条，她干脆不理他了。

挂断视频，浴室里的水流声还在继续。

程骁南舔了下牙尖，把十一从肚子上拎起来，放到床上。

这懒猫哼唧着翻了个身，钻进被子里继续睡了。

程骁南起身，走到浴室拉开门，摸了摸鼻尖才推门："要么，咱俩洗个鸳鸯浴？"

迎面一条沾了水的湿毛巾丢过来，把他从浴室砸了出来。

程骁南这人平时秀恩爱秀到飞起，其实婚礼邀请的人并不多，只有至亲挚友，并没邀请任何生意伙伴。

做这个决定前，程骁南问老程："我要说婚礼不想邀请那么多虞浅不认识的人，你那些生意场上的朋友都不能来，你这些年随份子的钱，是不是就打水漂了？"

老程对这种事情倒是不怎么在意，他唯一在意的是——

"南南哪。"

"爸你能不能好好说话？这么叫我，我有点恶心。"

"爸爸昨晚梦到你妈了，你妈妈说，儿媳妇太优秀了，你有点配不上，让你抓紧点，别让儿媳妇嫌弃，到时候不要你。"

"不是，老程，"程骁南连爸都不想叫了，"我这大婚在即的，你能不能说点好的？”

“那梦里你妈妈就是这么说的，我能有什么办法？”

程骁南沉默着喝了几口咖啡：“梦都是反的。”

说是这样说，但结婚前一晚，没和虞浅住在一起，程骁南总觉得有些不安。

他辗转反侧，想了想，还是在夜里拨了电话过去。

虞浅和彼得被安排住在程骁南小姑家的房子里，其实按程骁南的意思，他是不想和虞浅分开的。

家长们还是有些传统，说接亲这个环节总不能少，程骁南当时还犟嘴：“人家姑娘都住酒店或者住娘家，住我小姑家里算怎么回事儿啊？还是住酒店吧。”

住酒店多方便，他还能偷偷溜过去偷个香。

都是程家的家长，还能看不穿程骁南的小心思。

程骁南小姑说：“小浅，这房子我做主送给你了，你小姑父肯定也同意的，你就当是自己家住着。”

程家小姑故意犯坏：“要不，小浅自己不是也有房子吗？远是远了些，你娶媳妇不能怕辛苦，让小浅和彼得老师住那边去也是可以的。”

程骁南才不同意。

虞浅家老房子和韩初家还是邻居，他不想结婚当天看见韩初那张晦气的脸。

情敌不情敌的单说，当年虞浅那么信任他，他却让虞浅难过，就这一点，程骁南就烦他烦得不行。

最后虞浅和彼得还是住在了程骁南小姑家闲置的房子里。

彼得岁数大了，怕第二天起不来，早早回房间睡了。

虞浅在睡前，接到程骁南的电话。

“怎么样？我小姑那房子，还住得惯吗？”

卧室里的所有床上用品都是新换的，连化妆桌都是小姑买了新的换上的，窗帘是虞浅喜欢的冷杏色，放了一瓶西红柿味道的无火香薰，植物朴素的清香十分安抚人心。

“嗯，小姑换了不少东西。”

“我小姑说话大大咧咧，其实心挺细的，你先别叫她小姑，明儿她得给你改口费呢，不给钱不叫，别让人忽悠了。”

电话里沉默几秒，程骁南又问：“哎，挂了电话，打个视频行不行？想看看你。”

视频弹过来，虞浅打开床头一盏灯，点了接通。

程骁南坐在沙发上，给她看满屋子疯跑的十一：“彼得呢？”

“已经去睡觉了，说是怕明早起不来。”

“哦，那你明早上过闹钟了吗？”

“嗯。”

察觉到程骁南的没话找话，虞浅问他：“怎么了？”

程骁南才说：“还不是老程，说什么做梦梦见我妈说儿媳妇太优秀，还说我配不上你。我怎么觉得，咱俩挺般配的啊？”

新婚前夜，两边房子都很安静，他们各自举着手机，在视频里有一句没一句地聊天。

也没说什么山盟海誓，聊的都是些日常琐碎，还聊到沈深今天和季苒吵架，因为季苒花一个多小时化了一套微笑唇的妆容，沈深说像撸串时用铁签子把嘴角给烫伤了，季苒差点掐死他。

虞浅笑起来。

程骁南看了看时间：“再聊五分钟吧，你得早点睡，明儿肯定累。都是些熟识的亲朋，不像不熟悉，随个礼人家就走了。这群人，估计是要闹到晚上的。”

婚礼都是热闹的，彼得担任虞浅父亲的角色，一路陪虞浅走到台前，把虞浅的手交到程骁南手里。

站在台上，程骁南没忍住，把人拥住，在耳边说悄悄话：“昨晚我梦见你逃婚，说要去德国念斯坦福，给我气醒了。”

虞浅问：“怎么做这种梦？”

程骁南就撇嘴说：“肯定是不安呗，当年不是被你诓过一次吗？不过也没事儿，你现在别说去德国，去北极我也能去。”

两人公然在台上窃窃私语，无视司仪。

司仪是程骁南一同学，咬牙切齿地冲到他们面前：“能不能听司仪说？你俩！”

沈深在台下高喊：“他俩就那样！可能秀了，你别理他们，说你的就成。”

司仪崩溃："我说我的有什么用，我一会儿问愿不愿意，你答应啊？"

沈深就继续喊："我不行，我要敢答应，季苒得杀了我！"

后面还出现过一个插曲。

程骁南和虞浅很信任十一，让它当花童送戒指。

结果婚礼当天的凉菜里，有一道俄式风格的鲱鱼沙拉。

十一背上背着装了钻戒的小书包，小鼻子抬起来，东闻闻西嗅嗅，一共就两米的距离，还是没忍住，走去了老程脚边，蹭着老程的腿喵喵叫，要吃的。

最后钻戒是老程在一片哄堂大笑声中，送上台的。

孙月和彼得在台下拍照，看见虞浅用戴了白手套的手挡在唇边，笑得眼睛都弯起来。

孙月泪窝浅，当场就哭了，她说："彼得老师，你看见没，浅在笑啊，她好开心啊！"

彼得也没好到哪儿去，转头找了张纸巾按在眼睛上："看见了，看见了。"

婚礼真的如程骁南所料，闹腾到半夜。

回到家里，一整天的热闹喧嚣散去，十一爬回它的小窝里团了个舒服的姿势，睡着了。

虞浅和程骁南脱掉礼服西装，一起进浴室洗澡。

高级浴缸就是不一样，还有按摩功能，两人躺在里面享受着水流温热的推揉，忙了一天的疲惫也渐渐散去。

毕竟是办喜事，少不了喝酒，酒后不能泡澡太久。

程骁南掐着时间从浴缸里迈出来，拎了浴巾给虞浅披上，抱她出来。

他满眼不正经，边吻她的眉心边笑："我们要不要走一下流程，大婚当天是不是得洞房来着？电视上不是都这样演？"

虞浅勾了他的脖子，主动吻上去。

这算是信号，程骁南摸过窗帘遥控器，把满街华灯挡在外面，和虞浅温存。

到深夜，他们重新洗了澡，相拥着入睡。

虞浅梦到曲莉雯，她在梦里像个慈祥的好妈妈，出现在虞浅的婚礼上，还在他们交换戒指时站起来，边用手帕拭着眼泪边带头鼓掌。

番外三

后来很多年

婚礼时是九月，很快又到了冬天。

北方的冬天景色贫瘠，百花枯萎树木不再挂满嫩绿色的叶片，但虞浅和程骁南住的地方，却越来越温馨，越来越有家的味道。

玄关处有一盆生长茂盛的绿萝，是某次虞浅和程骁南一起逛超市时，在入口处的植物货架上拿的。

买回来时还是很普通的一小盆，在家里阿姨的悉心照料下，越发茂密，枝蔓已经垂下来，挡住鞋柜的门。

每次虞浅或者程骁南打开门口的鞋柜，想要拿常穿的鞋子出来时，都要用手把那几条垂下来的绿萝拂起来。

阿姨问过他们，要不要剪一截下去，免得碍事。

虞浅和程骁南都认为，那样有些残忍，这盆花在家里久了，已经是他们中的一分子，也就一直没剪，让它自由生长。

甚至每次撩起那些枝蔓时，有种被家庭羁绊着的小幸福。

家里的一草一木，他们都悉心呵护着。

虞浅刚随程骁南搬进来时，这间房子的装修风格简洁，只有绿植显得生机勃勃。

如今生活得也不算久，可房子已经没有了样板间的那种整洁，到处都是生活痕迹。

墙上定制了一组猫爬架，是给十一的。

小家伙的猫抓板有好几种不同造型，摆放在客厅的各个角落。

落地窗边是十一的猫窝，现在换了个新的，香蕉造型，很可爱。有时候它是“采花贼”，会把盛开的虞美人咬下几个花瓣，零落在猫窝旁。

夜里，虞浅和程骁南相拥着在床上聊天，还能听见寂静客厅里传来十一被花粉呛得直打嚏喷的声音。

虞浅和程骁南听见时，会在夜里发笑，知道淘气的猫又去欺负花了。

他们的厨房里有一套咖啡机，但后来程骁南听说喝茶对身体更好些，又买了一套茶具和茶桌放在客厅。

茶宠是一串荔枝，平时是暗红色的，浇水时会露出鲜嫩的白色。

有时候周末休息，他们哪儿也不去，就在家里聊天，打理花草，逗猫。或者在午睡醒来，坐在茶桌边，沏一壶清香淡雅的茶，共同品尝。

家里也没有整洁到一尘不染，程骁南常用的颈椎按摩仪和虞浅的一盒面膜丢在沙发上，沙发上还有一对手柄，是十一黄金周时他们买的，那会儿他俩像终于熬过考试放大假的孩子，窝在家里足足打了三天游戏才出门。

有一格衣柜里并排挂了两件大衣，是今年的新样式。男女同款，只有号码有区别。这样并排挂着是程骁南的主意，他还仗着这种大衣的料子不会褶皱，把两件大衣挨靠在一起的袖筒挽起来，说这样看着亲密。

有一次他们起早，天色朦胧，程骁南拉开衣柜被里面手挽手的亲密大衣吓得连连后退。

虞浅说他是自作孽。

程骁南就往她脖颈儿处呵气，装得挺委屈：“我这一颗赤诚爱你的心，被你损得稀巴烂。”

他们越来越有默契，很多时候看综艺，都在相同的时候爆笑。

和朋友聚会时，或者出门逛街时，遇见某种情况，也会忽然在人群里交换一下眼神。

两个人现在都有点恶趣味，在十一张开嘴打哈欠时，会忽然把手伸过去放在它嘴里，看着它合上嘴后，发现嘴里有手指时露出一脸迷茫又不敢咬的傻样子，然后笑得前仰后合。

甚至有一次，十一打哈欠，两个人同时伸出手，看到对方的动作，虞浅和程骁南都举着手指愣了一下，然后被已经打完哈欠的十一当场捕获，对着他们不满地拖着长音叫了一声。

用程骁南的话说，这默契值绝了。

虞浅是在和程骁南一起生活之后才发现，人活得久了，不只是在失去，牵绊也在一点点变多。

这么说也许有些老气横秋，但这是真的。

十一月时，虞浅出国短暂拍摄。

工作时，她已经不会把手机丢在背包里整天都不看了，过去她甚至会忘记给手机充电。但现在，工作之余或休息时分，她也会把手机拿出来，给程骁南发个信息，或者干脆弹一个视频过去和他聊上几句。

程骁南死不正经，有时候故意围着浴巾和虞浅视频，还要诬陷虞浅："姐姐这是故意的吧，这个时候打来？"

她只出差三天，回国时程骁南去接机。

这弟弟穿了一件长款大衣，步伐匆匆的样子，看着比刚出差回来的她更风尘仆仆。

程骁南张开双臂，绕过行李车，给了她一个非常有力的拥抱，几乎把她镶嵌进他温热的胸膛里。

虞浅好不容易挣扎出来，就听见程骁南说："你不知道你不在家的日子，简直度日如年，我差点旷工飞过去找你！"

过去，虞浅辗转各大酒店，哪怕回到和彼得共同租住的那所房子，她也不会有这种熟稔。

这趟出差回来，却明显不同。

程骁南按开家里的密码锁，十一一身雪白色皮毛躺在客厅阳光下，乖戾地看他们一眼，甩一甩尾巴，算是欢迎过了。

空气里还有她熟悉的生活气息。

虞浅感到莫名的放松，她把背包和大衣挂在玄关，和程骁南接吻。

也许这种让人安心的熟悉，应该叫作归属感。

也是在这个冬天，新年之前，更大的牵绊，来到了虞浅和程骁南的生活里。

其实那是个意外，因为年关，虞浅和程骁南常被家长们请过去吃饭，那天是和老程在一起，开车去爷爷奶奶那边吃。

程爷爷年轻时资助过两个学生，其中一个，现在还在程父的公司里工作，和程家人很亲。

这位叔叔是孤儿院出来的，赚钱之后也常常捐款。

席间提起孤儿院的事情，程爷爷说：“程家生意好与坏全凭大家各自的本事，但子孙健康平安、亲友团结和睦，今年骁南也已经成家，是该多回馈社会。”

这样说着，程爷爷拿出一张支票，递给程骁南：“骁南，一会儿你和小浅还有你叔叔一起，替爷爷走一趟，把这钱捐给那些需要的孩子们。”

这就是事情的起因了。

那天程骁南在孤儿院里遇见一个小男孩，眼睛长得居然和虞浅有些像。

后来程骁南和虞浅去过几次，和小男孩颇投眼缘，他们商量过后，决定收养他。

男孩叫纪淮，长得白白净净，性格也乖。

这孩子五岁时父母双亡，原本收养他的亲戚卷了他家的钱跑了，他成了孤儿，被送到孤儿院。

虞浅和程骁南收养他时，他已经一年级，很沉默，不爱说话也不爱笑。

程骁南和虞浅说：“这孩子和你还挺像，够高冷啊。”

虞浅和程骁南带他回家那天，纪淮一路都很安静，比窗外入了冬的安北市更安静。

一直到车子停在地下车库，程骁南从驾驶位转身，看向纪淮：“小朋友，我们到家了。”

纪淮看着虞浅和程骁南，清澈的眼睛里全是不安。

他怀里抱着书包，所有行李只有课本和几件衣服，被塞在一个大书包里，鼓鼓囊囊。

最终，他问：“以后，你们有了自己的孩子，会再把我送回去吗？”

院里也有那样的小孩，原本已经被收养了，但因为收养人有了自己的孩子而选择弃养。

纪淮是害怕这种情况的。

从来没有拥有他也不会奢望，但已经拥有了，再失去……

虞浅坐在纪淮旁边，程骁南也从驾驶位下车，坐到后排。车子空间还算宽敞，虽然坐三个人有种挨靠感，但眼下三个人坐在一起的样子，更让这孩子安心。

程骁南像个大朋友，揽着纪淮肩膀对他说了很长一段话：

“小朋友，到这儿来，就把这里当家，把我们当成朋友或者家人都行。”

“称呼你随意，你喜欢叫什么就叫什么，没那么多规矩。”

“我们俩也是第一次当家长，很多地方可能不周到，有什么事情你觉得不满意不舒服了，你要说出来，不要自己憋着，懂吗？”

“就像现在这样，有什么说什么，挺好。”

程骁南回答了纪淮的问题。

他说，他和虞浅非常相爱，感情非常好，以后应该会有一个小宝宝，但小宝宝和纪淮是一样的，都是家人。

“我们会是一家四口，谁都不会丢下谁。”

这些话给了纪淮一些安慰，他点点头，小声说：“谢谢。”

下车时，程骁南想要帮纪淮拎书包。

但纪淮说：“不用了，这个是我能做到的，不用你帮忙，如果我有做不到的事情，会主动请求你的。”

“小屁孩，还挺酷。”

程骁南笑了，指着虞浅说：“有一点要先声明，惹我可以，绝对不可以气她，知道吗？”

纪淮疑惑地看向虞浅。

那眼神忧伤的，好像虞浅是一个病人。

这个可怜的孩子，被人间疾苦吓怕了，遇事总往不好了想。

程骁南扳回他的头：“不是病理上的，是因为她是家里的老大，知道吗？她地位最高，我们都要宠着她。”

程骁南和虞浅没做过家长，对于纪淮的到来，他们并不得心应手，很多事不知道怎么办，还会给老程打电话求助。

纪淮刚到家里时，很腼腆也很礼貌，说话做事都有种过分的客气。

有一天睡前，虞浅和程骁南躺在床上聊天，程骁南说：“这小朋友是不是有点乖过头了？每天跟我各种谢谢。”

虞浅靠着程骁南：“他在害怕。”

“怕什么？我不和蔼可亲吗？连十一都喜欢他。”

程骁南语气酸酸的：“而且我瞧着，你对那小子的关心比我多，前天晚上冰箱里最后一盒雪糕都给他吃了，也不问问我。”

“你不说你健身，在控糖吗？”

“那也想你问一下。”

程骁南不闹了，回到正经话题：“你觉得他害怕什么？”

“害怕我们会把他送回去，怕和我们熟悉之后，又会失去我们。”

虞浅的声音在夜里轻轻地散开：“他只是在保护自己。”

程骁南忽然拉着她的手放在自己心脏的位置：“你这么懂，是不是也有过相似的心路历程？”

其实她有的。

比如，她过去那些不走心的谎言。

比如，她只是看到他试卷上曲莉雯的签名，就急急躲到国外去。

那些看似洒脱、坚强和果断的背后，是她一点点风险都不敢承担的自保。

她宁可在出国时的行李箱里放一只他送的熊，也不肯去问一问，那时候他们之间到底是不是真的，不肯去听一听曲莉雯到底有没有嫁给老程的意思。更不敢去分辨，自己对程骁南的感情。

虞浅用指尖抚摸程骁南强有力的胸膛，感受着他的心跳，回答他：“算是吧。”

“现在不怕了？”

“不是有你在吗？”

程骁南有点得意地笑了，觉得自己这么多年的坚持融掉了虞浅的戒心，她现在越来越不吝啬于表达她的爱意。

前些天虞浅出门和孙月、季苒逛街，还给他买了钱包和鞋子。虽然也给十一买了猫咪玩具，给纪淮买了冬装，那也说明她爱他，时刻惦记他。

虞浅和程骁南没有刻意做什么，但他们足够相爱，对家里人的照顾是发自内心的，真诚而不做作。

在这样的环境里，纪淮虽然小心翼翼，却也在慢慢融入这个家。

毕竟家里的一切都是那么温馨，虞浅和程骁南从不争吵，每天都是那么恩爱，连家里的十一都那么可爱。

虞浅和程骁南忙时，家里会有阿姨采购和做饭。

阿姨每次都会在出门前特地问纪淮：“小朋友，你喜欢吃什么？奶奶给你做你爱吃的好不好？”

有时候老程也会来蹭饭，会给纪淮带小礼物。

每个人都那么友善。

到了年关，纪淮已经会在饭桌上和虞浅他们分享一点点和同学发生的小故事了。

过年时，虞浅和程骁南带着纪淮去了爷爷奶奶那边。

程家人多，一大家子人凑在一起，还有程骁南哥哥姐姐家的孩子，纪淮终于有了点孩子的样子，吃过午饭就和那群孩子跑出去，在院子里疯跑，追赶打闹。

外面冷，虞浅拿了围巾找出去时，纪淮已经冻得小脸通红。

他看上去很快乐，第一次和虞浅敞开心扉：“小姨！我刚才看见一只流浪猫，和十一长得好像！”

纪淮叫虞浅小姨，叫程骁南小姨夫。

他说虞浅长得像他妈妈，但他从来不肯开口叫爸妈。

这事虞浅和程骁南也没强求，都觉得叫什么不重要，反正他们是一家人。

虞浅帮他戴好围巾，听纪淮说：“我从来没有过过这么热闹的新年，我爸爸妈妈一直在外面做生意，不怎么回家，家里只有我奶奶，后来奶奶去世了，爸爸妈妈也去世了。本来我住在一个叔叔家，没过多久，他拿走了爸爸妈妈所有的积蓄，就跑了。我以为我不会有这样的新年。”

“我也以为我不会有。”虞浅说。

“你怎么不会有？”

纪淮诧异地回头看她，说话时唇边呼出白雾，他小声嘀咕：“你明明什么都有。”

虞浅笑着，讲起她小时候羡慕别人家的新年，讲起过去的新年安北市很热闹，还可以燃放烟花爆竹，讲她一个人在家咬着筷子练习微笑，讲她妈妈独守了一辈子的痴傻爱情。

纪淮从来没想过虞浅曾经这样生活过，还以为她会哭，因为每次他想起爸妈想起过去，都很想哭。

但虞浅没有，她只是在黄昏里温柔地笑一笑，问他：“有机会，带你去看烟花，好不好？”

就是从那天起，纪淮忽然觉得自己和虞浅有过同样的经历。

他点头说好，却又疑惑：“不是不准燃放烟花爆竹吗？那我们去哪儿看呢？”

虞浅指指不远处，程骁南正拎着一条女士厚围巾走过来。

她说：“只要我们想看，他会有办法。”

也许是除夕那天纪淮玩得太开心，大年初一当天生了病，整个上午都发着高烧。

程骁南找了家庭医生过来，又和虞浅一起看着他输液、给他喂药喂饭。

最后一勺鸡汤喂进纪淮嘴里，程骁南忽然看了虞浅一眼。

“看什么。”

“看你偏心呗，都还没喂过我吃东西，倒是便宜这小子了。”

虞浅现在有的是办法堵住程骁南的贫嘴，她把汤碗送到厨房洗碗池里，拿出一只新的碗，盛好汤，喝了一口，走到程骁南面前。

她托起程骁南的下颌，还没等他反应，吻了过去。

程骁南难以自持地揽住她的腰，吻了一会儿才看向躺在床上的纪淮。

“少儿不宜啊姐姐，幸好他睡着了。”

纪淮迷迷糊糊醒来时，卧室里一点儿声音都没有。

床头挂着已经滴光药液的塑料瓶，手背上贴着止血用的医用胶布，床头有半杯水和药片。

他隐约记得睡着时，好像听见谁说过“幸好他睡着了”。

纪淮从床上下来，客厅和大卧室都没有人，厨房和书房也没人。

连十一都不在。

那一瞬间，纪淮突然涌起巨大的恐惧——他们是不是不要自己了？

因为我生病给他们添麻烦了吗？

今天的医药费一定很贵！

因为这份恐惧，纪淮忽然忘了家里是有阁楼的。

他面对空旷的客厅，手足无措。

纪淮有些难受，抑制不住地喊了一声：“爸爸！妈妈！”

程骁南正好从阁楼上下来，推开酒柜，就听见这么一声凄惨的叫声。

他身后的虞浅也愣了愣。

但程骁南这个人，他在虞浅面前贫惯了，对孩子也没正经，张口就是：“哎，我的好大儿，你醒了？”

被虞浅捅了一下背部，他才正色起来：“怎么这么看着我？哪儿不舒服？”

纪淮扑进他怀里：“我以为你们走了！医生很贵，我怕……我怕你们不要我了？”

这个每天逞强，总是客客气气的小男子汉，第一次这样肆无忌惮地扑在他们怀里流着眼泪撒娇。

“想什么呢？我们走了不要你了，还给你留这么大的家产？知道这房子几位数吗？”

程骁南把纪淮抱起来：“给你做礼物去了，看看喜不喜欢。”

虞浅拿起一幅乐高，拼的是纪淮的 Q 版样子。

马赛克形状的图案不算惟妙惟肖，但也能看出他的影子。

纪淮一直知道家里的阁楼上有一堆乐高，连十一的头像都有，但他从来不敢要求有一幅自己的。可是现在，他拥有了。

“新年礼物，喜欢吗？”

纪淮用力点头：“喜欢！”

虞浅说：“你想把它摆在哪儿？”

他们回到阁楼上，纪淮想了想，把自己那幅和十一的摆在一起。

已经够幸福了，只要像十一一样就好了，不敢奢求更多。

但程骁南却把乐高拎起来，放在他和虞浅中间。

他说：“十一是因为个子矮，才放得低一些，你过完年都快一米三了，得放高点。”

那天是大年初一，纪淮改了称呼，开始别扭且小声地叫他们“爸爸、妈妈”。

他们一起包了饺子，饺子里有硬币，纪淮吃到一个，很高兴，但他看到，爸爸故意把已经露出硬币轮廓的饺子偷偷放在了妈妈的碗里。

有两个硬币都是妈妈吃到的。

最后公布“战绩”时，爸爸故作忧伤地说：“你们两个都吃到硬币了，一个第一有福气，一个第二有福气，看来这家里就我和十一不太行啊。新的一年，你们俩得好好疼我和十一，知道吗？”

纪淮看着爸爸明明一脸少年气，脸上又带着老父亲的哀愁，只好用力点头。

结果程骁南转头就指着自己的侧脸，问虞浅：“古人说，亲一下就能传递福气，传我一点儿吗？”

纪淮赶紧用手挡住眼睛：“那你们快点亲！”

虞浅却说：“哪位古人这样说过，说来听一听。”

纪淮三年级时，成绩还算不错。

因为没什么特别的野心，总在班里前三名波动，年级里的成绩也在前十名来来回回。

就这样的成绩，程骁南每次逢人就显摆。

纪淮也就觉得，自己还可以。

连程爷爷都说他厉害，让他多出去玩多参加课外活动。

在学习上，纪淮一直也就没有压力。

但有一次，他不小心偷听到季苒阿姨和他妈妈虞浅对话——

“我说虞浅，你们俩到底什么时候要孩子？我这二胎都能爬了，你俩还真不着急？”

“纪淮挺好的。”

“纪淮当然好了，可是你们不准备要自己的孩子了吗？只要纪淮这一个？”

季苒坐在客厅沙发上，刚做过钻石美甲的手敲在沙发背上，一脸认真：“说真的，我都替你们着急，你今年三十一岁了，女人超过三十岁生孩子，还是很危险的，对你身体不好，对孩子也不好啊。”

当时纪淮正在捡十一的玩具，门只开了半扇。

他听到这些，恍然抬头去看他妈妈的表情。

虞浅没什么特别的反应，端着一杯茶抿了一小口。

纪淮看过虞浅工作时的样子，她工作时总是很酷，话不多也不太笑。但在家里她常常笑，他们三个窝在沙发里看综艺，她也会有笑得岔气倒在爸爸怀里的时候。

而此刻，她眼里都是温柔，笑了笑说："纪淮会不安，我们商量过，想等他大一些，再要孩子。"

"他为什么不安？我看你俩对纪淮好得不行，都快宠到天上去了！你和南哥又不是那种刻薄的父母，生了孩子他也还是家里的宝，不会不安吧。"季苒大大咧咧地说。

虞浅摇头："再等等吧。"

三十岁以后生孩子，会对身体不好吗？

纪淮自己的房间里有电脑，他查了查，从这个问题查到难产，又从难产查到孕妇和孩子意外身亡。

配图血淋淋的，网上说得又那么真实。

纪淮盯着电脑，手心全是冷汗。

不能让爸爸妈妈再等了。

太危险了！

也是从那天开始，虞浅和程骁南忽然发现，纪淮开始用功了。

他以前也用功，但从来没那么用功过。

早晨不等他们叫，这孩子已经坐在书房看书了。

晚上回来也不看电视不出去玩了，就埋头苦学。

最后连程骁南都看不下去了，拎了把椅子坐在他对面："儿子，咱爱学习也不是这么个学法儿，劳逸结合，该玩得玩，知道吗？"

纪淮表面答应，可是在上学路上，在车里他都要背单词。

夏天时，期末考试成绩出来了，虞浅和纪淮的班主任老师通话，得知纪淮考了年级第一。

老师在电话里很开心，夸纪淮最近学习自主认真，下课别的孩子都在玩，只有他在看书。老师还说，纪淮要是早这么努力，年级第一早就是他的。希望纪淮继续加油。

虞浅听得有些皱眉。

她觉得，任何事情都是有原因的，如果纪淮没有受过什么刺激，怎么会突然对学习这么执着？

而且她不太希望纪淮从小学就把自己逼成这样。

她和程骁南聊起这件事，程骁南说："别不是有喜欢的小姑娘了吧？我当年发愤图强，不就因为遇见你吗？"

正聊着这件事，纪淮从图书馆回来。

听说自己考了全校第一，他似乎松了一口气，肩膀都塌下来。

纪淮突然扑过来，抱住虞浅："妈妈，你生小弟弟或者小妹妹吧，我不会吃醋的，我会疼弟弟妹妹的，我会学习好，会当一个好哥哥。求你了，你不要再拖了，快点生一个吧！"

虞浅看看程骁南，程骁南看看虞浅，不明白纪淮这是怎么了。

后来还是纪淮忍着眼泪说他查过，说晚育很危险。

程骁南笑了："那你光求你妈有什么用？想早点要弟弟妹妹，爸爸不用出力的？"

刚说完，被虞浅打了一下。

"打我干什么啊，他们生理课学过，这是他必须知道的知识。"

"程骁南？"

"哎，奴婢在。"

"打你还需要理由？"

"不需要，不需要，手疼不疼，我给你吹吹？"

虞浅发现怀孕，是在这一年的秋天。

很巧，就是他们结婚纪念日那天，九月十一日。

当天纪淮很快乐，然后他做了一个决定，要改掉他的姓。

"我希望弟弟或者妹妹喜欢我，不要觉得我是外人，连十一的大名都叫程十一，我就叫程淮吧，一家人整整齐齐。"

转年五月二十日，虞浅顺产，生了一个小女孩。

起名字时，程家的长辈们想了一堆让虞浅和程骁南挑选，最后几个字摆在眼前，程骁南和虞浅商量不如就叫"沐"吧，程沐。

坐在一旁的程淮眼睛一下子亮了。

那时候程淮已经准备上小学五年级了，个子又高了不少，他希望妹妹和他一样是三点水的名字，又不好意思开口。

"爸，那么多吉利、寓意好的字，真的选'沐'吗？"程淮有些不敢相信地问。

程骁南对这件事倒是很随意："叫什么以后的人生都要她自己过，她有好的爸爸妈妈和这么优秀的哥哥，叫什么都不会差的，你说呢？"

程淮努力点头："嗯！"

虞浅也在笑，她刚生产过，有些虚弱。

她和程骁南说："叫'沐'很好，我们的两个孩子都水嘟嘟的感觉。"

程淮眼眶痒痒的，他在那一刻，很想哭。

程沐是个小精灵，笑起来很像程骁南，有个可爱的小酒窝。

程淮一整个暑假都没怎么出去玩，还会约同学来家里，给大家显摆他的妹妹，亲妹妹。

一群男孩子眨巴着眼睛，目光紧盯着躺在婴儿车里粉嘟嘟的女婴，拿惯了篮球的手都不知所措，想摸摸碰碰又都不敢，只能傻看着。

有人说："程淮，你妹妹真好看，像个天使。她睫毛好长啊。"

常年霸占年级第一还十分谦虚的程淮，却在这个时候抑制不住地嘴角上扬，骄傲地扬起下颌："那是当然的了！我的妹妹嘛！"

程沐和程淮一天天长大。

在程沐上小学一年级那年，程淮已经高二了。

开学前的假期，程骁南和虞浅带他们进行了一次有意义的旅行。

他们去祖国东边的一座小渔村做了半个月义工，每天背着袋子捡那些被海水冲到岸边的垃圾，有时也会坐船去海里打捞垃圾。

那次旅行结束后，程淮和程沐晒得黑黑的，却在离开时心甘情愿地拿出两人的压岁钱，捐给了海洋保护协会。

孩子们有让人欣慰的时候，也会有让人操心的时候。

程沐二年级那年，程淮已经高三，有一天下午，程骁南接到虞浅的电话，说老师告诉她两个孩子和人打架，现在在办公室。

那天虞浅正好不舒服，发低烧，在家里休息，是程骁南去的学校。

他赶到办公室时，程沐眼眶红着，被程淮护在身后。

程淮通常都是温润的，今天却面色冷淡。

教室另一边站着两个大男生和一个小男孩，其中一个大男生眼眶是青的。

程淮脖子上也有一道长长的划伤。

程沐一看见程骁南，从哥哥身后探头出来，小声哽咽着叫了一声"爸爸"。

"受伤了吗？"程骁南问。

"没有。"

问清缘由，程骁南的神色也跟着冷下来。

程淮说是那个和程沐同班的小男孩先骂了妈妈，小男孩说："我妈妈说了，你妈妈以前在国外有其他男人，是别人不要了才回国和你爸爸结婚的。"

程沐平常是小淑女，每周都去学钢琴，对自己的手保护得很好，因为家里人的宠爱，说话也从来都娇滴滴的，慢条斯理，文静又懂礼貌。

但她听完同学的话，就像一只红了眼的小豹子，冲上去要打那个男孩，那男孩正好有家里表哥来接，表哥和顺路的同学都在，两个高中大男生不明就里地拦住了程沐，还恐吓她说，让她离他们的弟弟远点。

那男孩有了哥哥们的庇护，当场叫嚣："我没说错，我妈妈说了，你妈妈花枝招展，一看就是坏女人。"

程淮过来接妹妹时，正好撞见这一幕。

听见他们说的话，程淮把程沐扯到身后，和他们打了起来。

起因如果是孩子们的日常冲突，程骁南也不会把脸色冷到现在这种程度。

程淮和程沐没见过爸爸这样子，在家里爸爸都是笑着的，围在妈妈身边转，嬉皮笑脸，好说话得很。

程骁南坐在程淮老师的办公室里，听对面家长说个不停，他没说话也没表态，垂眼摆弄着腕上手表。

"小孩子哪怕说话有些过分，也不能打架嘛，打架是不好的呀……"面对程淮和程沐的控诉，对面家长有些心虚，和老师们解释着说。

"打架是不对。带孩子去三甲大医院检查，所有费用我出，额外会赔偿营养费。"

程骁南忽然抬眼："程淮程沐，过来。"

两个孩子很懂事，冲动之后也道歉了。

只是，道歉之后仍有不服，程沐小声说："可是他说我妈妈了。"

程骁南当然知道，打人不对，要道歉。但对方说他妻子坏话，他也不能忍。

程骁南起身："我需要这孩子亲手给我妻子写一封道歉信。作为孩子的家长，和这么小的孩子说些有的没的，你不羞愧吗？道歉信我希望也能看到你的，要手写。如果没有，这件事情我不接受和解。凡事皆有因果，你们的教育和造谣是打架的起因，也需要付出应有的代价。”

那天是星期五，学校放学早。

校园里空无一人，程骁南去买了饮料，和两个孩子一起坐在台阶上。

附中校园比当年程骁南上学时修缮得更美，红绿相间的操场，教学楼重新粉刷过，主楼体对面的体育楼刷成了奶黄色，国旗随风飘扬。

偶尔一个两个未离校的学生，穿着深蓝色和白色相间的校服，背着书包从操场中间走过。

程骁南身上的戾气已经褪去，他和孩子们的相处模式一直很随意，不端家长架子，更像是朋友。

程淮帮程沐把饮料拧开，但程沐没喝。

小姑娘坐在程骁南右侧，皱了皱眉，眼眶通红，趴在程骁南腿上：“爸爸，我讨厌他们说妈妈。”

程骁南抬手拍了拍程沐的头：“妈妈从来没有说过别人妈妈的坏话，对不对？这说明妈妈更有格局。在你们不能自己明辨所有是非之前，有不随便说别人坏话的妈妈，这是好事。说明妈妈更可爱，对不对？”

校园里响起一阵铃声，程骁南说：“他们那样说，是他们不对，但打架这件事，是你们不对。”

程淮一直是老师眼里品学兼优的典范，长得也干净，招人喜欢，平时性格是最斯文的。

今天也是气狠了，他半天才蹦出一句：“爸，要是你呢，要是你在我这个年纪听见他们说妈，你怎么办？”

程骁南沉默了一会儿：“我也会动手。”

“你看，根本忍不住的……”

“但那只能说明十七八岁的时候我们不够成熟，还很冲动。并不能说明，这件事用这样的解决方式，就是对的，你说呢？”

程骁南喝着饮料，斜眼瞥了程淮一眼：“在妹妹面前打架不太行吧，万一妹妹受伤呢？万一妹妹学到了你这样的解决方式呢？做哥哥的，总要沉稳些。”

“……对不起。”

“你们两个，做得最错的事情是什么，还没想明白呢？”

两个孩子没说话，程骁南就说：“妈妈还在生病，现在让她担心，是不是很不好？”

“妈妈知道了！”

程沐一下子站起来，满眼惊慌：“不可以告诉妈妈，妈妈还在发烧……”

程骁南耸肩：“保不了你们了，学校是先给妈妈打的电话，我是被妈妈差过来的，她比我还早知道。”

“我们回去会和妈妈道歉的。”程淮说。

程骁南也站起来：“知道就好，回去你们自己和妈妈说，别让她担心你们了，程淮，脖子上的伤要不要去医务室看一下？”

“小伤，回家吧。”

回家后，其实虞浅没有问起这次的事情。她只是仔细看了看程淮和程沐，确定两个人没有受什么严重的伤，其他的没再多问。

虞浅并不是一个对小事揪住不放的妈妈，她觉得，孩子如果愿意说，自己会说出来。

家里没有“食不言、寝不语”的规矩，相反，吃饭和睡前是他们一家人用来沟通的时段，大家都习惯了把自己身边的小事在这个时候分享出来。

晚饭时，虞浅已经退烧。

程骁南盛了一碗汤放到虞浅面前，然后给了两个孩子眼神。

程沐讲了起因，程淮讲了经过。最后两个孩子表示，如果以后有类似的事情发生，一定会找到更好的方式解决。还站起来郑重其事地和虞浅道歉，说不该让她担心。

程沐捅了捅程骁南：“爸爸，子不教父之过，你不和妈妈道歉吗？”

程骁南非常傲气地说：“爸爸在家里地位高，多大的事儿都不需要爸爸道歉，知道了？”

两个孩子同时翻了个白眼。

睡前，程骁南关好卧室门，手扶着虞浅的腰肢：“头还晕吗？感冒彻底好了？”

“嗯，没事了。”

“我看你吃饭时总看程淮的脖子，是担心了吧？”

“要不要去医院看看？”

“那小子没事，小伤。他还挺随我，打架不吃亏，我看和他起争执的人家是两个同龄大男生呢，也没打过他，挂彩比他严重点。”

虞浅看程骁南一眼：“你就这么教育他的？”

“那哪儿能呢，我在学校严厉地批评他们了，告诉他们打架不对，放心吧，下次都不敢了。”

程骁南把人往自己怀里拉了拉：“我和儿子女儿谈心半天，这么称职的爸爸，没点奖励吗？”

“你想要什么奖励？”

程骁南还没琢磨好，虞浅吻了吻他的侧脸，然后走开，看样子这事就要揭过去翻篇了。

他“啧”一声，“就亲一下？这就完了？”

“爸，我沈叔打电话过来，你……”

程淮举着程骁南的手机推开门时，就看见他爸从背后拥住他妈。

“臭小子你开什么门！”

“啊，那我出去我出去，你们继续，继续……”

程骁南和孩子们说起过二月兰，也想带他们去看。

但当年他去过的那片郊区，早已经被重新规划建设成了城市公园，整齐简洁的花坛里种着各种植物，昂贵的进口玫瑰在阳光下灿烂盛放，虞浅有一年拍外景还去过那边，一点儿曾经的影子都没有。

也是那次，程骁南和两个孩子陪着她一起去了郊区。

晚上住在酒店套房里，程骁南对程淮、程沐讲起过去：“以前这儿不这样，就窗外公园那边，看见没，有一片野树林……”

程淮毕竟年纪大一些，听到“野树林”这样的词，直接问程骁南：“爸，你确定沐沐能听？别是什么少儿不宜吧。”

“去，我有那么不着调？”

后来程淮和程沐知道了，这地方以前有一大片二月兰，爸爸妈妈情侣手链里面的淡紫色小花就是很久以前在这里采的。

程沐是个贴心的小姑娘，有一次和学校出去参加夏令营，在某个山坡上看见了二月兰，她当时激动得差点惊叫出声。

连带队老师都吓了一跳，说怎么平时文静的小姑娘叫起来这么突然。

程沐的脸红透了，举手报告，希望老师能允许她采一株二月兰回去。

老师问起缘由，她就骄傲地说：“这个花是爸爸妈妈的定情信物，她妈妈婚纱上绣的都是这种花。”

晚上和虞浅打视频，程沐倒有些低落了。

她在视频里说：“妈妈，我已经很认真保护那株二月兰了，但它还是蔫了。”

“把它夹在本子里，它会变成妈妈手链里那种标本，很可爱。”

“真的吗？”

结束夏令营回家，程沐把自己在野外做的几朵二月兰标本带回家，送给程骁南和虞浅。

后来这几株标本，被虞浅装裱起来，放在客厅酒柜上，下面一行烫金字体，写着“挚爱的女儿对我们的爱”。

又一年秋天。

二球悬铃木巴掌大的叶片像秋风烘烤过的熟透的薄饼，悄无声息地落在路边，它们在北方干燥的空气中变脆，踩上去脆生生地碎成几块。

已经念大学的程淮今天下午没课，开了车接上程骁南，一起在小学门口等程沐放学。

刚踩碎一片二球悬铃木的叶子，程骁南的电话响起来。

程淮正好约了沈深家的儿子打篮球，接了电话，一句“沈叔”话音没落，就被沈深电话里的话惊得蒙了。

沈深语速快，说了一大堆——

“哎？哦小淮啊，你爸呢？你问他今天来不来公司接你妈下班，拍摄场地出了点问题，你妈脚受伤了不能走，那什么，要是过不来我送你妈回家吧，别担心。反正你和你爸说一声哈，我先挂了，这边处理事呢。”

程骁南已经看见从校门口欢乐跑出来的程沐，朝闺女挥了挥手，扭头看见程淮拿着手机，一副怔怔的样子。

程骁南问：“发什么呆？”

“爸，沈叔说，拍摄现场出了点问题，妈好像受伤了。”

“哪儿受伤了？严不严重？”程骁南的语气突然急切起来。

虞浅原本在 Eleven 摄影基地的 C 区拍摄，搭建好的拍摄场景是用木箱做出阶梯，上面铺了一层暗色布料，并布置了大堆印了乐谱的废弃纸团，散落在上面。

她和另外两个模特，需要坐在木箱阶梯上拍摄。

事情发生时谁也不知道是怎么回事，只有站在后排的模特忽然尖叫一声向后倒去，虞浅隐约听到一点儿木头断裂的声音。

她拉了身后的模特一把，慌忙中自己也扭伤了脚踝。

伤得没多严重，她们三个模特手臂或多或少都有些划伤。

虞浅脚崴了一下，其他的也没什么。

拍摄并没有终止，她们三个在场景恢复并确定没有隐患后，完成了拍摄任务。但也是这样一拖延，虞浅的脚踝肿了起来，拿了冰袋在敷。

这事就这么惊动了沈深。

Eleven 最注重模特们的安全，布置场景用的东西都需要经过相关部门的严格审批，这种布景用的木箱，规格绝对不会差到模特们踩上去就能折断的地步。

毕竟女模特们体重别说一百斤了，有的连九十斤都不到。

检查过发现，木箱根本不是摄影师要求订购的规格，木板厚度居然比预期薄了四毫米。

沈深一打听，最近一段时间其他拍摄场地的布景材料质量也参差不齐，有人反映过，但没出现什么事故，这些消息就被搁置了。

支出账务是沈深批的，哪怕材料有问题，也一分钱没少过。

那就是采购环节中有人在中间贪污了部分钱款，然后以次充好。

沈深本来就焦头烂额，一进摄影场地的休息室，就看见虞浅正在敷冰袋。

他大惊失色：“你这是怎么了？没事吧？我的天，别告诉我刚才摄影过程中出现事故受伤的女模特是你。”

“只是崴脚……”

“医务！医务呢？”

沈深压根没听虞浅说完，扯着脖子喊来医务，然后嘟囔着说：“我得给南哥打个电话，我完了，本来就工作失职，现在伤的还是他心尖上的宝贝，我看我死定了……”

虞浅觉得自己只是脚踝扭伤，程骁南不至于大惊小怪，但没隔多久，程骁南带着两个孩子来了，三个人都是一脸焦急，进门就开始拉着她问东问西，问她怎么还不去医院。

程沐一脸要哭的样子：“妈妈，你疼不疼啊？让哥哥背你吧，我们去医院。”

程淮也说：“妈，我背你去医院。”

虞浅看向程骁南，还指望他说点什么稳定孩子们的情绪，结果程骁南皱眉开口：“医院得去，万一伤到骨头怎么办？”

最后还是虞浅说服了她家这三个大惊小怪的家伙，没去医院。

敷过冰袋的脚踝已经消肿不少，她明明可以自己走路，却被程骁南用公主抱的姿势抱了起来。她身上还穿着拍摄时的大长裙，层层叠叠的纱料缀着亮片垂下去，拖尾几乎垂到地面。

程骁南压低声音，尽量用两个孩子听不到的音量：“真不用去医院看看？我怎么瞧着挺严重，肿了都。”

虞浅揽着程骁南的脖子，也压低声音：“不用，真的不严重。”

他们经常有这样对话的时候，哪怕已经是老夫老妻，也喜欢一点儿独立的空间。

虞浅问程骁南：“听沈深的意思，好像这次道具事故涉及的人很多，处理起来会很麻烦吗？”

“不麻烦，公司的事情就不用你瞎操心了，就是可能需要加几个班，解决一下后续的事情。”

程骁南抱着虞浅，快到电梯间时，忽然笑了一声：“你这裙子怎么这么像婚纱呢？”，

“就是婚纱。”

“哦，我说呢，抱着你总有种又娶了你一次的感觉。”

虞浅轻轻扬了下眉毛：“那你亏了，娶两次都是同一个人。”

“这怎么能说是亏，要真是娶两次都是你，那我也太幸运了，只要我娶，我就希望是你。”他笑了笑，露出酒窝，“别人不行。”

“爸，什么别人不行？”

程淮按下电梯，眉眼间隐含担忧，目光往虞浅脚踝上看：“你和妈说什么呢？是不是真的很严重？”

“说点情话，瞎打听什么？”

孙月这几天出差没在，另有临时助理跟着虞浅。

这次虞浅扭伤脚踝，临时助理显得有些紧张，一直跟在程骁南他们身后，也不敢吭声，默默相送。

程骁南忽然回眸，吓得助理紧张地瞪大眼睛。

程骁南只和程淮说：“你把你妈包接过来吧，别麻烦人家拎着了。”

“姨，包给我吧，您别送了，去忙吧。”

助理连声应着，把包递给程淮。

一家四口进了电梯，到楼下坐进车里，虞浅的包被程淮拎着放在了后排。

车子发动不久，刚离开 Eleven，程沐忽然看见包里的东西，拿出来问虞浅：“妈妈，你包包里为什么有个废纸团？”

那是虞浅从拍摄现场捡回来，放在包里的。

程沐举着废纸团，从驾驶座椅和副驾驶座椅的缝隙里，把它递过去。

开着车的程骁南也抽空看了眼程沐手里的东西，随口问：“乐谱？”

“嗯。”

“论浪漫，还真是谁都比不过老江，拍个婚纱照宣传广告也能整出这么多幺蛾子。”

老江是虞浅这场拍摄的主摄影师，想法浪漫得不行，每次都有新点子。

本来程骁南是在侃侃而谈老江的事情，遇到红灯停下车来，好奇废纸团上是什么谱，干脆拿过来展开看。

他少年时也是学过吉他的，虽然学得半吊子，但识谱还行。

跟着哼哼几句，程骁南忽然饱含深意地看了虞浅一眼。

那是一首老歌了——《当你老了》。

歌词是根据威廉·巴特勒·叶芝的 *When you are old* 改的。

当年去领结婚证的路上堵车，程骁南曾为虞浅背过这首诗。

两个孩子和他们有代沟，很多他们熟悉的曲目，俩孩子都没听过。

程沐还在问，爸爸哼的是什么。

程骁南把那张揉皱过的纸叠好，放在心脏位置的衬衫口袋里，他在绿灯时启动车子，笑着回答孩子们：“是你们妈妈对我的爱。”

程淮坐在后面，从后视镜里看着他爸眉眼含笑，一副作死的样子：“让阿姨做猪脚煲怎么样？妈妈脚不是受伤了吗？得补补。”

果然，他爸被怼了。

虞浅说：“顺便炖个猪脑给你补补。”

一路上程骁南心情都十分美好，除了担心虞浅的脚踝，还总在红灯时盯着她看。

虞浅问他看什么，他就笑，说看他车里有个仙女，太美了，舍不得挪眼。

车子开到离小区不远的路口，虞浅忽然眯了下眼睛：“程骁南，刚才拐进小区的是不是小姑家的车？”

“没注意，车牌号 667 就是。”

虞浅就是没看清车牌号才问的，倒是身后的程淮说：“可能真是，我看着也像。”

一家四口把车开进小区，才发现楼下的地上停车位停了好几辆眼熟的车子。

老程在，程骁南小姑和小姑父，大姑和叔叔，还有二舅和小姨，但凡住得稍微近点的都来了。

虞浅有点茫然，还在心里琢磨：今天什么日子，怎么大家都来了。

程骁南刚把车窗落下来，老程马上探头进来：“小浅啊，哪儿受伤了，没事吧？我叫了医生，一会儿就到，让他再给你看看。”

“……爸，我没事。”

原来是在去 Eleven 的路上，程淮和程沐收到了老程的信息，问他们晚饭要不要到爷爷家来吃。

程沐和老程说：“不去了爷爷，妈妈工作时受伤了。”

老程急坏了，正好那会儿程骁南小姑打来电话，老程就说：“小浅受伤了。”

反正一家一家的，这消息就传开了。大家都担心虞浅，也就都过来了。

一起吃饭时，老程还在数落程骁南：“你那破公司能开就开，不能开就别开了，布景还能出问题，把小浅摔坏了怎么办！”

程骁南在桌子底下拉虞浅的手，和虞浅短暂对视一眼，然后无奈地开口：“爸，爸，老程！当着孩子们的面呢，能不能给我留点面子了？别总说我了，以后十一都看不起我，怎么办？”

晚上睡前，程骁南从浴缸里把虞浅抱出来，帮她吹头发。

虞浅耳边都是吹风机的嗡鸣声，只在化妆镜里看见程骁南薄唇一开一合的，似乎在说什么。

她转头，问：“说什么？听不见。”

程骁南明明是在抱怨老程，刚才送老程下楼时他还挨了一顿数落，但虞浅这么一转头，素着一张脸，两颊有一点儿被热风吹出来的粉，程骁南忽然就想起一些不该想的。

他怕烫着虞浅，挪开吹风机，偏头清了清嗓子。

“问你呢，刚才说什么？”

程骁南才转过来，垂头去吻他的妻子。

“忘了，现在满脑子都是我爱你。”

门外，想去找虞浅的程沐被程淮挡住。

程淮把没关好的门轻轻带好：“别去了，不方便。”

“爸爸和妈妈又在亲亲了吗？”

程沐噘嘴：“哥，每次都是你能看到，我也想看看，十一也想看啊，对吧十一？”

程淮弯腰抱起在他腿边蹭来蹭去的十一，推着程沐往客厅走。

他心想，也没看到什么。

只不过透过门缝，看到爱情它有一张不老的容颜。

番外四

总有告别时

程沐十三岁那年冬天，初中一年级上半学期结束。

这一年的期末考试，她超常发挥，考了个班级第一名。

发成绩单那天，班主任老师站在讲台上，有些可惜地说，只差一分就能进年级前十了，叫她继续加油。

其实能拿班级第一，程沐已经很开心了。

在家里，拿第一通常是哥哥程淮的专利，她还是第一次在班级考了第一名。也不是非要考第一，只是从来没经历过的事情发生了总是让人开心的。

而且，她喜欢家里每逢遇到“喜事”就会大肆庆祝的氛围。

上一次家里有“喜事”，还是妈妈虞浅发了一笔奖金，虽然钱是从爸爸公司账户里打过来的，怎么算都不是意外之财，但他们一家人还是去温泉小镇上，玩了一个星期。

回家后，程沐故意把成绩单放在客厅茶几上，等着家里人发现。

刚上初中一年级的小姑娘，饱含着快乐心事，故作镇静地蹲在虞浅经常做瑜伽的那块瑜伽毯上，逗着十一。

十一已经老了，不像小时候那么活泼，牙齿都掉了两颗。

它趴在瑜伽毯上，懒洋洋地用爪子勾着程沐手机链上的一颗小铃铛。

背对着客厅，程沐却没把注意力完全放在十一身上。

她听见书房的门打开，听见爸爸和哥哥从书房里一边交谈一边走出来，也听见他们坐在真皮沙发上时，隐约传来的一点儿皮革塌陷的声音。

然后是电热茶壶开始加热，咕噜咕噜，红茶的香气弥漫在空气里。

应该看见了吧？

程沐有些按捺不住地想。

但过了好几分钟，连十一都已经玩腻了她的铃铛，程沐还是没听见程骁南和程淮谈论任何和她成绩有关的话题。

虞浅一直在阁楼上没下来，通往阁楼的门没关，隐约能听见她在和彼得聊电话，商量秀场之类的事宜。

因为程沐的心不在焉，十一也懒得再陪程沐演戏，摊开肚皮，闭上眼睛，开始睡下午觉。

程沐实在忍不住，转过身去，正好看见她哥哥程淮，把手里的红茶杯放在她的成绩单上，并且毫无察觉似的继续和程骁南聊着工作上的事情。

还是程骁南留意到程沐的表情，问："怎么这么看着我们，有事要说？"

程沐刚撇嘴准备控诉，虞浅从阁楼的门边出现，手里拿着一支彩带筒，程骁南和程淮也像变魔术一样从靠垫下面拿出彩带筒，齐刷刷地拉开。

"砰"的一声，在程沐还没反应过来的时候，程骁南和程淮已经把她举起来了。

"恭喜我们家小公主，人生第一次考第一！"

饶是程沐平时再淑女，也忍不住尖叫："你们早就知道啦！我还以为你们没看见呢！"

其实成绩单程沐的班主任早就发给虞浅了，正好程骁南和程淮在家，三个人决定给程沐一个小小的惊喜。

晚饭的饭店是程淮定的，餐后甜点里有程沐最喜欢的蜂蜜奶酪小蛋糕，他还给妹妹挑了一条围巾。虽然被程沐嘲笑说是死亡芭比粉，但嘲笑过后，程沐还是甜甜地说："谢谢哥哥！"

吃甜点时，程淮问妹妹，饭后想去干什么。

程沐想到同学群里最近疯狂讨论的一部新电影，说："我想去看电影，咱们去看电影怎么样？"

"今天我们家公主说了算，谁让我们公主考了第一呢。"

程骁南嘴上这样说，还是扭头小声问了虞浅一句："你想不想看电影？"

“爸爸！我听见了！你刚才还说今天我说了算的！”

“你说了算那是在你哥面前，我不得听你妈的吗？晚上回去你妈让我跪榴梿怎么办？”

程骁南继续问：“想看吗？”

虞浅无奈地笑一笑：“看，想看。”

“那成，我订票了。”

程沐趴在桌上，小声和程淮嘀咕：“哥，你看爸爸啊，他怎么成天秀恩爱啊？没见过媳妇似的。”

程淮好笑地帮程沐把差点沾到蛋糕上的一撮头发拎起来：“这么多年，你也该习惯了。”

“也是。”

程骁南危险的声音响起来：“程淮程沐，我可听见了。”

程沐整个人沉浸在刚考到班级第一名的兴奋里，没留意到其他人的“小动作”。

程骁南订票时微微眯了一下眼睛，然后把手机屏幕递给身旁的虞浅看。电影是讲述校园暴力的题材，这种题材的电影之前也有过，只不过这次导演和演员都是实力派，剧情又经得起推敲，上映一个星期，广受好评。

程骁南担心看这种电影会引起虞浅不愉快的回忆，用眼神询问：要不，换个别的看？

虞浅把手搭在程骁南的手腕上，轻轻摇了摇头：“不换了，难得沐沐想看。”

坐在一旁的程淮也在看电影简介，看到题材，他不动声色地皱了皱眉。

然后他说：“沐沐，同期的这部喜剧好像也不错，要不要看喜剧？”

“不要啦哥，我不想看喜剧，这个电影评价很高的，你信我，同学们都说很好看。要是你想看喜剧，我们可以连着看两场嘛。”

程淮还想说什么，程骁南开口岔开：“电影票订好了，你俩坐前面，我和妈妈坐后面，分开坐。”

“为什么分开坐？”

“怕你妈一会儿看感动了想哭，当着你们小辈面不好意思哭。”

程骁南开玩笑说：“我们坐后面，你妈就能肆无忌惮地往我怀里钻了。”

程沐撇嘴。

她心想：妈妈才不会呢，上次一起看恐怖片，明明吓到闭眼的是爸爸，妈妈连表情都没有。

程骁南用手机指指程沐：“心里说我什么呢？我刚给你买完电影票。”

“嘿嘿嘿，爸爸最好。”

刚过了元旦，一直没下雪的安北市有种干燥的冷。

程沐把下颌缩在厚厚的围巾里，拉着哥哥程淮，一路从取票机那边跑过来，还没开口，手里已经有两张票被程骁南拿走了，然后，一大桶爆米花被塞进程沐怀里：“你和你哥先进去，我和妈妈再看看周边纪念品就去。”

“到底谁才是小孩啊！”程沐笑着吐槽了爸妈一句。

正逢寒假，电影院放映厅里人头攒动。

程沐叼着吸管喝了一大口香草味的苏打水，扭头，在朦胧的光线里往后看了一眼。视线穿过层层人群，能看见程骁南抱着虞浅的大衣，正抬起隔在他和虞浅中间的扶手，凑过去和虞浅说悄悄话。

程沐转过头，和程淮说：“哥，你看爸爸妈妈又在说悄悄话呢。”

说这话时，程沐是有些骄傲的。

同龄的孩子里她很少见到谁家的家长互动得如此温馨，柴米油盐酱醋茶不吵得急赤白脸都是好的。

她觉得自己出生在一个充满爱的家庭里，很幸福。

不止一次，程沐早晨起床，看见她爸爸和妈妈在厨房笑着说什么，那种被清晨阳光明晃晃笼罩着的爱意，令程沐安心。

程淮在程沐这样说之后，也回头看了一眼，不知道是不是光线太暗，程沐总觉得她哥哥回首那一瞬，眉眼间隐含担忧。

而且电影开场前，程淮明显心不在焉，拿着手机不知道在给谁发着信息。

程沐假装没看见，心里暗暗揣测：程淮肯定是有了喜欢的女孩了。

因为就在刚刚过去的十二月里，平安夜那天晚上，她目睹了程淮把一个平安果放在背包里，带了出去。

她家有个规矩，到平安夜的这一天，所有人都会收到包装精美的平安果——

漂亮的包装里装着又红又大的蛇果，打开就能闻到果子甜甜的清香，还能在包装纸底部看到一小颗黄金做的花生，金灿灿。

程骁南说，这是“一生平安”的意思。

但程沐悄悄观察过，最红最大的一定是妈妈收到的那颗。

爸爸这个偏心鬼！

电影开播前，影厅里的灯突然灭了。

程沐看见程淮垂着眼睑看了看手机，然后按灭屏幕，把手机放回口袋里。

这电影拍得太感人，程沐中间好几次忍不住落泪，一直到电影结束，她还没从剧情里走出来。

生活在幸福家庭里的程沐，撒着娇挽着爸爸和妈妈讨论剧情。

最后是程淮忽然拎着程沐的衣领，把她拉开一点儿：“爸妈，我带沐沐去楼下超市买点喝的，渴了。马上出来，你们需要带什么吗？”

程骁南说不用，他们去车上等。

程沐很是奇怪：“刚才那么大一杯苏打水你都喝光了，还渴？”

“嗯，可能太热了。”

程沐沉浸在电影里，丝毫没察觉到这其中有什么不对。

一直到晚上回家后，她错把哥哥程淮的手机当成自己的，按开屏幕，才发现端倪。

程淮和她的手机同款，摘掉手机壳时一模一样，连密码都是一样的：1111。

他们家没有秘密，爸爸妈妈的手机甚至连密码都没有。

她条件反射地按开密码，看见屏幕上是哥哥和爸爸的对话框，时间就在电影开始前两分钟。

程淮：爸，妈能看这个电影吗？会不会不开心？不然你们先走，我陪沐沐。

爸爸：没事儿，有我陪你妈呢，看吧。

妈妈为什么不能看那个电影？

程沐心里起了疑惑，刚要仔细去想，身后突然传来程淮的声音：“拿错了？这个是我的手机……嗯？干什么？”

程沐拽着程淮，拉他进了自己房间，关上门：“哥哥，你们是不是有事情瞒我？”

程淮最开始没想说，但他又不想让妹妹觉得家里人对她有秘密。

后来他靠着门板，席地而坐，讲了当年他还是孩子时，查到的那些网络上关于妈妈的恶意传闻。

那些偏激的词语被程淮隐晦带过，但程沐还是气得攥紧了拳头。

她纤细的手臂挥舞在空气里：“他们怎么可以那样说妈妈！”

后来程沐跑出房间，直冲主卧，程淮听见他爸程骁南笑着逗她：“小丫头，怎么连门都不敲？”

“妈妈，对不起，我不该让你去看那个电影的。”程沐的声音充满自责。

那天晚上，一家四口坐在客厅里，第一次谈到过去那些事。

虞浅早已经不是二十一岁时把跑车停在程骁南学校后墙闷闷不乐的姑娘了，被孩子们问到怎么看待那些跟风去暴力别人的人，她笑一笑，眼里有温柔的光。

她说，我仍然喜欢听年轻人的声音，他们天真率性，又锋芒毕露，冲动但也一腔热血。只是，如果眼界能远一点儿，稍微礼貌一些解决事情，就更好了。

程沐和程淮看见，虞浅说这些时，程骁南始终握着她的手。

他的拇指有意无意轻轻摩挲着虞浅的手背，轻轻剐蹭着她淡青色的血管，像是安抚。

十三岁的程沐还处于敢爱敢恨的年纪，不懂得原谅，只觉得那些伤害过她妈妈的人应该会有报应。

后来听爸爸说，那些人都已经结婚生子，有一些过得还不错，程沐感觉自己快要气得爆炸了。

“他们凭什么拥有快乐的人生？”

那天的谈话本该很严肃，但他们一家似乎总有能把严肃变温情的能力。

一壶温热的牛奶安抚了所有人，程沐听见爸爸说妈妈嘴角沾了牛奶的样子像十一。

爸爸的口吻堪称宠溺。

程沐吞下口腔里的牛奶，忽然有些释然，还好，虽然那些做过坏事的人没有得到相应的惩罚，但妈妈也没有被那些坏人打倒。

妈妈有爸爸，有哥哥，有她，有十一。

还有很多爱他们的家人。

后来程沐回忆起那个冬天，也许自己就是在那个冬天忽然长大的。

那年的新年，程沐格外记忆犹新，并不是因为快乐和热闹，因为他们每一年都快乐都热闹。

那年正月里，他们失去了老程和十一。

老程的身后事处理完的那天，他们一家四口回到家里。夜里，程沐梦到爷爷，哭着从睡梦中惊醒。

她睡不着，起身出去，想去看一看十一留下的猫窝和玩具，但走出卧室才看清，哥哥已经在外面了。

程淮坐在猫窝旁边，窗外清冷的月色笼罩着他，他的手指轻轻抚过十一的猫食盆。

那是他们有一年去陶艺村旅行，兄妹俩亲手为十一捏的，歪歪扭扭，上面用白色画了十一的样子。当时有一根胡子被她画得歪歪扭扭，哥哥还笑过她。

“哥哥。”

程淮转过头，对程沐温和一笑：“你也没睡？”

“睡了，梦到爷爷又醒了。”

程沐坐在程淮旁边，拿起猫食盆，忍着哭腔：“我今天看见爸爸哭了。”

“嗯，我也看见了。”

其实程骁南整个过程都很冷静。

这么多天，从十一治疗失败去世，到老程突然去世，安排丧事，亲友吊唁，程骁南都完成得无可挑剔。

今天，他把老程安置在墓地后，又安排好车子送走每一位亲友，最后回头时虞浅就站在他身后，距离他不足两米的地方。

他一回头，虞浅就走过来和他拥抱。程骁南这才卸下伪装，把下颌放在虞浅肩上，哑着嗓子，疲惫地说：“他会不会还挺高兴，终于能去见我妈了。”

虞浅轻拍他的脊背，用细高跟鞋撑着他的重量，说：“会的。”

也是那时候，程沐和程淮清楚地看见，程骁南眼眶红了一圈，然后垂下头，有什么晶莹的东西落进了墓园门口的草坪里。

程沐和程淮对着月色，沉默着。

不知道过了多久，有人帮他们披上了薄绒毛毯，回头发现程骁南和虞浅不知道什么时候也来了客厅。

“爸，妈，你们怎么还没睡？”

“睡不着。”

程骁南和虞浅也坐下来，一家四口围在一起。

无论什么年纪，失去挚爱总是让人难以释怀，程骁南说，可能是老程这么多年早已经等够了，迫不及待去找媳妇去了。

后来程沐问，如果没有天堂怎么办，他们会不会就失散了，不会见到了。

程骁南的神色柔和下来，拍一拍女儿的头：“爷爷只是换了一种形式存在于这个世界上，他变成灰烬放在墓地里和奶奶的灰烬相挨靠，千百年后，沧海桑田，那片墓园也许已经不存在了，但他们会化成土壤或者尘埃。”

夜色寂静，窗外有未融的冰雪。

他在这片悲伤的寂静中，笃定地说：“他们一定会遇见。”

那是十三岁的程沐记忆里的冬天。

有过失去，也有过温暖。

他们坐在窗边，对着夜色轻轻哼唱老程最喜欢的老歌，唱那些年代久远的靡靡之音，也唱他们怀念的人。

后来冰雪融化，他们像以前一样生活。

楼上阁楼里有很多乐高拼图，十一和老程永远在他们的记忆里，那么鲜活，那么可爱。

程沐某次去阁楼，无意间看到妈妈忘记收起来的笔记本。

十三岁那年听说妈妈年轻时的遭遇后，她一直知道妈妈有一本皮质封面的笔记本，绣着二月兰的图案。听说那几朵淡紫色的小花是爸爸亲手绣上去的，因为手被扎到，他还讹了妈妈好几顿饭。

这是听沈深叔叔说的，原话大概是：“那几天你爸像个无赖，天天一到下班时间就把车停在摄影基地门口，堵着门问你妈，今儿手还是很疼，请客吃饭吗，虞老师？”

程沐知道这个皮质本子是妈妈“疗伤”用的。

据说把心里过不去的坎儿写下来，就像是用文字找到宣泄口，会觉得好过一些。

她无意窥探妈妈的内心，但阁楼没关好的窗忽起一阵疾风，本子掉在地上，风呼啦啦翻开页面。

程沐俯身去捡，不受控制地看了几眼，页面有一小段话：

> 那天酒店停电，你满头大汗地敲开房门，塞了一堆荧光棒和一个发光的小瓶子在我怀里。走廊里伸手不见五指，你像抱着银河一隅。如果我那时候足够坦诚，能够直面自己的内心，就该拥抱你，告诉你，我是爱你的。

这一页，虞浅写下的这段话字迹工整，每一个字都躺在格子线里面。倒是下面有一行字，龙飞凤舞，像皇帝批奏折那样写了个已阅。

这一看就是程骁南的笔迹。

只不过“已阅”后来被他划掉，又写了一句：

> 我也爱你，非常爱。

后来程沐在晚饭时说起这件事，程骁南摇着头篡改历史：“我本来只想写‘已阅’的，你们妈妈吧，非要我写些情情爱爱的，我就只好写点肉麻的了。”

说这句话的结果就是，饭后程沐、程淮和虞浅一起坐在客厅看着综艺开怀大笑时，程骁南一个人在厨房惨兮兮地刷锅洗碗。

还要被妈妈吆喝：“收拾完记得切个果盘过来。”

果盘端上来，还不等程淮程沐拿起水果叉，程骁南已经叉了一颗西瓜球递到虞浅面前：“这个是我从西瓜芯里挖的，应该最甜。”

也多亏了这些来自家庭的温暖瞬间，让程沐在二十四岁失恋时，迅速从打击中走了出来。

她记得她失恋后郁郁寡欢，程骁南和虞浅带着她去旅行。

他们从来没有打听她失恋的缘由，只在被夕阳染得金粉的海边，和她说：“会有更好的。”

“会像你们一样相爱？”

在程沐眼里，她爸妈就是天作之合。

“当然。”

程沐二十七岁结婚，嫁给爱情。他们举办了一场草坪婚礼。

婚礼上她亲眼看见她爸程骁南先生，穿了一身白色西装，从桌上布景用的花瓶里偷了一大捧火红的虞美人。

难怪婚礼布场时，他爸力荐虞美人！

程骁南已经将近六十岁，却依然腰杆挺直，风流倜傥。

每年他都会和虞浅去国外，在虞浅曾经生活过的那间房子小住几个月。他们一起找了老师学习摄影，去年，虞浅和程骁南共同拍摄的一组作品还获了一个小奖项。

不远处虞浅走过来，程骁南把火红的虞美人背在身后。

虞浅依然美，穿着冷杏色的礼服，腰上没有一丝赘肉，她找到程骁南：“刚才我在草丛里看见一只白色的猫，很像十一，真可爱。”

“你更可爱。”程骁南说。

虞浅看他一眼，懒得说话。

她年轻时都没可爱过，现在这把年纪，还可爱什么可爱。

但程骁南把藏在身后的一大束花举到她面前，笑起来眼角纹路明显，眼神却亮如少年。

他又背了一次威廉·巴特勒·叶芝的 *When you are old*。

虞浅接过花，轻轻嗅了一下，给程骁南挖坑：“怎么，现在爱我衰老的脸上的皱纹了？我脸上皱纹很多吗？”

程骁南笑起来，凑过去亲虞浅：“哪能呢，你这脸比刚才桌上吃的那个什么宫廷豆腐还嫩，我就是想说……”

婚礼上又响起一首热闹的曲子，他顿了顿，怕虞浅听不清，凑近了才说完：“我爱你，比年少的时候更爱你。”

番外五
美好的瞬间

虞浅做了一个梦，梦里是某年除夕，她还生活在和曲莉雯共同的家里。

家里冷锅冷灶，表面看上去整齐，但其实在很多细枝末节里都能看得出，这间房子的女主人并没有真的把心思放在生活上。

尤其是厨房，调料不全，厨具也不多，只有一个热水壶是常用的，每天烧一点儿热水。

窗外新年的气氛热闹，但虞浅家里很安静，她妈曲莉雯不知道去哪儿了，出门前倒是一如既往，沉默地坐在客厅里，不停擦拭着一只手表。

虞浅连她什么时候走的都不知道。

以为又是一个寂寥的新年，但梦里并不安静——

浴室里吹风机风声轰轰作响，隔了很久，满身热气的少年穿着刚刚烘干的衣服，从洗手间走出来。

他皱眉拿着手机查了半天，重新走进厨房，那估计是他第一次煮饺子，厨房里杂音不断。

又过了一会儿，少年端着饺子出来："你家怎么连瓶醋都没有？吃饺子不蘸醋吗？"

顿了顿，少年偏过头，似乎在掩饰自己的不好意思，他用舌尖顶了下腮帮子，不情不愿地开口："网上说煮饺子要加三次冷水，我也是那么办的，煮出来就不行了……"

他端上来的一盘饺子，完全没有了生饺子拿来时的那种精致。

他家阿姨的手艺真不错，送来时，饺子圆滚滚，像一盘小元宝一样喜庆。

现在被他煮过，应该是熟了，只不过很多被戳漏了，盘子里幸存的元宝少，很多都只剩下一张瘪瘪的面皮，还有几颗小肉丸。

留意到虞浅落在盘子上的视线，少年更不好意思了，他"嘶"了一声，摸出手机："算了，别吃了，还是订个外卖吧。"

"吃饺子。"虞浅却固执地打断他。

虞浅很少能在新年夜吃到饺子，也许那是唯一一次。

家里没有醋，娇生惯养的少年有点不乐意，但还是陪她吃完了。

他在她家里转了几圈，拿着那些杂志报纸，细细去看她的照片。

那些照片上，按照摄影师的要求，虞浅穿着各异，但脸上都是笑着的。

那个少年拎着一本厚厚的杂志，指着铜版纸上的她，凑到她眼前："姐姐，你不快乐啊。"

梦醒时，正是阳光明媚的上午。

虞浅今天没有工作，起床时已经比平时晚了很多，她轻轻推开卧室门时，两个孩子正坐在客厅的沙发里，儿子程淮在小声读英语给女儿程沐听，他们的声音放得很低很低，不知道两个孩子说了什么，程沐咯咯笑出声，然后被程淮捂住嘴。

程淮说："别笑，妈妈还在睡觉。"

程沐马上瞪大眼睛，绷住脸，紧紧闭上嘴。

"妈妈已经醒了。"

虞浅话音刚落，小程沐已经跑了过来，她蹲下抱起女儿。

儿子也跑过来，说他在带妹妹看英文版的连环画。

虞浅问："爸爸呢？"

程淮看向厨房："爸爸在给我们研究早饭。"

程沐也快乐地说："听说是元气汉堡哟！"

虞浅笑一笑，每个周末孩子们在家，他们都会做点特别的东西来吃。

推开厨房门，当初那个能把饺子煮成一锅面片汤的少年，已经是两个孩子的爸爸。就算做起早餐没那么游刃有余，但跟着手机视频里的步骤，也能得到两个孩子的夸奖。

程骁南听见推门声，回过头去。

他穿着一身样式简单的家居服，正在切食材，看见虞浅，放下手里的刀，走过来吻她的额头："怎么醒了？是不是孩子们吵到你了，啧，都说了让他们小点声儿。"

"没有，我自己醒的。"

听虞浅这么说，程骁南才放心下来。

今早起床时，虞浅睡得正熟，他希望虞浅多休息一下，轻手轻脚地出了卧室门，连洗漱都是在隔壁客房洗的，洗完澡出来，看见他们家的猫咪十一正在屋子里疯跑。

屋里太多摆设，程骁南怕十一碰倒什么东西，摔碎倒是没什么，主要是怕吵醒虞浅。

大早晨起来，程骁南先和家里的猫"打了一架"，斗智斗勇追了半天，终于把猫逮住，抱进厨房里，开了一罐猫罐头，这才让十一老老实实地待在厨房。

"你就在这儿陪我做饭吧。"当时程骁南这样和十一说。

好不容易把猫关进厨房，两个孩子又快醒了。

幸好大儿子程淮靠谱，程骁南把哄妹妹的事情交给了睡眼蒙眬的程淮，这才放心到厨房做饭。

这会儿看见虞浅靠在厨房看他，程骁南笑了笑："不用你帮忙，去洗漱吧，一会儿就能吃饭了。"

虞浅说："梦见你给我煮饺子了。"

在一起之后，他们一起包过很多次饺子，程骁南现在厨艺还行，自然也没想到虞浅说的是最初丢脸那次。

他还美滋滋地挑眉，问虞浅："姐姐想吃什么馅儿的饺子，下午我们一家四口去超市采购，今晚我们就包起来。"

程骁南这人，是有点小自恋的。

他摸着下颌想了想："是上次我包的荸荠肉馅儿令你怀念了？还是我之前做的汤饺令你念念不忘了？"

虞浅现在也跟着程骁南学会了开玩笑，故意摇摇头："你家阿姨包的放了海参的饺子，其实很好吃。"

“放了海参的饺子……”

程骁南想了一会儿，才想明白虞浅说的是什么时候的事。

他挺不满地凑过去，往她脖颈儿呵气：“我那么多优秀时刻你都不记着，怎么净记着我出糗的时候呢？”

两人在厨房里闹了一会儿，虞浅问程骁南需不需要她帮忙做早饭，程骁南拒绝了，她就准备先去冲个澡。

刚往厨房门边走了半步，脚都没落下去，她又被程骁南拉回面前。

他指了指自己的嘴：“做早饭的人，是不是有资格得到一个奖励的吻？”

“等你晚上把饺子煮好再说！”

✦

Eleven 的员工都知道，他们程总不乐意在自己办公室里待着。

以前是占了一间会议室，整天在会议室里办公，自从结婚后，办公地点就更离谱了，虞老师在哪里拍摄，他们程总就搬着电脑，去人家摄影基地的休息室工作。

比起虞浅老师，他们程总看上去确实更闲。

所以他们经常能看见，下班之后的程总开着车去接两个孩子放学过来，然后带着儿子女儿一起，等在拍摄场外的长椅上。

虞浅老师工作结束换了常服出来，就能看见他们程总过去，把手里的冷饮或者热饮递给她，然后一家四口一起坐上车子离开。

有新来的员工感慨：“好羡慕啊，程总简直人生赢家。虞老师那么美，孩子又那么可爱，而且他们在一起总是那么温馨的样子，真的太羡慕了。”

老员工给新员工科普，说是有一年，虞浅老师过生日，本人没在乎这件事，还在敬业工作，程总却拉着沈总夫妇搞了一个十几层的蛋糕，还有鲜花，要不是知道程总家孩子都会跑了，他们还真以为是求婚现场呢。

就为了给虞浅老师庆生，能搞那么大阵仗。

公司里漂亮模特很多，没人往程总身上打主意，毕竟这男人，心和眼睛，都是在自己老婆身上的。

员工们私下讨论时，“人生赢家”程总正没皮没脸地把他家虞浅老师堵在休息室里，问人家：“一上午没见了，想不想我？亲一个呗，虞老师。”

虞浅用手挡开，他也不气不恼，还跟在她身后："几点收工？今天一起去接程淮程沐吗？晚上想吃什么？今儿周五，孩子们明天休息，要不要去看个电影？"

"程骁南？"

"嗯？"

虞浅叹了一声，转身吻他。

还是亲一下吧，不然还真堵不住这人的嘴。

程骁南露出一点儿得逞的笑容，把虞浅锢在怀里："姐姐，舌吻吗？"

"程淮，妹妹在干什么？"

"妹妹在做作业，十一在她腿上睡觉。"

"爷爷今天有接你们吗？"

"接了，和我们一起吃过晚饭才走的，走之前还叮嘱我晚上睡觉要记得把门反锁。"

"那就听爷爷的，明早你沈叔叔会带早餐给你们，让他送你们上学。明早别忘了叫妹妹起床。"

"爸，我知道的，别担心了，你就陪妈好好工作吧。"

程骁南对着视频里的程淮笑了笑："知道你靠谱，臭小子，过两天我和你妈就回，照顾好家里。"

挂断视频，程骁南把手机转在手里："你看，我早说了程淮那小子能照顾好程沐，我陪你拍摄完，后天和你一起回家。"

"怎么突然想陪我拍摄？"

"就想陪陪你。"

确实是够突然的，上飞机前，程骁南还只是说开车送虞浅去机场，但在机场陪她取完机票，程骁南突然就变卦了，他买了张机票，跟着虞浅一起登机了。

程骁南嘴硬没说，其实虞浅知道为什么。

他可能是有点吃醋了。

这次拍摄合作的男模特，客观讲确实非常帅，身材长相都很优秀，据说他去年在全球"最心动的脸"评选中位列前茅。而且这位男模似乎知道虞浅，在前些天确定了合作之后，男模不知道在哪位同行手里问到了虞浅的联系方式，给虞浅发了封邮件，写了“期待合作”四个字。

虞浅自己没回，是让助理回复的，这事程骁南也知道。

在程骁南的陪同下，下了飞机，他们被接到合作方订好的酒店，应工作需求，虞浅需要先去和摄影师、化妆师碰面，稍微沟通一下，程骁南就自己留在了酒店房间。

晚饭他们是在飞机上随便吃的飞机餐，下飞机就赶过来了，程骁南担心虞浅夜里饿，正准备出去买夜宵回来给虞浅备着，出门正好遇见从电梯间出来的虞浅他们一行人。

摄影师和其他工作人员都在，也有那位帅气的男模。

程骁南穿着皮衣，手里把玩着房卡，摄影师和几个摄影团队的主要工作人员是认识他的，但他不确定，他家姐姐愿不愿意其他人知道她工作还带了家属。

在 Eleven 就算了，他整天秀恩爱秀到飞起也没事，毕竟是他自己的公司，但在外面，还是要顾着虞浅的意思。

虞浅看见程骁南，忽然笑了笑，走过去站在他身边，主动和其他同事介绍了他的身份。

她说：“这是我先生。”

“我先生”这三个字，着实让程骁南很开心。

一直到楼下，他还在回味这三个字，回味完了，问虞浅：“你说，你家先生帅，还是你合作的那个男模特帅？”

虞浅懒得理他，但和程骁南一起去买夜宵时，两人一直是拉着手的。

北方已经进入秋天，他们登机前，机场路的二球悬铃木都已经叶片泛黄，偶有飘落，但南方依然草木青葱，空气也带着暖意和潮湿。

程骁南拉着虞浅的手走在南方城市的街上，他拿着手机，给她介绍他在网上查好的几家夜宵店。

时间尚早，往来行人热热闹闹，说着他们陌生的方言。

虞浅认真看着程骁南查到的那些比较有名的饭馆，没留意自己被带入一条小巷。

灯火昏暗，红砖墙上爬满青翠的爬山虎，倒是有几分像当年附中后墙外的那条老街。

等虞浅抬眸察觉这一切，程骁南已经凑过去同她接吻。

“都是两个孩子的爸爸了，还这么不稳重？”

“我在你身边，没办法稳重。”

程骁南平复着呼吸，缱绻地问：“怎么想起戴婚戒了？”

虞浅好笑地睇他一眼：“免得有人吃醋。”

小巷里冲出一只小流浪狗，似乎不满他们挡路，对着他们汪汪叫了几声。

程骁南依然有种少年心性，玩心大起，轻轻一推虞浅：“姐姐，有猛犬来袭，你先撤吧，我断后。”

虞浅还真顺着他的话，往小巷外面走了几步。

再回头时，程骁南大笑着追上她的脚步：“还真不等我？”

主街灯火通明，他大步向她走来。

虞浅是习惯了各种闪光灯和布景灯的人，但她一直觉得，只有程骁南在的场景，那些灯火，才真正可亲。

“程骁南。”

“有什么吩咐？”

“去吃那家吧。”

“得嘞，走着，小的给您带路！”

他们买过很多乐高拼图，有一次是托人定制了一整片二月兰的图案，设计得很好，效果图像是马赛克版的油画，非常唯美。

休息日，虞浅和程骁南坐在阁楼上一起拼乐高。

又一个秋天，阁楼上沏了一壶柠檬红茶，有暖融融的清香气味。

虞浅和程骁南几乎消耗了一整天的时光，才把那幅二月兰拼好。

剩了一些乐高积木，程骁南突发奇想：“姐姐，闭眼。”

“干什么？”

“闭眼，我打算拼个你。”

这话很有吹牛的嫌疑，乐高积木剩下的并不多，哪怕最简单的人形，应该也是拼不出来的。

虞浅端着红茶杯，闭上眼睛，静抿茶水，等着看程骁南的“魔术”。

她一杯茶水尚未喝完，已经感觉到程骁南的靠近了。

虞浅闭着眼睛：“这么快就拼好了？”

其实她有些疑心，要拼一个她出来这件事只是程骁南用来诓她闭眼的小手段。

果然没人回答，只感觉到有浅淡的呼吸轻触在她脸上，然后是他的吻。

虞浅也不扭捏，淡定地把红茶杯放下，同程骁南认真接吻。

家里只有他们在，吻到情深，自然也会发生一些事情。

也是过了几天，虞浅才想起揶揄程骁南：“那天不是说，要拼一个我？”

程骁南非常从容：“拼了啊，不过后来你太累了睡着了，我就想着抱你下楼休息，没顾上给你看，现在去看吗？”

看他那样子，也不像假话。

虞浅瑜伽也不做了，起身跟着程骁南推开暗门，去阁楼看他到底拼了什么东西。

一块空白的乐高板上，是用二月兰的紫色乐高拼成的心形。

程骁南就指了指那颗小小的爱心：“你看。”

虞浅扬眉：“这是我？”

被问的人大方回答：“住在我心里的，是你。”

—全文完—